Von Inga Lindström sind bisher bei Bastei Lübbe Taschenbücher erschienen:

Sehnsuchtsland
Mittsommerliebe
Sommernachtsklänge
Nordlichtträume

Über das Buch:

In diesem Buch finden Sie drei neue, in sich abgeschlossene Liebesgeschichten aus Schweden, die vom ZDF verfilmt wurden:

Sommertage am Liljasee
Die Pferde von Katarinaberg
Vickerby für immer

Über die Autorin:

Inga Lindström ist verheiratet mit einem Bildhauer und hat eine Tochter. Sie pendelt zwischen Großstadt und Land. Nachdem sie Jura und Anglistik studiert und einige Jahre als Journalistin gearbeitet hatte, wandte sie sich dem Theater zu. Sie arbeitete bald auch als Dramaturgin für verschiedene Fernsehproduktionsgesellschaften und fing schließlich an, selbst Drehbücher zu schreiben.

Inga Lindström

WIEDER-SEHEN IM SEHNSUCHTS-LAND

Liebesgeschichten
aus Schweden

BASTEI LÜBBE TASCHENBUCH
Band 16060

1. Auflage: August 2011

Bastei Lübbe Taschenbuch in der Bastei Lübbe GmbH & Co. KG

Originalausgabe

© 2011 by Bastei Lübbe GmbH & Co. KG, Köln
Titelillustration: © Friedberg – Fotolia.com
Umschlaggestaltung: Marina Boda
Satz: Urban SatzKonzept, Düsseldorf
Gesetzt aus der Garamond
Druck und Verarbeitung: GGP Media GmbH, Pößneck
Printed in Germany
ISBN 978-3-404-16060-0

Sie finden uns im Internet unter
www.luebbe.de
Bitte beachten Sie auch:
www.lesejury.de

Der Preis dieses Bandes versteht sich einschließlich
der gesetzlichen Mehrwertsteuer.

SOMMERTAGE
AM LILJASEE

Um diese Zeit war es noch ruhig in dem kleinen Käseladen in Gamla Stan, der Altstadt Stockholms. Zeit für die beiden Frauen, um ein Schwätzchen zu halten.

»Wie lange bleibt Lina eigentlich am Liljasee?«

Hanna hatte gerade damit begonnen, die Scheibe der Ladentheke abzuwischen. Jetzt hielt sie kurz inne. »Sie kommt heute Abend zurück. Am Samstag ist ihr Abiturball.« Hanna seufzte theatralisch auf. »Und dann verschwindet sie aus meinem Leben.«

Svea schaute sie erstaunt an. »Was soll das denn? Ich dachte, du freust dich für sie. Für deine Tochter fängt das Leben an, die ganze Welt steht ihr offen.«

»Ja, und meines hört damit auf«, sagte Hanna prompt. Sie war selbst erstaunt, wie enttäuscht ihre Stimme klang. Gleich drauf schüttelte sie den Kopf. »Nein, ich meine das nicht so«, behauptete sie, obwohl es sehr gut das wiedergab, was sie im Augenblick empfand. Sie hob den Blick und versuchte Svea begreiflich zu machen, was in ihr vorging.

»Es ist irgendwie so ein komisches Gefühl, dass sie mich jetzt nicht mehr braucht.«

»Das wäre ja auch noch schöner.« Svea schüttelte verständnislos den Kopf.

Hanna nahm es ihr nicht übel. Svea hatte selbst keine Kinder und konnte einfach nicht nachvollziehen, was in ihr vorging.

»Jetzt hör auf zu jammern«, ermahnte Svea sie, dabei lag in ihren Augen aber ein schalkhaftes Schmunzeln. »Freu dich lieber, dass du eine so tolle Tochter hast, um die du dir keine Sorgen machen musst. Sie wird ihren Weg schon gehen.«

Hanna nickte und ging in die Hocke, um den unteren Teil der Scheibe zu putzen. Ähnliche Gespräche hatten sie in letzter Zeit häufig geführt. Ja, Lina würde ihren Weg gehen, und eigentlich hatte Svea ja auch recht. Es war gut und richtig, dass ihre Tochter ihr eigenes Leben leben würde, aber das Gefühl der Verlassenheit, dass sie bei diesem Gedanken erfasste, ließ sich auch mit aller Vernunft nicht verdrängen.

Jemand betrat den Laden, aber Hanna war so in ihre Gedanken vertieft, dass sie es nicht mitbekam. Erst Sveas Stimme riss sie aus ihrer Versunkenheit.

»Hej, guten Tag. Kann ich Ihnen helfen?«

»Es kommt darauf an«, antwortete eine angenehme Männerstimme. »Sind Sie die Besitzerin des Ladens?«

Hanna richtete sich auf. »Ich bin die Besitzerin.« Als sie sich umwandte, stockte ihr für einen Augenblick der Atem. Dieser Mann sah gut aus, mit seinen blonden Haaren und den blauen Augen. Er war ein ganzes Stück größer als sie selbst. »Mein Name ist Hanna Andersson«, sagte sie schließlich.

Der Mann streckte ihr die Hand entgegen. Hanna ergriff sie automatisch.

»Ich bin Per Nordenfeldt«, stellte er sich vor. »Ich komme aus Kungsholt, das liegt am . . .«

»Liljasee! Das kenne ich!« Hannas Gesicht strahlte auf. »Meine Tochter macht da gerade ihre Abiturfahrt. Sie hat mich angerufen und so davon geschwärmt, wie schön es da ist.«

Oh, mein Gott, Hanna, schoss es ihr durch den Kopf. Gleich erzählst du diesem Fremden noch, wie sehr dir davor graust, dass deine Tochter demnächst zu Hause auszieht. Dabei signalisierte dieses blaue Augenpaar, das unverwandt auf sie gerichtet war, ehrliches Interesse. Sie räusperte sich, nahm einen geschäftsmäßigen Ton an und entzog ihm endlich ihre Hand, die er immer noch in der seinen hielt.

»Was kann ich für Sie tun?«

Der Mann wirkte einen Augenblick verwirrt, bevor er zur

Sache kam. »Ähm ... Ich betreibe einen Bauernhof und stelle unter anderem Elchkäse her.«

Hanna war begeistert. »Ach wirklich? Ich suche schon lange jemanden, der Elchkäse macht«, sagte sie. »Immer mehr Kunden fragen danach.«

»Da bin ich«, lachte er, bevor er zu einer Erklärung ansetzte. »Ich bin öfter in der Stadt, um Restaurants mit meinen Produkten zu beliefern. Beim letzten Mal ist mir Ihr Laden aufgefallen und da dachte ich, ich frage einfach mal nach.«

Hanna nickte eifrig. »Ja, natürlich! Elchkäse ist zwar teuer, aber ...«

Per Nordenfeldt fiel ihr ins Wort: »... er ist auch was ganz Besonderes.« Er zögerte kurz: »Wenn ich das nächste Mal nach Stockholm komme, bringe ich Ihnen ein paar Kostproben mit, ist das okay für Sie?«

»Ja klar, ich freue mich«, sagte Hanna eilig. Himmel, was redete sie denn da? Es war ein ganz normales Gespräch zwischen einem potentiellen Lieferanten und einer Kundin. Kein Grund, sich derart verwirrt zu fühlen. Es war aber so, und das machte sie erst recht nervös.

»Gut, ich bin dann in vier Wochen wieder hier.« Winzige Fältchen zeichneten ein feines Gitternetz um seine Augen, wenn er lächelte. »Ich bin mir sicher, Sie werden begeistert sein.« Sein Blick war immer noch unverwandt auf Hanna gerichtet. Wieder reichte er ihr die Hand. »Es hat mich gefreut, Sie kennen zu lernen, Hanna.« An der Tür wandte er sich noch einmal um, lächelte ihr zu und ging hinaus.

Die beiden Frauen blickten ihm nach, bevor Svea die Stille mit einem tiefen Seufzer unterbrach: »Und so einer versteckt sich auf dem Land.«

»Was?« Hanna wandte sich um. Der kurze Besuch Per Nordenfeldts wirkte in ihr auf eine Art und Weise nach, die sie selbst erstaunte.

»Das ist doch eine Schande, so wie der aussieht«, sagte Svea.

»Echt?«, fragte Hanna verwirrt. Gleich darauf hörte sie sich sagen: »Das ist mir gar nicht aufgefallen.«

»Ach, komm schon«, neckte Svea sie. »Wenn ich nicht wüsste, dass du bereits einen Mann hast, würde ich behaupten, du hast diesem Per Norderstedt gerade ziemlich verträumt nachgeblickt.«

Hanna blickte sie erstaunt an. »Ich bin schon seit mindestens hundert Jahren verheiratet!«, rief sie entrüstet. Nein, sie wollte nicht darüber nachdenken, das Thema war beendet. Spontan fasste sie einen Entschluss. »Und wo wir gerade bei dem Thema sind, bin ich jetzt mal weg. Sten kommt in einer halben Stunde aus Oslo zurück. Ich will ihn überraschen.«

Svea ließ nicht locker. »Komm, gib es zu, dieser Per Norderstedt gefällt dir, und jetzt hast du ein schlechtes Gewissen.«

Hanna brachte ein gequältes Lächeln zustande und wunderte sich selbst darüber, wieso ihr die Bemerkung ihrer Mitarbeiterin, die ihr im Laufe der Jahre zur besten Freundin geworden war, so viel Unbehagen bereitete. Natürlich stimmte es nicht, was Svea behauptete. Das war völliger Blödsinn.

»Ich hole Sten einfach nur ab«, sagte Hanna. »Wir machen uns einen schönen Tag. Es wird Zeit, dass wir mal wieder etwas gemeinsam unternehmen.«

Bevor Svea darauf antworten konnte, erkundigte Hanna sich hastig: »Ich kann dich doch alleine lassen?«

»Klar, geh nur«, winkte Svea ab. »Und genieße den Tag mit deinem Mann«, fügte sie vielsagend hinzu.

»Das werde ich«, erwiderte Hanna und merkte selbst, wie wenig begeistert das klang.

Die Centralstation, Stockholms größter Bahnhof, war nicht weit von Hannas kleinem Käseladen entfernt. Sie machte sich zu Fuß auf den Weg über die Vasabron. Die Bogenbrücke überspannte den Norrström und verband Norrmalm mit der Altstadtinsel.

Als sie auf das glitzernde Wasser schaute, freute sie sich auf einmal auf den freien Tag. Sie könnte mit Sten irgendwo etwas essen und dabei mit ihm überlegen, wie sie den Tag gemeinsam gestalten konnten.

Hanna verspürte Lust auf einen unbeschwerten Tag am Wasser. Sie wollte die Sonne auf ihrer Haut fühlen, das Salz auf ihren Lippen schmecken.

Sie lachte über sich selbst, als sie die Centralstation erreichte, und verdrängte dabei den Gedanken, dass diese Sehnsucht nach Unbeschwertheit schon lange in ihr schwelte. Manchmal fühlte sie sich richtig alt und fragte sich, wo die Jahre geblieben waren. Lina war darüber erwachsen geworden, und so viele ihrer Träume und Pläne, die sie einst gemeinsam mit Sten geschmiedet hatte, waren auf der Strecke geblieben. Er hatte sie seinem beruflichen Erfolg geopfert, und sie hatte sich mit dem zufrieden gegeben, was ihr von ihrem Mann blieb.

Es musste sich etwas ändern. Für sie beide. Manchmal hatte Hanna das Gefühl, dass nicht nur ihre gemeinsamen Pläne, sondern auch ihre Liebe auf der Strecke geblieben waren. Das war ihr besonders bewusst geworden, als Sten . . .

Nein, daran wollte sie nicht denken. Es war das dunkelste Kapitel ihrer Ehe gewesen, und damals hatte sie zum ersten Mal daran gedacht, sich von ihm zu trennen.

Sten arbeitete für ein internationales Pharmaunternehmen. Dessen Hauptsitz war in Stockholm, eine der Tochterfirmen, mit denen Sten eng zusammenarbeitete, lag jedoch in Oslo. Deshalb fuhr er regelmäßig dorthin. Als Hanna die riesige gewölbte Bahnhofshalle betrat und mit der Rolltreppe nach unten fuhr, war der Zug bereits eingefahren. Die ersten Reisenden stiegen aus und strebten den Treppen zu.

Hanna reckte sich. Hoffentlich hatte sie Sten nicht verpasst. Die Befürchtung war ihr gerade durch den Kopf geschossen, da sah sie ihn durch eine der offenen Zugtüren steigen. Sie winkte ihm zu, aber er sah sie nicht und nahm das Gepäck entgegen, dass ihm von innen gereicht wurde. Ein Trolley, eine Reisetasche und seine silberne Aktentasche, die inzwischen zu seiner ständigen Begleitung geworden war. Manchmal scherzte Hanna, sie würde nur auf den Tag warten, an dem er und seine Aktentasche miteinander verwuchsen.

Hanna öffnete den Mund und wollte ihn rufen, doch dann streckte Sten erneut die Arme aus. Diesmal war es kein Gepäckstück, das er aus dem Wagen hob, sondern seine Assistentin Britt. Die beiden wirkten im Moment aber eher wie ein sehr verliebtes Paar als wie Vorgesetzter und Mitarbeiterin.

Er küsste sie zärtlich. Sie schmiegte sich an ihn, hob ihr Gesicht. Zärtlich berührten seine Lippen ihren Mund.

Der Schlag traf Hanna unverhofft. Er verursachte keine Schmerzen, sondern betäubte sie innerlich vollkommen und löschte für den Augenblick jegliches Empfinden in ihr. Sie war unfähig, sich von der Stelle zu rühren oder den Blick von den beiden abzuwenden.

Sten und seine Assistentin kamen jetzt direkt auf Hanna zu, ohne sie zu bemerken. Die beiden hatten nur Augen füreinander, küssten sich immer wieder zärtlich. Plötzlich schaute Sten auf und das Lächeln auf seinem Gesicht erlosch.

Britt folgte seinem Blick. Ihre Hand, die eben noch zärtlich über Stens Arm gestrichen hatte, zuckte zurück.

Hanna starrte die beiden unverwandt an. Sie registrierte jeden Blick, jede Geste und war unfähig, in irgendeiner Weise zu reagieren.

Sten stellte seine Reisetasche und den Aktenkoffer auf den Boden und trat zu ihr.

»Hanna, was machst du hier?«, fragte er erstaunt.

»Ich wollte dich überraschen, und das ist mir offensichtlich gelungen«, sagte Hanna spröde und wandte sich zum Gehen.

Sten folgte ihr, stellte sich ihr in den Weg. »Hanna, ich kann dir alles erklären.«, sagte er drängend.

»Ich wüsste nicht, was es da noch zu erklären gibt«, fuhr

Hanna ihr Mann an und ging an ihm vorbei. Sten versuchte nicht, sie aufzuhalten.

Es war ein toller, letzter Tag am Liljasee gewesen. Stimmengemurmel erfüllte den Bus, der die jungen Abiturienten zurück nach Stockholm bringen sollte.

Lina blätterte in ihrem Tagebuch. Es war angefüllt mit ihren Gedanken, ihren Erlebnissen und einer ganzen Menge Fotos, die ihre Stimmungen unterstrichen oder die Menschen zeigten, die ihr wichtig waren. Jetzt waren Ansichtskarten von Kungsholt dazugekommen, versehen mit originellen Texten und Zeichnungen ihrer Mitschüler. Sie alle hatten sich gegenseitig geschworen, niemals den Kontakt zueinander zu verlieren. Lina ahnte, dass es nicht so sein würde. Für sie alle standen so große Veränderungen an, dass sie im Verlauf der Zeit wahrscheinlich nicht einmal mehr aneinander denken würden.

Es war eine schöne Zeit gewesen. Sie hatte ihre Schulzeit genossen, war gut mit den Lehrern und Mitschülern zurechtgekommen, und bei aller Vorfreude auf ihr neues Leben schwang da tief in ihr auch ein bisschen Wehmut mit.

»Da, ein Elch!« Ihre Mitschülerin Karin, die auf der anderen Seite des Busses saß, sprang auf und deutete mit dem Finger an Lina vorbei aus dem Fenster.

Lina hob den Kopf und schaute hinaus wie alle anderen. Einige der Mitschüler, die ebenfalls auf der anderen Seite des Busses saßen, waren jetzt auch aufgestanden.

Zwischen den dunklen Stämmen der Fichten war zuerst nichts zu sehen. Als sie den Elch entdeckte, war der Bus auch schon vorbei. Ein kurzes Stück weiter waren aber zwei weitere Elche zu sehen. Ein Muttertier und ihr Kalb.

Schade, auch diesmal war der Bus so schnell vorbei. Dabei hätte Lina die Tiere gerne noch eine Weile beobachtet.

Die Aufregung legte sich, und die Schüler setzten sich wieder auf ihre Plätze. Es war spät geworden am vergangenen Abend, bei der ultimativ letzten Abschiedsfeier. Natürlich hatte es dabei auch tüchtig Alkohol gegeben.

Lina machte sich nichts aus Alkohol. Sie hatte nicht viel getrunken, trotzdem war sie ziemlich müde. Aber sie wollte auf keinen Fall einschlafen, denn gleich führte die Straße am See entlang, und sie wollte noch einmal einen letzten Blick darauf werfen.

Der Wald wurde lichter, die Straße machte einen weiten Bogen, und dann war da der See. Tiefblau schimmernd breitete er sich aus. Sonnenstrahlen tanzten silbrig auf der Oberfläche. Wie kleine, weiße Dreiecke waren weitab vom Ufer Segelboote zu sehen.

Kurz darauf führte die Straße in einer Kurve ganz dicht am See vorbei. Der Busfahrer drosselte die Geschwindigkeit, und in genau diesem Augenblick ertönte ein fürchterlicher Knall. Alle schrien erschrocken auf.

Der Bus geriet ins Schlingern.

Verzweifelte Schreie erfüllten den Bus. Alle versuchten, sich irgendwo festzuhalten. Lina sah, wie eine ihrer Mitschülerinnen vom Sitz in den Gang geschleudert wurde. Lina, die sich krampfhaft an Metallstange des Sitzes vor ihr festklammerte, konnte im Innenspiegel für einen kurzen Augenblick das Gesicht des Busfahrers sehen. Sein Gesicht war verzerrt, seine Hände rissen hektisch am Lenkrad. Der Bus wurde immer schneller. Er schlingerte noch einmal heftig nach links und kippte schließlich um. Der Aufprall war laut und heftig, die Menschen wirbelten im Inneren durcheinander, Taschen flogen durch die Gegend. Als die Scheiben barsten, floss sofort ein erster Schwall Wasser in den Bus.

Lina saß wie erstarrt auf ihrem Sitz. Kein Ton kam über ihre Lippen, während alle um sie herum weiter schrien. Ihr Hände umklammerten weiter krampfhaft die Metallstange, ihre Augen waren weit aufgerissen. Sie registrierte, wie der Bus tiefer sank, während im vorderen Teil immer mehr Wasser eindrang.

Plötzlich war da dieser Mann, den sie noch nie zuvor gesehen hatte. Entschlossen griff er nach ihren Händen, löste sie behutsam von der Stange, dann hob er sie auf die Arme und brachte sie nach draußen.

Lina registrierte, dass viele Mitschüler bereits am Ufer standen. Der Busfahrer stand auf der Seite des Busses, die noch aus dem Wasser ragte, und nahm sie in Empfang.

Langsam ließ die Starre nach. Sie lebte, ihr war nichts passiert.

Lina bemerkte die Tränen nicht, die über ihre Wangen liefen. Der unbekannte Retter half ihr und dem Busfahrer ans Ufer, wo die anderen auf sie warteten. Alle waren klitschnass, die meisten standen unter Schock. Viele weinten, einige schienen wie erstarrt, andere wiederum fanden schnell zu Aktivität zurück. Keiner von ihnen achtete auf den Mann, der ihnen allen das Leben gerettet hatte. Er verschwand ebenso plötzlich, wie er aufgetaucht war ...

Sten kam eine halbe Stunde nach ihr in die elegante Wohnung in der Nähe des Strandvägen. Hanna stand am Fenster und schaute hinaus. Sie drehte sich nicht um, als sie hinter sich die Schritte ihres Mannes vernahm.

»Es hat keine Bedeutung«, kam Sten gleich zur Sache.

»Ach ja?«, erwiderte Hanna zynisch. »Ob Britt das auch so sieht?«

»Ich werde es sofort beenden«, versprach Sten.

Langsam wandte Hanna sich ihrem Mann zu. Sie schaute ihn an, aber Sten wich einem direkten Blickkontakt aus.

»Vielleicht würde ich es dir sogar glauben, wenn es das erste Mal gewesen wäre.«

−15−

»Jetzt hör doch auf damit«, wurde Sten laut. Wahrscheinlich fühlte er sich von ihr in die Ecke gedrängt. »Das damals war nur ein Ausrutscher.«

»Und was war es diesmal?« Hanna trat ein paar Schritte vor. »Ich kann dir gar nicht sagen, wie enttäuscht ich bin. Ich habe so lange gebraucht, dir wieder zu vertrauen.«

»Und das war doch auch gut so.« Sten schaffte es sogar, zu lächeln. Er kam auf sie zu, setzte sich auf die Tischkante und griff nach ihrer Hand. »Es ist doch viele Jahre gut gegangen. Hanna, ich will dich nicht verlieren. Ich denke doch nicht im Traum daran, mit Britt ...«

Das Klingeln des Telefons riss ihn aus seinem Redefluss. Unwillig runzelte er die Stirn. »Lass es klingeln.«

Hanna zog ihre Hand aus der seinen. Sie ignorierte seinen ärgerlichen Blick, als sie zum Telefon ging und sich meldete. Am anderen Ende war ihre Tochter. Völlig aufgelöst rief das Mädchen etwas in den Hörer. Dazwischen weinte sie. Hanna verstand nur die beiden Worte *Bus* und *Unfall*.

»Bitte, Lina, rede etwas langsamer. Was ist passiert?«

Lina schluchzte und berichtete stockend, der Bus habe einen Unfall gehabt.

»Bist du in Ordnung?« Hannas Nervosität stieg mit jedem Wort. »Und was ist mit den anderen?«

Lina versicherte, dass weder sie noch ihre Mitschülerinnen ernsthaft verletzt waren. Sie hörte auf zu weinen und fügte halbherzig hinzu, sie sei völlig in Ordnung und Hanna müsse sich keine Sorgen machen.

Natürlich machte Hanna sich Sorgen. Sie musste zu Lina, sich selbst davon überzeugen, dass ihrem Kind nichts passiert war. »Bleib, wo du bist«, sagte sie energisch. »Ich komme zu dir.« Mit diesen Worten beendete sie das Gespräch.

Sten betrachtete sie besorgt.

»Linas Bus hatte einen Unfall«, sagte Hanna nervös. »Sie sagt, ihr ist nichts passiert, aber ich fahre trotzdem zu ihr.«

»Ich komme mit«, sagte Sten spontan.

Hanna schüttelte den Kopf. »Lina klang ganz munter. Es ist nicht nötig, dass du mitkommst.« Die Wahrheit war, dass sie Sten nicht dabeihaben wollte. Sie wollte nicht neben ihm im Auto sitzen auf der Fahrt nach Kungsholt und anschließend vor Lina so tun, als wäre nichts passiert. Mit dem Wissen, dass er die letzten Tage mit Britt verbracht hatte. Nicht nur die Tage, sondern vor allem auch die Nächte.

»Es ist ganz gut, wenn wir beide Zeit zum Nachdenken haben«, sagte sie bestimmt.

Sten runzelte ärgerlich die Brauen. »Ich denke nicht daran, hier zu bleiben.«

Hanna reckte das Kinn in die Höhe. »Wo wärst du jetzt, wenn ich nicht am Bahnhof gewartet hätte?«, forderte sie ihn heraus.

Sten senkte schuldbewusst den Blick.

»Du wärst bei Britt und hättest wahrscheinlich dein Handy ausgestellt«, mutmaßte Hanna und erkannte an den Augen ihres Mannes, dass sie damit völlig richtig lag. »Du hättest von Linas Unfall also gar nichts erfahren.«

Sten erwiderte nichts und hielt sie auch nicht auf, als sie ins Schlafzimmer ging und ein paar Sachen in ihre Reisetasche packte. Es war eine spontane Idee, noch völlig unausgegoren, aber Hanna wusste, dass sie vorerst nicht in die gemeinsame Wohnung zu Sten zurückkehren würde. Sie brauchte Ruhe und Abstand, um über alles nachzudenken.

Dichter Mischwald säumte die Straße zur Linken. Die samtweiche Luft strömte durch das geöffnete Seitenfenster. Einsam gelegene Häuser, in dunklem Rot gestrichen, waren vereinzelt zu sehen. Sobald sie an einem dieser Häuser vorbeifuhr, nahm sie den Fuß vom Gas. Sie war in einem Dorf mit solchen Häusern groß geworden und hatte schon damals davon geträumt, auch als Erwachsene in so einem Haus zu leben. Umgeben von wilden

Stockrosen und weißen Margeriten. Rechts von ihr lag glatt und ruhig der Liljasee.

Hanna presste die Lippen fest aufeinander, als das Handy klingelte und sie auf dem Display sah, dass der Anruf von Sten kam. Sie wollte nicht mit ihm reden, drückte ihn ohne zu zögern weg.

Es war nicht nötig, dass sie mit Sten sprach, allein sein Versuch, sie anzurufen, wühlte sie wieder auf. Hanna verpasste dadurch die richtige Abfahrt und fand sich plötzlich auf einem Weg wieder, der unmittelbar am See endete. Steinige Felsen bildeten den Uferbereich, rundherum wuchs Schilf weit in den See hinein.

Ärgerlich schlug sie auf das Lenkrad. »Ausgerechnet heute«, murmelte sie. Hanna stieg aus dem Wagen und zuckte erschrocken zusammen, als ein Hund auf den Felsen nach oben sprang und sie anbellte. Dabei wedelte er zur Begrüßung mit dem Schwanz.

Als Hanna einen Schritt weiter nach vorn trat, entdeckte sie ein Boot am Rande des Schilfs. Ein Mann stieg soeben heraus und folgte seinem Hund über die Felsen hinauf.

»Hallo«, sagte Hanna und erwiderte das freundliche Lächeln des Mannes. Sie wusste genau, dass sie ihm noch nie zuvor begegnet war und trotzdem kam er ihr irgendwie bekannt vor.

Er grüßte freundlich zurück. »Schöner Tag heute, was?«

»Na ja. Ich habe mich leider verfahren«, sagte Hanna.

»Das kann passieren.« Er lachte. »Wo wollen Sie denn hin?«

»Ich muss dringend nach Kungsholt. Meine Tochter ist auf Klassenfahrt und hatte einen Unfall mit dem Bus.«

Der Mann nickte verständnisvoll. »Davon habe ich gehört. Aber den Schülern ist ja nichts passiert. Machen Sie sich keine Sorgen, Ihrer Tochter geht es bestimmt gut.«

Hanna nickte, auch wenn seine Worte sie nicht wirklich überzeugen konnten. »Das hat sie auch gesagt, aber Mütter sind nun einmal von Natur aus überbesorgt. Auch wenn die eigene Tochter gerade das Abitur gemacht hat und eigentlich erwachsen ist.«

Der Mann verstand sofort, was sie meinte. »Ja, sie bleiben immer unsere Kinder«, sagte er. In seinen Augen lag plötzlich eine Traurigkeit, die Hanna berührte.

»Auch wenn sie aus dem Haus gehen . . .«, fuhr er fort. Dabei glitt sein Blick an ihr vorbei, und Hanna hatte das Gefühl, dass er jetzt mehr zu sich selbst als zu ihr sprach. ». . . wenn sie nichts mehr von sich hören lassen und man sie überhaupt nicht mehr sieht, so bleiben sie doch unsere Kinder, um die man sich sorgt.« Er verstummte, starrte eine Weile vor sich hin, bis ihm plötzlich einzufallen schien, dass er nicht alleine war. Es war ihm anzusehen, dass es ihm schwerfiel, wieder zu lächeln. »Dann zeige ich Ihnen mal den Weg nach Kungsholt«, sagte er betont fröhlich.

Dank der Erklärungen des Mannes brauchte Hanna nicht lange, bis sie in den kleinen Ort einfuhr. Erst jetzt fiel ihr ein, dass sie mit ihrer Tochter keinen Treffpunkt verabredet hatte und überhaupt nicht wusste, wo sie Lina finden konnte. Vielleicht konnte ihr ja jemand im Dorf sagen, wo die verunglückten Abiturienten hingebracht worden waren.

Hanna brauchte nicht zu fragen. Sie folgte den Hinweisschildern zum Krankenhaus und fand sich schon bald vor einem zweistöckigen, weißen Holzbau wieder, vor dem sich eine Schar aufgeregter junger Leute aufhielt. Sie standen in Gruppen beieinander und diskutierten heftig.

Hanna stieg aus dem Wagen und schaute sich suchend um. Plötzlich stand Lina vor ihr, fiel ihr um den Hals. »Du bist wirklich gekommen. Ich habe dir doch gesagt, dass alles in Ordnung ist!« Auch wenn das junge Mädchen versuchte, Hanna zu beruhigen, war ihm deutlich anzusehen, dass es sich über die Ankunft der Mutter freute.

Hanna griff ihre Tochter bei der Schulter und schob sie ein Stück von sich. Prüfend musterte sie das Mädchen. »Geht es dir wirklich gut?«

»Ja.« Lina nickte. »Ich war nur in Panik, als es passierte. An dem Bus ist ein Reifen geplatzt, und dann ist er in den See gerutscht.«

»Ich mag mir das überhaupt nicht vorstellen.« Hanna schüttelte sich. In ihrer Fantasie sah sie einen Bus voller junger Menschen tief unten im See. »Das Wasser war hoffentlich nicht tief«, sagte sie.

»Der Bus ist auf die Seite gekippt und füllte sich rasend schnell mit Wasser«, sagte Lina. »Aber auf einmal war da ein Mann, der die Türen von außen geöffnet und uns rausgeholfen hat.«

»Was ist mit deinen Sachen?«, wollte Hanna wissen.

Lina erzählte ihr, dass der Bus im Laufe des Tages geborgen werden sollte und dann alle ihr Gepäck abholen konnten. Vermutlich würde alles klitschnass und die elektronischen Geräte durch das Wasser zerstört sein, aber das war im Moment zweitrangig. Für Lina, ebenso wie für ihre Mitschüler, wog in erster Linie die Tatsache, dass keinem von ihnen etwas passiert war.

Hanna war froh, ihre Tochter wohlbehalten vor sich zu haben. Lina wirkte gefasst und würde das Geschehene hoffentlich schnell verarbeiten. Hanna betrachtete ihre Tochter und fasste sich dann ein Herz: »Was hältst du davon, wenn wir noch ein paar Tage hier bleiben?«, schlug sie vor.

Lina machte große Augen. »So spontan kenne ich dich ja gar nicht. Was ist denn mit dem Laden? Und mit Papa?«

Hanna registrierte die Reihenfolge, in der Lina das aufzählte, was in Stockholm wichtig für ihre Mutter war.

»Svea kriegt das mit dem Laden schon hin«, meinte Hanna mit einer wegwerfenden Handbewegung. Der Frage nach Sten wich sie völlig aus. »Und? Was hältst du davon? Das letzte Mal Urlaub mit deiner Mama«, sagte sie betont fröhlich.

»Ach, hör auf. Das ist doch nicht das letzte Mal, nur weil ich jetzt das Abitur habe«, widersprach Lina, bevor sie dem Vorschlag zustimmte. »Ich würde gerne noch ein bisschen bleiben. Hier ist es wunderschön. Sollen wir Papa anrufen, damit er nachkommt?«

Diesmal konnte sie einer Antwort nicht ausweichen. Wahrscheinlich würde Sten sich sogar sofort auf den Weg machen, aber Hanna wollte ihn nicht sehen. Sie wollte ihre Tochter nicht belügen, aber noch weniger wollte sie Lina mit ihren Eheproblemen konfrontieren. »Papa ist auf Dienstreise«, behauptete sie deshalb. »Die kann er unmöglich unterbrechen«.

Es war eine Lüge, die Lina ihr sofort abnahm. Sie war es seit frühester Kindheit gewohnt, dass ihr Vater ständig auf Dienstreise war. »Okay«, sagte sie unbekümmert. »Dann machen wir zwei eben Mädelsferien. Ich weiß auch schon, wo wir anfangen, ich muss mich nur gerade noch abmelden.«

Lina führte ihre Mutter durch das Dorf. Hanna verstand sehr schnell, wieso Lina sich hier so wohlfühlte. Das kleine Dorf erinnerte sie an ihr eigenes Heimatdorf, und Lina hatte die Ferien auf dem Land bei Oma und Opa geliebt.

Zum Teil waren die schmalen Straßen zwischen den Häusern ungeteert. Die Häuser waren fast alle von Holzzäunen umgeben, hinter denen es wild und verschwenderisch blühte. Rosen in verschiedenen Rottönen, die teilweise an den Holzfassaden entlang kletterten, dazwischen Rittersporn und Schleierkraut. Vor allen Haustüren standen Blumen in bunten Töpfen. Weiße Holzbänke luden zum Sitzen ein.

An einer Wegkreuzung stand ein fahrbarer Eisstand. Lina suchte die Sorten für sich und ihre Mutter aus und wartete, bis Hanna probiert hatte. Erwartungsvoll schaute sie Hanna an. »Schmeckt das nicht wunderbar? Ich habe fast mein ganzes Geld bei Bertil gelassen.«

Schleckermäulchen, so hatte Sten ihre gemeinsame Tochter

früher immer genannt. Ihre Vorliebe für Süßigkeiten, insbesondere für Eis, hatte Lina bis heute beibehalten. Es war ihr glücklicherweise nicht anzusehen. Ein schlankes, hübsches Mädchen, mit langen, blonden Haaren.

Hanna musste allerdings zugeben, dass dieses Eis wirklich ganz hervorragend schmeckte. Fragend wandte sie sich an den Eisverkäufer. »Wissen Sie, wo ich hier ein Ferienhaus mieten kann? So was Romantisches, direkt am Wasser, das wäre schön.«

»Das ist überhaupt kein Problem.« Bertil wies in die schmale Gasse hinter sich. »Wenn Sie dadurch gehen, kommen Sie in die Frederiksgatan. Gehen Sie in das Fischlokal. Greta Hamsun wird Ihnen bestimmt weiterhelfen.«

Hanna bedankte sich und schlenderte langsam mit ihrer Tochter durch die ungewöhnliche Straße. Die Gasse war teilweise von Häusern überbaut worden und wirkte wie eine Schlucht. Allmählich gelang es ihr, die unerfreuliche Szene vom Vormittag zu verdrängen. So etwas wie Urlaubsstimmung machte sich in ihr breit.

Die Frederiksgatan war offensichtlich die Hauptstraße von Kungsholt und führte zu dem Hauptplatz des Dorfes, um den sich Wohnhäuser und Geschäfte gruppierten. Lina erklärte ihrer Mutter, dass hier freitags ein Markt stattfand, auf die Bauern aus der Umgebung ihre Produkte verkauften.

Fast alle Geschäfte des Dorfes befanden sich an der Frederiksgatan. Ein kleiner Lebensmittelladen lag direkt neben der Bäckerei, aus der es verführerisch nach frisch Gebackenem duftete.

Das Fischrestaurant gefiel Hanna auf Anhieb. Sie nahm sich vor, mit Lina in den nächsten Tagen dort zu essen. Im Augenblick war es ruhig. Der Mittagsbetrieb war bereits vorbei, und für den Abendbetrieb war es noch zu früh. Glücklicherweise war Greta Hamsun da und hatte sogar ein freies Ferienhaus am See.

Greta brachte Mutter und Tochter gleich dorthin, damit sie es sich anschauen konnten. »Das ist das schönste Ferienhaus hier in der Gegend«, sagte sie stolz.

Hanna war von Anfang an fasziniert. Dieses zauberhafte weiße Haus mit den hellen Sprossenfenstern und dem halbrunden Erker gefiel ihr ausgesprochen gut. Es lag auf einer kleinen Anhöhe, nur durch eine Wiese vom See getrennt. Sie war berührt von dieser traumhaft schönen Landschaft, von der Stille, die nur vom Plätschern des Wassers und dem Gezwitscher der Vögel unterbrochen wurde. Hier würde sie zur Ruhe kommen und hier würde sie Entscheidungen treffen können, die vor ihrer Rückkehr nach Stockholm anstanden.

In einem kleinen Schuppen standen zwei Fahrräder, die sie während ihres Aufenthalts benutzen durften. Am See gab es sogar ein richtiges Bootshaus mit einem quadratischen Badesteg, der auf der Wasserfläche zu schwimmen schien.

Auch Lina schien das Haus zu gefallen. »Es ist perfekt«, rief sie aus.

Greta lächelte geschmeichelt. »Es ist komplett eingerichtet«, sagte sie. »Sogar die Küche. Wenn Sie keine Lust zum Kochen haben, können Sie natürlich auch zu mir ins Restaurant kommen«, schmunzelte sie. »Ich habe übrigens einen ganz wundervollen Koch. Ohne ihn hätte ich mich wahrscheinlich überhaupt nicht getraut, das Lokal zu pachten.«

Hanna hörte interessiert zu.

»Eigentlich war ich Bankkauffrau in Malmö«, erzählte Greta weiter, »aber die Bank habe ich noch kein einziges Mal vermisst.«

»Sie haben alles aufgegeben und sich einfach so ins kalte Wasser gestürzt?«, fragte Hanna bewundernd.

Greta zögerte einen Augenblick. »Ich wollte nicht mehr in der gleichen Stadt leben, wie mein Ex und seine neue Freundin.«

Greta wirkte in diesem Moment sehr traurig. Wenn sie wüsste, wie gut ich sie verstehen kann, schoss es Hanna durch den Kopf.

Sie sah Sten vor sich, wie er Britt aus dem Zug hob und sie zärtlich küsste.

Greta schien die Erinnerung schnell abzuschütteln. »Als ich die Annonce in der Zeitung las, dass in Kungsholt ein Fischlokal zu vermieten war, bin ich gleich hergefahren. Ich habe mich sofort in den Ort verliebt, und mit dem Besitzer komme ich auch gut klar.« Sie lächelte versonnen. »Ja, und jetzt bin ich schon etwas länger als ein Jahr hier.«

Auch Lina hatte aufmerksam zugehört. »Ist es Ihnen hier auf dem Land nicht zu langweilig?«, fragte sie erstaunt. »So wahnsinnig viel los ist hier ja nicht.«

Greta lächelte geheimnisvoll. »Ist es nicht egal, wo man ist, sondern viel entscheidender, mit wem man da ist?«

Hanna spürte ein Ziehen in der Brust. Es war offensichtlich, dass Greta sich verliebt hatte. Wehmütig stellte sie fest, dass sie selbst beinahe vergessen hatte, wie das war. Ihre Liebe zu Sten hatte bereits vor langer Zeit einen Knacks erhalten, als sie zum ersten Mal feststellte, dass er nicht treu war. Vor allem Lina zuliebe hatte sie ihre Ehe damals nicht aufgegeben. Es hatte lange gedauert, bis sie ihm wieder vertraut hatte. Hanna hatte keine Ahnung, wie sie mit seinem erneuten Vertrauensbruch umgehen sollte. Dieses Mal aber war es nicht nur seine Affäre mit Britt, die ihr zu schaffen machte, sondern vor allem ihre eigenen Gefühle.

Als sie damals hinter seinen Seitensprung gekommen war, hatte sie nächtelang geweint und sich tagsüber vor Lina nur mühsam zusammenreißen können.

Lina war damals zwölf Jahr alt gewesen. Ein fröhliches, aufgewecktes Mädchen, das die Spannungen zu Hause trotz aller Bemühungen der Eltern bemerkte. Wegen Lina hatte Hanna sich schließlich für den Neuanfang mit Sten entschieden. Sie hatten sich in den vergangenen Jahren arrangiert, ihr Leben miteinander wieder eingerichtet.

Ein Leben, das wurde ihr jetzt klar, in dem es keine Höhen

und keine Tiefen mehr gab, bis zu dem Moment, als sie ihn zusammen mit Britt gesehen hatte.

Hanna spürte plötzlich, dass Lina sie aufmerksam beobachtete. Sie musste sich zusammenreißen, damit ihre Tochter nichts bemerkte. Sie selbst würde Lina niemals sagen, was passiert war. Lina liebte ihren Vater, und Hanna wollte das Bild, das ihre Tochter von Sten hatte, nicht zerstören. Lina hatte mit den Problemen zwischen ihr und Sten nichts zu tun.

Hanna zwang sich zu einem Lächeln und legte einen Arm um ihre Schulter, während sie Greta ins Haus folgten.

Das Innere des Hauses hielt, was das Äußere versprach. Helle Räume, vorwiegend in Weiß gehalten. Gleich rechts neben dem Eingang führte eine Treppe in die obere Etage. Greta zeigte ihnen aber erst einmal die Räume im Erdgeschoss.

Von hier aus gelangte man, ebenso wie durch den Flur, in die Küche. Im Wohnzimmer führte eine breite, gläserne Doppeltür in den halbrunden Erker, den Hanna bereits von außen bewundert hatte. Es war ein Wintergarten, der als Esszimmer genutzt wurde. Das ganze Halbrund des Raumes wurde von hellen Sprossenfenstern eingenommen, mit einem berauschenden Blick auf den See.

Greta kam nur kurz mit ins Haus und verabschiedete sich gleich darauf wegen eines wichtigen Termins. Sie überließ es Mutter und Tochter, das Haus alleine zu erkunden.

Eingerichtet war das Haus mit gemütlichen Möbeln. Auf den Bodendielen lagen flauschige Teppiche. Lina war ganz begeistert von dem Schaukelstuhl vor dem offenen Kamin.

»Fandest du Schaukelstühle vor kurzem nicht total altmodisch?« Hanna schmunzelte.

Lina fläzte sich bereits in den Stuhl, die Arme hinter dem Kopf verschränkt. Sie schaukelte hin und her. »Ach, das war vor meinem Abitur«, sagte sie.

Hanna betrachtete ihre Tochter amüsiert. Seit Lina das Abitur bestanden hatte, schien sie sich sehr erwachsen zu fühlen. Ihre

Zeiteinteilung war neuerdings *vor dem Abitur* oder *nach dem Abitur.*

»Ich finde es schön, dass wir hier sind«, sagte Lina schließlich. »Wir machen uns jetzt ein paar richtig faule Tage. Außerdem habe ich hier noch etwas Wichtiges zu erledigen.«

»Aha.« Hanna schaute ihre Tochter fragend an. »Was denn?«

Linas Gesicht wurde ernst. »Ich hab dir doch von dem Mann erzählt, der uns aus dem Bus geholfen hat. Ich würde mich gerne bei ihm bedanken.«

Hanna nickte nachdenklich. Auch sie schuldete ihm ihren Dank und konnte ihrer Tochter nur zustimmen. »Dann sollten wir heute noch zu ihm gehen«, schlug sie vor.

Lina schüttelte den Kopf. »Das ist leider nicht so einfach. Hier kennt ihn nämlich keiner.«

Hanna kam nicht zu einer Antwort, weil in diesem Moment ihr Handy klingelte. Auf dem Display sah sie, dass es wieder Sten war. Sie konnte ihn schlecht wegdrücken, jetzt, wo ihre Tochter dabei war.

»Hallo Sten.« Sie bemerkte selbst, wie förmlich ihr Ton war. Sie konnte einfach nicht anders. Es war ihr unmöglich, in diesem Moment besonders freundlich oder sogar herzlich zu ihm zu sein. Sie registrierte Linas aufmerksamen Blick und wandte ihr den Rücken zu. Ihre Tochter sollte ihr nicht auch noch ins Gesicht schauen können, sie war nicht sicher, ob sie ihre Mimik unter Kontrolle halten konnte. Aber vermutlich war ihre Stimme schon verräterisch genug.

Sten erkundigte sich zuerst nach Lina. Hanna versicherte ihm kühl, dass alles in Ordnung sei.

»Wir haben übrigens noch beschlossen, ein paar Tage hier zu bleiben«, teilte sie ihrem Mann mit.

Sten schluckte schwer am anderen Ende. Sekundenlang blieb es still, bevor er darum bat, mit Lina zu sprechen.

Hanna reichte ihr das Handy. »Papa will dich sprechen.« Dann wandte sie sich wieder um und setzte sich.

»Ach, Paps«, hörte Hanna ihre Tochter antworten. »Jetzt mach dir mal keine Sorgen, es ist wirklich nichts passiert. Mama und ich haben ein wunderschönes Ferienhaus am See gemietet. Kannst du nicht auch kommen?«

Hanna schoss hoch und streckte die Hand nach dem Handy aus. »Ich will ihn noch einmal kurz sprechen«, sagte sie mit gerunzelter Stirn. Überrumpelt reichte Lina ihr das Handy.

»Hallo, ich bin es noch einmal«, sagte Hanna und war sich bewusst, dass ihre Tochter sie jetzt noch aufmerksamer als zuvor beobachtete.

Hanna atmete tief durch, und mobilisierte all ihre Kräfte für ein Lächeln. Es war ihr wichtig wegen Lina. Was Sten dachte, war ihr völlig egal.

»Ich habe Lina gesagt, wie wichtig deine Dienstreise ist und du einfach nicht kommen kannst.«

»Verstehe«, erwiderte Sten gedehnt. »Du willst mich nicht sehen. Okay, dann nimm dir die Zeit, die du brauchst.«

Hanna hätte am liebsten in den Hörer geschrien, wie sehr ihr sein gönnerhafter Ton auf die Nerven ging. Er hatte ganz sicher nicht vergessen, weshalb sie nicht nach Hause zurückkehren wollte. Trotzdem klang er so, als müsste sie ihm für sein großzügiges Zugeständnis auch noch dankbar sein.

»Gib mir Lina noch einmal, ich werde es ihr erklären«, sagte er. »In deinem Sinne«, fügte er beschwichtigend hinzu.

Hanna biss die Zähne zusammen. Sie gab ihrer Tochter das Handy zurück. »Papa noch einmal«, sagte sie und ging dann schnell hinaus in die Küche. Ihre Wut war in diesem Moment grenzenlos, brannte in ihrem Magen. Sie wollte nicht zuhören, wie Lina mit ihrem geliebten Vater sprach. Sie würde ihrer Tochter bloß den Hörer aus der Hand reißen und explodieren. Schade, dass ihr all diese Worte, die ihr jetzt durch den Kopf gingen, nicht schon in Stockholm eingefallen waren. Am besten in dem Moment, als sie Sten und Britt auf dem Bahnsteig entdeckt hatte.

Seit einiger Zeit war die Hütte am See sein Zuhause. Niemand wusste, dass er hier lebte, außer dieser Greta aus dem Fischlokal, die ihm das Haus vermietet hatte. Greta hielt ihn für einen Naturbeobachter und Angler, der hier den Sommer verbrachte.

Der Mann steuerte das Boot an den Landungssteg. Hier fühlte er sich sicher. Seit er angekommen war, hatte sich noch kein Mensch hierher verirrt. Niemand, der ihn fragte, was er hier zu suchen hatte.

Der Mann stieg aus dem Boot und vertäute es. Im Boot lag das Fernglas, das er immer mitnahm. Jetzt richtete er es auf die Elchfarm auf der gegenüberliegenden Seite des Sees.

Das behäbige, rot gestrichene Gebäude mit den weißen Fensterrahmen wirkte wie verwachsen mit der Landschaft. Das flirrende Laub der Birken, die überall auf dem Grundstück wuchsen, verwischte die strengen Linien des kastenförmigen, zweistöckigen Gebäudes.

Langsam wandte der Mann den Kopf nach rechts. Aus der Entfernung wirkten die Fenster der Farm dunkel und leblos. Er konnte nicht sehen, was sich hinter den Scheiben abspielte.

Sein Blick glitt noch weiter nach rechts, vorbei an dem Gebäude, an Bäumen und Sträuchern. Er hielt erst inne, als er durch das Fernglas hindurch einen Mann entdeckte.

Per zersägte einen Ast, den er zwischen zwei Holzböcke gelegt hatte. Jetzt richtete er sich auf und wischte sich mit der Hand über die Stirn.

Langsam ließ der Mann das Fernglas sinken, ohne den Blick von der Farm gegenüber zu nehmen. Sein Gesicht zeigte keine Regung. Schließlich bückte er sich, nahm die Fische aus dem Boot, die er geangelt hatte, und rief seinen Hund.

»Komm, Pelle!«

Mit schweren Schritten stapfte er zur Hütte.

Lina brannte darauf, ihrer Mutter die Gegend zu zeigen. Ganz oben auf Linas Besichtigungstour stand natürlich die Unfallstelle. Sie nutzten dazu die Fahrräder und wollten anschließend noch schwimmen gehen. Unter ihrer Kleidung trugen sie bereits Badesachen.

Jetzt sprang Lina vom Fahrrad. »Genau hier sind wir in den See gerutscht.«

Hanna war ebenfalls vom Rad gestiegen und schaute sich um. Die Schilderung des Unfalls war schon schlimm gewesen, aber jetzt hier zu stehen und sich das alles vorzustellen war entsetzlich.

Die Stelle am See war abgesichert. Bremsspuren waren auf der Straße zu sehen, schwarze Gummiteile, die von dem geplatzten Reifen stammten, lagen noch verstreut am Straßenrand. An der Seeseite fiel die Böschung mehrere Meter steil ab.

Hanna lief ein Schauder über den Rücken, als sie hinunterschaute. Ihr wurde erst jetzt so richtig bewusst, wie viel Glück die jungen Leute gehabt hatten.

»Das sieht ja furchtbar aus«, stieß Hanna hervor.

Bisher hatte sie den Eindruck gehabt, dass ihre Tochter den Unfall nicht nur physisch, sondern auch psychisch gut überstanden hatte. Hier am Ort des Geschehens zeigte sich, wie sehr sie der Unfall mitgenommen hatte.

»Als der Bus ins Rutschen kam ... als das ganze Wasser auf mich zukam ... da wusste ich überhaupt nicht, was ich machen soll. Ich dachte, das war es.«

»Ich mag mir das überhaupt nicht vorstellen«, sagte Hanna erstickt. »Wenn dir etwas passiert wäre ...« Liebevoll streichelte sie über den Rücken ihrer Tochter.

»Mir ist ja nichts passiert.« Lina nahm die Hand ihrer Mutter und drückte einen Kuss darauf. »Mir ist nur bewusst geworden, wie kostbar das Leben ist.«

Lina legte den Kopf auf die Schulter ihrer Mutter. Beide schwiegen sekundenlang, schauten auf den See.

»Ich will keinen Augenblick von meinen Leben verplempern«, sagte Lina nach einer Weile leise. »Es könnte von einer Sekunde auf die andere vorbei sein.«

Sie hob den Kopf und trat einen Schritt näher an die Böschung. Gedankenverloren blickte sie nach unten. »Wenn ich nur wüsste, wo dieser Mann hergekommen ist. Meinst du, der hatte ein Boot?«

»Wie sah dein Retter denn aus?«, fragte Hanna.

Lina schüttelte den Kopf. »Ich weiß es nicht. Alle hatten Angst und schrien durcheinander. Dann war ich auf einmal am Ufer, und als ich mich bedanken wollte, da war der Mann weg.«

Hanna schwante, dass die Suche nicht ganz leicht werden würde. Sie forderte ihre Tochter auf, weiterzufahren. Dieser Ort bedrückte sie und erzeugte in ihrer Fantasie Bilder, die sie nicht sehen wollte.

Linas nächstes Ziel war ein eingezäuntes Grundstück. Hinter dem dünnen, hohen Maschendrahtzaun weideten zahlreiche Elche unterschiedlicher Altersklassen. Zwischen den freien Weideflächen und den bewaldeten Stellen schlängelte sich ein Bach, der sich an einer Stelle verbreiterte und mit seiner flachen Uferfläche eine hervorragende Trinkstelle für die Tiere bot. Das hölzerne Viehgatter war verriegelt, um Unbefugte am Betreten des Grundstücks zu hindern.

Lina ließ ihr Fahrrad fallen und lehnte sich über das Gatter. »Mama, schau, da sind die Elche!« In ihrer freudigen Aufregung wirkte Lina nicht wie eine Abiturientin, sondern wie ein kleines Kind.

Hanna stellte ihr Fahrrad ab und trat zu ihrer Tochter. Sie musste an den Mann denken, der ihr den Elchkäse verkaufen wollte. Ob das hier seine Elche waren?

Die Tiere waren Menschen offensichtlich gewohnt. Ein Elchbulle mit ausgeprägtem Kinnbart und Schaufelgeweih stapfte ganz dicht hinter dem Gatter an ihnen vorbei. Ein wenig abseits davon stand eine Elchkuh mit ihren beiden Kälbern am Bach.

»Sind das nicht wunderschöne Tiere«, sagte Lina leise. »So mächtig und majestätisch. Ich habe mir immer schon einen Babyelch gewünscht.«

Hanna lachte. »Ich kann mich erinnern. Wir haben dir zu deinem siebten Geburtstag einen Stoffelch geschenkt, und du warst so sauer, weil es kein echter war.«

»Na, so was«, sagte plötzlich jemand hinter ihnen.

Hanna und Lina drehten sich um. Es war verrückt, aber Hannas Herz klopfte plötzlich ein paar Takte schneller, als sie den Mann erkannte, an den sie eben noch gedacht hatte. »Hallo«, sagte sie befangen.

»Hallo«, gab Per den Gruß zurück. Kurz streifte sein Blick Lina, bevor er wieder an Hanna hängen blieb. Kleine Fältchen bildeten sich in seinen Augenwinkeln, als er sie strahlend anlachte. Seine Augen waren tiefblau, sein blondes Haar zurückgekämmt.

»Ich habe mir fast gedacht, dass das Ihre Farm ist«, sagte Hanna befangen.

»Hej.« Lina streckte Per die Hand entgegen.

»Ach, das ist übrigens meine Tochter Lina«, sagte Hanna.

Per erwiderte den Händedruck des Mädchens. »Hej.«

»Sie kennen meine Mutter?«

»Ja«, sagte er und Hanna hatte plötzlich das Gefühl, sich rechtfertigen zu müssen. Dabei klang Linas Frage völlig unbefangen und ohne jeden Hintergedanken. Wahrscheinlich war es das dumme Gerede von Svea, das jetzt noch in ihr nachwirkte. Vielleicht lag es aber auch an ihren Problemen mit Sten, von denen Lina möglicherweise etwas ahnte, ohne die wahren Hintergründe zu kennen.

»Herr Nordenfeldt macht Elchkäse, und den könnte ich verkaufen.« Zum Glück schien niemand zu bemerken, dass sie im Augenblick ziemlich verwirrt war.

−31−

»Elchkäse?«, sagte Lina anerkennend. »Das ist ja was ganz Exklusives und auf jeden Fall ziemlich teuer. Sie müssen Millionär sein.«

Per lachte laut auf. »Das wäre schön, aber die Elchzucht ist mehr eine Liebhaberei. Mein Hauptgeschäft sind Obst und Gemüse.«

Ein lautes Geschrei war zu hören, das zweifellos nicht von den Elchen stammte.

»Und wer ruft da nach Ihnen?«, fragte Hanna überrascht.

Seine Augen blitzten schalkhaft auf. »Kommen Sie, ich zeige es Ihnen.«

Per ging voran über grasbewachsene Wege zwischen den Gemüsefeldern. Stiegen mit Gemüse waren übereinandergestapelt. Das Rot der Tomaten leuchtete besonders hervor.

Stallungen waren zu sehen, ebenso rot gestrichen wie das Farmhaus, das zwischen den mächtigen Stämmen von Eichenbäumen zu sehen war.

Ganz nah beim Farmhaus lag eine kleine Weide. Per öffnete das Tor und ließ die beiden Frauen herein. Ein kleiner, weißer Esel kam neugierig näher.

»Das ist Findus«, grinste Per. »Ich habe ihn mit der Flasche aufgezogen, weil seine Mutter bei der Geburt gestorben ist.«

»Ist der süß«, rief Lina aus und umschlang mit beiden Armen den Hals des Esels. »Ab sofort kannst du das Elchbaby vergessen, Mama. Ich wünsche mir jetzt einen kleinen Esel.« Hingerissen folgte sie dem kleinen Esel ein paar Schritte auf die Weide.

»Das ist ja ein toller Zufall, dass Sie ausgerechnet hier sind.« Per schien sich ehrlich zu freuen. »Ich hätte mir nicht träumen lassen, dass wir uns so schnell wiedersehen.«

Was für eine Formulierung, schoss es Hanna durch den Kopf und musste wieder an das denken, was Svea ihr unterstellt hatte. Gewiss, Per Norderstedt sah gut aus. Anders als Sten, der ebenfalls ein sehr attraktiver Mann war. Sten wirkte smart und manchmal aalglatt, trug ausschließlich elegante Designeranzüge. Er würde über Per Norderstedts Aufmachung die Nase rümpfen. Jeans, ein einfaches Shirt und eine Baumwolljacke. Was Per Norderstedts Attraktivität ausmachte, waren seine blauen Augen. Die kleinen Fältchen, die sich in seinen Augenwinkeln abzeichneten, wenn er lachte. Ebenso wie Sten war er groß und schlank. Aber Sten war eher als hager zu bezeichnen, während Per sehnig und stark wirkte.

Hanna wurde mit einem Mal bewusst, dass sie den Mann schon eine ganze Weile anstarrte, während ihr diese Vergleiche durch den Kopf gingen. Was mochte er nur von ihr denken.

»Ich bin wegen diesem Busunfall hier«, sagte sie hastig. »Sie haben doch sicher davon gehört.«

Per nickte.

»Ich habe mir einfach Sorgen um meine Tochter gemacht«, sagte Hanna.

Für Per schien das einleuchtend zu sein. Er fragte nicht weiter nach, sondern bot ihr und auch Lina Kaffee an.

»Nein«, sagte Hanna, während Lina gleichzeitig ausrief: »Ja, gerne«. Sie stand immer noch bei dem kleinen Esel und streichelte ihn.

»Wir können doch nicht einfach so hier reinplatzen«, wehrte Hanna ab. »Sie haben sicher genug zu tun.«

Per hatte sich bereits in Richtung Farmhaus in Bewegung gesetzt. Jetzt wandte er sich noch einmal um. »Als einsamer Bauer freue ich mich über jeden Besuch«, behauptete er, obwohl er so einsam gar nicht sein konnte. Hanna konnte einige Arbeiter sehen, die alle sehr beschäftigt wirkten.

»Schauen Sie sich ruhig um«, bot Per an, »oder setzen Sie sich da hinten hin. Ich bin gleich wieder da.«

Im Laufschritt erreichte Per das Haus. Der Duft von Erdbeeren schlug ihm bereits entgegen, bevor er die Küche erreichte.

Die Küche des Farmhauses beherbergte eine Mischung aus Altem und Modernem. Rechts befand sich die alte Feuerstelle, die aber nicht mehr zum Kochen benutzt wurde. Nur im Winter wurde hier ein Feuer entfacht, um den Raum zusätzlich zu wärmen. Neben dem Herd stand ein großer Einbauschrank.

Auf der gegenüberliegenden Wand gab es eine moderne Küchenzeile. Eine Frau stand an dem großen Küchentisch inmitten des Raumes und füllte Gläser mit frisch gekochter Erdbeermarmelade. Einige Gläser davon würden in der farmeigenen Speisekammer landen, die anderen wurden verkauft.

»Hej, Ulrika. Gibt es noch Kaffee?« Während Per fragte, holte er bereits Tassen und Untertassen aus dem Wandschrank.

Ulrika wies auf die Kaffeemaschine. »Ich habe gerade welchen gemacht.«

»Ich habe nämlich gerade Besuch. Eine Kundin mit ihrer Tochter.« Pers Blick fiel auf den Obstkuchen, den Ulrika heute gebacken hatte. Ein Traum aus sahniger Creme und verschiedenen frischen Früchten. Er nahm ein Messer von der Anrichte. »Können wir auch etwas von dem Kuchen haben?«

»Finger weg«, sagte Ulrika streng. »Der Kuchen ist für Greta. Ich habe ihr versprochen, dass ich ihn heute noch bringe.« Fragend schaute sie Per an. »Was ist das für eine Kundin?«

»Sie hat einen Käseladen in Stockholm, und ihre Tochter war in dem Bus, der in den See gerutscht ist.« Per hatte den Blick auf den Kuchen gerichtet. »Ach, komm, sei nicht so gemein«, bat er. »Nur drei Stück.«

»Und was ist mit Greta?«, wandte Ulrika ein. »Sie rechnet mit dem Kuchen.«

Per hob drei Finger, schaute sie bittend an.

»Also gut, wenn es dem Geschäft dient«, gab Ulrika endlich nach und nahm ihm das Messer aus der Hand. »Aber wehe, sie kauft nachher keinen Käse.«

Per hörte nur mit halbem Ohr hin. Sein Blick wanderte aus dem Küchenfenster. Hanna hatte sich mit dem Rücken zu ihm auf eine der Bänke gesetzt. Sie hatte die Arme nach beiden Seiten auf der Rückenlehne ausgestreckt und ließ den Kopf entspannt nach hinten fallen. Ihre Haltung wirkte entspannt. Es freute ihn, dass sie sich auf seiner Farm wohl zu fühlen schien.

Plötzlich bemerkte er, dass Ulrika ihn prüfend musterte. Sie hatte ebenfalls aus dem Fenster gesehen, und jetzt lag etwas in ihrem Blick, dass er nicht deuten konnte. Er machte eine Handbewegung über den Kuchen, bevor er auf das Messer in ihrer Hand zeigte. »Schnitt«, forderte er sie kurz und unmissverständlich auf.

Ulrikas Miene war missbilligend. Schweigend schnitt sie drei Stücke von dem Kuchen ab.

Hanna nahm die Arme von der Rückenlehne und setzte sich wieder aufrecht hin. Tief seufzte sie auf. »Von so was habe ich als Kind immer geträumt. So wollte ich leben, wenn ich erwachsen bin. Auf einem Bauernhof mit vielen Blumen, Tieren und einem Haufen Kinder.«

Die weißen Bänke gruppierten sich um einen ebenfalls weißen Tisch. Die Sitzgruppe stand mitten auf der Rasenfläche hinter dem Haus, umgeben von Kübeln mit blühenden Sommerblumen. Eine niedrige Ligusterhecke trennte den Rasen vom Uferbereich, unterbrochen durch einen Weg, der zum See führte. Ein Rosenbogen rahmte den Weg in Höhe der Hecke ein.

Lina hatte sich zu ihr an den Tisch gesetzt, gefolgt von Findus. Der kleine Esel nutzte es weidlich aus, dass er von dem Teenager so viele Streicheleinheiten bekam.

»Dann hast du dich in Papa verliebt, und der Traum war aus«, stellte Lina fest.

»Papa hätten keine zehn Pferde aufs Land gebracht«, sagte

Hanna. »Der ist durch und durch ein Stadtmensch.« Hanna ließ ihren Blick bis zum See schweifen. Auch wenn sie über Sten sprachen, so war er und das, was sie heute Morgen erlebt hatte, doch weit entfernt von ihr. Vor allem innerlich.

»Bereust du es, dass du nie einen Bauern, sondern nur einen Pharmavertreter geheiratet hast?« Erst als Lina diese Frage stellte, bemerkte Hanna, dass ihre Tochter sie prüfend musterte.

»Ach was.« Hanna schüttelte den Kopf. »Träume sind das eine, Leben ist was anderes. Es war schon alles gut so.« Aber sie hatte ihre Worte unbedacht gewählt.

»War?«, hakte Lina sofort misstrauisch nach. Hanna wusste nicht, wie sie darauf reagieren sollte. Auch wenn sie selbst nichts gesagt hatte und sie ganz sicher war, dass auch Sten bei dem Telefonat mit Lina nicht über ihre Eheprobleme gesprochen hatte, so schien das Mädchen doch zu spüren, dass etwas nicht stimmte. Glücklicherweise kam in genau diesem Moment Per zurück und enthob sie einer Antwort. Er stellte ein gefülltes Tablett auf den Tisch. »Kaffee und frisch gebackener Obstkuchen«, lächelte er.

»Das sieht ja wundervoll aus«, sagte Lina.

Hanna war froh, dass ihre Tochter sich so schnell ablenken ließ. Sie musste in nächster Zeit einfach vorsichtiger sein.

Lina probierte ein Stück von dem Kuchen auf ihrem Teller. »Ich werde nachher beim Schwimmen untergehen wie eine Bleikugel«, prophezeite sie.

»Sie wollen schwimmen gehen?«, fragte Per. »Da kann ich Ihnen eine gute Stelle zeigen.« Er schenkte ihr Kaffee ein und sagte anschließend: »Ich freue mich, dass Sie da sind.«

Hanna bemerkte, dass Lina plötzlich sehr aufmerksam wurde, und das Lächeln auf ihrem Gesicht schwand.

»Ich freue mich auch«, erwiderte sie betont beiläufig und erkundigte sich anschließend ausführlich nach seinem Elchkäse, um diesem Treffen einen geschäftsmäßigen Anstrich zu geben.

Nachdem sie ihren Kuchen gegessen und den Kaffee getrunken hatte, drängte Hanna zum Aufbruch. Ein wenig befürchtete

−36−

sie, dass Per sie und Lina zum Schwimmen begleiten wollte. Es wäre nicht gut. Nicht für Lina und schon gar nicht für sie selbst ...

Per kam überhaupt nicht auf die Idee, ihnen einen solchen Vorschlag zu unterbreiten. Er erklärte lediglich den Weg zu einer besonders schönen Badestelle.

Der Weg führte durch ein Birkenwäldchen. Da, wo die Sonne durch das Laub drang, zauberte sie ein verwobenes Muster auf den unbefestigten Weg. Die Blätter flirrten im leichten Sommerwind. Das Plätschern des Sees war schon zu hören, bevor sie das Ufer erreichten.

Per hatte nicht zu viel versprochen. Glatt und ruhig lag der See vor ihnen, mit einem flachen Uferbereich, der nur allmählich tiefer wurde. Lina blieb zögernd am Ufer stehen. In ihrer Miene lag Angst. Hanna ahnte, dass ihre Tochter in diesem Moment wieder an den Unfall dachte, an das Wasser, das den Bus füllte und das sie in diesem Moment zum ersten Mal als bedrohlich empfunden hatte. Sie wusste, wie wichtig es war, dass Lina diese schrecklichen Bilder verarbeitete, und beobachtete ihre Tochter genau. Erleichtert sah sie, wie Lina nach einer ganzen Weile vorsichtig den ersten Fuß ins Wasser steckte.

Hanna war stolz auf ihre Tochter. Lina war so tapfer. Zögernd machte sie die ersten Schritte, ging weiter ins Wasser, und dann war es vorbei. Sie lachte laut auf.

»Per hat recht«, rief sie begeistert aus. »Das ist eine wunderschöne Badestelle, und das Wasser ist ziemlich warm.«

Hanna kam langsam nach. Im Gegensatz zu ihrer Tochter watete sie nur vorsichtig ins Wasser. »Also, warm ist anders.«

Lina überhörte den Einwand ihrer Mutter. »Er ist sehr sympathisch«, sagte sie, »und ganz schön entspannt. Ob er alleine dort lebt?«

Hanna wusste sofort, dass ihre Tochter von Per sprach. »Woher soll ich das wissen?«, sagte sie in einem Ton, als wäre ihr das völlig egal. Dabei hatte sie sich diese Frage selbst schon gestellt, seit sie vom Farmhaus aufgebrochen waren.

»Er sieht gut aus, er ist nett, er kann Kaffee kochen«, zählte Lina Pers Vorzüge auf und schloss lachend: »Wenn der Kuchen jetzt auch noch von ihm war, würde ich ihn glatt heiraten.«

Hanna spürte einen kurzen, scharfen Stich. War ihre Tochter etwa dabei, sich in Per zu verlieben? »Super Idee«, bemühte sie sich um eine scherzhafte Antwort. »Ich habe mir schon immer einen Schwiegersohn gewünscht, der älter ist als ich.«

Lina geriet ins Schwärmen. »Immerhin hat er Augen wie Brad Pitt.«

»Aha«, entgegnete Hanna. »Ist mir gar nicht aufgefallen.«

Das war noch nicht einmal gelogen. Sie hatte keine Ahnung, ob Per Augen wie Brad Pitt hatte, weil sie einfach nicht wusste, wie Brad Pitts Augen aussahen.

Allerdings war es auch nicht die ganze Wahrheit. Pers Augen waren das Erste, was ihr an ihm aufgefallen war. Diese blauen Augen, die sie so anstrahlten.

Hör auf, ermahnte sie sich selbst. Sie war kein schwärmerischer Teenager mehr, sondern eine erwachsene Frau. Erwachsen und verheiratet!

»Ich wusste gar nicht, dass du auf Brad Pitt stehst«, sagte sie zu ihrer Tochter und ließ sich vollends in das Wasser gleiten. »Komm«, winkte sie ihrer Tochter zu.

Lina tauchte unter und kam neben ihr prustend wieder hoch. Nach ein paar Minuten hatte sie genug und schwamm zurück, um sich am Ufer in die Sonne zu legen. Hanna blieb noch eine Weile im Wasser, ließ die Ereignisse des Tages Revue passieren. Auch jetzt wunderte sie sich, wie groß ihr innerer Abstand zu dem war, was sie heute mit Sten erlebt hatte. Die Frage, wo sie und Sten eigentlich standen, wie sie zueinander standen, konnte sie heute nicht beantworten. Ebenso wenig wie die Frage, ob sie in der Fortführung ihrer Ehe überhaupt noch einen Sinn sah.

Hanna ließ sich eine ganze Weile in der Nähe des Ufers auf dem Wasser treiben. Später kam Lina auch wieder ins Wasser. Sie blieben am See, bis sie beide Hunger verspürten.

Sie hatten noch nichts eingekauft, außerdem hatte Hanna nur wenig Lust, sich heute noch an den Herd zu stellen. Die Entscheidung für eine Mahlzeit in Gretas Lokal fiel nicht schwer.

Die Luft war samtig weich. Hanna empfand so etwas wie Urlaubsstimmung. Es war schön hier draußen. Die Tische standen unter alten, hochgewachsenen Bäumen. Eine steinerne Treppe führte hinauf ins Lokal. Weiße Clematis rankten sich am Geländer entlang. Davor plätscherte ein Springbrunnen. Die Abendsonne tauchte die ganze Szenerie in ein weiches, warmes Licht.

Greta kam die Treppe hinunter. Sie freute sich offensichtlich, sie und Lina hier zu sehen, und kam sofort zu ihnen. »Geht es euch gut?«, wollte sie wissen, ging damit wie selbstverständlich zum vertraulichen Du über.

»Super«, sprudelte es sofort aus Lina heraus. »Heute war ein wunderschöner Tag. Aber jetzt falle ich fast um vor Hunger.«

Greta begleitete sie zu einem der wenigen freien Tische. »Mein Koch macht dienstags immer seine Spezialfischsuppe«, schlug sie vor. »Wollt ihr die probieren?«

»Das klingt wunderbar«, stimmte Hanna sofort zu, und auch Lina nickte.

Greta ging an einen der anderen Tische, um auch dort die Bestellung aufzunehmen, als zur gleichen Zeit Per mit einem Korb in der Hand von der anderen Seite die Terrasse betrat. Er stutzte, als er Hanna und Lina erblickte, dann aber zog ein Lächeln über sein Gesicht, und er kam zu ihnen an den Tisch.

»Woher wussten Sie, dass man ausgerechnet dienstags bei Greta essen muss?«

»Das wussten wir gar nicht«, schüttelte Hanna den Kopf. »Es war reiner Zufall.«

»Ein schöner Zufall«, sagte Per. »Überhaupt gab es ein paar gute Zufälle heute ... Ich hätte mir natürlich denken können, dass Sie abends noch etwas essen müssen. Ich meine ...« Er stockte, wirkte verlegen. »Ich meine«, schloss er schließlich, »wir hätten uns hier verabreden können.«

Hanna wusste nicht, was sie darauf sagen sollte. Seine Freude darüber, sie zu sehen, rührte sie. Gleichzeitig aber verwirrte er sie auch.

Plötzlich stand Greta neben ihnen. Sie küsste Per auf die Wange. »Schön, dass du da bist.«

»Hallo.« Per war kurz angebunden und schien nur widerwillig den Blick von Hanna zu wenden. Nicht nur Hanna selbst spürte das, auch Gretas Augen verengten sich für einen kurzen Moment.

»Hier, mit schönen Grüßen von Ulrika.« Per reichte Greta den Korb. »Himbeeren, Rhabarber, Erdbeeren und eine Torte«, zählte er auf, dachte kurz nach und schloss mit den Worten: »Den Rest habe ich vergessen.«

Greta nahm den Korb, ohne einen Blick hinein zu werfen. »Ich muss noch etwas mit dir besprechen«, sagte sie, fasste besitzergreifend nach seinem Arm. »Hör mal, es geht um den Herd.«

Greta führte Per bis zur Treppe des Lokals und redete auf ihn ein. Hanna wollte nicht lauschen, aber sie konnte es auch nicht verhindern, dass sie das Gespräch mithörte.

»Mein Koch weigert sich, weiter auf dem Herd zu kochen«, sagte Greta.

»Dann schaff dir doch einen neuen an«, erwiderte Per uninteressiert, schaute sich dabei kurz zu Hanna um. Er lächelte sie an, sie lächelte zurück.

Wieder verengten sich Gretas Augen für einen kurzen Moment zu schmalen Schlitzen. Gleich darauf lächelte sie wieder.

»Ja, aber was Erik will, ist ziemlich kostspielig«, wandte sie ein.
»Ich dachte, du und ich fahren zusammen nach Stockholm und
schauen uns ein paar Herde an.«

Per schüttelte augenblicklich den Kopf. »Ich verstehe nichts
von Herden. Fahr du mal lieber zusammen mit deinem Koch
und sucht euch einen aus. Wenn er nicht so teuer ist wie ein
Sportwagen, übernehme ich natürlich die Rechnung.«

»Du bist ein Schatz.« Greta warf einen triumphierenden Blick
in Hannas Richtung, bevor sie sich vorbeugte und Per küsste.

»Wir können ja unabhängig vom Herd mal wieder einen Ausflug machen«, hörte Hanna sie danach sagen. Was Per antwortete, konnte Hanna nicht verstehen, weil Lina sich in diesem
Moment zu ihr hinüberbeugte und sie fragte, ob es ihr hier auch
so gut gefiel.

Hanna nickte, während Per das Gespräch mit Greta beendete.
»Ich habe jetzt erst mal Hunger«, sagte er.

»Setz dich auf deinen Platz«, nickte Greta, »ich bringe dir
gleich die Suppe.«

Hanna ertappte sich bei der Frage, welche Verbindung zwischen Greta und Per bestehen mochte. Die naheliegende Antwort versetzte ihr einen Stich.

Ihr war bereits bei der Besichtigung des Ferienhauses klar
geworden, dass Greta sich verliebt hatte. Jetzt wusste sie auch, in
wen.

Aber was war mit Per? Erwiderte er Gretas Gefühle? Immerhin schien er hier sogar so etwas wie einen Stammplatz zu haben,
also kam er regelmäßig hierher. Aber das war vermutlich kein
Wunder, schließlich lebten sie beide in demselben kleinen Ort,
und die Auswahl an Restaurants war überschaubar.

Na und, sagte sie sich im nächsten Moment selbst. Was geht es
mich an.

Tatsächlich waren die beiden sogar ein recht hübsches Paar.
Der große, blonde Per und Greta, mit ihren dunklen, halblangen
Locken. Warum nur bereitete ihr diese Vorstellung Unbehagen?

Hanna mochte nicht darüber nachdenken. Besser war es, solche unsinnigen Gefühle sofort zu verbannen, bevor sie sich verselbständigten und nicht mehr zu kontrollieren waren. Sie beobachtete, wie Per an den letzten freien Tisch ging. Er setzte sich aber nicht, sondern hielt kurz inne, bevor er sich umdrehte und zu ihr und Lina zurückkehrte.

»Entschuldigen Sie, aber ich hatte noch etwas Geschäftliches mit meiner Pächterin zu besprechen.«

Wollte er ihr damit zu verstehen geben, dass die Beziehung zwischen ihm und Greta rein geschäftlicher Natur war?

Diese Frage schoss Hanna durch den Kopf, während sie gleichzeitig so etwas wie Erleichterung empfand.

»Das Restaurant gehört Ihnen auch?«, fragte sie.

»Es gehört der Familie meiner Mutter. Sie wollte nicht, dass das Lokal verkauft wird, und deshalb haben wir es in den vergangenen Jahren immer wieder verpachtet. Greta Hamsun ist noch nicht lange da, aber sie hat richtig frischen Schwung in den Laden gebracht. Überhaupt hat sie die ganze Gegend um den Finger gewickelt.«

Hanna ertappte sich selbst dabei, wie sie auf jede Nuance seines Tonfalls achtete. Selbst als er so positiv über Greta sprach, veränderte sich die Klangfarbe seiner Stimme kein bisschen. Entweder konnte er sich hervorragend verstellen, oder er erwiderte die Gefühle seiner Pächterin kein bisschen.

Es geht mich nichts an, ermahnte sie sich noch einmal selbst. Es hat mich nicht einmal zu interessieren.

»Sagen Sie«, kam es unsicher über seine Lippen, »haben Sie etwas dagegen, wenn ich mich zu Ihnen setze?«

»Entschuldigung«, erwiderte Hanna spontan. »Ich hätte Ihnen längst einen Platz anbieten sollen. Bitte.« Sie wies auf den freien Stuhl auf der anderen Seite des Tisches.

Strahlend bedankte sich Per, während er sich setzte. Unverwandt schaute er sie an.

Um ihre eigene Verwirrung zu überspielen, sagte sie scherzhaft zu Lina: »Sag ihm, dass ich sonst nicht so unhöflich bin.«

»Ja«, erwiderte Lina gehorsam, aber ihre Augen blitzten schalkhaft. »Meine Mutter ist sonst nicht so unhöflich. Im Gegenteil«, betonte sie. »Ich kenne niemanden, der höflicher oder rücksichtsvoller ist.«

Hanna schaute ihre Tochter schmunzelnd von der Seite an. »Kann es sein, dass sich das gerade nicht wie ein Kompliment angehört hat? Was ist denn falsch daran, höflich oder rücksichtsvoll zu sein?«

»Nichts, Mama«, grinste Lina. »Es ist nur manchmal ein bisschen hinderlich im Leben, wenn man immer nur Rücksicht nimmt.«

Es entwickelte sich eine unterhaltsame Diskussion über Rücksichtnahme und Rücksichtslosigkeit. Dabei zeigte sich sehr schnell, dass Hanna und Per einer Meinung waren, die in vielen Punkten von Linas Ansichten abwich. Sie waren geprägt durch ihre Lebenserfahrung, während Lina die Unbekümmertheit der Jugend widerspiegelte.

Als Greta aus dem Lokal kam, mit Fischsuppe gefüllte Teller auf dem Arm balancierend, blieb sie wie angewurzelt stehen, als sie Per bei Hanna und Lina sitzen sah. Es war ihr deutlich anzusehen, dass es ihr nicht gefiel.

Hanna empfand Mitleid mit Greta, fühlte sich aber nicht schuldig. Sie war nicht dafür verantwortlich, wenn Per Gretas Gefühle nicht erwiderte.

Es war nur eine einfache Hütte. Ein wackliger Tisch stand inmitten des Raumes. In der Ecke befand sich eine provisorische Bettstatt. Gekocht wurde auf dem einfachen Propankocher.

Die Tür zur Hütte war weit geöffnet, damit Pelle rein und raus konnte. Der Hund blieb dabei aber immer in Sichtweite seines Herrchens.

Der Mann saß auf einem der Stühle. In der Hand hielt er ein gerahmtes Foto, das ihn zusammen mit Per Norderstedt zeigte. Er legte das Bild auf den Tisch, dann nahm er es wieder auf, um es noch einmal zu betrachten. Es war, als könne er nicht aufhören, auf dieses Bild zu starren.

Pelle kam schwanzwedelnd in die Hütte gelaufen, legte seine Schnauze auf das Knie des Mannes.

Liebevoll tätschelte er den Kopf des Hundes. »Tja«, murmelte er. »Es ist alles nicht so leicht, was?«

Es war spät, als sie aufbrachen. Hanna und Lina schoben die Fahrräder neben sich her, weil Per sie noch bis zu der Stelle begleitete, an der sich der Weg gabelte und in die eine Richtung zur Elchfarm und in die andere zum Ferienhaus führte.

Lina war nach diesem aufregenden Tag so müde, dass sie sofort ins Bett ging.

Auch Hanna fühlte sich erschöpft, aber gleichzeitig spürte sie eine innere Unruhe. Wenn sie sich jetzt ins Bett legte, würde sie stundenlang wach liegen und sich von einer Seite auf die andere wälzen.

Außerdem war die Nacht viel zu schön, um ins Bett zu gehen. Es war eine dieser Sommernächte, in denen es nicht ganz dunkel wurde. Hanna liebte solche Nächte auf dem Land mit ihrem unwirklichen Zauber.

Langsam ging sie zum See. Wie eine kleine Landzunge ragte eine Erhebung in den See hinein. Mit dem sicheren Gespür für Idylle hatte genau hier jemand eine Bank aufgestellt. Bäume und Ufer auf der gegenüberliegenden Seite des Sees verschmolzen zu einer dunklen Fläche, die sich im See spiegelte. Da, wo das Licht des vollen Mondes auf die Wasserfläche traf, leuchtete sie golden auf.

Licht und Schatten!

Obwohl Hanna es nicht wollte, musste sie wieder an Per denken. Er nahm mehr Raum in ihren Gedanken ein, als es gut für sie war. Aber es waren nicht nur ihre Gedanken, die sie beunruhigten, sondern vor allem die Gefühle, die sie dabei empfand. Ein warmes, wohliges Gefühl, das sie lange nicht mehr empfunden hatte. So war es damals gewesen, als sie sich in Sten . . .

»Was ist los, Mama? Kannst du nicht schlafen?«

Ertappt zuckte Hanna zusammen. Lina schien ihrer Mutter die Überraschung nicht anzumerken. Sie setzte sich zu ihr auf die Bank und kuschelte sich an sie. Über ihr Nachthemd hatte sie eine Jacke gezogen.

»Es ist so eine schöne Nacht«, sagte Hanna leise.

»Genau richtig, um über das Leben nachzudenken«, sagte Lina und gähnte gleich darauf laut.

Hanna musste lachen. »Was für große Worte«, sagte sie und schüttelte den Kopf. »Ich habe eher daran gedacht, dass wir die Wohnung mal wieder streichen müssen«, schwindelte sie.

»Alles wird anders, wenn wir nach Hause kommen«, sagte Lina und legte ihren Kopf auf Hannas Schulter. »Für uns alle fängt ein neuer Lebensabschnitt an. Alles verändert sich.«

»Das stimmt«, nickte Hanna. Sie hatte einen Arm um ihre Tochter gelegt. »Manchmal kann ich es gar nicht fassen, wie schnell die Zeit vergangen ist. Es kommt mir so vor, als wurdest du gerade erst eingeschult, und jetzt hast du schon das Abitur.«

»Ist das nicht toll«, sagte Lina. »Eigentlich fangen wir alle etwas Neues an. Ich werde studieren«, an dieser Stelle machte Lina eine kurze Pause, bevor sie fortfuhr, ». . . und du und Papa könnt all die Dinge tun, die ihr ohne mich schon längst gemacht hättet.«

Hanna fragte sich, was in Lina vorging. Sie war ein sensibles Mädchen und spürte sicher, dass zwischen ihren Eltern etwas nicht stimmte. Es fiel ihr nicht leicht, gegenüber ihrer Tochter nicht ehrlich zu sein, aber was sollte sie sagen? »Übrigens, dein Vater betrügt mich mit seiner Assistentin, und deshalb haben wir gerade eine Krise.«

Niemals würde sie so etwas über die Lippen bringen. Was

immer auch zwischen ihr und Sten war, Lina liebte ihren Vater, und Hanna hatte nicht Absicht, schlecht über ihn zu reden.

»Klingt gut, noch einmal neue Chancen wahrnehmen«, sagte Hanna nach einer Weile, schaffte es aber nicht, dabei Begeisterung mitklingen zu lassen. Aber vielleicht hatte Lina ja recht. Möglicherweise war das wirklich eine Chance für sie und Sten, wenn sie demnächst ganz alleine waren. Wie damals, als junges Ehepaar. Vielleicht fanden sie sogar ihre Liebe, ihre Leidenschaft füreinander wieder. Sie musste darüber nachdenken, in aller Ruhe.

Hanna sprang auf. »Ich mache jetzt noch einen kleinen Spaziergang.«

»Soll ich mitkommen?«, bot Lina lustlos an.

Hanna schüttelte hastig den Kopf. Sie hatte ein schlechtes Gewissen, weil sie einen Moment ohne ihre Tochter sein wollte, auch wenn Lina ganz offensichtlich ohnehin wenig Lust verspürte, sie zu begleiten.

»Geh du nur ins Bett«, sagte sie. »Du siehst müde aus. Schlaf schön, und träume von deinem neuen, aufregenden Leben.«

»Und träum du von deinem alten Traum.« Lina schmunzelte.

Hanna wusste nicht sofort, was ihre Tochter meinte, und schaute sie fragend an. »Was für ein alter Traum?«

»Den vom Bauernhof mit den vielen Tieren und den Blumen«, erinnerte Lina sie.

Hanna brachte ein mühsames Lächeln zustande und wünschte ihrer Tochter eine gute Nacht. Langsam ging sie am Seeufer entlang und dachte an Linas letzte Worte. Gerade dieser Traum, von dem Lina gesprochen hatte, war für Hanna ein sehr gefährlicher Traum geworden. Früher war es nicht mehr als ein Wunsch gewesen, Bilder, ohne jeglichen Bezug zur Realität. Plötzlich hatte dieser Traum jedoch Gestalt angenommen, hatte ein Gesicht bekommen ...

Bevor sie sich weiter in solche Gedanken verstieg, musste sie handeln, musste etwas tun, um das alles aus ihrem Kopf zu bekommen.

Es war eine Kurzschlusshandlung. Obwohl sie Sten vorerst nicht sehen wollte, zückte sie nun doch ihr Handy aus der Jackentasche und wählte seine Nummer.

Sten meldete sich nicht, nur seine Mailbox schaltete sich nach dem zweiten Freizeichen ein.

Hanna wartete die Ansage ab, bevor sie in den Hörer sprach. »Hallo, Sten, ich bin es. Vielleicht sollten wir doch noch einmal über alles reden, auch wenn ich nicht weiß, ob das noch etwas bringt.«

Sie schaltete das Handy aus und bereute bereits, dass sie ihn angerufen hatte.

Langsam ging Hanna weiter. Sie fand die Nacht immer noch wunderschön, aber inzwischen war ihre Stimmung umgeschlagen. Kein Mensch, fand sie, sollte in einer solchen Nacht alleine sein.

Sie hatte kein Ziel, als sie weiter am Seeufer entlang schlenderte, und dann hatte sie plötzlich die Elchfarm erreicht. Ein lautes Geschrei, ähnlich wie sie es heute schon einmal gehört hatte, ließ sie aufhorchen. Sie ging zu dem Rosenbogen, der den Uferbereich von dem Rasen hinter dem Farmgebäude abtrennte, und sah den kleinen Esel.

»Hallo, Findus.« Sie streichelte dem kleinen Kerl den Hals.

Plötzlich war Per da. Er stand vor ihr, mit diesem Lächeln, das seine blauen Augen umspielte.

Hanna wunderte sich nicht einmal, dass er wie aus dem Nichts aufgetaucht war. Sie hatte vielmehr das Gefühl, als müsste es genau so sein.

»Findus, da bist du ja«, sagte Per zu dem kleinen Esel, schaute dabei aber nur Hanna an. »Machen Sie noch einen kleinen Nachtspaziergang?«

»Ich kann nie genug bekommen von diesen Sommerdüften«, bekannte Hanna. »Ich bilde mir ein, dass sie nachts noch intensiver sind.«

Per nickte, schaute ihr in die Augen.

Hanna fühlte sich wie ein Teenager. Ein wenig atemlos, weil sie auf den Mann getroffen war, um den schon den ganzen Tag ihre Gedanken kreisten. Zum vierten Mal waren sie sich heute begegnet, mehr oder wenig zufällig.

Gab es das überhaupt? Zufälle in dieser Häufigkeit?

»Ich wollte immer schon auf dem Land wohnen«, sagte Hanna einfach nur, um überhaupt etwas zu sagen. »Ich dachte, da ist immer alles in Ordnung. Ich habe mir das immer so vorgestellt, dass sich die Menschen hier aufopfernd um ihre Kühe und Pferde kümmern, wenn sie Stress haben, und darüber ihre Sorgen vergessen. So einfach habe ich mir das Leben als junges Mädchen vorgestellt...« Hanna verstummte. Meine Güte, was rede ich da nur für einen Blödsinn, schoss es ihr durch den Kopf.

»Ich glaube nicht, dass das Leben hier so einfach ist.« Per lachte, stand jetzt ganz dicht vor ihr. Seine Miene wurde ernst. »Aber manchmal«, sagte er leise, »in einsamen Tagen und stillen Nächten, da verändert sich schon einmal die Sichtweise auf ein Problem.«

Hanna hielt ganz still, als sein Mund ihre Lippen berührte. Als sein Kuss drängender wurde, fordernd, da schmiegte sie sich an ihn, umschlang ihn mit beiden Armen. Genau das war es, wonach sie sich schon den ganzen Tag gesehnt hatte. Sie hatte es sich nur nicht selbst eingestehen wollen.

Der Anhänger stand beladen mit Stiegen voller Gemüse vor einem Schuppen. Es war noch früh am Morgen, aber die Arbeiten auf der Farm hatten bereits begonnen.

Per kontrollierte die Ladung und notierte gleichzeitig auf seiner Liste, was heute Morgen zum Großmarkt gebracht wurde.

Er schaute kaum auf, als Ulrika dazukam. Sie trug einen Korb in der Hand und wurde von dem ewig hungrigen Findus verfolgt, der Essbares in dem Korb wähnte.

–48–

»Morgen, Ulrika«, sagte Per. »Gut geschlafen?«

Ulrika erwiderte den Gruß und wollte wissen, wie es am vergangenen Abend bei Greta gewesen war.

»Lecker, wie immer«, erwiderte Per. »Ach so, außerdem wollte sie wissen, ob sie sich einen neuen Herd anschaffen darf.«

»Du glaubst wirklich, dass du nur deshalb vorbeikommen solltest. Ach, Per ...«, schloss Ulrika mit einem vielsagenden Blick.

Per sah von seiner Liste auf. »Was soll das denn heißen?«

Ulrika bedachte ihn mit einem nachsichtigen Lächeln, als wäre er ein begriffsstutziger, kleiner Junge. »Ach, Per? Du glaubst doch nicht, dass Greta wirklich deine Hilfe braucht, um sich einen neuen Herd auszusuchen?«

Per schüttelte den Kopf. »Genau das habe ich doch zu ihr gesagt.«

»Ja, und?«, hakte Ulrika nach.

Per wurde allmählich ungeduldig. »Ulrika, was willst du mir eigentlich sagen?«

Ulrika verdrehte die Augen. »Warum ist das mit euch Männern immer so schwer?«

»Ich finde es nicht schwer mit mir«, widersprach Per. »Und du doch eigentlich auch nicht. Oder ...?«

»Um mich geht es hier nicht.« Ulrika seufzte tief auf. »Ich finde es einfach nicht richtig, dass deine Pächterin den Herd alleine kaufen muss.«

»Ich verstehe nichts von Herden«, sagte Per gereizt.

»Von Frauen verstehst du offensichtlich noch weniger. Höchste Zeit, dass wir das ändern.« Ulrika sprach jetzt im Befehlston mit ihm. »Zieh dir ein frisches Hemd an, setz dich in dein Auto und fahr mit Greta nach Stockholm. Kauf ihr einen neuen Herd, und danach lädst du sie zum Essen ein. Oder du gehst mit ihr ins Kino.«

Jetzt verstand Per endlich, was Ulrika von ihm wollte. Er war ein paar Mal mit Greta ausgegangen. Ganz am Anfang, als sie nach Kungsholt gekommen war. Er hatte ihr geholfen, Fuß zu fassen. Einfach nur, weil sie so traurig gewirkt und sie ihm leid getan hatte. Offenbar hatte Ulrika das zum Anlass genommen, sein ganzes Leben zu verplanen. Ein Leben, in dem Greta die Hauptrolle spielen sollte.

Es gab verschiedene Möglichkeiten, jetzt darauf zu reagieren. In der einen Version könnte er Ulrika klarmachen, dass er Greta zwar als Pächterin schätzte, aber nie tiefere Gefühle für sie empfunden hatte und auch nie empfinden würde.

Die direkte, aber sehr unfreundliche Variante wäre die Aufforderung, Ulrika solle sich gefälligst aus seinen Angelegenheiten heraushalten.

Dann war da noch etwas, was alles andere überlagerte und was er Ulrika nicht sagen würde. Jedenfalls nicht zu diesem Zeitpunkt. Er hatte sich verliebt. In eine Frau, die er erst wenige Stunden kannte und die zudem verheiratet war. Von dem Augenblick an, als er sie in ihrem Laden in Stockholm zum ersten Mal gesehen hatte, dachte er beinahe pausenlos an sie. Bis gestern hatte er nie geglaubt, dass es die Liebe auf den ersten Blick wirklich gab.

Per wusste nicht, ob es für diese Liebe jemals eine Zukunft gab. Er wollte sich und vor allem auch Hanna Zeit lassen.

Per bemerkte, dass Ulrika ihn immer noch abwartend ansah. »Ich kann nicht mit Greta nach Stockholm fahren«, sagte er bestimmt. »Nächste Woche beginnt die Apfelernte.«

Ulrika war offensichtlich sehr unzufrieden. »Greta ist eine überaus attraktive Frau. Sie hat es nicht nötig, jahrelang auf einen Mann zu warten. Entweder packst du jetzt zu, oder es wird nie etwas.«

Per hatte endgültig genug. »Wenn dir Greta so gut gefällt«, fuhr er Ulrika an, »dann fahr du doch mit ihr nach Stockholm und such ihr einen neuen Herd aus.«

Es kam nur selten vor, dass Per so unwirsch reagierte. Ulrika starrte ihn fassungslos an, aber für Per war das Gespräch endgültig beendet.

Es gab keine Lebensmittel im Haus. Hanna wollte an diesem Morgen einkaufen. Lina schlug vor, das wieder mit einer Fahrradtour zu verbinden und dabei gleichzeitig nach ihrem Retter Ausschau zu halten. Irgendwo musste dieser Mann doch sein.

Als Hanna einwandte, dass dieser Mann vielleicht auf der Durchreise und nur zufällig vorbeigekommen war, wollte Lina davon nichts wissen. Sie behauptete, zu fühlen, dass er irgendwo in der Nähe sei.

Hanna musste darüber lachen. Wenn ihre Tochter etwas unbedingt wollte, dann hatte es auch so zu sein. Basta!

Zum Einkaufen kamen sie in den nächsten beiden Stunden nicht. Sie fuhren auf ihren Fahrrädern am See entlang bis zur Unfallstelle. Kein Mensch begegnete ihnen.

Als die Straße hinter einer Kurve vom See wegführte, bog Lina einfach in einen Feldweg ein, der geradewegs zum Seeufer führte.

Hanna hatte allmählich genug. »Da können wir gleich die Stecknadel im Heuhaufen suchen«, sagte sie. »Dein Retter könnte überall sein.« Und nirgends, fügte sie in Gedanken hinzu.

Der Weg endete vor einem riesigen Felsbrocken. Hohe Gräser, Sträucher und Birken, deren Äste bis ins Wasser reichten, säumten den Uferbereich. Lina und Hanna hielten an und stiegen von ihren Fahrrädern. Hannas Handy klingelte.

»Ach, Mama«, schimpfte Lina. »Du hast versprochen, du machst es aus.«

»Nein, das habe ich nicht gesagt«, schüttelte Hanna den Kopf. »Du hast es verlangt, aber es könnte schließlich was Wichtiges sein.«

Lina zog eine Schnute. Hanna wandte ihr einfach den Rücken zu und meldete sich.

»Hallo, Hanna, ich bin es. Der Elchmann«, fügte Per noch hinzu, als ob sie seine Stimme nicht sofort erkannt hätte. Sie hatte ihm am vergangenen Abend ihre Nummer gegeben. Irgendwie hatte sie schon den ganzen Morgen darauf gewartet, dass er sich meldete. Sie war froh, dass sie ihrer Tochter den Rücken zugewandt hatte und Lina in diesem Moment ihr Gesicht nicht sehen konnte. Wahrscheinlich hatte sie sogar verräterisch rote Flecken auf ihren Wangen.

»Das ist schön, dass du anrufst«, sagte Hanna. »Ich habe gerade an dich gedacht.« Ihr Kopf fuhr herum, als ihr klar wurde, was sie da gerade gesagt hatte, aber Lina schien glücklicherweise nichts mitbekommen zu haben. Sie stieg gerade auf den Felsblock am Ende des Weges.

»Ich meine«, sagte Hanna in den Hörer, »nicht nur an dich, sondern vor allem an deinen Käse. Ich würde ihn gerne in mein Sortiment aufnehmen. Ich würde ihn nur gerne einmal probieren.«

»Genau das wollte ich dir gerade vorschlagen«, erwiderte Per. »Magst du heute zu mir kommen?«

»Gerne«, stimme Hanna spontan zu und verabredete sich mit ihm für den späten Nachmittag.

Nur wenige Meter entfernt, im dichten Schilfgürtel am Ufer, duckte sich der Mann in seinem Boot. Er legte einen Finger über die Lippen, flüsterte seinem Hund zu: »Ganz ruhig bleiben, Pelle, das gilt nicht uns.«

Pelle stand aufrecht im Boot. Er konnte die Stimmen von zwei Frauen hören, aber sehen konnte er sie nicht. Er wedelte mit dem Schwanz, schaute sich kurz nach seinem Herrchen um, bevor er mit einem Satz über den Bootsrand an Land sprang.

»Pelle«, rief der Mann. »Pelle, komm sofort zurück!«

Der sonst so gehorsame Hund lief weiter, wandte sich jetzt nicht einmal mehr um. Seufzend erhob sich der Mann und ging ebenfalls an Land.

Es schien leichter zu sein, auf den bemoosten Felsblock hinaufzukraxeln, als wieder hinunterzukommen. Besorgt schaute Hanna zu, während Lina vorsichtig darauf achtete, mit ihren Sandalen auf dem Moos nicht abzurutschen und unsanft unten anzukommen.

Alles ging gut. Lina griff gerade nach dem Lenker ihres Fahrrads, als ein Hund aus dem hohen Ufergras hervorschoss und sie bellend begrüßte.

»Wer bist du denn?« Lina ließ das Fahrrad fallen und ging auf den Hund zu.

Hanna folgte ihrer Tochter. »Den kenne ich«, sagte sie.

Sekunden später tauchte auch Pelles Herrchen zwischen den Birken und Sträuchern auf. Er bückte sich, um nach dem Halsband des Hundes zu greifen.

»Das gibt es ja nicht«, rief Lina begeistert aus. »Sie sind das!«

Der Mann richtete sich wieder auf. »Kennen wir uns?«

»Ja, Sie haben mich aus dem Bus gerettet. Erinnern Sie sich nicht?«

So ein Ereignis vergaß wohl niemand so schnell, außerdem war der Unfall erst gestern passiert. Trotzdem schüttelte der Mann den Kopf. »Im Moment weiß ich wirklich nicht . . .«

Lina ließ ihn nicht ausreden. »Ich habe Sie überall gesucht, weil ich mich bei Ihnen bedanken wollte.« Aufgeregt wandte Lina sich zu Hanna um. »Mama, das ist der Mann, der mich gerettet hat!«

Hanna erklärte ihrer Tochter kurz, dass sie ihrem Retter bereits am Vortag begegnet war und er ihr den Weg nach Kungsholt beschrieben hatte. »Ich bin Ihnen so dankbar«, sagte sie danach zu dem Mann. »Ich würde mich gerne erkenntlich zeigen.«

»Nein, das ist nicht nötig«, lehnte er kopfschüttelnd ab.

»Doch, das ist es«, widersprach Lina energisch. »Dürfen wir Sie zum Essen einladen?«

»Das ist eine gute Idee«, stimmte Hanna sofort zu. »Keine Angst, ich koche nicht selbst.«

Der Mann verzog keine Miene, schüttelte auch diesmal wieder den Kopf. »Ich bin ohnehin nicht mehr lange hier«, sagte er. »Mein Urlaub ist vorbei. Auf Wiedersehen.« Bevor er sich zum Gehen wandte, sagte er zu Hanna. »Sie haben eine sehr nette Tochter. Passen Sie gut auf sie auf.«

Hanna nickte verwundert. Der Mann verhielt sich irgendwie seltsam. Er war nicht direkt unfreundlich, schien es aber eilig zu haben, von ihr und Lina wegzukommen. Er pfiff nach seinem Hund, der diesmal sofort folgte, und ging zurück in die Richtung, aus der er gekommen war.

Auch Lina schien sich über das sonderbare Verhalten ihres Retters Gedanken zu machen. »Seltsam«, sagte sie mehr zu sich selbst. »Irgendwie sah er traurig aus.«

Das Boot war im dichten Schilf versteckt. Der Mann schaute sich auf dem Weg dorthin immer wieder um, ob ihm das Mädchen oder seine Mutter folgten.

Er war erleichtert, als er ungehindert das Boot erreichte. Er drängte Pelle zur Eile, stieg selbst ins Boot und startete den Außenbordmotor. Nur weg von hier!

Nach ein paar Minuten erreichte er den Anlegesteg, der zu seiner Hütte gehörte. Er hatte heute Morgen erst den Tisch und die Stühle vors Haus gestellt, weil er es leid war, seine Tage in der dunklen Hütte zu verbringen. Er hatte sich wohl zu sicher gefühlt, und die Begegnung eben hatte ihm gezeigt, dass er jederzeit auf Menschen treffen konnte. Selbst hier in dieser abgelegenen Hütte.

Schwer ließ er sich auf einen der Stühle fallen. Sein Hund stand vor ihm, wedelte mit dem Schwanz. Sie beide waren schon so lange zusammen, dass der Hund instinktiv zu spüren schien, wenn mit seinem Herrchen etwas nicht stimmte.

»Ich weiß ja, Pelle«, seufzte der Mann. »Ich hab mal wieder alles verpatzt. Jetzt schau mich nicht so an, ich bin eben so.«

Hanna und Lina waren zum Einkaufen nach Kungsholt gefahren. Es gab nur wenige Geschäfte, aber das machte das Shoppen für Lina offensichtlich nicht weniger reizvoll. Sie fand immer etwas, was ihr gefiel, während Hanna sich mehr auf die Lebensmittel konzentrierte, die sie in den nächsten Tagen benötigten.

Trotz allem vergaßen beide nicht das Zusammentreffen mit dem seltsamen Mann. Lina erkundigte sich in jedem Geschäft nach ihm, beschrieb ihn und seinen Hund genau, doch niemand schien ihn zu kennen.

Es war Mittag, als sie zurück zum Ferienhaus kamen. Hanna bereitete einen Salat zu und deckte den Tisch auf der Wiese vor dem See. Ihr Handy hatte sie auf den Tisch gelegt. Es klingelte, als sie gerade mit dem Essen fertig waren. Auf dem Display sah sie den Namen ihres Mannes.

Wäre Lina nicht dabei gewesen, hätte Hanna den Anruf ihres Mannes einfach ignoriert. Ihre Stimme klang leicht genervt, als sie sich meldete. »Hej, Sten.«

Lina saß am Tisch und blätterte in ihrem Tagebuch, das den Unfall nicht ganz so unbeschadet überstanden hatte. Die Seiten würden trocken, aber die Kommentare waren teilweise verwischt und die Seiten noch nicht ganz trocken. Eingeklebte Fotos wellten sich.

Als Lina hörte, wer da anrief, streckte sie fordernd die Hand nach dem Telefon aus. »Ich will auch noch mit Papa reden.«

Hanna gab ihr durch Handzeichen zu verstehen, dass sie warten musste, bis sie selbst fertig war. Sie hatte nicht vergessen, was sie Sten auf die Mailbox gesprochen hatte. Aber das war gestern gewesen, bevor Per und sie sich geküsst hatten. Heute war alles anders.

»Ich möchte auch mit dir reden«, sagte Sten. »Ich nehme mir ein paar Tage frei und komme zu euch.«

Warum nur hatte sie diesem spontanen Impuls gestern nachgegeben und ihn angerufen! Gestern Abend schien es richtig zu sein, doch jetzt wusste sie unumstößlich, dass sie Sten nicht sehen wollte.

Hanna entfernte sich ein paar Schritte vom Tisch. »Das ist keine gute Idee«, sagte sie leise. »Ich brauche noch ein bisschen Zeit.«

Verständlicherweise war Sten empört. »Es war doch dein Vorschlag, dass wir reden.«

»Wir reden, wenn ich zurück bin«, sagte Hanna.

Sten war damit nicht einverstanden. »Aber . . .«

»Sten, das ist alles nicht so einfach für mich«, fiel sie ihm einfach ins Wort.

»Und du machst alles noch komplizierter«, sagte er wütend.

Hanna wollte sich nicht weiter mit Sten auseinandersetzen. Die Gefahr, dass sie selbst lauter wurde und Lina dadurch auf die Probleme zwischen sich und Sten erst recht aufmerksam machte, war zu groß. Lina schien ohnehin schon bemerkt zu haben, dass etwas nicht stimmte. Als Hanna sich kurz umwandte, begegnete sie dem misstrauischen Blick ihrer Tochter.

»Sten?«, rief sie einer plötzlichen Eingebung folgend in den Hörer.

»Hanna?«, hörte sie ihn irritiert antworten.

Hanna reagierte nicht darauf. »Sten? Hallo, Sten«, rief sie gleich noch einmal. Sie hörte Sten am anderen Ende antworten und beendete das Telefonat kurzerhand. Sie schaute ihre Tochter an, zuckte kurz mit den Schultern. »Die Leitung ist unterbrochen. Papa meldet sich schon wieder.«

Dass er sich nicht mehr melden konnte, weil sie das Handy ausgestellt hatte, sagte sie nicht.

Die Käserei befand sich unweit des Haupthauses. In dem hellen, großen Raum hatte Per vor Jahren einen Wasseranschluss und Strom installieren lassen. In der Mitte des Raumes stand ein großer Arbeitstisch. Per arbeitete meistens im Stehen, trotzdem gab es ein paar einfache Hocker.

An den Wänden standen Regale, in denen sich Käsestücke unterschiedlichen Reifegrades befanden. In dem angrenzenden, kleinen Raum stand der Bottich für die Salzlake, in die jeder Käse eingetaucht wurde, um schädliche Bakterien abzutöten.

Per liebte diese stillen Stunden am Vormittag, wenn er sich ausschließlich der Herstellung seines Elchkäses widmen konnte. Die Nachfrage war inzwischen recht groß geworden, aber das war ihm nur recht.

Er nahm einige der Bruchstücke, wie der Käse in diesem Stadium genannt wurde, aus der Form. Das war eine Aufgabe, die Fingerspitzengefühl und einiges an Erfahrung voraussetzte. Er musste feststellen, ob die in Tüchern verpackten Stücke bereits die nötige Konsistenz besaßen. Aus den Bruchstücken, die ihm geeignet schienen, presste er noch einmal Molke heraus. Danach legte er die Stücke zum Reifen in ein Regal.

Per schaute kaum auf, als Greta zu ihm in die Käserei kam, erwiderte aber freundlich ihren Gruß.

»Ich brauche wieder Käse«, sagte Greta. »Die Gäste reißen ihn mir praktisch aus der Hand.«

»Super«, sagte Per, »aber es reicht, wenn du anrufst. Ich bringe dir den Käse.«

»Ich bin auch froh, mal ein bisschen rauszukommen«, behauptete Greta. »Außerdem habe ich gehofft, dass du mich auf einen Kaffee einlädst.«

»Ja, klar«, sagte Per betont gleichgültig, »aber ich muss das hier zuerst fertig machen.« Bisher war er Greta gegenüber unbefangen gewesen, aber jetzt musste er an Ulrikas Worte denken. Er wurde das dumpfe Gefühl nicht los, dass Greta nicht nur wegen des Käses gekommen war. Sofern sie überhaupt Käse be-

–57–

nötigte. Er hatte ihr erst vor zwei Tagen eine größere Menge geliefert.

Greta setzte sich auf einen Hocker am Kopfende des Tisches und zog mit einer lasziven Bewegung an ihrem Schal, der den tiefen Ausschnitt ihrer Bluse verdeckt hatte. »Wir waren schon lange nicht mehr im Kino«, sagte sie mit leiser, lockender Stimme. Auch wenn Per sie nicht anschaute, so spürte er doch, dass ihr Blick unverwandt auf ihn gerichtet war. Er fühlte sich mit einem Mal nicht mehr wohl in ihrer Gegenwart.

Als er nicht antwortete, fragte sie: »Wie wäre es mit heute Abend?«

»Ganz schlecht.« Per sah nur kurz von seiner Arbeit auf. »Heute Abend habe ich leider keine Zeit.« Er brachte ein weiteres Käsestück ins Regal.

Per hörte, dass Greta aufstand und ihm folgte. Sie berührte ihn nicht, und doch spürte er, dass sie ganz dicht hinter ihm stehen blieb. Der Duft ihres aufdringlichen Parfüms stieg ihm in die Nase.

»Ach, komm, du hast in letzter Zeit viel zu wenig Zeit für mich.« Der Klang ihrer Stimme wurde besitzergreifend, als sie fragte: »Du hast doch keine andere?«

Per hatte sich zwar um Greta gekümmert, als sie neu in Kungsholt angekommen war, aber inzwischen hatte sie sich gut eingelebt und benötigte ihn nicht mehr. Offensichtlich hatte sie in seine Hilfsbereitschaft mehr interpretiert, als er tatsächlich für sie empfand. Was immer der Anlass für Gretas Verhalten war, jetzt wäre der richtige Moment gewesen, ihr zu sagen, dass da nie etwas zwischen ihnen war und auch nie etwas sein würde. Leider kam Ulrika ihm dazwischen. Sie hatte Gretas letzte Worte aufgeschnappt und antwortete an seiner Stelle.

»Ach, was«, sagte sie lachend. »Per hat doch keine andere. Dazu ist er viel zu schüchtern.«

»Aber das braucht er doch gar nicht, so wie er aussieht.« Greta ging zu Ulrika, die sich jetzt am Kopfende niederließ. Sie nahm neben ihr Platz, dicht an dicht.

Per schaute die beiden Frauen an. Mit einem Mal dämmerte es ihm, dass die beiden eine Allianz geschmiedet hatten, in deren Mittelpunkt er selbst stand. Er spürte Wut in sich aufsteigen.

»Soll ich rausgehen?«, fragte er sarkastisch. »Dann könnt ihr euch ungestört weiter unterhalten.«

Weder Ulrika noch Greta schienen seinen Ärger zu bemerken. Die beiden lachten. Ulrika schüttelte den Kopf. »Soll ich uns einen Kaffee kochen?« Fragend schaute sie Greta an. »Du trinkst doch einen mit?«

»Klar«, erwiderte Greta spontan.

Per hatte genug von den beiden. »Ich habe noch etwas anderes zu tun und für einen Kaffeeklatsch keine Zeit.«

Er spürte die verwunderten Blicke der beiden Frauen, als er die Käserei verließ. Ihm war es egal, solange sie ihn nur in Ruhe ließen.

Lina hatte es sich am Seeufer gemütlich gemacht und telefonierte mit ihrer besten Freundin in Stockholm. Sie hatte keine Lust gehabt, ihre Mutter zur Käseprobe zu begleiten.

Hanna hatte ein schlechtes Gewissen, weil sie sich darüber freute, mit Per alleine zu sein. Sie fuhr mit dem Fahrrad zur Elchfarm. Die Sonne schien warm vom Himmel. Nur wenige Wolken waren über dem See zu sehen.

Per stand vor dem Zaun, der das Elchgehege umgab. Er freute sich sichtlich, sie zu sehen. Als Hanna vom Fahrrad abstieg, beugte er sich vor und küsste sie sanft auf die Lippen.

»Ich bin nur wegen deinem berühmten Käse hier.«

Pers blaue Augen blitzten amüsiert auf. »Etwas anderes habe ich auch nicht angenommen.«

Er legte einen Arm um ihre Schultern, als er sie zu der Sitzgruppe im Garten führte. Hanna nahm den gleichen Platz wie am Vortag ein, als Per sie und Lina zum Kaffee eingeladen hatte.

Per entschuldigte sich kurz. Nach ein paar Minuten kam er mit einer Platte zurück, auf der er verschiedene Sorten seines Käses angerichtet hatte. Hanna lief bereits beim bloßen Anblick das Wasser im Mund zusammen.

Der Käse war köstlich. Hanna war davon überzeugt, dass er in ihrem Laden in Stockholm reißenden Absatz finden würde.

Per war erleichtert. »Es freut mich nicht nur, dass dir mein Käse schmeckt, sondern dass du dich hier wohl fühlst«, sagte er.

Hanna nickte. »Ich bin gern hier.«

Per betrachtete nachdenklich ihr Gesicht. »Du siehst auch viel entspannter aus als in Stockholm.«

Hanna schaute ihn überrascht an. »Wie sah ich denn da aus?«

»Du warst sehr freundlich, aber trotzdem hatte ich das Gefühl, dass dich etwas bedrückt.« Per schüttelte lächelnd den Kopf. »Vielleicht bilde ich mir das auch nur ein, weil ich so gerne möchte, dass du dich hier wohl fühlst.«

Hanna nickte. »Ja, ich hatte tatsächlich Stress in Stockholm. Aber so richtig heftig wurde es eigentlich erst nach unserer Begegnung.«

»Dabei ging es wahrscheinlich nicht um deinen Laden?«, vermutete Per ganz richtig.

Hanna spürte ehrliches Interesse, aber sie wollte jetzt nicht über Sten reden. Es war kein mangelndes Vertrauen. Wenn es einen Menschen gab, mit dem sie irgendwann über alles reden konnte, dann war es ganz sicher Per. Aber Sten, Stockholm, das Leben, das sie dort führten, mit allen ungelösten Problemen und unbeantworteten Fragen, waren im Augenblick weit weg. Hanna wollte nichts ins Hier und Jetzt holen, indem sie darüber sprach.

»Das ist alles sehr kompliziert und schmerzhaft«, wich sie aus.

»Das kenne ich«, zeigte sich Per verständnisvoll. »Man kommt sich vor wie in einem Albtraum und wünscht sich nichts sehnlicher als endlich daraus aufzuwachen.« Wahrscheinlich spürte er, dass dies nicht der Zeitpunkt zum Reden war, und wechselte das Thema. »Ich habe ganz vergessen, dir Brot zum Käse anzubieten. Ulrika hat heute Morgen erst frisches Holzofen-Brot gebacken. Ich bin gleich wieder da.« Per sprang auf und eilte ins Haus.

Hanna lehnte sich zurück und schaute über den See. Ein leichter Wind war aufgekommen. Der See war jetzt dunkelgrau, reflektierte die Wolken, die sich immer dichter zusammenzogen. Noch schien die Sonne, zauberte rötliche Streifen auf den See, der sich verbreiterte und an den Rändern zerfaserte.

Hanna war so fasziniert von diesem Naturschauspiel, dass sie die Frau erst bemerkte, als sie unmittelbar vor ihrem Tisch stand. Sie stellte einen Korb voller Kirschen auf den Tisch und musterte Hanna neugierig.

»Hej«, sagte sie. »Warten Sie auf jemanden?« Sie war ungefähr in Hannas Alter, hatte kurze blonde Haare und eigentlich ein hübsches Gesicht, wenn da nicht die eiskalten, blauen Augen gewesen wären, über die auch das bemüht freundliche Lächeln nicht hinwegtäuschen konnte.

»Ja, ich warte auf Per«, nickte Hanna.

»Sie sind diese Kundin aus Stockholm? Per hat mir schon viel von Ihnen erzählt.« Etwas Lauerndes lag in der Stimme der Frau.

Hanna streckte der Frau über den Tisch die Hand entgegen und stellte sich vor.

Die Frau erwiderte den Händedruck. »Ulrika Nordenfeldt«, nannte sie dabei ebenfalls ihren Namen. »Per und ich führen den Hof gemeinsam. Er ist für den Anbau zuständig, ich mehr für die Verarbeitung. Nur bei den Elchen ist das anders. Die sind sein ganzer Stolz, an die darf niemand außer ihm ran. Wie Männer eben so sind.«

Hanna hatte kaum noch zugehört, seit die Frau ihren Namen genannt hatte. In welcher Beziehung stand diese Frau zu Per? War sie möglicherweise seine Schwester? Oder war sie sogar seine Frau?

Hanna traute sich nicht, Ulrika direkt danach zu fragen, aber sie musste die Wahrheit wissen. Sie erhob sich.

»Sagen Sie Ihrem Mann einen schönen Gruß, der Käse ist ausgezeichnet.« Hanna machte eine kurze Pause, schaute Ulrika erwartungsvoll an. Die widersprach nicht und bestätigte damit Hannas Vermutung. Ulrika Nordenfeldt war mit Per verheiratet.

Hanna bewahrte nach außen hin die Fassung, auch wenn es ihr schwerfiel. »Sagen Sie Ihrem Mann doch bitte, er soll mir ein schriftliches Angebot nach Stockholm schicken.«

Weg hier, nur weg!

Sie verabschiedete sich hastig und beeilte sich, vom Hof wegzukommen.

Triumphierend schaute Ulrika der Frau nach. Die hatte hier nichts zu suchen. Je schneller ihr das klar wurde, umso besser.

Ulrika lächelte immer noch, als Per mit einem Brotkorb in der Hand zurückkam. Suchend schaute er sich um.

»Wo ist sie?«

»Keine Ahnung«. Ulrika zuckte mit den Schultern und blickte möglichst unschuldig drein. »Sie wollte gerade gehen, als ich kam.« Wohlweislich verschwieg sie Per, dass Hanna sie jetzt für seine Frau hielt. Ihre Meinung über diese Frau konnte Ulrika dennoch nicht für sich behalten.

»Sie ist ja ganz nett«, sagte sie süffisant, »aber hierher aufs Land passt so eine Stadtpflanze nun wirklich nicht.« Dabei verdrängte sie jeden Gedanken daran, dass auch Greta eigentlich aus der Stadt kam. Sie wollte an ihm vorbei ins Haus. Mit wütender Miene drückte Per ihr den Brotkorb in die Hand. »Hier, den kannst du mitnehmen.«

Ulrika ging die Stufen hoch bis zur Tür. Dort blieb sie stehen und schaute ihm nach. Ihr Gesicht verzog sich zu einem zufriedenen Lächeln. Jetzt musste sie nur noch dafür sorgen, dass Greta ihre Bemühungen um Per ein wenig verstärkte. Manche Menschen mussten eben einfach zu ihrem Glück gezwungen werden.

Hanna war so aufgewühlt, dass sie nicht sofort zurück zum Ferienhaus fahren mochte. Während sich ihre Gedanken im Kreis drehten, trat sie heftig in die Pedale.

Wieso geriet sie nur an Männer, die offensichtlich nicht treu sein konnten! Was hatte Per sich dabei gedacht, sie zu küssen, obwohl er mit einer anderen verheiratet war? Wie geschmacklos, dass er sie auch noch zu sich nach Hause kommen ließ, obwohl er damit rechnen musste, dass sie dabei auf seine Frau traf.

Hanna hatte den See so weit umrundet, dass sie die Elchfarm am gegenüberliegenden Ufer sehen konnte. Sie bemerkte nicht, dass sich der Himmel immer weiter zuzog, bis sie die ersten Regentropfen spürte. Dann ging es ganz schnell. Blitze zuckten vom Himmel, gefolgt vom Donnergrollen. Aus den einzelnen Regentropfen wurde ein so kräftiger Schauer, dass sie unter der ausladenden Krone eines Baumes Schutz suchte. Sie zog ihre Strickjacke, die sie über Jeans und Shirt zog, fest um ihren Körper.

Wie eine Sturzflut kam es jetzt vom Himmel. Es blitzte und donnerte ohne Unterlass. Hanna wusste, dass sie sich falsch verhielt, und traute sich dennoch nicht, auch nur einen Schritt weiterzugehen.

Auf einmal war Linas Retter da, dicht gefolgt von seinem Hund. »Niemals unter einem Baum bei Gewitter«, rief der Mann, um das laute Prasseln des Regens zu übertönen.

Hanna zitterte am ganzen Körper vor Kälte und Angst vor dem Gewitter.

»Ich wollte nur eine Minute bleiben, bis das Schlimmste vorbei ist«, sagte Hanna kläglich.

Der Mann legte fürsorglich einen Arm um ihre Schultern. »Kommen Sie mit. Nur ein Stück von hier ist meine Hütte. Da können Sie sich unterstellen, bis es aufgehört hat.«

Hanna war diesem Mann erst zweimal begegnet, und obwohl er sich mehr als seltsam verhalten hatte, vertraute sie ihm und ließ sich von ihm führen. Es waren nur wenige Meter bis zu der Hütte, doch sie lag so versteckt zwischen den Bäumen, dass Hanna sie nicht gesehen hatte.

Es war eine einfache Kate, spärlich eingerichtet. Der Mann bot ihr einen der Stühle an, die um den kleinen Tisch inmitten des Raumes standen. Hanna zog ihre nasse Strickjacke aus und setzte sich.

Die Tür zur Hütte stand offen. Blitze und Donner hatten nachgelassen, aber es regnete immer noch ohne Unterlass. Der Mann machte sich an der Herdstelle zu schaffen und stellte schon bald zwei dampfende Tassen auf den Tisch. Eine davon reichte er Hanna. »Da, trinken Sie das. Das wird Sie wärmen.«

»Danke.« Sie schloss ihre klammen Finger um die warme Tasse, trank vorsichtig einen Schluck. Wohlig warm spürte sie die Flüssigkeit in ihrer Kehle. »Ingwertee«, lächelte sie. »Den habe ich immer für meine Tochter gemacht, als sie noch klein war. Inzwischen ist sie ja fast erwachsen.«

»Sie können auf Ihre Tochter stolz sein.«

»Das bin ich auch«, bestätigte Hanna und stellte sich erst einmal vor. »Ich heiße übrigens Hanna.«

Er lächelte. »Carl«, nannte er seinen Vornamen.

»Haben Sie auch Kinder, Carl?«, fragte Hanna.

»Ja«, erwiderte Carl spontan, stockte gleich darauf. Er starrte vor sich hin und wandte sich schließlich ab, um zurück zur Herdstelle zu gehen. Umständlich öffnete er die Feuerklappe und warf einen Holzscheit nach. »Eigentlich nein«, korrigierte er sich. »Ich habe keinen Kontakt mehr.«

Hanna war betroffen. »Das tut mir leid.«

Carl ging zur Tür, starrte hinaus in den Regen. »Man darf

Kinder nicht verletzen. Wenn sie fortgehen, wenn man sie verliert . . . Kein Mensch kann sich vorstellen, wie weh das tut.«

Hanna hatte den Eindruck, dass er weniger zu ihr sprach, als zu sich selbst.

»Das klingt, als ob ihr Kind gestorben wäre«, sagte sie leise.

Carl antwortete nicht darauf. Mit unglücklichem Gesichtsausdruck starrte er vor sich hin.

Hanna beschlich das unbehagliche Gefühl, dass sie mit ihrer Frage etwas hervorgeholt hatte, was dieser Mann gerne vergessen wollte.

»Ich glaube, der Regen ist schwächer geworden. Ich will Sie nicht länger stören.«

Carl wandte sich um, lächelte wieder. »Nein, bleiben Sie ruhig hier. Ich bin vielleicht ein bisschen ungeübt als Gastgeber, aber ich freue mich, dass ich Besuch habe.«

»Sind Sie schon lange hier?«, wechselte Hanna das Thema.

»Ich bin sozusagen auf der Durchreise«, erwiderte er.

»Und wo reisen Sie hin?«

»Keine Ahnung!« Carl zuckte mit den Schultern. »Ich lasse mich einfach treiben. Ich war ein paar Jahre Steuermann auf einer Fähre auf dem Mälaren. Ich weiß nicht, wohin es mich jetzt treibt. Ich bin, wie man so schön sagt, offen für alles.«

So unterschiedlich sie selbst und dieser Mann gewiss waren, es gab doch eine Gemeinsamkeit in ihrem Leben. Sie hatten beide etwas hinter sich gebracht und waren hier in Kungsholt sozusagen gestrandet. Hanna musste an Linas Worte denken.

»Meine Tochter hat gesagt, dass für sie und mich ein neuer Lebensabschnitt anfängt. Vielleicht ist das bei Ihnen ja auch so. Ein alter Abschnitt geht zu Ende, etwas Neues erwartet Sie.«

»Ihre Tochter ist ein kluges Mädchen. Das ganze Leben liegt noch vor ihr.« Carl betrachtete sie aufmerksam. »Vor Ihnen übrigens auch. Ich glaube, es wird noch sehr spannend werden.«

Hanna schüttelte den Kopf. »Mein Leben läuft schon lange in geregelten Bahnen. Eigentlich bin ich hauptsächlich damit beschäftigt, es in diesen Bahnen zu halten.«

Genau so war es, das wurde Hanna jetzt erst klar. Bis sie nach Stens Seitensprung aus diesen geregelten Bahnen ausgebrochen und hier in Kungsholt gelandet war.

»Das klingt aber nicht sehr glücklich«, sagte Carl.

»Glücklich?« Hanna schüttelte den Kopf. »Wahrscheinlich nicht, aber ich bin schon dankbar, wenn es keine größeren Katastrophen gibt. Verglichen mit anderen geht es mir gut.«

Mal abgesehen davon, dass mein Mann mich betrügt und der Mann, in den ich mich gerade erst verliebt habe, verheiratet ist, fügte sie in Gedanken hinzu.

Ihrem Gastgeber schienen ihre Worte nicht zu gefallen. Er runzelte die Stirn. »Das soll das ganze Leben sein? Das Vermeiden von Katastrophen?«

Hanna zuckte unglücklich mit den Schultern. Sie und ihre Familie waren gesund, sie hatten keine finanziellen Schwierigkeiten. Trotz aller Probleme war das weitaus mehr, als viele andere Menschen besaßen.

»Allzu viel Mut scheinen Sie nicht zu haben«, stellte Carl nach einer Weile fest.

Vermutlich hatte er Recht. Wahrscheinlich war sie nicht sehr mutig, aber bisher hatte sich für sie auch keine Gelegenheit ergeben, Mut zu beweisen. Oder hatte dieser Mann doch recht? Hatte sie einfach nur an ihrem bisherigen Leben festgehalten, weil ihr der Mut fehlte, etwas zu ändern?

Hanna blieb nicht mehr lange. Der Regen hatte ganz aufgehört, und sogar die Sonne zeigte sich jetzt wieder.

Diesmal hielt Carl sie nicht auf, als sie sich verabschiedete. Allerdings holte er noch einen Lappen aus dem Haus und trocknete ihr Fahrrad ab.

Hanna musste auf dem Weg zum Ferienhaus aufpassen. Der Weg am See vorbei war nach dem Regen morastig und glitschig. Von den Bäumen tropfte es noch. Die Luft war klar und rein.

Erst als sie das Ferienhaus fast erreicht hatte, fiel ihr auf, dass sie ihre Strickjacke in der Hütte vergessen hatte. Es war ihre Lieblingsjacke, aber Hanna hatte keine Lust, noch einmal zurückzufahren. Morgen oder übermorgen war immer noch Zeit dazu.

Sie stieg vom Rad, schob es die letzten Meter zum Haus. Als Per um die Ecke kam, blieb sie stehen. Sein Anblick stürzte sie in ein überwältigendes Gefühlschaos. Ärger, Enttäuschung, Schmerz, aber auch brennende Sehnsucht.

»Hej, Hanna, ich habe mir Sorgen um dich gemacht.«

»Wieso?« Hanna zog eine Augenbraue in die Höhe. »Ich bin erwachsen.«

Per ignorierte diese Bemerkung, ebenso wie ihren unfreundlichen Ton. »Warum warst du plötzlich so schnell verschwunden?«

»Ich bin deiner Frau begegnet. Ist das nicht Grund genug?«

Pers Augen weiteten sich vor Überraschung. »Meiner Frau?« Plötzlich schien es ihm zu dämmern, wen sie meinte. »Bist du Ulrika begegnet?«

»Ulrika Nordenfeldt«, nickte Hanna. »Oder willst du jetzt behaupten, sie wäre deine Schwester?«

»Nein.« Per schüttelte sichtlich amüsiert den Kopf. »Ulrika ist meine Cousine. Sie lebt bei mir, kümmert sich um den Haushalt, kocht, wäscht und ist für den Beerengarten zuständig.«

Außerdem regelt sie dein Privatleben, soweit es in ihrer Macht steht, fügte Hanna in Gedanken hinzu. Zweifellos hatte Ulrika sie bewusst in dem Glauben gelassen, sie wäre Pers Frau. Ihr schien also viel daran zu liegen, dass es zwischen Hanna und ihrem Cousin zu keiner engen Verbindung kam. Sie spürte Ärger in sich aufsteigen. Was hatte Ulrika sich dabei gedacht? Was hatte diese Frau gegen sie? Sie kannten sich doch nicht einmal.

»Sie ist also nicht deine Frau.« Eine überflüssige Bemerkung, die zudem zeigte, dass sie eifersüchtig war.

»Ich war einmal verheiratet, aber das ist lange her. Es ist leider nicht gut gegangen«, sagte Per betont leichthin. Wahrscheinlich war es ihm nicht bewusst, dass sich seine Augen bei seinen Worten verdunkelten. Gleich darauf war es vorbei. Er streckte die Arme nach ihr aus und Hanna schmiegte sich an ihn.

»Ich dachte schon . . .« Sie brach ab, wollte jetzt nicht über die Vergleiche zwischen ihm und Sten reden, die sich ihr zwangsläufig aufgedrängt hatten.

»Eigentlich wollte ich dich fragen, ob du morgen mit mir zu Mittag isst. Bevor du abgehauen bist.« Per schmunzelte.

»Sehr gern«, stimmte Hanna sofort zu.

Greta war am Vortag nicht mehr lange geblieben, nachdem Per wütend aus der Käserei verschwunden war. Sie hatte sehr niedergeschlagen gewirkt, aber Ulrika hatte sie getröstet und ihr zugeredet, sie solle nur ein wenig Geduld haben.

Greta war die Richtige für Per, und wenn diese Frau aus Stockholm nicht gekommen wäre, hätte er das vielleicht auch endlich erkannt.

Ulrika war sich nicht sicher, ob sie Hanna endgültig in die Flucht geschlagen hatte. Sie hatte sehr bestürzt gewirkt, als Ulrika sie in dem Glauben ließ, sie wäre mit Per verheiratet. Hoffentlich reiste diese Frau nach Stockholm zurück, bevor sie und Per wieder aufeinandertrafen.

Ulrikas Hoffnung wurde jäh zerstört, als sie mit einem Tablett in der Hand ins Haus kam. Sie hatte aus der Käserei ein paar Stücke Käse geholt und wollte Per eigentlich bitten, ihn zu Greta zu bringen. Doch ihr Cousin hatte offensichtlich etwas anderes vor. Er stand in einem hellen Anzug vor dem Garderobenspiegel und betrachtete sich von allen Seiten.

Ulrika blieb wie angewurzelt stehen. »Was ist denn mit dir los?«

»Sieht doch gut aus, oder?« Per blickte sie herausfordernd an.

»Du hast sogar dein teures Rasierwasser benutzt.« Ulrika schnupperte kurz und ging an ihm vorbei in die Küche. »Das riecht wie Elchpisse.«

»Vielen Dank.« Per folgte ihr. »Aber von dir lasse ich mir meine Verabredung nicht vermiesen.«

Ulrika stellte das Tablett auf den Küchentisch und packte die Käsepäckchen in einen bereitstehenden Korb. Sie schaute Per nicht an, als sie antwortete.

»Ich will dir doch nichts vermiesen. Ich will einfach nur nicht, dass du einen Fehler machst. Ganz abgesehen davon, dass diese Frau in Stockholm lebt, ist sie auch noch verheiratet. Da sind die Probleme doch vorprogrammiert.«

Ihre Informationen über Hanna hatte sie von Greta erhalten, die aber auch nicht sehr viel mehr wusste, als Hanna ihr erzählt hatte.

»Ich will ja nur mit ihr essen gehen«, behauptete Per. Er schwieg kurz, grinste frech und fügte hinzu: »Vorerst!«

»Hoffentlich machst du keinen Fehler«, sagte Ulrika düster. »Es gibt hier eine Frau, die viel besser zu dir passt.«

Per verzog das Gesicht und winkte unwirsch ab. Er war offensichtlich nicht bereit, sich von Ulrika noch einmal einen Vortrag über Gretas Vorzüge anzuhören.

Ulrika hörte, wie die Haustür hinter Per ins Schloss fiel. Ärgerlich warf sie die restlichen verpackten Käsestücke in den Korb. Es war falsch, dass Per sich mehr auf diese verheiratete Frau einließ, als gut für ihn war. Es musste etwas passieren.

Vor allem musste sie dafür sorgen, dass Greta das Interesse an Per nicht verlor. Immer noch hoffte Ulrika darauf, dass die Stockholmerin bald wieder abreiste. In ihrer gewohnten Umgebung, zusammen mit ihrem Mann, würde sie Kungsholt und damit auch Per schnell wieder vergessen haben.

Ulrika nahm den Korb vom Tisch und machte sich auf den Weg zu Gretas Lokal. Die junge Frau kam gerade die Treppe hinunter, als Ulrika dort ankam. Die beiden begrüßten sich wie gute Freundinnen. Greta wirkte jedoch enttäuscht, als Ulrika ihr den Käse zeigte.

»Sollte Per mir nicht den Käse bringen?«

»Er ist zu einem Kunden unterwegs«, erwiderte Ulrika nicht ganz wahrheitsgemäß. Auf keinen Fall durfte Greta erfahren, dass Per sich mit dieser Frau traf.

»Ja, da kann man nichts machen«, sagte Greta niedergeschlagen.

»Sag mal, Greta, die gefällt es doch hier bei uns am Liljasee?«, fragte Ulrika. »Du hast doch vor, hier zu bleiben?«

Diese Frage verwunderte Greta offensichtlich. »Ja. Warum fragst du?«

Ulrika lächelte entschlossen. »Ich habe mit Per darüber gesprochen«, log sie. »Er ist sehr froh, dass du da bist. Er vertraut dir, und er mag dich sehr.«

Greta seufzte tief auf. »Du weißt, dass ich ihn auch mag.«

Ulrika blieb noch ein wenig bei Greta. Gemeinsam gingen die beiden Frauen in das Lokal, um dort einen Kaffee zu trinken und sich zu unterhalten. Hauptsächlich natürlich über Per.

Es fiel Ulrika nicht schwer, Gretas Befürchtungen zu zerstreuen. Die junge Frau glaubte nur zu gerne ihren Beteuerungen, dass sie Per lediglich ein wenig Zeit lassen musste, bis er erkannte, wer zu ihm passte.

Seit er die Hütte gemietet hatte, war er noch nie so nah an die Farm herangekommen. Er hatte von weitem beobachtet, dass alle das Haus verlassen hatten. Zuerst Per, anschließend Ulrika. Die Arbeiter waren auf den Gemüsefeldern oder in den Obstgärten.

Carl hatte Pelle an der Hütte zurückgelassen. Er tat es nicht gern, denn er wusste, dass der Hund selbst unter kurzen Trennungen von seinem Herrchen litt, aber die Gefahr, dass Pelle auf dem Farmgelände bellte und dadurch Aufmerksamkeit erregte, war dem Mann zu groß.

Mit seinem Motorboot war er über den See gefahren. Den Motor hatte er jedoch abgestellt und war das letzte Stück gerudert, damit ihn niemand bemerkte.

Langsam näherte er sich dem Elchgehege. Ein junger Elchbulle ließ sich das Grün eines Strauches schmecken.

Carl öffnete das Gatter, ging langsam auf das Tier zu. Er brach einen Ast von dem Strauch ab, fütterte den Bullen damit. Das Tier war zutraulich und ließ sich von ihm streicheln.

Carl lächelte, bis er plötzlich das Geräusch eines sich nähernden Traktors vernahm. Er konnte das Gefährt noch nicht sehen. Hastig verließ er das Elchgehege, bevor er selbst gesehen werden konnte. Er schob den Riegel des Gatters herum, bemerkte in seiner Hast aber nicht, dass er nicht einrastete.

Gehetzt lief er davon, während sich das Gatter des Elchgeheges langsam öffnete.

Hanna trat auf die Terrasse. Sie wusste, dass sie toll aussah in ihrem roten Kleid, das den richtigen Kontrast zu ihren blonden Haaren bildete.

Sie hatte kein Make-up aufgelegt, nur die Wimpern ein bisschen betont. Sie strahlte von innen heraus. Das schien auch Lina zu bemerken, als sie zu ihr trat.

Das junge Mädchen hatte auf der Terrasse gesessen und versuchte, die Landschaft in ihrem Tagebuch festzuhalten. Es war ein hübsches Bild. Lina hatte völlig konzentriert daran gesessen. Als sie jetzt aufschaute, wirkte ihr Blick erstaunt. Sie musterte Hanna von Kopf bis Fuß.

»Du siehst toll aus.«

»Ach was«, winkte Hanna ab. Sie war verlegen, hatte das

Gefühl, etwas Verbotenes zu tun. »Ich gehe mit Per Nordenfeldt zum Essen.«

Hanna sah, wie sich der Blick ihrer Tochter verdüsterte.

»Das ist so eine Art Geschäftsessen«, stellte sie hastig klar. Wahrscheinlich ein wenig zu hastig. Lina schien jetzt erst recht misstrauisch zu werden. Hanna redete zu laut und viel zu schnell. Sie bemerkte selbst, dass sie es mit jedem Wort noch schlimmer machte und konnte doch nicht aufhören, sich zu rechtfertigen. »Ja, er will mir doch den Käse liefern, und da müssen wir jetzt noch die Bedingungen aushandeln. Also, die Menge, die Preise . . .«

»Ich weiß, dass du Stress mit Papa hast«, unterbrach Lina sie.

Hanna hörte auf zu reden. Liebevoll strich sie ihrer Tochter über die Wange. Sie widersprach nicht, wollte ihre Tochter nicht belügen. Noch weniger wollte sie Lina mit dem Seitensprung ihres Vaters konfrontieren. Manchmal war es einfach am besten, gar nichts mehr zu sagen. Hanna gab ihrer Tochter einen Kuss. »Bis später, mein Schatz.«

Lina schaute ihrer Mutter nach. Ihre Stirn lag in sorgenvollen Falten. Auch wenn ihre Eltern beide so taten, als wäre alles in Ordnung, sie konnten ihr nichts vormachen. Die beiden verhielten sich seltsam und Lina war sich ganz sicher, dass sie sich gestritten hatten. Allein deshalb hatte ihre Mutter auch noch in Kungsholt bleiben wollen, denn normalerweise neigte sie nicht zu spontanen Entscheidungen.

Bisher war Lina davon überzeugt gewesen, dass es nur eine Frage der Zeit war, bis sich ihre Eltern wieder vertrugen. Inzwischen hatten sich daran aber Zweifel eingeschlichen. Lina fragte sich, ob das an diesem Per Nordenfeldt lag. Kein Wort glaubte sie ihr von dem ganzen Gerede über Käse und irgendwelche Verkaufsbedingungen. Sie war selbst erwachsen und Frau genug, um zu spüren, dass ihre Mutter Per gefiel. Er hatte diesen ganz besonderen Glanz in den Augen, wenn er ihre Mutter anschaute.

Ja, und ihre Mutter schien auch nicht ganz unbeteiligt zu sein. Per war ein attraktiver Mann, das hatte sie ja auch schon festgestellt. Für sie selbst wäre er viel zu alt, aber sie konnte es durchaus verstehen, wenn sich eine Frau in seinem Alter in ihn verliebte. Jede Frau, nur nicht ihre Mutter!

Lina dachte eine ganze Weile nach, und plötzlich glaubte sie zu wissen, was der einzige und richtige Weg war, um ihre Mutter vor einem großen Fehler zu bewahren. Sie nahm ihr Handy, wählte eine Nummer. Ein Lächeln zog über ihr Gesicht, als die Verbindung hergestellt wurde.

»Hallo, Papa«, sagte sie. »Wo bist du gerade?«

Per wartete auf dem Dorfplatz unter der Kastanie auf sie. Sein Blick glitt über sie hinweg. Voller Bewunderung und Zärtlichkeit. »Du siehst großartig aus.«

Ihr Herz raste, und immer noch war da das Gefühl, etwas Verbotenes zu tun. In Linas Abwesenheit erfüllte es sie aber nicht mehr mit schlechtem Gewissen, sondern war einfach nur aufregend schön. »Danke, du siehst auch sehr gut aus«, gab sie das Kompliment zurück.

Per griff nach ihrem Arm und führte sie in eine andere Richtung, als sie erwartet hatte.

»Gehen wir nicht zu Greta?«

»Na, hör mal, das ist unser erstes Date«, schmunzelte er. »Dafür habe ich mir etwas ganz Besonderes ausgedacht.«

Er führte sie die Dorfstraße entlang, die hinunter zum See führte. Mehrere Schuppen standen hier, ein Landesteg führte tief in den See. Dort wartete bereits eine Barkasse. Der Schiffsführer tippte sich grüßend an die Schirmmütze, als die beiden den Steg hinunterkamen.

Per reichte Hanna die Hand, als sie auf die Barkasse stiegen.

Der Skipper zog sich in sein Führerhaus zurück und startete den Motor. Sie waren die einzigen Gäste auf dieser Überfahrt.

Per strich zärtlich über Hannas Wange, schaute ihr dabei tief in die Augen. Ein Glücksgefühl, wie sie es schon lange nicht mehr erlebt hatte, stieg in ihr auf. Eine unbändige Lebenslust, die Freude auf diese gemeinsamen Stunden mit Per.

Als sie den Kopf zufällig zur Seite wandte, sah sie eine Frau bei den Schuppen stehen, die zu ihr und Per hinüber starrte. Die Frau wandte sich schnell ab und verschwand hinter dem Schuppen.

War das Greta gewesen? Hanna war sich nicht ganz sicher und hatte es bereits vergessen, als Per sie küsste.

Hanna war überrascht, wie groß der See war. Ihr Ferienhaus und auch die Elchfarm lagen an dessen schmaler Seite.

Die Barkasse tuckerte gemächlich über den See und hielt auf eine Insel zu. Das Wasser glitzerte im Sonnenlicht. Nur das monotone Brummen des Schiffsmotors war zu hören.

Per ließ sie in Ruhe die Landschaft betrachten, und Hanna stellte fest, wie schön es sein konnte, sich auch ohne Worte mit einem anderen Menschen eins zu fühlen.

Die Insel kam rasch näher. Nur ein weißes Gebäude war auf einer Anhöhe zu sehen, umgeben von Bäumen. Auch hier ragte eine Anlegestelle in den See hinein. Die Barkasse wurde langsamer, bis sie neben dem Steg anhielt. Zum Abschied tippte der Skipper wieder an seine Schirmmütze. Diesmal zwinkerte er Per allerdings verschwörerisch zu.

Per lachte, als er Hannas fragenden Blick bemerkte, sagte aber nichts. Er führte sie über einen Weg zwischen den Bäumen zur Anhöhe hinauf. Erst jetzt konnte sie sehen, dass es sich um ein Restaurant handelte.

Eine Mauer aus Findlingen rahmte das Gelände ein. Kletterrosen rankten sich an dem Gebäude hoch. Unwillkürlich musste Hanna an Dornröschens Schloss denken. Unter den Bäumen standen liebevoll gedeckte Tische, in den dicht belaubten Bäumen zwitscherten Vögel.

–74–

Per führte Hanna zu einem der freien Tische und rückte ihr den Stuhl zurecht, bevor er ihr gegenüber Platz nahm.

»Das Lokal ist ein Geheimtipp«, sagte er und griff über den Tisch hinweg nach ihrer Hand. »Eigentlich ist die ganze Insel ein Geheimtipp. Dort hinten in dem Wäldchen ist alles voller Blaubeeren.« Er wies auf einen Weg, der rechts neben dem Restaurant ins Dickicht führte. »Nach dem Essen macht man normalerweise einen kleinen Spaziergang und trinkt am Seeufer seinen Kaffee.«

»Das klingt fantastisch«, sagte Hanna.

Per nickte. »Ist es auch. Ich bin oft hier, aber zu zweit ist es natürlich schöner.« Tief sah er ihr in die Augen.

Der Ober kam und brachte ihnen die Speisekarte. Sie entschieden sich beide für ein Strömlingfilet. Zum Nachtisch gab es frische Erdbeeren mit Sahne.

»Machst du das eigentlich gerne?«, fragte Hanna, als sie nach der Bestellung auf das Essen warteten. »Ich meine den Bauernhof und die Elche.«

Per schaute einen Moment sinnend vor sich hin, als hätte er sich selbst über diese Frage noch keine Gedanken gemacht. »Ich mag, was ich tue«, sagte er schließlich. »Eigentlich habe ich Design studiert. Ich wollte Autodesigner werden und die besten Autos der Welt entwerfen.« Per lachte leise auf. »Dafür mache ich jetzt den besten Elchkäse der Welt.«

Hanna wollte mehr von ihm wissen. »Wie ist es dazu gekommen?« Sie schüttelte leicht den Kopf. »Du bist doch nicht irgendwann morgens aufgewacht und hast dir gesagt, ab jetzt bin ich Bauer.«

»Die Farm gehörte meinem Vater . . .« Per brach ab, sein Blick wurde verschlossen. Sekundenlang starrte er schweigend vor sich hin. Plötzlich lächelte er jedoch wieder. »Eines Tages lag es eben an mir, die Farm zu übernehmen. Wie sich herausstellte, war das auch gut so. Wenn ich nämlich keinen Elchkäse machen würde, hätte ich dich nicht kennengelernt.«

Das Essen kam und war ganz ausgezeichnet. Per wechselte geschickt das Thema, indem er sie nach ihrem Laden befragte und einige Anekdoten hören wollte, die sie über ihre Kunden zum Besten gab.

Eigentlich hatte Hanna damit gerechnet, dass sie nach dem Essen gleich wieder zurück nach Kungsholt fahren würden, aber Per hatte noch eine weitere Überraschung für sie in petto.

Er führte sie den schmalen Pfad entlang, der sich zwischen wildwucherndem Gestrüpp und hohen Fichten abwärts wand. Immer wieder war der See zwischen den Baumstämmen zu sehen.

»Mein Gott, ist das schön hier«, sagte Hanna ehrfurchtsvoll. »Das reinste Paradies.«

Der Pfad führte um eine ausladende Baumgruppe herum. Dahinter konnte Hanna das Ufer sehen. Ein Tisch stand dort mit zwei Stühlen. Darauf waren zwei Tassen, ein Kaffeekanne und Gebäck angerichtet.

Hanna war stehen geblieben. »Das gibt es doch nicht!«

»Ich habe dir doch gesagt, dass man am Ufer Kaffee trinken kann«, grinste Per. Er griff nach ihrer Hand, half ihr das letzte, ein wenig steile Stück des Abhangs nach unten. Er hielt ihre Hand weiter fest, als sie die letzten Meter zum Ufer zurücklegten.

Eine Brise vom See strich sanft durch ihr Haar. Sie vernahm das Rauschen der Blätter, das schmatzende Schwappen des Sees am Ufer. Sie fühlte mir aller Intensität Pers Nähe.

»Wenn das so weitergeht, will ich nie mehr weg von hier«, sagte sie leise.

»Eine gute Idee.« Per zog sie an sich.

Sie schloss die Augen, öffnete leicht den Mund, als er den Kopf zu ihr hinab beugte. Seine Lippen streiften ihre Stirn, ihre Wangen, wanderten sich langsam vor bis zu ihrem Mund.

Hanna umschlang ihn mit beiden Armen. Er küsste sie immer wieder. Sanft, zärtlich, mit zunehmender Leidenschaft.

Hier hatte sie sich also verkrochen, um ihre Wunden zu lecken.

Sten wusste, dass seine zynischen Gedanken unpassend waren, aber im Augenblick war ihm das ziemlich egal. Er war sauer auf Hanna, weil es einfacher war, auf sie ärgerlich zu sein, als sich über die eigenen Fehler Gedanken zu machen.

Er war es ja nicht, der plötzlich alles in Frage stellte. Er war bereit, zu Kreuze zu kriechen, Buße zu tun, damit sie ihm und ihrer Ehe noch eine Chance gab.

Es war nett mit Britt, aber Hanna war die Frau, die zu ihm passte. Sie stellte keine großen Ansprüche. Weder an ihn noch an das Leben. Sie war repräsentativ, wenn es erforderlich war, hielt ihm alle Widrigkeiten des Alltags vom Hals und verdiente so ganz nebenbei auch noch ihr eigenes Geld.

Sie war nicht mal langweilig als Ehefrau, aber es war trotzdem so, dass ihm eine Frau alleine auf Dauer nicht ausreichte. Es war ja auch alles gut gewesen, bis er so unvorsichtig war, sich von Hanna erwischen zu lassen.

Sten war aus seinem Cabrio gestiegen und ging suchend ums Haus. War er hier richtig? Lina hatte ihm den Weg genau beschrieben, und sie wusste, dass er kam. Es sah aber so aus, als wäre niemand da.

Als er wieder vors Haus kam, wo er den Wagen abgestellt hatte, kam Lina gerade mit zwei gefüllten Einkaufstaschen den Weg entlang. Ihre Miene wirkte sorgenvoll, bis sie ihn entdeckte.

»Papa!« Sie ließ die Taschen fallen, lief auf ihn zu und stürzte sich in seine Arme.

»Meine Süße!« Sten hob seine Tochter hoch und wirbelte sie herum, wie er es schon als kleines Mädchen mit ihr gemacht hatte. »Schön habt ihr es hier«, sagte er, als er sie wieder auf den Boden stellte. »Ich hätte schon viel früher kommen sollen.«

Lina umarmte ihren Vater wieder. »Ich freue mich so, dass du da bist.«

Sten hatte den Eindruck, dass sich seine Tochter nicht nur freute, sondern geradezu erleichtert war. Sie wollte ihn ins Haus ziehen, um ihm alles zu zeigen, als ihr die Einkaufstaschen einfielen. Sie rannte zurück, hob die beiden Taschen auf und drückte eine Sten in die Hand. Dabei redete sie ununterbrochen, erzählte von Kungsholt und wie schön es hier war, dass sie extra einkaufen gegangen war, weil er heute kam und sie selbst kochen würde. Spaghetti Bolognese, weil es das einzige Gericht war, das sie halbwegs unfallfrei zustande brachte.

Sten unterbrach sie mit keinem Wort, auch wenn er gerne gefragt hätte, wo Hanna eigentlich war. Im Haus war sie jedenfalls nicht. Lina führte ihn durch jedes Zimmer und kommentierte mit keinem Wort, dass er seinen Koffer, den er eine halbe Stunde später aus dem Wagen holte, in Hannas Schlafzimmer abstellte.

Sten war sich keineswegs sicher, ob Hanna damit einverstanden war, aber das konnten sie später gemeinsam ohne Lina klären.

Obwohl es eher noch später Nachmittag als früher Abend war, begann Lina mit dem Kochen und deckte den Tisch auf der Wiese am See. Hanna war immer noch nicht zu Hause, und als Sten jetzt einmal nach ihr fragte, erklärte Lina beiläufig, dass die Mutter sich mit einem Lieferanten für ihren Käseladen traf. Später, als sie gemeinsam draußen saßen und auf Hanna warteten, verwickelte Lina ihn in ein Gespräch über ihre Zukunftspläne.

Seit sie Per zusammen mit dieser Hanna auf der Barkasse gesehen hatte, war Greta nicht mehr zur Ruhe gekommen. Die beiden hatten so vertraut miteinander gewirkt, obwohl sie sich doch gerade erst kennengelernt hatten.

Sie war in Hochstimmung gewesen, nachdem sie von Ulrika erfahren hatte, dass Per sie mochte. Seit sie ihm das erste Mal begegnet war, hatte sie darauf gehofft, dass aus ihnen ein Paar wurde. Ulrika hatte sie darin immer bestärkt. War jetzt alles vorbei, was noch nicht begonnen hatte?

Greta schüttelte leicht den Kopf, um die Bilder von Per und Hanna abzuschütteln, die sie ständig vor Augen hatte.

Sie wusste, wohin die beiden gefahren waren. Sie kannte das Restaurant auf der Insel, das vor allem von Liebespaaren bevorzugt wurde. Mit ihr war Per nie dort gewesen.

Ulrika hatte heute erst angedeutet, dass es ein Fehler war, dieser Hanna das Ferienhaus zu vermieten. Sie sollte weg aus Kungsholt, so schnell wie möglich.

Greta zog die Brauen zusammen und dachte angestrengt nach. Eigentlich war es ganz einfach. Sie würde nur behaupten, dass das Ferienhaus ab der kommenden Woche vermietet sei und auch keines der anderen Ferienhäuser frei war.

Greta kannte die Fahrzeiten der Barkasse, die nicht nur die Restaurantinsel, sondern auch andere Stationen am See ansteuerte, und wusste, wann sie zurück nach Kungsholt kam. Auch wenn es ihr schwerfiel, so musste sie doch warten, bis Hanna und Per zurückkamen.

Am liebsten hätte Hanna die Zeit festgehalten, hier auf dieser Insel, zusammen mit Per. Hier erschien ihr alles so leicht und so einfach, aber das war es nicht.

Sie war sehr still auf der Rückfahrt, aber diesmal war es nicht das gemeinsame, verbindende Schweigen. Hanna quälte sich mit der Frage, wie es weitergehen sollte. Sie wollte nicht zurück in ihr altes Leben, in dem sie funktioniert hatte, so wie es von ihr erwartet wurde. Sie wollte das volle Leben mit aller Intensität auskosten. Sie wollte wieder Liebe und Leidenschaft, all das, was ihrem Leben in den vergangenen Jahren verloren gegangen war.

Die Barkasse legte in Kungsholt an. Per hielt ihre Hand, als sie ausstiegen. Dankbar schaute sie ihn an.

»Das war ein wunderschöner Abend.«

Per lächelte zustimmend. »Den wir unbedingt wiederholen müssen, nicht wahr?«

Hanna schaffte es nicht, zu lächeln. All das, was jetzt vor ihr stand, schien übermächtig zu werden. »Ich muss erst etwas klären«, sagte sie ernst.

»Mit deinem Ehemann?«

»Auch«, nickte Hanna, »aber in erster Linie mit mir selbst. Mein Mann und ich hatten in Stockholm eine heftige Auseinandersetzung. Es war nicht die erste dieser Art, aber diesmal fällt es mir schwer, damit umzugehen und eine endgültige Entscheidung zu treffen.«

»Du hast Angst davor, ihn zu verlassen?« Es war die Frage, die Per wahrscheinlich schon die ganze Zeit mit sich herumtrug. Eine Frage, die auch Hanna nicht losließ, seit sie Sten zusammen mit Britt gesehen hatte.

War es Angst, die sie empfand? Als sie Sten das erste Mal mit einer anderen Frau erwischt hatte, hatte sie ihm verziehen und war zu einem Neuanfang bereit gewesen. Heute war das anders. Da war das Gefühl, dass sie einfach nicht mehr mit ihm leben konnte, weil sie ihm nie wieder vertrauen würde. Warum fiel es ihr dann so unendlich schwer, einen Schlussstrich zu ziehen?

»Bisher habe ich immer gedacht, ich muss die Ehe wegen Lina halten«, sagte sie nach einer ganzen Weile.

»Deine Tochter ist erwachsen.«

Hanna spürte ihre innere Zerrissenheit mit aller Macht. Sie hob die Schultern. »Ich habe einfach gehofft, Sten und ich hätten noch eine Chance. Verstehst du, wir sind schon so lange zusammen. Das wirft man doch nicht einfach so weg.«

Per sah jetzt so hilflos aus, wie sie sich fühlte. »Kann ich etwas tun? Dir irgendwie helfen?«

Hanna rechnete es ihm hoch an, dass er ihr die Entscheidung ganz alleine überließ und nicht versuchte, sie zu überreden, damit sie sich von Sten trennte. »Danke«, sagte sie herzlich und streichelte ihm zärtlich über die Wange. »Das muss ich ganz allein schaffen.«

Per nickte verständnisvoll und schlug ihr vor, sie nach Hause zu fahren. Hanna lehnte das ab. Sie wollte zu Fuß gehen, noch eine Weile alleine sein mit ihrem ganzen Wust von Gefühlen und Gedanken und versuchen, alles ein bisschen unter Kontrolle zu bekommen.

Hanna wählte nicht den Weg durch Kungsholt, sondern ging am Seeufer entlang. Tief atmete sie die klare Luft ein. Sie spürte den sanften Windhauch in ihren Haaren, die warme Sonne auf ihrer Haut.

Sie betrachtete die Umgebung mit einem Gefühl, das sie noch nicht einordnen konnte. Den See, auf dessen Oberfläche das Licht der Sonne als unzählige Lichtpunkte reflektierte. Das leise wogende Schilf am Ufer.

Plötzlich wusste sie, was das für ein Gefühl war, das sie bei diesem Anblick durchströmte. Sie fühlte sich hier zu Hause. Viel mehr, als sie es jemals in Stockholm empfunden hatte.

Plötzlich schien alles klar und einfach zu sein. Sie glaubte zu wissen, was sie tun musste, um sich endlich wieder als Mensch zu fühlen. Als Frau, verbesserte sie sich gleich darauf.

Hanna ließ sich sehr viel Zeit auf dem Heimweg. In Gedanken legte sie sich bereits zurecht, was sie Sten sagen würde. Sie wollte ihn heute noch anrufen.

Auch Lina sollte endlich die Wahrheit erfahren. Nicht die ganze Wahrheit. Die Sache zwischen Sten und Britt wollte Hanna nicht erwähnen, selbst wenn das bedeutete, dass Lina ihr die Schuld am Scheitern der Ehe gab.

Sie blieb wie angewurzelt stehen, als sie das Ferienhaus von der Seeseite erreichte. Sten saß am Gartentisch, Lina stand hinter ihm und hatte ihre Arme um ihn geschlungen.

»Vielleicht studiere ich in Göteborg«, hörte Hanna ihre Tochter sagen. »Aber eigentlich wollte ich zuerst ein Jahr ins Ausland.«

»Aha, und wohin?«, antwortete Sten. »Eigentlich ist Göteborg auch schon ganz schön weit weg.«

»Ach, Quatsch, Papa, Göteborg ist nun wirklich...« Lina wandte den Kopf ein wenig zur Seite und sah Hanna. Sie ließ ihren Vater los und eilte Hanna entgegen, um sie zu umarmen. »Perfektes Timing, Mama. Hast du gesehen, Papa ist da! Wir wollten gerade essen.«

Hanna schaffte es nur mit Mühe, ein Lächeln zustande zu bringen, und sie erwiderte Stens Gruß äußerst knapp.

»Ich konnte die Tour mit einem Kollegen tauschen«, sagte Sten, »und da dachte ich, es ist eine gute Idee, wenn ich euch besuche.«

Hanna nickte, ohne etwas dazu zu sagen. Sten wusste genau, was sie von seiner Idee hielt.

Lina schaute verunsichert zwischen ihren Eltern hin und her, bevor sie ins Haus eilte und kurz darauf mit einer Platte voller Nudeln und Tomatensoße zurückkehrte. Sie schob die Platte über den Tisch. »Lasst uns anfangen, sonst wird das Essen kalt.«

Sten schaute nur Hanna an, als er antwortete. »Ja, fangen wir an.« Seine Stimme nahm einen beschwörenden Klang an. »Fangen wir einfach noch einmal ganz von vorn an.«

Die Stimmung beim Essen war angespannt. Anfangs versuchte Lina noch, ihre Eltern in ein Gespräch zu verwickeln, aber das scheiterte an Hannas starrer Miene und ihrer Einsilbigkeit. Sie sah es ihrer Tochter an, dass sie deswegen wütend auf sie war, aber sie konnte einfach nicht anders. Sie ärgerte sich so maßlos über Sten, weil der sich mal wieder über ihren ausdrücklichen Wunsch hinweggesetzt hatte. Das war so typisch für ihn. Es zählte nur das, was er selbst wollte.

Endlich war das Essen vorbei. Lina, wahrscheinlich selbst von dem dringenden Wunsch erfüllt, sich diesen Spannungen zu entziehen, übernahm freiwillig das Abräumen des Tisches. Hanna wartete, bis sie außer Hörweite war.

»Ich dachte, du hättest mich verstanden«, fuhr sie Sten an. Sie saß am Kopfende des Tisches, Sten rechts neben ihr.

»Ich habe das nicht ausgehalten«, sagte er mit unglücklichem Gesichtsausdruck. »Ich konnte einfach nicht in Stockholm sitzen und darauf warten, dass du mir möglicherweise sagst, es wäre alles aus. Als Lina dann anrief, habe ich beschlossen, sofort zu euch zu kommen. Hanna, ich weiß, dass ich einen Fehler gemacht habe. Ich bereue das zutiefst.«

»Ich will jetzt nicht darüber reden«, sagte Hanna abweisend.

»Aber wir müssen reden«, beschwor Sten sie. Er wollte noch etwas sagen, als Lina zurückkam. In ihrer Begleitung befand sich Greta.

»Hej, ich wollte nicht stören.« Gretas Blick wechselte zwischen Sten und Hanna hin und her.

»Ach, überhaupt nicht«, winkte Hanna ab. Greta war im genau richtigen Augenblick gekommen. Sie wollte jetzt nicht mit Sten reden. Es war der falsche Ort und auch der falsche Zeitpunkt.

Hanna machte Greta mit ihrem Mann bekannt und bot ihr einen Platz an.

»Schön, dass Sie doch noch kommen konnten«, sagte Greta zu Sten. Ihr Blick wieselte weiterhin zwischen Sten und Hanna hin und her. Sie zeigte ein breites Lächeln, als würde sie sich unbändig über etwas freuen.

»Ja, es hat doch noch geklappt«, nickte Sten höflich.

»Was macht ihr denn so in den nächsten Tagen«, wollte Greta wissen und hatte gleich einen Vorschlag parat. »Wie wäre es mit einer Paddeltour? Ich habe ein paar Boote, die ich verleihe.« Ihr Blick fiel auf Lina. »Ich habe im Moment aber nur Zweierboote.«

»Schade«, sagte Hanna im Gegensatz zu dem, was sie empfand. Das fehlte ihr noch, alleine mit Sten in einem Paddelboot auf dem See. Schon die Vorstellung erweckte in ihr das Gefühl des Ausgeliefertseins.

Auch Sten schien sehr schnell zu begreifen, dass sie sich ihm auf dem Wasser nicht entziehen konnte. Er zeigte sich sehr angetan von Gretas Vorschlag. Lina war geradezu begeistert.

»Das ist doch ideal. Dann macht ihr euch einen romantischen Tag zu zweit«, schlug das Mädchen vor. Sie war so rührend in ihrem Eifer, ihre Eltern wieder zusammenzubringen, dass Hanna es einfach nicht übers Herz brachte, Gretas Vorschlag rundheraus abzuschlagen.

»Du langweilst dich doch total, wenn du alleine bist«, sagte Hanna und bemerkte selbst, dass dieser Einwand reichlich lahm klang. Wahrscheinlich war allen Anwesenden klar, dass sie nicht die geringste Lust auf diese Paddeltour verspürte.

Mit der Naivität der Jugend schien Lina tatsächlich davon überzeugt zu sein, dass ein wenig Romantik ausreichen würde, damit ihre Eltern sich versöhnten. »Ich kann mich auch einen Tag ohne euch amüsieren«, sagte sie.

Nein, schrie es in Hanna auf. Als ob es ausreichte, ein bisschen auf dem See herumzupaddeln, um alles zu vergessen, was in den letzten Tagen passiert war. Dabei ging es nicht nur um Stens Seitensprung, sondern um ihr eigenes, ziemlich verwickeltes Gefühlsleben. Alles war anders, seit sie Per begegnet war. Irgendwann, sie wusste nicht genau, wann das gewesen war, hatte sie einen Punkt erreicht, an dem es kein Zurück mehr gab. Aber wie sie eben schon für sich festgestellt hatte, das hier war der falsche Ort und der falsche Zeitpunkt, um darüber zu reden. Schon gar nicht im Beisein von Lina und Greta.

Für Greta schien alles abgemacht zu sein. »Okay«, sagte sie und erhob sich. »Dann kommt einfach morgen früh um neun an den See. Ich bin sicher, die Tour wird euch gefallen.«

Greta schien es auf einmal ziemlich eilig zu haben. Sie verabschiedete sich und ging. Hanna fragte sich, aus welchem Grund sie überhaupt gekommen war.

Sie überließ es Sten und Lina, das Geschirr abzuräumen, und ging ins Haus, um sich umzuziehen. Als sie Stens Koffer in ihrem Schlafzimmer sah, spürte sie heftige Wut in sich aufsteigen.

Wenn er sich einbildete, sie würde auch noch die Nacht mit ihm verbringen, hatte er sich geschnitten. Sie zerrte den Koffer in das letzte freie Schlafzimmer. Ein kleiner Raum am Ende des Ganges, in dem es nur eine schmale Pritsche zum Schlafen gab. Sten würde sich damit zufrieden geben müssen.

Als Hanna zurück in ihr Zimmer ging, fühlte sie sich kein bisschen besser. Sie hatte das Gefühl, zu ersticken, musste raus hier.

In aller Eile wechselte sie die Kleidung. Sie zog eine bequeme Jeans an und ging wieder nach unten. In der Küche hörte sie Lina und Sten miteinander reden und lachen. Ihr Mann schien sich sehr sicher zu sein, dass er die Situation unter Kontrolle hatte und alles wieder zu seiner Zufriedenheit hinbiegen konnte.

Hanna wünschte sich, sie hätte den Mut, jetzt einfach in die Küche zu stürmen, ihrem Mann in aller Klarheit zu sagen, dass es endgültig vorbei war, und ihn aufzufordern, das Haus sofort zu verlassen.

Hanna kannte Sten. Er würde nicht gehen, würde unablässig auf sie einreden. Das konnte er. Es war sein Beruf, Produkte an den Mann zu bringen, Bedenken auszuräumen, und wenn es sein musste, sah er sich vermutlich selbst als das Produkt, das er seiner Frau verkaufen musste.

Hanna sah sich bereits in der Auseinandersetzung mit Sten. Sie sah Lina, die dabeistehen würde, mit verstörtem Gesicht und anklagendem Blick, der ausschließlich ihrer Mutter galt, weil sie ja nicht wusste, weshalb Hanna so unversöhnlich war.

Nein, das alles war im Augenblick zu viel für sie. Sie würde es nicht aushalten können.

Hanna war allerdings auch nicht in der Lage, zu den beiden zu gehen und so zu tun, als wäre nichts. Sie musste raus hier. Sie brauchte frische Luft, wünschte sich die Klarheit von vorhin zurück, als sie alleine am Seeufer gewesen war. Da hatte sie gewusst, was sie tun würde. Hatte sich jedes Wort sorgsam zurecht gelegt. Worte für Sten und Erklärungen für Lina. Jetzt schien da nichts als dichter Nebel in ihrem Kopf zu sein.

Obwohl es bereits spät war, schlich Hanna aus dem Haus. Sie duckte sich, als sie am Küchenfenster vorbei musste, und schnappte sich ihr Fahrrad, das neben dem Eingang stand. Als sie in den Weg zur Elchfarm einbog, atmete sie erleichtert auf. Jetzt fühlte sie sich ein bisschen besser.

Das war noch besser als ihr eigener Plan! Triumphierend ballte Greta eine Hand zur Faust, als sie im Wagen saß und zurück ins Dorf fuhr. »Ja«, zischte sie leise.

Sie hatte Hanna sagen wollen, dass sie spätestens bis zum Wochenende aus dem Ferienhaus ausziehen musste. Allerdings wäre das keine Garantie dafür gewesen, dass sie und Per sich dann nicht mehr sahen.

Der Besuch von Hannas Ehemann änderte freilich alles. Es war eine Sache, zu wissen, dass Hanna verheiratet war. Eine völlig andere Dimension bekam es, wenn Per das Ehepaar miteinander sah. Wenn ihm so richtig vor Augen geführt wurde, dass Hanna an einen anderen Mann gebunden war, dann würde er hoffentlich endlich wieder zur Besinnung kommen.

Vielleicht war es falsch, ausgerechnet jetzt zu Per zu fahren. Hanna war sich nicht sicher, ob das ihr emotionales Gleichgewicht wiederherstellen würde oder sie nicht noch mehr ins Chaos stürzen würde. Aber sie hatte so große Sehnsucht nach ihm. Ihn nur kurz sehen, seine Stimme hören ...

Ihre Sehnsucht wandelte sich in Erschrecken, als sie das Elchgehege erreichte. Das Tor stand weit offen, vor dem Gehege stand ein Polizeiwagen. Zwei Beamte stiegen gerade in den Wagen. Per stand am Gatter. Er wirkte ziemlich aufgelöst. Hanna ließ das Fahrrad einfach fallen und lief zu ihm.

»Ich muss was mit dir besprechen. Aber was ist denn hier passiert?«

»Die Elche sind weg«, sagte Per niedergeschlagen. »Jemand hat das Gatter aufgelassen.«

»Wie konnte das denn passieren?«, fragte Hanna erschrocken.

Per zuckte mit den Schultern. »Keine Ahnung. Ich weiß nur, dass es eine kleine Katastrophe ist.«

Hanna schaute ihn besorgt an. »Kann ich etwas für dich tun?«

»Nein, das ist lieb von dir.« Sein Blick war voller Zärtlichkeit. Sacht strich er ihr über den Arm. »Aber du wolltest was mit mir besprechen?«

»Mein Mann ist gekommen«, platzte es aus Hanna heraus. So hatte sie es ihm eigentlich nicht sagen wollen.

»Oh«, war alles, was Per daraufhin sagte. Es war ihm nicht anzusehen, was er dachte oder fühlte.

»Du hast im Augenblick wahrscheinlich ganz andere Sorgen«, sagte Hanna bedrückt. »Ich mache morgen mit Sten eine Paddeltour, um alles zu besprechen. Eigentlich wollte ich damit bis in Stockholm warten. Aber Sten besteht darauf, dass er ein Recht hätte, mit mir zu reden.«

»Ja, das würde ich an seiner Stelle vermutlich auch sagen«, erwiderte Per.

Hanna nickte leicht. Es stimmte ja. Sie war Sten nichts schuldig, außer genau diesem einen Gespräch und einer klaren Antwort auf die Frage, ob sie überhaupt noch mit ihm zusammen sein wollte.

Per schien im Augenblick genau das Gleiche zu denken. Unsicher wollte er wissen: »Weißt du denn, was du willst?«

Hanna schaute ihn nur an. Allmählich breitete sich ein Lächeln über ihr Gesicht aus. Sie musste nichts sagen, er las die Antwort in ihren Augen. Aufatmend schloss er sie in seine Arme.

Hanna schmiegte sich ganz fest an ihn. Ihre innere Aufruhr, die Anspannung, unter der sie gestanden hatte, löste sich.

»Es kommt mir so vor, als hätte ich die ganzen letzten Jahre nur darauf gewartet, dass ich endlich jemanden wie dich kennen lerne«, sagte Per dicht an ihrem Ohr.

Hanna verdrängte jeden Gedanken an den morgigen Tag. Jetzt war sie hier, zusammen mit Per. Alles andere zählte im Augenblick nicht.

Hanna kehrte erst sehr spät zurück ins Ferienhaus. Lina und Sten waren offensichtlich schon schlafen gegangen.

Mit angehaltenem Atem betrat Hanna ihr Schlafzimmer und seufzte erleichtert auf. Sten hatte offenbar akzeptiert, dass sie die Nacht nicht mit ihm zusammen verbringen wollte. Der Raum war leer.

Leise ging sie ins Bad und begnügte sich mit einer hastigen Katzenwäsche, um weder Sten noch Lina aufzuwecken. Sie wollte nicht reden, und noch weniger wollte sie erklären, wo sie die letzten Stunden verbracht hatte.

Greta erwartete sie bereits, als sie am nächsten Morgen zum See kamen. Hanna hatte während des Frühstücks versucht, Sten die Idee mit dem Paddelboot auszureden, aber er war davon nicht abzubringen gewesen. Natürlich erhielt er Unterstützung durch Lina.

Jetzt saß sie in diesem Boot, Sten hinter ihr. Lina beugte sich über sie und gab ihr einen Kuss, bevor sie ihr den Korb und eine Decke reichte. Das war auch eine Idee Linas gewesen. Später irgendwo an einer romantischen Stelle anzuhalten und dort ein Picknick zu machen. Hanna hatte gar nicht gewusst, dass ihre Tochter so sehr auf Romantik stand.

»Ich wünsche euch ganz viel Spaß«, sagte Lina mit einer Stimme, in der eher Hoffnung lag. »Verfahrt euch nicht. Vielleicht trefft ihr ja sogar auf Pers Elche.«

−88−

Hanna hatte ihrer Tochter am Morgen von dem Verschwinden der Elche erzählt. Sten war da noch im Bad gewesen.

»Pers Elche?«, fragte er neugierig.

»Das ist ein Bauer, den wir kennen gelernt haben«, sagte Hanna schnell. »Er will mir Elchkäse verkaufen, und seine Elche sind offensichtlich ausgebrochen.«

»Viel Vergnügen«, sagte Greta jetzt. »Ruft einfach an, wenn ihr nicht mehr weiter wisst. Unsere Wasserschutzpolizei findet euch überall.« Sie lächelte, fand ihre Bemerkung offenbar überaus witzig.

Na toll, dachte Hanna wenig amüsiert. Das fehlt mir noch, dass ich mich ausgerechnet mit Sten verirre.

»Also dann!« Sten stieß das Boot mit dem Paddel vom Steg. »Auf geht's.« Im Gegensatz zu Hanna schien er sich auf diesen Ausflug zu freuen.

Zufrieden schaute Greta dem Paddelboot nach. Es war zu spüren, dass es da etwas zwischen dem Ehepaar gab, aber sie hoffte inständig, dass sie wieder zueinander fanden. Vielleicht kamen sie ja heute Abend glücklich vereint zurück, und diese Hand hielt sich danach endlich von Per fern.

Lina stand neben ihr und starrte dem Boot ebenfalls nach.

»Die beiden werden bestimmt viel Spaß miteinander haben«, sagte Greta.

»Hoffentlich«, erwiderte Lina zweifelnd. Das Mädchen hatte natürlich auch bemerkt, wie lustlos die Mutter gewirkt hatte.

Greta lächelte leicht. »Wenn man Probleme miteinander hat, wirkt so eine Fahrt in die stille Natur manchmal Wunder.« Greta war sich darüber im Klaren, dass ihre Worte eher ihrem Wunschdenken als realer Erfahrung entsprachen.

Lina grinste mit einem Mal und zog die Handys ihrer Eltern aus der Tasche. »Stille Natur, die werden sie haben. Dafür habe ich gesorgt.«

Greta hätte das Mädchen umarmen können. Ohne es zu wissen, war Lina zu ihrer Verbündeten geworden.

Lina war sofort zurück zum Ferienhaus geradelt. Sie spülte das Frühstücksgeschirr. Eher aus Langweile als aus der Notwendigkeit heraus. Hanna hatte recht behalten, Lina langweilte sich so alleine schrecklich.

Später telefonierte sie mit ihrer besten Freundin Viktoria in Stockholm. Leider war Viktoria verabredet und musste das Gespräch nach ein paar Minuten beenden.

Lina schaute nachdenklich aus dem Fenster. Draußen schien die Sonne, der See lockte. Schließlich zog sie ihren Bikini an, holte die Illustrierte, die ihr Vater ihr gestern mitgebracht hatte, und machte es sich unten auf dem Steg am Bootshaus gemütlich. Boote gab es in dem Bootshaus nicht, dafür aber einen bequemen Liegestuhl.

In der nächsten Stunde war sie beschäftigt mit dem, was in der internationalen Promiwelt so passiert war. Als sie das Tuckern eines Motorbootes vernahm, das sich rasch näherte, legte sie die Zeitung beiseite.

Ihr Retter fuhr an den Bootssteg heran und stellte den Motor ab. Pelle begrüßte Lina schwanzwedelnd, sprang aber nicht aus dem Boot.

»Hej, Lina«, grüßte Carl. »Ist deine Mutter zu Hause?«

Lina schüttelte den Kopf. »Sie ist mit meinem Vater unterwegs.«

Carl reichte Hannas hellblaue Strickjacke aus dem Boot. »Würdest du ihr bitte diese Jacke mit einem lieben Gruß von mir geben?«

»Ja, sicher.« Lina war überrascht. »Das ist Mamas Lieblingsjacke. Wo haben Sie die denn her?«

»Deine Mutter hat sie bei mir vergessen.«

Lina starrte Carl an. Sie hatte nicht einmal gewusst, dass ihre Mutter bei ihrem Retter gewesen war.

»Ich habe deine Mutter zufällig während des Gewitters getroffen und ihr angeboten, sich bei mir unterzustellen, bis es vorbei ist«, fügte der Mann erklärend hinzu.

Lina war beruhigt. »Haben Sie nicht Lust, mit mir einen Kaffee zu trinken?«, fragte Lina eifrig. »Ich möchte so gerne mehr über Sie erfahren.«

Der Mann schüttelte den Kopf. »Das ist sehr nett von dir, Lina, aber über mich gibt es nicht viel zu erzählen. Mein Leben ist nie besonders spannend gewesen. Außerdem habe ich keine Zeit. Ich reise ab und muss vorher noch einiges erledigen. Du weißt schon, aufräumen, einpacken und so weiter.«

»Schade, dass Sie keine Zeit haben.« Lina zog ihren Schmollmund, mit dem sie bei ihrem Vater alles erreichte. Bei diesem fremden Mann zeigte er indes keine Wirkung. Er lächelte unvermindert freundlich.

»Alles Gute für dich, Lina«, sagte er, »und alles Gute für deine Mutter.«

»Für Sie auch alles Gute«, nickte Lina resignierend. »Ach ja, und falls Sie Pers Elchen begegnen, können Sie sich ja doch noch einmal melden.«

Es war einfach nur eine Bemerkung, um das Gespräch noch ein bisschen hinauszuzögern, bevor sie wieder alleine war. Die Wirkung auf diese Worte überraschten Lina jedoch.

»Pers Elchen?« Carl wirkte erschrocken.

»Ja, die Elche von Per Nordenfeldt. Jemand hat das Gatter aufgelassen, und jetzt sind sie verschwunden.«

Carl saß wie angewurzelt in seinem Boot und starrte sie nur an.

»Vielleicht begegnen Ihnen die Elche ja, wenn Sie mal wieder im Wald sind«, schloss Lina hilflos. Der starre Blick des Mannes wurde ihr mit einem Mal unheimlich.

»Danke«, sagte Carl tonlos.

Obwohl Lina ihn eben noch zum Bleiben aufgefordert hatte, war sie froh, dass er jetzt mit seinem Boot umdrehte und davonfuhr. Sie würde diesem Mann ewig dankbar sein, aber er war wirklich ein sehr seltsamer Kerl.

Sten hatte eine Stelle am Ufer gefunden, die ihm für das Picknick geeignet schien. Hanna überließ es ihm, die Decke auszulegen und den Picknickkorb auszupacken.

Vor ihr breitete sich die Landschaft aus, die sie so sehr liebte. Der See leuchtete und glitzerte auch heute wieder im Sonnenlicht. Die Luft war warm und sanft, die Vögel zwitscherten, und doch war alles anders. Es fühlte sich einfach nicht richtig an.

»Ich will zurück«, sagte Hanna spontan aus diesem Gefühl heraus.

Stens Kopf flog hoch. »Was? Aber wir können gleich essen.«

Hanna antwortete nicht, schaute über den See. Erst als Sten zu spüren schien, dass sie es ernst meinte, und näher kam, sprach sie weiter.

»Weißt du eigentlich, dass ich alle meine Träume vergessen habe? Ich habe es nicht einmal selbst bemerkt, weil ich viel zu sehr damit beschäftigt war, unseren Alltag problemfrei zu halten. Aber jetzt, wo Lina weggeht . . .«

Sie brach ab.

»Das ist eben der Lauf der Dinge«, meinte Sten leichthin. »Komm, lass es uns noch einmal miteinander versuchen.« Er strich sanft über ihren Arm.

Hanna bewegte sich nicht, wehrte seine Berührung auch nicht ab, obwohl sie ihr unangenehm war. Sie wusste jetzt mit endgültiger Sicherheit, dass ihre Zeit mit Sten vorbei war. Sie konnte nicht mehr neben ihm her leben. So tun, als wäre alles in Ordnung, während ihre Ehe längst zerbrochen war. Zerfallen in so viele winzig kleine Scherben, die niemals mehr zusammengesetzt werden konnten.

»Ich würde nur aus Angst vor dem Alleinsein bei dir bleiben«, bekannte Hanna ihrem Mann. »Mir wird erst jetzt klar, dass ich in den letzten Jahren nur bei dir blieb, weil unsere Ehe mir Sicherheit gab.«

»Das ist der Sinn einer Ehe«, sagte Sten.

Hanna schüttelte den Kopf. »Es kann nicht der Sinn einer Ehe sein, dass einer dabei unglücklich wird, während der andere seinen eigenen Weg geht. Es ist vorbei, Sten.«

Es war gesagt, und sie sah ihm an, dass er erschüttert war. Sie selbst fühlte sich auf einmal ganz gelassen. Die Entscheidung war nicht nur gefallen, sie hatte sie auch ausgesprochen.

Eine Bewegung am gegenüberliegenden Ufer lenkte Hanna ab. Sie konnte nicht genau erkennen, was das war, und kniff die Augen zusammen.

»Das ist doch ein Elch«, sagte sie.

»Na und?« Stens Stimme verriet, wie wenig ihn das interessierte. »In Schweden gibt es jede Menge Elche.«

»Vielleicht ist das einer von Pers Elchen«, mutmaßte Hanna.

»Quatsch«, fuhr Sten sie grob an. Während sie selbst sich befreit fühlte, hatte er schwer mit ihren Worten zu kämpfen. Offensichtlich ging ihm ihr Gerede über Elche in genau diesem Moment schrecklich auf die Nerven.

»Wieso sollte das ein Elch von diesem Per sein?«

Stens Augen veränderten sich plötzlich. Sein Blick wurde aufmerksam, lauernd. Während er sonst unsensibel über Hannas Bedürfnisse hinweg ging, schien seine Intuition jetzt geschärft.

»Geht es dir um diesen Per?«, traf er ins Schwarze.

Ja, es ging ihr um Per, aber er war nicht der Grund, der zum Scheitern ihrer Ehe geführt hatte. Das war vorher passiert, bevor sie Per kennen gelernt hatte.

Hanna schüttelte unwillig den Kopf. Sie ging auf diese Bemerkung nicht ein. »Seine Tiere sind ausgebrochen, und ich muss ihn anrufen«, sagte sie entschlossen.

Sten kniff die Augen zusammen. »Dieser Elchzüchter ist es also.«

Wollte er ihr jetzt ernsthaft Vorhaltungen machen? Ja, sie

hatte sich in Per verliebt, daran bestand nicht einmal für sie selbst ein Zweifel. Aber sie hatte nicht mit ihm geschlafen, sie war nicht fremdgegangen, so wie Sten.

Hanna öffnete den Mund, um ihm das genau so zu sagen – und schloss ihn wieder. Wozu? Sie musste sich nicht rechtfertigen für etwas, was sie nicht getan hatte. Sie musste sich auch nicht dafür entschuldigen, dass ihre Liebe einen anderen Weg eingeschlagen hatte, nach all den Enttäuschungen in den letzten Jahren. Es war verschwendete Energie, Sten das erklären zu wollen. Er würde sich alles so zurechtlegen, wie es ihm am besten passte.

Hanna ging an ihrem Mann vorbei zu ihrer Tasche, die neben dem Picknickkorb lag. Sie wollte Per anrufen und ihm von dem Elch berichten, aber ihr Handy war nicht aufzufinden.

»Ich habe das Gatter nicht richtig zugemacht«, sagte Carl zu seinem Hund. »Es ist meine Schuld, dass die Elche weggelaufen sind.«

Er wusste nicht, was er machen sollte. Er konnte sich stellen, aber das brachte die Elche auch nicht zurück. Er konnte auch keinen Ersatz leisten. Nicht mit dem bisschen Geld, dass er gespart hatte. Der größte Teil war ohnehin für die Miete der Hütte und den Kauf des Motorbootes draufgegangen.

Es war ein Fehler, dass er hierhergekommen war. Einen Fehler, den er korrigieren musste. Aber erst wollte er wenigstens versuchen, die Elche zu finden.

Er überlegte, in welche Richtung die Tiere laufen würden. Langsam fuhr er mit seinem Boot am Ufer entlang, rechnete in Gedanken dabei aus, wie schnell sich die Elche vorwärtsbewegten.

Nach einer Weile stoppte er das Boot und beschloss, seine Suche an Land fortzusetzen.

Er hatte das richtige Gespür gehabt. Er musste nicht einmal

lange suchen, bis er ganz frische Spuren fand. Elchspuren! Freilich wusste er noch nicht, ob es sich dabei um Pers Elche handelte. Trotzdem zückte er sein Handy und rief bei der Polizei in Kungsholt an, um seine Entdeckung mitzuteilen.

Hanna hatte sich auf keine weiteren Diskussionen eingelassen. Sten war sehr unsachlich geworden, hatte ausgerechnet ihr vorgeworfen, ihre Ehe zu zerstören.

Hanna hatte ihn einfach stehen lassen und war zum Boot gelaufen. Über die Schulter hatte sie ihm zugerufen, dass sie gleich zurückkommen würde, um ihn zu holen.

Sten hatte dagestanden, wie zur Salzsäure erstarrt. Als er sich schließlich in Bewegung setzte und zum Ufer lief, war sie schon ein ganzes Stück auf den See hinaus gepaddelt.

Sten rief ihr wüste Beschimpfungen nach, aber Hanna wandte nicht einmal den Kopf. Ihre Blick war ausschließlich auf die Stelle gerichtet, an der sie den Elch gesehen zu haben glaubte.

Sie legte die letzten Meter zurück, zog das Paddelboot an Land und machte sich auf die Suche. Nach wenigen Meter stieß sie ausgerechnet auf Pelle und dessen Herrchen. Carl saß auf den Knien und untersuchte den Boden.

»Sie schon wieder«, lächelte Hanna. »Können Sie Spuren lesen, obwohl Sie Seemann sind?«

Carl erhob sich. »Ja, ich wollte nur was überprüfen. Ich habe das mal als ganz kleiner Junge gelernt«, sagte er.

Hanna betrachtete ihn prüfend. »Was ist eigentlich mit Ihnen los?«, wollte sie wissen. »Sie tauchen immer plötzlich irgendwo auf, aber niemand scheint Sie zu kennen. Da ist doch was . . .«

»Nein, da täuschen Sie sich«, unterbrach er sie hastig. »Es ist alles genau so, wie es aussieht.« Plötzlich hob er lauschend den Kopf. Dann legte er den Finger über die Lippen und bedeutete Hanna, ihm leise zu folgen.

Zuerst glaubte Hanna, dass er sie einfach nur ablenken wollte, doch als er die Zweige eines dichten Strauches auseinander schob, konnte Hanna einen Elchbullen sehen. Ein Stück von ihm entfernt stand eine Elchkuh mit ihrem Kalb.

Hanna war sich nicht ganz sicher, aber sie glaubte fest daran, dass es Pers Elche waren.

»Ich kenne den Besitzer«, sagte sie leise. »Wir müssen ihn informieren.« Wenn sie nur ihr Handy dabeihätte!

»Ist schon passiert«, grinste Carl und hob im nächsten Moment lauschend den Kopf. Vom See her war der Motor eines Bootes zu hören, das sich rasch näherte.

Auch Hanna hatte das Geräusch gehört. »Hören Sie das? Das ist vielleicht schon der Besitzer.«

Carl wurde plötzlich ganz hektisch. »Hanna, tun Sie mir einen Gefallen. Ich war nicht hier, ja?«, stieß er hervor, bevor er im dichten Gestrüpp verschwand.

Kurz darauf vernahm Hanna die Stimmen von zwei Männern. Eine davon gehörte zu Per. Im nächsten Augenblick kamen die beiden zwischen den Baumstämmen hervor. Überrascht blickte Per sie an.

»Hanna? Was machst du denn hier?«

Hanna erzählte ihm, dass sie vom gegenüberliegenden Ufer einen Elch gesehen hatte. Per berichtete, dass es einen anonymen Anruf gegeben hatte und sie sich sofort über den See auf den Weg gemacht hatten, weil das bedeutend schneller ging. Durch den dichten Wald wären sie viel zu lange unterwegs gewesen. Genug Zeit für die Elche, um weiterzuziehen.

Hanna zeigte ihm und seinem Begleiter die Elche auf der Lichtung. Pers Gesicht strahlte auf. »Ich fasse es nicht, das sind wirklich meine Elche.«

Trotz seiner eigenen Sorgen machte er sich offensichtlich auch Gedanken um sie. »Wie geht es mit deinem Mann?«, fragte er.

Hanna dachte ein wenig schuldbewusst an Sten, den sie in der Wildnis zurückgelassen hatte. Sie zuckte mit den Schultern, streichelte kurz über Pers Arm. »Kümmere dich erst einmal um deine Elche«, sagte sie liebevoll, »das ist jetzt wichtiger.«

Sten schäumte vor Wut, als sie zurückkam, um ihn abzuholen. »Kannst du mir mal verraten, was das soll?«

Hanna sah ihn mit einem langen, nachdenklichen Blick an, dem er nicht standhielt. Er schaute zu Boden.

»Lass uns doch beide ehrlich miteinander sein, Sten«, sagte sie leise. »Du willst alles haben. Eine funktionierende Familie, eine nette Ehe und eine aufregende Geliebte. Was hast du zu Britt gesagt? Dass es endgültig aus ist oder dass du Zeit brauchst, um dir über alles klar zu werden?«

»Das stimmt so nicht«, behauptete Sten, aber Hanna sah ihm an, dass sie ins Schwarze getroffen hatte.

»Hanna, wir lieben uns doch«, sagte er in einem letzten, schwachen Versuch, zu retten, was nicht mehr zu retten war.

Hanna schüttelte den Kopf. »Es hat keinen Sinn mehr, Sten.«

Er verstand es. Endlich verstand er, dass es vorbei war. Sten sah in diesem Moment so hilflos aus, dass Hanna Mitleid mit ihm empfand. Sie konnte nicht anders, als ihn zu umarmen. Eine letzte Umarmung, um das Ende ihrer Ehe zu besiegeln. Vielleicht, wenn sie beide etwas Abstand gewonnen hatte, konnte ja sogar Freundschaft daraus entstehen.

Per zog die Augenbrauen zusammen, als er die beiden Personen am gegenüberliegenden Ufer sah. Er sah Hanna in den Armen ihres Mannes liegen, und der Anblick durchzog ihn mit einem schneidenden Schmerz. Er hatte Angst, sie zu verlieren.

Ich könnte es nicht ertragen, schoss es ihm durch den Kopf. Ich könnte es nicht noch einmal aushalten.

Hanna war zusammen mit Sten zurück zum Ferienhaus gefahren. Sie waren sich einig, dass sie heute gemeinsam abreisen und mit Lina in Stockholm reden wollten.

Hanna bat ihre Tochter, schon alle Sachen einzupacken. Sie hatte selbst noch einiges zu erledigen. Sie musste mit Per reden und ihm sagen, dass sie wiederkommen würde. Außerdem wollte sie noch einmal zu Carl. Sie wusste selbst nicht warum. Es war einfach so ein Gefühl. Ihn noch einmal sehen? Sich verabschieden? Das war es nicht allein.

Hanna beschloss, nicht länger darüber nachzudenken, was sie zu diesem Mann trieb. Sie würde es einfach tun.

Offensichtlich kam sie genau im richtigen Augenblick. Carl war gerade dabei, seine Habseligkeiten in einen alten Seesack zu verstauen. Auf dem Tisch lag ein Foto.

Als Hanna an den Tisch trat, wollte Carl nach dem Foto greifen, aber Hanna war schneller. Sie war nicht sonderlich überrascht, als sie Carl zusammen mit Per auf dem Foto sah. Vielleicht hatte sie insgeheim schon so etwas vermutet. Vielleicht war ihr unbewusst auch die Ähnlichkeit zwischen den beiden Männern aufgefallen. Es war keine äußerliche Ähnlichkeit, eher etwas in der Gestik und der Art, wie beide sprachen.

»Per ist der Sohn, den Sie verloren haben«, sagte Hanna.

Carl zog finster die Brauen zusammen. »Ich wüsste nicht, was Sie das angeht.«

Hanna lächelte. »Ich liebe Ihren Sohn.«

Carl stopfte weiter Sachen in seinen Seesack. »Das freut mich für Sie. Das freut mich auch für Per.«

»Wollen Sie ihm das nicht persönlich sagen?«, fragte Hanna leise.

Carl schüttelte den Kopf. »Darauf wird er kaum Wert legen.«

»Wie lange haben Sie sich schon nicht mehr gesehen?«

Carl antwortete wie aus der Pistole geschossen. »Elf Jahre, vier Monate, zwei Wochen und einen Tag.«

»So lange ist das her, seit Sie sich verloren haben«, sagte

Hanna erschüttert. Eine viel zu lange Zeit, um Schmerz zu ertragen.

»Wir haben uns nicht verloren«, stellte Carl richtig, »ich habe alles zerstört.« Er hörte auf, Sachen in seinen Seesack zu packen, und starrte an ihr vorbei auf den See. »Wir haben damals zu dritt hier auf der Farm gelebt«, erzählte er. »Per, seine Frau Maria und ich. Per war damals sehr viel unterwegs und meist nur zu den Wochenenden daheim. Maria und ich waren viel allein, und da ist es dann passiert. Wir haben uns ineinander verliebt. Wir wussten beide nicht, wie wir damit umgehen sollten, aber wir konnten auch beide nichts dagegen tun. Natürlich musste es irgendwann rauskommen. Es gab einen fürchterlichen Streit. Maria und ich, wir sind gegangen. Ja«, schloss er unglücklich, »ich habe das Leben meines Sohnes zerstört.«

Die Geschichte berührte Hanna tief. Sie hatte schreckliches Mitleid mit Per. Es war schon schrecklich, wenn der geliebte Partner einen betrog. Das konnte sie nachvollziehen. Aber wie schlimm musste es für Per erst gewesen sein, als er feststellte, dass seine Frau ihn ausgerechnet mit seinem Vater betrog.

Hanna hatte aber nicht nur Mitleid mit Per. Auch Carls Unglück rührte sie. Er schien es ehrlich zu bedauern, was er seinem Sohn angetan hatte.

»Was ist mit Maria?«, wollte Hanna wissen.

»Wir konnten nicht zusammen leben«, berichtete Carl. »Vielleicht waren die Schuldgefühle bei uns beiden zu groß. Eines Tages war sie weg. Wir haben uns nie wieder gesehen.«

»Und jetzt sind Sie gekommen, um sich mit Ihrem Sohn zu versöhnen?«

»Ich bin gekommen, um zu sehen, wie es ihm geht. Und jetzt habe ich ihn wieder in die Katastrophe gestürzt, weil ich es war, der das Gatter des Elchgeheges nicht richtig zugemacht hat.«

Hanna lachte leise auf. »Nein, dank Ihrer Hilfe werden die Elche alle wieder eingefangen.«

Carl wirkte so erleichtert, dass Hanna ihn am liebsten umarmt hätte. Es musste einen Weg geben. Für ihn und auch für Per.

»Sie müssen mit ihm reden«, sagte sie. »Bitte versprechen Sie mir, dass Sie hier warten.«

Angst glomm in Carls Augen auf, doch er nickte. Hanna setzte sich auf ihr Fahrrad, um zur Elchfarm zu fahren. Auf dem Hof traf sie auf Ulrika, die gerade Wäsche aufhing.

»Hallo, Ulrika, ich muss dringend mit Per reden.«

Ulrika beugte sich über den Wäscheständer und blickte Hanna durchdringend an. »Lassen Sie Per endlich in Ruhe. Er hat genug in seinem Leben durchgemacht und braucht eine Frau, die ihm keine Probleme bereitet. Verstehen Sie das eigentlich nicht? Greta ist doch nicht nur wegen des Lokals geblieben.«

»Was wollen Sie damit eigentlich sagen?«, fragte Hanna. Sie hatte ja selbst bemerkt, dass Greta etwas für Per zu empfinden schien. Aber bisher war sie davon überzeugt gewesen, dass das einseitig war.

»Greta und Per sind ein Paar«, kam Ulrika direkt und ohne Umschweife zur Sache. »Die beiden wollten heiraten, und dann sind Sie aufgetaucht.«

Es war, als hätte ihr Ulrika ihr schallend ins Gesicht geschlagen. Es war wie ein Film, der blitzschnell vor ihrem Inneren ablief. Sie sah Sten wieder, wie er mit Britt aus dem Zug stieg. Dann sah sie sich selbst, zusammen mit Per. Das, was Britt für sie selbst gewesen war, war sie nun für Greta.

Eine Erkenntnis, die Hanna schwer zu schaffen machte.

»Ich wusste nicht, dass die beiden ein Paar sind«, kam es tonlos über ihre Lippen.

»Die beiden passen perfekt zusammen.« Ulrika musterte sie hasserfüllt. »Mit Greta hat Per endlich die Chance, wieder glücklich zu werden.«

Als wäre das ihr Stichwort, tauchte Greta in diesem Moment auf. »Sag mal, Hanna, weißt du, wo Per meinen Schal hingetan hat?«

–100–

Es war eine so nebensächliche Bemerkung, die in Hannas Augen aber unglaublich intim und vertraut klang. Eine Frau die nach einem Kleidungsstück suchte, dass der Mann an ihrer Seite weggelegt hatte. Sie musste das hier beenden, um wenigstens einen Teil ihrer Selbstachtung zu behalten.

»Sagen Sie Per, er soll in die Hütte auf der gegenüberliegenden Uferseite gehen«, bat sie Ulrika. »Es ist sehr wichtig für ihn und hat überhaupt nichts mit mir zu tun. Bitte, richten Sie ihm das aus.«

Greta schaute sie erstaunt an. »Was haben Sie vor?«

»Ich gehe zurück nach Stockholm«, sagte Hanna bitter. »Das dürfte Ihnen beiden so recht sein.«

Greta schaute Hanna nachdenklich nach. In den Augen der Frau hatte so viel Schmerz gelegen. Ihre Stimme hatte enttäuscht geklungen. Sie fragte sich, was passiert war. So sah keine Frau aus, die mit ihrem Ehemann wieder glücklich vereint war. Fragend schaute sie zu Ulrika, doch die wich ihrem Blick aus.

Bevor sie etwas sagen konnte, kam Per in seinem Wagen auf den Hof gefahren. Er hielt an und stieg aus. »Gute Nachrichten«, rief er begeistert. »Wir haben die Elche gefunden.« Er kam näher. »War zufällig Hanna hier?«

»Nein«, sagte Ulrika spontan.

Per nickte mit bedrückter Miene und wandte sich ab, um zum Haus zu gehen.

»Hast du für mich gelogen?«, wollte Greta von Ulrika wissen.

Ulrika antwortete nicht, aber ihr Blick verriet sie.

Nein, das wollte Greta nicht. Es war schwer, sich ein Leben ohne Per vorzustellen, aber eine Beziehung, die auf Lügen aufgebaut war, das konnte einfach nicht gut gehen.

Greta lief hinter Per her. An der Scheune holte sie ihn ein. »Hanna hat gesagt, du sollst zu der kleinen Hütte am gegenüberliegenden Seeufer kommen.«

Per warf einen wütenden Blick auf Ulrika. Wortlos ging er davon.

Hanna war zurück zu Carl gefahren. Sie fühlte sich immer noch wie betäubt, konnte nicht einmal mehr weinen.

»Er war nicht da, aber ich habe ihm eine Nachricht hinterlassen. Er wird bestimmt kommen«, sagte sie zuversichtlich, bevor sie den Blick abwandte. »Mit mir und Per ist es übrigens aus.«

»Aber Hanna, Sie können doch nicht einfach so davonlaufen.«

»Es hat alles keinen Sinn mehr«, stammelte Hanna, und jetzt kamen die Tränen, die sie so lange zurückgehalten hatte. Carl schloss sie tröstend in die Arme. Eine Weile verharrten sie so.

»Ach, das ist ja interessant. Mein Vater, und wieder in den Armen einer Frau, die ich liebe.«

Carl und Hanna fuhren auseinander, als sie Pers zynische Stimme vernahmen.

»Per, dein Vater hat . . .«

»Mein Vater kann mir gestohlen bleiben!«, rief Per aufgebracht. Er verschwand ebenso schnell, wie er aufgetaucht war.

Carl seufzte tief auf und wollte seinen Seesack zum Boot bringen. Hanna hielt ihn auf.

»Was soll das? Sie müssen dringend mit Per reden, sonst kann er in seinem Leben niemandem mehr vertrauen.«

»Er hasst mich«, stieß Carl hervor.

»Nein, das glaube ich nicht. Er ist tief verletzt. Es liegt an Ihnen, auf ihn zuzugehen.«

Carl dachte lange nach, nickte schließlich, auch wenn sein Gesichtsausdruck sehr mutlos blieb. »Und was ist mit Ihnen?«, wollte er wissen.

»Ich liebe ihn«, sagte Hanna leise, »aber er hat sich wohl für eine andere entschieden. Ich gehe zurück nach Stockholm und werde da versuchen, meinen eigenen Weg zu finden.«

»Alles Gute«, sagte Carl leise.

Carl brauchte noch ein wenig Zeit, um allen Mut zusammenzunehmen. Schließlich machte er sich auf den Weg zur Elchfarm. Per stand gerade am Gatter und überprüfte den Zaun. Er sah müde aus, in seinen Augen lag dunkler Schmerz. Sein Gesicht verdüsterte sich, als er seinen Vater bemerkte.

»Was willst du noch?« Er drehte sich um und wandte seinem Vater den Rücken zu.

»Keine Angst, ich bin gleich weg. Ich wollte nur noch einmal mit dir reden, bevor ich gehe.«

»Ja, und?«, fragte Per unversöhnlich. »Gibt es etwas Neues, was du mir sagen kannst?«

»Etwas Neues ... Nein ... Ich will mich bei dir entschuldigen, auch wenn ich weiß, dass du mir nie verzeihen kannst. Ich hatte kein Recht, dein Leben zu zerstören. Aber meine Gefühle für Maria ...«, er geriet ins Stocken. »Die waren so stark, ich ... ich kam einfach nicht dagegen an. Heute weiß ich, ich hätte weggehen sollen, anstatt das Leben meines Sohnes zu zerstören.«

Carl hatte das gesagt, was er seinem Sohn schon seit Jahren schuldete. Er wandte sich um und wollte gehen, als Per sagte: »Ich habe gehört, sie ist dir auch weggelaufen.«

»Ja«, war alles, was Carl darauf erwiderte.

»Vielleicht ...« Per hielt inne, sprach sekundenlang nicht, und als Carl schon glaubte, dass sein Sohn nichts mehr sagen würde, fing Per noch einmal an. Dabei stand er immer noch mit dem Rücken zu Carl. »Vielleicht wäre sie mir auch ohne dich untreu geworden.«

»Wer weiß das schon«, sagte Carl bedrückt. »Ich habe euch die Chance genommen, das herauszufinden. Machs gut, Per, mein Junge. Es tut mir alles so unendlich leid.«

Carl wandte sich um und wollte zum Boot gehen, das er an der Anlegestelle der Farm befestigt hatte, als ihm noch etwas einfiel.

»Ach, übrigens, diese Frau, Hanna, die hat gesagt, dass sie dich liebt. Du solltest sie nicht gehen lassen, wenn du sie auch liebst.«

Die Worte seines Vaters wühlten ihn mehr auf, als er es sich eingestehen wollte. In den vergangenen Jahren hatte er vor allem Hass empfunden, wenn er an ihn dachte. Dieser Hass war verschwunden, ebenso wie der Schmerz wegen Maria.

Es gab da einen Punkt, den er sich nie eingestanden hatte. Bisher war es immer sein Vater gewesen, dem er die Schuld am Scheitern seiner Ehe gegeben hatte. Aber Maria war daran ebenso schuld. Sie hatte sich ebenso auf die Affäre mit seinem Vater eingelassen.

Aber wenn er es recht bedachte, spielte das alles keine Rolle mehr. Es war vorbei, es tat nicht einmal mehr weh.

Per folgte seinem Vater langsam, am Rosenbogen blieb er stehen und sah, wie sein Vater zum Boot ging. Plötzlich stand Ulrika neben ihm.

»Das ist ja dein Vater«, stieß sie überrascht hervor. »Wo will er hin?«

»Ich weiß es nicht«, erwiderte Per. Er stand da wie angewurzelt, obwohl er seinem Vater am liebsten nachgelaufen wäre. Er wollte ihn nicht gehen lassen, aber brachte die Worte nicht über seine Lippen.

»Carl! Carl, warte!«, rief Ulrika und eilte zu ihm. »Mein Gott, was seid ihr nur für Männer«, schimpfte sie. Ihr Blick schloss Per mit ein.

»Jetzt bist du endlich wieder da und willst schon wieder weg.« Fragend schaute sie Carl an. »Kennst du mich überhaupt noch?«

Carl musste lachen. »Wie könnte ich dich vergessen, Ulrika. Niemand macht so gute Marmelade wie du.«

»Ich habe ganz viele neue Sorten, die musst du unbedingt probieren.« Ulrika zog an seinem Arm, doch Carl blieb stehen. Traurig schüttelte er den Kopf.

»Ein anderes Mal vielleicht, ich muss jetzt gehen.« Er wandte sich ab und wollte ins Boot steigen. Per wurde mit einem Mal klar, dass er seinen Vater für immer verlieren würde, wenn er ihn jetzt gehen ließ.

»Warte mal«, rief er.

Carl drehte sich um.

»Ich hatte vor, die Farm zu vergrößern und könnte eine Extra-Hand gut gebrauchen.«

Carl sah sekundenlang so aus, als könne er seinen Ohren nicht trauen. Dann zog ein strahlendes Lächeln über sein Gesicht. Per trat auf seinen Vater zu, streckte ihm die Hand entgegen, und dann lagen sich die beiden Männer in den Armen.

Ulrika wusste, dass sie einiges gutzumachen hatte. Greta hatte ihr mächtig den Kopf gewaschen und ihr gesagt, sie würde gar nicht daran denken, einen Mann zu heiraten, der sie nicht liebte.

Selbst Ulrika konnte sich da nichts mehr vormachen. Per liebte Greta nicht, und sie wusste genau, an wen er dachte, wenn er mit traurigem Blick über den See schaute.

Ich habe einen Fehler gemacht, dachte Ulrika. Ich hätte ihr wenigstens eine Chance geben müssen, oder, noch besser, ich hätte mich aus allem heraushalten sollen.

Manche Fehler konnten berichtigt werden. Carl und Per waren das beste Beispiel dafür.

Ulrika besorgte sich über Greta Hannas Handynummer. Leider erreichte sie nur Lina, aber das war jetzt auch nicht mehr schlimm. Schonungslos sagte sie, was sie gemacht hatte, und bat Lina zum Schluss: »Bitte sagen Sie Ihrer Mutter, dass Sie zurück nach Kungsholt kommen soll.«

Hanna war nur kurz einkaufen gewesen. Jetzt stand sie wieder in diesem Chaos voller Umzugskartons, die teilweise ganz oder zur Hälfte gefüllt waren. Unbenutzte Kartons lehnten an der Wand.

Sie und Sten waren sich einig, dass sie die Wohnung aufgeben würden. Sten war zu Britt gezogen, und Hanna war die Wohnung für sich alleine zu groß. Außerdem hatte sie nicht vor, hier in Erinnerungen zu schwelgen, sondern sich ganz auf ihr neues Leben zu konzentrieren.

Oft dachte sie an Kungsholt und an Per, aber dann ermahnte sie sich ganz schnell wieder, diese Gedanken aus ihrem Kopf zu verbannen. Es tat weh, aber irgendwann würde es vorbei sein, da war sie ganz sicher.

Lina kam zu ihr ins Zimmer. »Ich wünschte, ich könnte dir beim Packen helfen.« Sie sah sich in dem heillosen Durcheinander um.

»Das schaffe ich schon alleine.« Hanna war sogar froh, dass sie so viel zu tun hatte. Das lenkte sie von allen schmerzhaften Gedanken ab.

»Du musst dich beeilen«, sagte sie zu ihrer Tochter. »Papa holt dich gleich ab. Ich wünsche dir ganz viel Spaß in Spanien. Melde dich, sobald ihr im Hotel seid.«

Sten hatte seine Tochter zu diesem gemeinsamen Urlaub nach Spanien eingeladen. Britt würde auch dabeisein. Lina hatte versichert, dass sie mit der Situation klarkommen würde. Sie konnte ihren Vater sehen, wann immer sie wollte, und ebenso war es mit Hanna. Zum Winter würde sie ihr Studium in Göteborg und damit ihr eigenes, neues Leben beginnen.

»Mama«, Lina umarmte ihre Mutter. »Du musst jetzt dafür sorgen, dass deine eigenen Träume in Erfüllung gehen.«

Hanna lächelte traurig. »Vielleicht ist es manchmal ganz gut, wenn Träume nicht in Erfüllung gehen.«

»Auf jeden Fall solltest du noch einmal nach Kungsholt fahren. Ich weiß, dass da jemand auf dich wartet.«

Hanna schüttelte den Kopf. »Das hat doch überhaupt keinen Sinn.«

Sie hatte Lina nicht erzählt, was zwischen ihr und Per passiert war, aber einiges konnte das Mädchen sich wahrscheinlich zusammenreimen. Ihre Tochter war viel erwachsener, als Hanna es möglicherweise zur Kenntnis nahm.

»Es ist nicht alles so, wie du denkst, Mama«, sprach Lina eindringlich auf ihre Mutter ein und erzählte ihr von Ulrikas Anruf. »Du hast den ersten Schritt getan, jetzt musst du auch den zweiten gehen«, fügte sie zum Schluss hinzu.

Lina ließ Hanna keine Ruhe, bis sie ihr versprach, in den nächsten Tagen auf jeden Fall nach Kungsholt zu fahren.

Inzwischen waren sie ein eingespieltes Team. Carl ging in der Arbeit auf der Elchfarm auf, und Per lernte sogar noch einiges von ihm, was er sich alleine nicht aneignen konnte. Sie sprachen viel über die Vergangenheit. Da war immer noch ein Schatten, aber der verblasste von Tag zu Tag mehr.

Heute sprach Carl ein Thema an, dass ihm offensichtlich sehr auf der Seele lag. »Wie soll das jetzt eigentlich weitergehen mit dir und Hanna?«

Natürlich hatte Per nicht eine Sekunde daran geglaubt, dass Hanna und sein Vater tatsächlich eine Affäre miteinander hatten. Als er die beiden in enger Umarmung am See gesehen hatte, da war die Vergangenheit zum Leben erweckt worden. Übermächtig und mit allem Schmerz. Das war ausgestanden. Es gab einen anderen Aspekt, der ihn von Hanna fernhielt.

»Sie ist verheiratet.«

Per wollte nicht wissen, wie das weitergegangen war mit Hanna und ihrem Mann. Es tat so weh, nur daran zu denken.

»Liebst du sie?«, fragte Carl jetzt ganz direkt.

»Ja!« Das war die einzige Antwort, die Per darauf geben konnte.

Carl schüttelte mit verständnisloser Miene den Kopf. »Was gibt es dann noch zu überlegen?«

Ja, was gab es da eigentlich noch zu überlegen? Er war hier in Kungsholt, mit dieser brennenden Sehnsucht. Wenn er Gewissheit hatte, dass sie mit ihrem Mann wieder glücklich geworden war, würde er dieses Glück nicht stören. Aber wenn es auch nur eine ganz geringe Chance gab, dass er und Hanna miteinander glücklich wurden, dann sollte er sie ergreifen.

»Du hast recht«, stieß er hervor. »Ich fahre nach Stockholm.«

Per rannte los. Im Laufen fühlte er, ob er die Autoschlüssel in der Tasche hatte. In wenigen Stunden würde sich sein Schicksal entscheiden.

Er wollte gerade in den Wagen steigen, da sah er sie. Sie hatte auf der anderen Seite geparkt, kam über die Straße. Ein Sonnenstrahl tauchte sie in gleißendes Licht. Sie war so unglaublich schön, wie sie auf ihn zukam. Mit diesem Lächeln auf den Lippen, das er so sehr an ihr liebte. Mein Gott, wie sehr hatte er sie vermisst.

Sie hatte gewusst, dass sie ihn liebte. Wie sehr sie ihn tatsächlich liebte, wurde ihr klar, als sie über die Straße ging und er sie wie eine Erscheinung anstarrte. Dann war sie bei ihm.

»Ich war gerade auf dem Weg zu dir nach Stockholm«, sagte Per. »Ich wollte dich fragen, ob wir hier nicht einen kleinen Laden aufmachen sollen. Für Obst, Gemüse und Käse.«

Hanna schaute ihm unverwandt ins Gesicht. »Das ist ja lustig, ich hatte genau dieselbe Idee. Meinst du, ich könnte diesen Laden führen?«

»Mit dir kann ich mir alles vorstellen«, sagte Per und nahm sie endlich in die Arme. Er schaute ihr tief in die Augen, und dann beugte er sich zu ihr hinunter.

Hanna schlang ihre Arme um seinen Nacken und erwiderte seinen Kuss mit all der Liebe, die sie für ihn empfand.

Carl lehnte zufrieden gegen die Scheune, die Arme vor der Brust verschränkt. Er lächelte. Ulrika kam zu ihm, schaute in die gleiche Richtung wie er. Auch sie lächelte, als sie das Paar sah, dass sich in den Armen hielt und offensichtlich alles um sich herum vergessen hatte.

»Dann wird ja wohl doch noch alles gut«, sagte sie.

Carl nickte. »Sieht ganz so aus.«

DIE PFERDE VON KATARINABERG

Eva wurde allmählich unruhig. Es wurde Zeit, dass sie sich verabschiedete. Für sie gab es im Auktionshaus ohnehin nichts mehr zu tun. Flüchtig küsste sie Martin, der nicht nur ihr Chef, sondern auch ein guter Freund war, auf die Wange.

»Unsere Fähre nach Gotland geht um halb eins«, sagte sie zum wiederholten Male an diesem Vormittag.

Martin nickte und griff nach dem neuen Auktionskatalog. »Ich wünsche euch schöne Ferien. Erholt euch gut«, sagte er, während er in den Seiten blätterte.

»Das werden wir. Wir haben die drei Wochen wirklich dringend nötig.« Eva lächelte, und doch spürte sie tief in sich eine tiefe Traurigkeit. Mit aller Macht verdrängte Eva jeden Gedanken an den letzten Urlaub. Damals waren sie noch zu dritt gewesen, aber das war vorbei.

»Grüße Annika von mir«, sagte Martin in diesem Moment. »Sie wird am Strand bestimmt viel Spaß haben.«

»Das hoffe ich.« Eva nickte bestätigend, als müsse sie sich selbst überzeugen. Trotz aller Trauer, die immer noch in ihr war, trotz des starken Schmerzes musste sie nach vorne blicken. Um ihrer selbst und ganz besonders um ihrer Tochter Willen. »Das hoffe ich wirklich«, wiederholte sie. Sie lächelte Martin noch einmal zu, bevor sie sich endgültig in den Urlaub verabschiedete: »Wir sehen uns in drei Wochen wieder!«

Sie verließ das Auktionshaus und atmete draußen erst einmal tief durch, bevor sie sich auf den Weg durch die Altstadt machte. Der Himmel über Stockholm war tiefblau und schickte sein Licht sogar durch die schmalen Straßenschluchten von Gamla Stan.

Sie liebte die Altstadt mit ihren engen Gässchen und dem Kopfsteinpflaster, die sich zwischen den hohen Häusern hoben und senkten. Ein Labyrinth aus verwinkelten Gassen, in dem Eva sich sehr gut auskannte. Sie war hier aufgewachsen, nicht weit von der Västerlånggatan entfernt, in der Martin sein Auktionshaus betrieb.

Eva wusste, dass er sein Geschäft zunächst am liebsten am eleganten Strandvägen eröffnet hätte. Aber als er vor zwei Jahren endlich die Möglichkeit hatte, dort exklusive Geschäftsräume anzumieten, hatte er trotzdem abgelehnt. Er war zwar sehr erfolgreich und hatte sich einen guten Namen gemacht und er hätte sich die Geschäftsräume durchaus leisten können, aber inzwischen hatte er auch sein Herz an Gamla Stan verloren. Hier vereinten sich Vergangenheit und Gegenwart zu einer einzigartigen Symbiose, hier schlug das Herz Stockholms.

Vom Auktionshaus aus war es nicht weit zum Stortorget. In einer der Gassen, die von diesem Platz abzweigten, führte Evas Mutter immer noch eine kleine Buchhandlung. Über dem Laden befand sich die Wohnung, in der Eva als Kind gelebt hatte. Seit dem Tod ihres Vaters vor fünf Jahren lebte ihre Mutter Margareta alleine dort.

Es war eine schwere Zeit für Margareta gewesen. So richtig konnte Eva seit etwas mehr als einem Jahr nachempfinden, was der Tod ihres Vaters für ihre Mutter bedeutet hatte.

Wie so oft, wenn die Erinnerung sie einholte, bemühte sie sich, ihre Gedanken in eine andere Richtung zu lenken. Und so konzentrierte sie sich auf die Frage, ob sie auch nichts vergessen hatte.

Die Zeitung hatte sie für die Zeit ihrer Abwesenheit abbestellt und eine Nachbarin gebeten, die Blumen zu tränken und die Post hereinzuholen. Ihre Mutter würde auch hin und wieder in ihrer Wohnung am Monteliusvägen nach dem Rechten sehen.

Alle elektrischen Geräte waren ausgesteckt, den Müll hatte sie herausgebracht und sich vergewissert, dass alle Fenster und Türen geschlossen waren. Die Koffer lagen bereits gepackt in ihrem Wagen. Sie musste nur noch ihre Tochter abholen, und dann ging es endlich los.

Eva spürte, wie sich in ihr allmählich eine Vorfreude auf den Urlaub ausbreitete, und bog beschwingt von der Västerlånggatan in den Kåkbrinken ein.

Martin Sörman blätterte immer noch in dem Katalog, als das Telefon auf seinem Schreibtisch klingelte. Er griff mit der Hand zum Hörer, ohne den Blick von der aufgeschlagenen Seite zu nehmen. »Auktionshaus Sörman, guten Tag«, meldete er sich abwesend. Als der Anrufer jedoch seinen Namen nannte und in knappen Worten sein Anliegen vorbrachte, hob er aufmerksam den Kopf.

»Herr Nordqvist!« Martin war überrascht. »Natürlich habe ich von Ihrer Sammlung gehört.«

Martins Gedanken überschlugen sich, während Ulf Nordqvist ihm vorschlug, den Verkauf seiner Kunstsammlung zu übernehmen. Bisher hatte die Nordqvist-Sammlung als unverkäuflich gegolten, und das plötzliche Angebot überraschte Martin. Dabei war es weniger der Gewinn, an den er dabei dachte. Dieses Geschäft war von einer Größenordnung, um die sich jeder Auktionator reißen würde. Zu dumm, ausgerechnet heute fuhr Eva in Urlaub! In Gedanken ging er die Termine der kommenden Wochen durch, bevor er Ulf Nordqvist als Termin den Tag nach Evas Rückkehr vorschlug.

»Drei Wochen?«, rief Ulf Nordqvist empört aus. »Ich bin langjähriger Kunde Ihres Hauses, Herr Sörman, und Sie wollen doch sicher, dass das so bleibt!«

Martin registrierte die unterschwellige Drohung und überlegte angestrengt, wie er seine Termine mit Ulf Nordqvists Forderung vereinbaren konnte. »Passt es Ihnen nächste Woche?«, schlug er schließlich vor.

»Nein, auch nicht nächste Woche«, kam es gereizt und ungeduldig zurück. »Spätestens morgen müssen Sie hier sein!«

Martin bat sich eine kurze Bedenkzeit aus und versprach seinen Rückruf innerhalb der nächsten Stunde.

»Ja, gut«, stimmte Ulf Nordqvist am anderen Ende der Leitung zu, obwohl seiner Stimme deutlich anzuhören war, dass ihm selbst dieser Aufschub nicht passte. »Ich höre von Ihnen!«

Martin beendete das Gespräch. Er wusste, dass er die Forderungen Ulf Nordqvists nicht erfüllen konnte. Seine eigenen unaufschiebbaren Termine und Evas Urlaub machten einen Besuch auf Schloss Katarinaberg zumindest in dieser Woche unmöglich.

Aber auf diesen Auftrag verzichten? Den Verkauf der Kunstsammlung auf Schloss Katarinaberg einem anderen Auktionshaus überlassen?

Das kam für Martin noch viel weniger in Frage. Eigentlich gab es nur eine Lösung. Eva musste ihren Urlaub verschieben.

Während er mit Martin Sörman telefonierte, schritt Ulf Nordqvist aufgewühlt durch die weit geöffnete Tür vom Büro in den Salon. Er blickte kurz aus dem hohen Fenster und gewahrte den fremden Wagen in der kiesbedeckten Auffahrt, war aber viel zu sehr mit dem Telefonat beschäftigt, um sich darüber Gedanken zu machen.

Als er das Gespräch beendete, runzelte er unmutig die Stirn. Das alles ging viel zu langsam. Er brauchte das Geld so schnell wie möglich.

Ulf Nordqvist ignorierte den stechenden Schmerz in seiner Brust. Ihm war klar, dass er gerade im Begriff war, sich von einem Schatz zu trennen, den seine Familie und er selbst über Generationen zusammengetragen hatten. Schweren Herzens machte er sich auf den Weg zurück ins Büro, als er eine fordernde Männerstimme in seinem Rücken vernahm.

»Herr Nordqvist.«

Ulf fuhr erschrocken herum. Zwei Männer in dunklen Anzügen hatten den Salon betreten. Jetzt verharrten sie in der Mitte des hohen Raumes und machten keine Anstalten, sich Ulf weiter zu nähern. Ihre Mienen waren undurchdringlich, ihre bloße Anwesenheit wirkte einschüchternd, und das war auch beabsichtigt.

Ulf Nordqvist kannte die beiden Männer nicht, aber er wusste, weshalb sie gekommen waren. Er versuchte, sich seine Angst nicht anmerken zu lassen.

»Wer sind Sie? Wie sind Sie hier hereingekommen?«, fragte er mit forscher Stimme.

»Henner Polans«, stellte sich der eine Mann vor. Mit einem kurzen Blick auf den Mann neben ihm fuhr er fort: »Und das ist mein Kollege Markus Stendal. Wir kommen im Auftrag des Casinos von Göteborg. Leider ist der Scheck geplatzt, mit dem sie letzte Woche bezahlt haben.«

Ulf Nordqvist spürte, wie ihm der Schweiß ausbrach. Er zog sein Taschentuch aus der Hosentasche und wischte sich damit über das Gesicht.

»Ja«, gab er unwirsch zurück. »Ich bin gerade dabei, die Sache zu regeln. Auf Wiedersehen, meine Herren.« Damit wandte er sich um und ließ die beiden Männer einfach stehen. Minutenlang verharrte er in seinem Büro. Seine Sinne waren zum Zerreißen gespannt. Er fürchtete, dass sie ihm folgen würden, um ihrer Forderung Nachdruck zu verleihen. Aber alles blieb still. Aus dem Salon waren keine Geräusche zu vernehmen. Warteten die beiden dort noch auf ihn? Wenn sie gegangen waren, dann ebenso lautlos, wie sie hereingekommen waren.

Schließlich hielt er es nicht mehr aus und ging zurück in den Salon. Die beiden Männer waren weg, aber erst als er aus dem Fenster schaute und sah, dass der fremde Wagen aus der Auffahrt verschwunden war, atmete er erleichtert auf. Er hatte einen Aufschub bekommen, aber er wusste genau, dass er sich nicht mehr allzu viel Zeit lassen konnte.

Eva stellte den kleinen, roten Koffer in den Kofferraum zu dem anderen Gepäck. Darin befanden sich die Spielsachen, Bücher und persönlichen kleinen Schätze, die Eva ihrer Tochter jeden Tag mitgab, wenn sie das Mädchen zu Margareta brachte.

Margareta begleitete ihre Tochter und ihre Enkeltochter aus dem Haus. Leise sprach sie auf die Elfjährige ein. Das Mädchen wirkte teilnahmslos, während ihre Großmutter ihr von all dem Wunderbaren vorschwärmte, was Annika und ihre Mutter erwartete.

»Du wirst den ganzen Tag am Strand spielen und Sandburgen bauen. Ihr werdet schwimmen, Fahrrad fahren, und du wirst ganz viele andere Kinder kennen lernen.«

Es war Annika nicht anzumerken, ob sie die Worte der Großmutter überhaupt erreichten. Mit der rechten Hand hielt das Kind krampfhaft den Plüschhasen umklammert, den ihr Vater ihr am Tag des Unfalls gekauft hatte. Seitdem trug sie das Tier ständig mit sich herum.

Eva beugte sich zu ihrer Tochter hinunter und schloss sie in die Arme. »Wir werden uns schon amüsieren, nicht wahr, Mäuschen?« Sanft küsste sie ihre Tochter auf die Wange, doch eine Reaktion erhielt auch sie nicht.

Margareta führte das Kind an die Seite des Wagens und öffnete die Tür hinter dem Fahrersitz. »Komm, mein Schatz, steig ein. Ihr müsst los, sonst verpasst ihr noch die Fähre.«

Annika ließ sich widerstandslos auf dem Rücksitz platzieren. Eva spürte die altbekannte Verzweiflung in sich aufsteigen, die sie immer wieder erfasste, seit jenem schrecklichen Tag vor einem Jahr. Dieser Tag hatte ihr nicht nur den geliebten Ehemann, sondern auch die Tochter genommen. Annika schien zwar vieles um sich herum wahrzunehmen, gleichzeitig aber nichts an sich heranlassen zu können. Und, was schlimmer war, sie ließ nichts mehr aus sich heraus, teilte ihr Leben nicht mehr, weder mit ihrer Mutter, noch mit ihrer Großmutter. Von ihr war nichts mehr geblieben, als die Hülle des lebensfrohen Mädchens, das sie einmal gewesen war. Eine Hülle, die sich bewegte, die aß und schlief. Kein einziges Wort war über ihre Lippen gekommen, seit sie zusehen musste, wie ihr Vater ums Leben kam.

Eva presste einen Augenblick die Lippen fest aufeinander. Sie konnte die Tränen nur schwer zurückhalten. »Danke, Mama«, sagte sie jetzt. »Danke für deine Hilfe.«

Margareta stellte sich neben ihre Tochter und betrachtete die hübsche Frau mit den langen blonden Locken und viel zu traurigen, braunen Augen ernst. »Es wird ihr gut tun, etwas anderes zu sehen. Du solltest ihr nur nicht zu viel Druck machen.«

Eva schaute zum Seitenfenster des Wagens. Annika blickte aus dem Fenster, aber als sich ihre Blicke begegneten, wandte Annika das Gesicht ab und vergrub es in dem flauschigen Pelz ihres Hasen.

Eva seufzte tief auf. Sie konnte nur mit Mühe die Tränen unterdrücken, als Margareta ihre Schultern umfasste.

»Sie wird wieder sprechen«, sagte Margareta eindringlich.

Eva teilte die Zuversicht ihrer Mutter keineswegs, und das war ihr anzusehen.

Margareta umfasste Evas Gesicht mit beiden Händen. »Sie wird wieder sprechen«, wiederholte Margareta und betonte jedes ihrer Worte. »Da bin ich ganz sicher.«

Eva zwang sich zu einem Lächeln, als sie nickte und ein leises »Ja« murmelte. Es war das, was die Mutter hören wollte, auch wenn sie selbst längst nicht überzeugt war.

Beide Frauen wandten sich um, als ein Wagen laut hupend vorfuhr und hinter Evas Wagen hielt. Martin sprang aus dem Auto. »Eva! Gott sei Dank erwische ich dich noch.«

»Martin, was ist denn? Wir wollten gerade los«, fragte Eva ungeduldig, während sie auf ihn zuschritt.

Martin schüttelte den Kopf und hob entschuldigend beide Hände. »Es tut mir leid, aber du kannst nicht nach Gotland fahren.«

Verständnislos schüttelte Eva den Kopf. »Unsere Fähre geht in einer halben Stunde.«

»Hör mir bitte zu«, bat Martin. »Du kennst doch Schloss Katarinaberg?«

»Ja, natürlich«, sagte Eva achselzuckend.

»Eva, ihr müsst los«, rief Margareta aus dem Hintergrund.

Bevor Eva etwas sagen konnte, wandte Martin sich an ihre Mutter. »Hej, Frau Hellqvist. Bitte, noch einen Moment.«

Martin wandte sich wieder Eva zu. »Ich würde es ja selbst erledigen.« Der Stress klang deutlich hörbar in seiner Stimme mit. »Aber wie du weißt, muss ich heute noch nach Paris. Ich habe den Besuch bei Monsieur Flaubert schon drei Mal verschoben. Er erwartet mich. Bitte, Eva, du musst nach Katarinaberg fahren und . . .«, er machte eine kurze Pause, holte tief Luft und platzte dann mit der Nachricht heraus, ». . . die Sammlung der Nordqvists schätzen.«

Eva schluckte. Die Nordqvist-Sammlung. Natürlich wusste sie um die Kostbarkeiten der Sammlung, und unter normalen Umständen wäre sie schon froh gewesen, überhaupt einmal einen Blick darauf werfen zu dürfen. Und nun sollte ausgerechnet sie die Möglichkeit erhalten, diese Sammlung zu schätzen? Aber es ging nicht! Nicht jetzt! Im Moment waren andere Dinge einfach wichtiger, viel wichtiger. Sie setzte so große Hoffnungen auf die Zeit mit Annika, dass nichts in der Welt sie davon abhalten würde. »Unmöglich, ich habe Annika die Ferien auf Gotland schon so lange versprochen«, sagte sie entschlossen.

Margareta kam auf die beiden zu. »Eva, ihr verpasst die Fähre«, sagte sie mahnend.

Eva ging zurück zu ihrem Wagen, Martin folgte ihr. Vor

Margareta blieb er stehen. »Es tut mir wirklich leid, aber ich kann Eva nicht fahren lassen«, sagte er verzweifelt, bevor er sich wieder Eva zuwandte. »Es handelt sich um eine einmalige Gelegenheit. Mein Gott, Eva, die Nordqvist-Sammlung! Das können wir uns doch nicht entgehen lassen.«

Margareta zog die Stirn nachdenklich in Falten. »Die Nordqvist-Sammlung in Schloss Katarinaberg? Ich dachte immer, die wäre unverkäuflich.«

»Das war sie ja auch. Bis jetzt«, rief Martin erregt aus. »Anscheinend will der alte Nordqvist sich jetzt doch davon trennen, und wir sollen die Auktion übernehmen. Das ist ein spektakulärer Auftrag, den können wir nicht ablehnen!« Beschwörend schaute er Eva an.

Eva atmete tief durch. Sie konnte sich nur zu gut vorstellen, was in Martin vorging. Sie freute sich für ihn um die einmalige Chance, die sich ihm hier bot. Aber Annika war wichtiger als jede Kunstsammlung der Welt.

Margareta schien ebenfalls angestrengt nachgedacht zu haben. »Schloss Katarinaberg kenne ich. Es liegt direkt am Wasser«, sagte sie. »Ich war da mal als Kind mit meinen Eltern.« Sie lächelte Eva zu. »Ich brauche eine halbe Stunde zum Packen, dann können wir fahren.«

Martin atmete erleichtert auf. Dankbar schaute er Margareta an. »Sie retten mir das Leben.«

Margareta bedachte ihn mit einem langen Blick. »Ich mache das nur für Annika.«

Eva war sprachlos. Das alles ging viel zu schnell, sie kam kaum noch mit. Über ihren Kopf hinweg wurden ihre Urlaubspläne einfach geändert. Sie wusste nicht, was sie davon halten, geschweige denn, was sie dazu sagen sollte. »Aber deine Buchhandlung?«, kam es schließlich hilflos über ihre Lippen.

Margareta schien sich schnell mit der geänderten Situation zurechtzufinden. Lachend schüttelte sie den Kopf. »Gott sei Dank habe ich Malin. Die schmeißt den Laden wunderbar allein.«

Zwei Stunden später waren sie unterwegs. Martin hatte in dieser kurzen Zeit wahre Wunder vollbracht und es tatsächlich geschafft, ein Ferienhaus direkt am Wasser für sie zu organisieren. Außerdem hatte er fest versprochen, sich um die Stornierung ihres gebuchten Urlaubs zu kümmern, und die Kosten dafür wollte er auch übernehmen.

Evas Anspannung löste sich mit jedem Kilometer, den sie sich von Stockholm entfernte. Die weite Landschaft, die endlosen Wiesen und die klare Luft taten nicht nur ihren Augen, sondern vor allem ihrer Seele gut. Nur hin und wieder führte die Straße an einer kleinen Ansiedlung oder einem einsamen Gehöft vorbei. Immer wieder betrachtete sie im Rückspiegel das schmale, von langen dunklen Haaren eingerahmte Gesicht ihrer Tochter. Annika hielt ihren Stoffhasen fest umklammert und schaute unverwandt aus dem Seitenfenster.

Eva freute sich auf die Arbeit im Schloss, auf die gemeinsame Zeit mit ihrer Tochter, und sie war froh, dass ihre Mutter mitgekommen war. Vor allem wegen Annika.

»Am Strand von Katarinaberg habe ich meinen ersten Fisch gefangen«, erzählte Margareta dem Mädchen und hielt die Hände ein Stück auseinander. »So groß. Ich war unheimlich stolz darauf.« Annika schaute weiter aus dem Seitenfenster, so als würden sie die Worte der Großmutter überhaupt nicht interessieren.

Eva lächelte gezwungen. Sie bewunderte die Geduld, die ihre Mutter dem Kind immer wieder entgegenbrachte. Sie behandelte Annika, als wäre ihr Verhalten völlig normal.

Eva gab sich selbst große Mühe, ebenso gelassen zu sein wie Margareta, aber so ganz gelang ihr das nicht immer. Es war nicht so, dass sie Annika gegenüber ungeduldig wurde, aber hin und wieder konnte sie ihre Verzweiflung und auch die Trauer nicht ganz hinter der Maske einer geduldigen Fröhlichkeit verstecken.

»Wir werden uns jeden Tag das Abendessen angeln, während die Mama im Schloss arbeitet«, fuhr Margareta fort.

»Ich bin dir so dankbar«, sagte Eva leise. »Du hilfst mir wirklich sehr, Mama.«

Margareta lächelte ihr liebevoll zu. »Wir drei Mädels müssen doch zusammenhalten.«

Eine ganze Weile fuhren sie schweigend weiter. Die Straße führte am Wasser vorbei. Eva hatte das Fenster ein wenig hinuntergekurbelt. Sie nahm den Geruch des Meeres wahr, sah ein Boot, das hüpfend auf den Wellen tanzte. Am liebsten hätte sie angehalten, um selbst ins Wasser zu springen. Dann schaute sie wieder in den Rückspiegel, und es machte sie betroffen, dass Annika offensichtlich nicht dazu in der Lage war, ihre Freude zu teilen.

»Vielleicht hätte ich doch auf Dr. Skagen hören sollen«, sagte Eva. Sie sprach etwas aus, was ihr schon lange Zeit immer wieder durch den Kopf ging.

»Annika in eine Klinik stecken?« Margareta wusste sofort, was sie meinte, und schüttelte heftig den Kopf. »Nein«, sagte sie mit Nachdruck. »Du hast ganz richtig entschieden.« Mit einem kurzen Blick in Richtung Rücksitz fügte sie leiser hinzu: »Ihre Seele hat durch den Unfall einen fürchterlichen Knacks bekommen. Es braucht eben seine Zeit, bis so etwas heilt.«

Eva lächelte schwach. Für ihre Mutter war sicher auch nicht alles einfach, aber klar und unumstößlich, sobald sie sich einmal entschieden hatte. Sie selbst hingegen quälte sich so lange mit Zweifeln, bis sie schließlich alles in Frage stellte.

Kurz darauf, nachdem sie eine Weide voller herrlicher Pferde passiert hatten, sah Eva das Schloss zum ersten Mal. Sie selbst war noch nie hier gewesen, kannte das Schloss aber aus Abbildungen in Fachzeitschriften und Büchern, in denen über die Kunstsammlung der Nordqvists geschrieben wurde.

Ein Hinweisschild wies in Richtung Schloss Katarinaberg. Da weit und breit kein anderes Fahrzeug zu sehen war, hielt Eva einfach mitten auf der Straße an und wies mit dem Finger auf das helle, dreistöckige Gebäude, das umgeben von dichten Birken und Erlen auf einer Anhöhe lag. Links waren zwischen den Bäumen niedrige, ebenfalls weiß getünchte Gebäude zu sehen, die zum Anwesen gehörten.

»Sieh mal, das ist Schloss Katarinaberg. Da werde ich in der nächsten Zeit arbeiten.«

Annika schaute aus dem Fenster in die Richtung des Schlosses. Eva war sich aber keineswegs sicher, ob ihre Tochter ihre Worte wirklich aufgenommen hatte.

»Vielleicht gibt es da ja sogar ein Schlossgespenst.« Eva brachte ein Lächeln zustande. Annika wandte den Blick ab und vergrub ihr Gesicht in das weiche Fell des Plüschhasen.

Eva seufzte resigniert. »Jetzt fahren wir erst einmal zu unserem Ferienhaus.«

Der hochgewachsene Mann auf dem braunen Hengst wirkte verwegen mit seinem dunklen Lockenkopf und dem kantigen Gesicht. Pferd und Reiter bildeten eine Einheit.

Die Luft war klar, der Himmel tiefblau. Die Wiesen blühten verschwenderisch. Roter Mohn, blaue Kornblumen und dazwischen die weißen Farbkleckse wilder Kamille zeigten sich in hochsommerlicher Fülle.

Sträucher säumten den Wegesrand und verbargen die Abzweigungen zu weiteren Schotterwegen rechts und links. Aber hier war sowieso nur wenig Verkehr, und so drosselte der Reiter sein Pferd nur leicht, bevor er es in Richtung der rechten Abzweigung lenkte. In diesem Moment schoss aus dem Weg eine schwere Limousine. Der Fahrer schaffte es gerade noch, seinen Wagen abzubremsen, die Reifen schlidderten auf dem ungeteerten Weg. Kies, Sand und Staub wirbelten auf.

Der Hengst scheute, aber der Reiter hielt die Zügel fest in der Hand. Sekundenlang begegneten sich die Blicke der beiden Männer. Kalt und unversöhnlich, voller Abneigung, die nicht nur durch diese eine kurze Begegnung zu erklären war.

Der Mann auf dem Pferd löste sich zuerst aus diesem Blickkontakt. Langsam wandte er den Kopf und trieb den Hengst an. Nicht einen Blick warf er zurück, als er hörte, wie der Motor des Wagens aufheulte und sich in die andere Richtung entfernte.

Schweigend fuhren sie durch die idyllische Landschaft, die entspannte Ruhe im Wagen wurde nur hin und wieder durch die nasale Frauenstimme aus dem Navigationsgerät unterbrochen. Ab und an mussten sie abbiegen, inzwischen führte der Schotterweg schmal und gewunden an Pferdeweiden und blühenden Feldern vorbei, das Meer blieb dabei immer in ihrem Blickfeld. Sie waren mitten im Nirgendwo. Das gelbe Rapsfeld zu ihrer Linken stand in voller Blüte und leuchtete im Licht der warmen Sommersonne. Und plötzlich blieb das Navigationsgerät stumm, die Anzeige war erloschen.

In Gedanken stieß Eva einen Fluch aus. Sie klopfte gegen den elektronischen Wegweiser, aber es passierte nichts. Sie rüttelte heftig daran, schlug schließlich sogar mit der Faust darauf, und obwohl sie ihre Mutter nicht anschaute, wusste sie genau, dass die sie belustigt beobachtete.

Ohne ein Wort zu sagen, öffnete Margareta das Handschuhfach und nahm eine der Karten heraus, die Eva nach der Anschaffung des Navigationsgerätes darin verstaut hatte.

Margareta schlug vor, die Karte draußen auf der Motorhaube zu entfalten und sich dabei nach der Fahrt auch gleich ein bisschen dir Beine zu vertreten.

Eva war sofort einverstanden, und selbst Annika stieg aus dem Wagen. Sie stellte sich neben ihre Großmutter, die sich zusammen mit Eva über die Karte beugte.

Es war aussichtslos. Die Karte war in einem viel zu großen Maßstab und zeigte die vielen verzweigten Straßen, auf denen sie bisher gefahren waren, nicht an.

»Ausgerechnet jetzt muss das Navi seinen Geist aufgeben«, stieß Eva hervor. »Wir müssten längst da sein.«

»Wir sollten jemanden fragen«, schlug Margareta vor.

Eva richtete sich auf. Um sie herum war nichts als Landschaft. Weit und breit war kein Haus und schon gar kein Mensch zu sehen, den sie fragen konnten.

»Ich finde das auch ohne Karte«, gab Eva sich zuversichtlicher, als ihr tatsächlich zumute war. Sie wies mit dem Finger in eine unbestimmte Richtung. »Ich fahre jetzt einfach da vorne rechts und kurz vor . . .« Sie brach ab, als ein Reiter hinter einer Baumgruppe auftauchte.

Der Mann zügelte sein Pferd, schaute neugierig zu ihnen hinüber und grüßte höflich. »Guten Tag.« Sein Blick und Evas trafen sich, verhakten sich sekundenlang ineinander, bis Eva sich verwirrt abwandte.

Nur Margareta erwiderte seinen Gruß.

»Haben Sie sich verfahren?«, fragte der Mann. »Kann ich Ihnen helfen?«

»Ja . . . Nein . . .« Eva schüttelte den Kopf, war viel zu verwirrt, um einen klaren Gedanken zu fassen. Das gab es doch nicht, dass ein völlig Fremder, zugegeben, ein sehr attraktiver Fremder, sie derart aus dem Konzept brachte. Sie flüchtete sich in beherrschte Kühle. »Danke, wir kommen schon klar.«

»Die Lakegatan«, fiel Margareta ihr ins Wort, und wider aller Vernunft ärgerte Eva sich einen kurzen Moment lang über ihre Mutter.

»Können Sie uns sagen, wo die ist?«, fuhr Margareta fort. »Wir haben da ein Ferienhaus gemietet.«

Der Mann nickte. Sein markantes Gesicht unter dem dunklen Haarschopf verzog sich zu einem Lächeln. »Das muss eines der Häuser von Lars Berg sein. Es ist nicht ganz einfach zu finden. Am besten reite ich voraus, und Sie folgen mir.«

»Nicht nötig«, sagte Eva auch diesmal ablehnend. Sie spürte den verwunderten Blick ihrer Mutter, ignorierte ihn aber und sagte zu dem Fremden: »Sagen Sie uns einfach, wie wir dorthin kommen.«

Völlig unbeeindruckt von ihrer abweisenden Art lachte der Mann auf. »Kein Problem, ich muss ohnehin noch in die Richtung.« Er wendete den Hengst, während die Frauen die Karte zusammenfalteten. Er schaute sich in dem Moment noch einmal um, als Eva in den Wagen steigen wollte. Wieder verfingen sich ihre Blicke sekundenlang ineinander, bis Eva irritiert in den Wagen stieg und den Motor startete.

Der Schreibtisch stand direkt am Fenster. Von hier aus bot sich eine fantastische Aussicht auf den See.

Ulf Nordqvist jedoch hatte keinen Blick für dieses Panorama. Er starrte auf ein kleines Notizbuch, in dem er endlose Zahlenreihen notiert hatte, und verglich sie mit den Kontoauszügen, die vor ihm auf dem Schreibtisch lagen. Er schaute nur kurz auf, als Elsa neben ihn trat. Sie war seine Cousine, stammte aus einem verarmten Zweig der Familie und führte ihm schon seit vielen Jahren den Haushalt. Vor allem in den Jahren, als er mit seiner Familie im Ausland lebte, hatte sie sich um das Schloss und um die damit verbundenen Belange gekümmert.

In der Hand hielt Elsa ein Tablett mit einer dampfenden Kanne und einer Tasse, das sie ihm auf den Schreibtisch stellte.

»Ich habe Tee gemacht, Ulf«, sagte sie betont freundlich. »Melissentee, der beruhigt.«

»Ich hätte aber lieber Kaffee«, brummte Ulf mürrisch.

»Der Kaffee ist leider gerade aus.« Elsa behielt ihre Freundlichkeit bei und begleitete sie mit einem Lächeln, das ihm schrecklich auf die Nerven ging. »Ich wollte heute Nachmittag in die Stadt und . . .«

Ulf unterbrach sie, indem er sein Notizbuch heftig auf den Schreibtisch knallte. Der Stuhl schrammte hart über den Holzboden, als er sich erhob. »Für wie dumm hältst du mich eigentlich? Ich weiß ganz genau, warum ich keinen Kaffee bekomme.« Er entfernte sich zwei Schritte von ihr und wandte ihr den Rücken zu.

»Du bist in letzter Zeit viel zu nervös«, sagte Elsa leise. »Ich möchte das nicht auch noch fördern.«

Ulf wandte ihr den Kopf zu. »Für eine entfernte Verwandte bist du ganz schön besorgt um mich«, entgegnete er bissig. »Du weißt doch selbst, dass es hier nichts zu erben gibt.«

Er musste sie nicht ansehen, um zu wissen, dass er sie verletzt hatte. Ulf wusste selbst nicht, warum er das immer wieder machte. Er wusste genau, dass Elsa nicht berechnend war und sich wirklich um seinetwillen Sorgen machte. Trotzdem brachte er kein Wort der Entschuldigung über seine Lippen.

Elsa jedoch verzog keine Miene, behielt weiter ihr Lächeln bei und beschämte ihn zutiefst, als sie fragte: »Kann ich sonst noch etwas für dich tun, Ulf?«

Er schüttelte den Kopf und ging zurück zum Schreibtisch. Seufzend setzte er sich auf den Stuhl.

Elsa beugte sich über ihn. »Ulf, du brauchst Hilfe.«

Ulf lachte bitter auf. »Glaubst du, dass einem wie mir noch zu helfen ist?«

Elsa öffnete den Mund, aber Ulf ließ sie erst gar nicht zu Wort kommen. »Wenn du mich jetzt bitte allein lassen würdest, ich habe zu arbeiten.« Er beugte den Kopf tief über die Kontoauszüge auf seinem Schreibtisch und gab seiner Cousine damit deutlich zu verstehen, dass das Gespräch für ihn beendet war.

Elsa wandte sich zum Gehen, blieb aber stehen, als er ihren Namen rief, und drehte sich um. »Wenn eine Frau Molin kommt, dann schicke sie bitte sofort zu mir.« Das war alles. Er tat so, als wäre er sehr beschäftigt, bis er hörte, dass Elsa ging. Erst als sie weg war, hob er den Blick und starrte aus dem Fenster über seinem Schreibtisch. Er nahm auch diesmal nichts von der beeindruckenden Aussicht war. Sein Blick war leer, unerfreulich die Gedanken und Sorgen, die ihn plagten.

Lars Berg hatte geduldig auf sie gewartet, obwohl sie sich doch enorm verspätet hatten. Er lachte verständnisvoll, als Eva sich wortreich bei ihm entschuldigte, und erklärte ihr, dass er es gewohnt sei, auf seine Feriengäste zu warten, die sich in schöner Regelmäßigkeit auf dem Weg zu einem seiner Ferienhäuser verfuhren.

Das gelbe Haus leuchtete im Sonnenlicht. Es war mit roten Schindeln gedeckt, in denen Fenstergauben eingelassen waren. Der Eingang lag etwas erhöht und war über eine Empore zu erreichen, zu der rechts und links Stufen führten.

Zu beiden Seiten der gekiesten Zufahrt befand sich vor dem Haus eine gepflegte Rasenfläche. Bequeme Gartenstühle waren um einen runden Tisch gruppiert, für den nötigen Schatten sorgte ein Sonnenschirm. Alles machte einen freundlichen und sehr ansprechenden Eindruck.

Lars Berg und der fremde Reiter hatten sich begrüßt wie alte Bekannte. Eva war irritiert, als der Mann sich ihnen einfach anschloss. Er hatte sein Pferd an einen Baum vor dem Haus angebunden. Sie konnte diesem Mann schlecht sagen, dass er gehen sollte, immerhin war sie ihm zu Dank verpflichtet, weil er sie hierhergeführt hatte. Sie war sich darüber im Klaren, dass sie ohne seine Hilfe noch weitaus länger für die Fahrt gebraucht hätten.

Sie versuchte, seine Anwesenheit so gut es ging zu ignorieren und konzentrierte sich auf die Besichtigung der Räume, die in den nächsten Wochen nicht nur ihr, sondern auch Margaretas und Annikas Zuhause sein würden.

In der unteren Etage gab es ein Wohnzimmer mit angrenzendem Esszimmer und eine Küche. Gleich neben dem Eingang führte eine Treppe ins Obergeschoss. Hier waren die Schlafzimmer und das Bad.

Die Einrichtung war hell und freundlich, und es war alles da, was in einem Haushalt benötigt wurde.

Die Rückfront des Gebäudes wurde im Erdgeschoss von Glastüren eingenommen. Die Terrasse dahinter war von einem hölzernen Geländer eingerahmt, breite Treppenstufen führten hinunter auf den Rasen, der fast bis an den Strand reichte. Hohe Laubbäume umschlossen das Grundstück.

»Wenn es Ihnen gefällt, können Sie hier die nächsten Wochen ungestört Ferien machen«, sagte Lars Berg schließlich.

Gefallen war gar kein Ausdruck. Eva war begeistert. »Es ist wirklich wunderschön«, lobte sie.

»Dann müssen Sie nur noch mit mir in mein Büro kommen, um den Vertrag zu unterschreiben.« Lars Berg lächelte sie an.

»Es wäre mir ganz lieb, wenn wir das heute Abend machen könnten«, sagte Eva mit einem kurzen Blick auf ihre Armbanduhr. Es war kein fester Termin mit Ulf Nordqvist vereinbart worden, aber sie wollte ihn dennoch nicht länger warten lassen, als unbedingt nötig.

Lars Berg war sofort einverstanden. »Passt es Ihnen um sieben Uhr? Ich kann Ihnen dann auch gleich ein gutes Lokal zeigen.« Werbend schaute er ihr in die Augen.

Versuchte dieser Mann etwa, mit ihr zu flirten? Bevor Eva überhaupt reagieren konnte, trat der Reiter, der sich inzwischen als Peter vorgestellt hatte, zu ihnen.

»Jetzt ist ja alles in Ordnung«, sagte er ruhig, schaute dabei aber nur Eva an. »Es freut mich, dass es Ihnen hier gefällt.«

In seinen Augen lag etwas, was Eva erneut irritierte. »Ja«, brachte sie hervor und musste sich dabei angestrengt auf das konzentrieren, was sie sagen wollte. Das war doch verrückt, dass dieser Mann, dem sie noch nie vorher begegnet war, sie derart aus der Fassung brachte!

»Vielen Dank für Ihre Hilfe. Ich muss jetzt wirklich los«, rettete sie sich in hektische Geschäftigkeit und entfernte sich von den beiden Männern. Sie ging hinüber zu Margareta und Annika, die ein paar Meter von ihnen entfernt standen, und nahm Annika in die Arme.

»Mäuschen, du machst es dir jetzt richtig schön mit der Oma. Ich bin ganz bald wieder da. Bis später«, sagte sie leise.

Als sie sich aufrichtete, begegnete sie dem prüfenden Blick ihrer Mutter. Ihr konnte sie nichts vormachen, Margareta schien zu spüren, dass mit ihr etwas nicht stimmte. Liebevoll legte sie einen Arm um Evas Schulter.

»Es ist alles in Ordnung, Eva. Immer mit der Ruhe.«

Eva atmete tief ein und sammelte sich. Sie lächelte ihrer Mutter zu. »Ich wüsste nicht, was ich ohne dich machen sollte«, sagte sie dankbar.

Als Eva an den Männern vorbeiging, schaute Peter auf. Ihre Blicke begegneten sich und ruhten ineinander, bevor Eva sich entschlossen löste und zu ihrem Auto schritt.

Erstaunlicherweise funktionierte das Navigationsgerät einwandfrei, als Eva die Adresse von Schloss Katarinaberg eingab. Wahrscheinlich war es nicht mehr als ein Wackelkontakt, der den Apparat außer Betrieb gesetzt hatte. Sie nahm sich vor, das später überprüfen zu lassen.

Die Torflügel zur Auffahrt des Schlosses waren weit geöffnet. Wie eine Reihe von Soldaten, aufgereiht in sorgfältig abgemessenem Abstand, wurde der Kiesweg rechts und links von Akazien gesäumt. Die Zufahrt mündete in einem großen Platz vor dem Schloss. Der helle Kies knirschte unter ihren Reifen, als sie neben dem Eingang parkte. Noch bevor sie aus dem Wagen stieg, wurde die Eingangstür von innen aufgerissen, und ein älterer Mann eilte die steinernen Stufen hinunter.

»Frau Molin?«

Eva nickte lächelnd, worauf sich der Mann als Ulf Nordqvist vorstellte. »Gut, dass Sie da sind.« Er wirkte erleichtert. »Ich befürchtete schon, Sie würden überhaupt nicht kommen.«

Eva kam um ihren Wagen herum. »Es tut mir leid, dass ich

mich verspätet habe. Wir hatten Probleme, das Ferienhaus zu finden und . . .«

»Jetzt sind Sie ja da«, fiel Ulf Nordqvist ihr ungeduldig ins Wort. »Ich möchte Ihnen sofort alles zeigen. Wir haben nicht viel Zeit.«

Martin hatte sie darüber informiert, dass Ulf Nordqvist sehr ungeduldig gewesen war und nicht einmal bis zur kommenden Woche hatte warten wollen. Eva fragte sich, warum er seine Sammlung auf einmal nicht schnell genug loswerden wollte, nachdem er sich bisher immer geweigert hatte, auch nur einzelne Teile daraus zu verkaufen.

Ulf Nordqvist eilte so schnell vor ihr her, dass ihr kaum Zeit blieb, sich umzusehen. Was sie sah, gefiel ihr. Große, lichtdurchflutete Räume, ausgestattet mit schönen Antiquitäten. Allerdings bemerkte sie auch die hellen Stellen an den Wänden. Dort mussten bis vor kurzem Bilder gehangen haben. Die Bilder, die Ulf Nordqvist ihr jetzt präsentieren würde?

Eva behielt Recht. Der Schlossherr führte sie in einen mit hellem Holz vertäfelten Raum, in dem überall Bilder lagen und standen.

Auch diesmal ließ Ulf Nordqvist ihr keine Zeit, sich in Ruhe umzuschauen. Er enthüllte ein Bild, das auf einer Staffelei stand, trat einen Schritt zurück und schien gespannt auf ihre Reaktion zu warten.

Eva stockte der Atem. Sie trat einen Schritt näher, um sich das Gemälde genauer anzusehen. Dieses Bild besaß einen ganz eigenen Zauber. Es zeigte eine Wasserlandschaft, und je länger Eva daraufschaute, umso stärker wurde ihr Eindruck, dass die Bewegungen des Wassers auf dem Bild zu sehen waren. Das Heben und Senken der Wellen, die wandernden Reflexe der Sonne. Es gab nur wenige Maler, die das bewerkstelligen konnten.

»Ist das ein . . .«

». . . Anders Zorn«, ließ Ulf Nordqvist sie auch diesmal nicht ausreden.

–132–

Eva fragte sich, wie Ulf Nordqvist in den Besitz dieses Gemäldes gekommen war. Der Maler selbst hatte in seinem Testament verfügt, dass sein gesamtes Erbe an den schwedischen Staat gehen sollte. Verbunden mit der Auflage, dass seine Werke zusammen mit seiner eigenen Sammlung internationaler Kunst in einem Museum ausgestellt werden sollten.

»Mein Großvater hat ihn 1904 erworben«, klärte Ulf Nordqvist sie ungefragt auf. »Er hat sehr an ihm gehangen.«

Eva nickte verstehend. Zu dieser Zeit hatte Anders Zorn noch gelebt. Sie vertiefte sich wieder in den Anblick des Gemäldes, bis Ulf Nordqvist sich hörbar und recht ungeduldig räusperte.

»Dieser Mann war wirklich ein Genie.« Eva schaute unverwandt auf das Gemälde. Ehrfurcht und Bewunderung lagen in ihrer Stimme. »Das Bild ist ganz großartig.«

»Ja«, stieß Ulf Nordqvist hervor. Er schien von der quälenden Unruhe erfüllt, die Eva bereits vom ersten Augenblick ihres Kennenlernens an gespürt hatte.

»Wie die meisten Bilder hier«, fuhr er mit einer ausholenden Handbewegung fort. »Aber darum geht es mir nicht. Ich muss wissen, was die Sammlung wert ist.«

Eva nickte, zögerte kurz und stellte schließlich die Frage, die sie schon die ganze Zeit bewegte. »Darf ich fragen, wieso Sie die Sammlung jetzt verkaufen wollen? Jahrelang hat die Familie Nordqvist jedes Angebot abgelehnt . . .«

». . . und jetzt habe ich meine Meinung eben geändert«, unterbrach er sie zum dritten Mal. Seine Miene war ebenso abweisend, seine Stimme erregt. »Ich werde darüber nicht diskutieren.«

Ulf Nordqvist hielt inne, holte tief Luft und fuhr sachlich fort. »Zunächst benötige ich eine aktuelle Evaluierung, und zwar so schnell wie möglich. Wobei Sie mir garantieren müssen, dass niemand erfährt, was Sie hier machen.«

Eva starrte ihn an. Eine Menge Fragen drängten sich ihr auf, aber sie stellte sie nicht. Sie war sich sicher, dass er diese Fragen nicht beantworten würde. Dieser Mann schien von einer ungeduldigen Gereiztheit erfüllt, er konnte kaum einen Augenblick lang ruhig stehen.

»Wie meinen Sie das?«, wagte Eva schließlich doch zu fragen. »Sie haben auf diesem großen Anwesen doch bestimmt Angestellte, denen meine Anwesenheit nicht verborgen bleibt.«

Ulf Nordqvist nickte. Er ging zum Ende des Raumes und hob mit beiden Händen ein Gemälde hoch, das er auf einer Staffelei platzierte. »Offiziell sind Sie hier, um diesen Strindberg zu restaurieren.«

Eva betrachtete das Bild prüfend. Der Schaden war unverkennbar. Bis zur Mitte wellte sich die mit einer weißlichen Substanz überzogene Leinwand. Die Farben dahinter waren kaum noch zu erkennen.

»Das Bild hat bei einem Wassereinbruch vor ein paar Jahren ziemlich gelitten«, fuhr Ulf Nordqvist erklärend fort.

Ziemlich gelitten ist weit untertrieben, dachte Eva. Sie ging in Gedanken bereits die einzelnen Arbeitsschritte durch. Es würde eine Heidenarbeit und einiges an Zeit benötigen, es wiederherzustellen. Ulf Nordqvist schien ihr Schweigen zu verunsichern.

»Sie sind doch Restauratorin«, vergewisserte er sich. »Zumindest hat mir Martin Sörman das gesagt.«

»Ja, das habe ich studiert«, nickte Eva und registrierte das erleichterte Aufatmen des Mannes. »Der Schaden ist aber ziemlich erheblich«, fuhr sie fort. »Dafür werde ich einige Zeit benötigen.«

Ulf winkte ab. »Für die Restauration haben Sie alle Zeit der Welt, aber nicht für die Schätzung der Sammlung.« Wieder lag dieser gehetzte Ton in seiner Stimme, als er weitersprach. »Ich lasse Sie jetzt allein. Schauen Sie sich um, und beginnen Sie dann bitte mit der Arbeit. Falls Sie etwas benötigen, drücken Sie diesen Knopf.« Er ging bis zur Tür und wies auf den entsprechenden Knopf. »Wenn Sie läuten, kommt Elsa.«

Es schien, als hätte er sie über alles Wichtige informiert, trotzdem blieb er noch unschlüssig stehen, den Blick zu Boden gesenkt.

»Elsa ist übrigens eine nahe Verwandte, die mir den Haushalt führt.« Seine Brauen zogen sich zusammen, als er streng fortfuhr: »Auch für Elsa sind Sie nur wegen des Strindbergs hier. Alles andere braucht sie nicht zu wissen.« Sein Blick verriet deutlich, dass er dazu nichts weiter sagen würde.

Eva wunderte sich über das absonderliche Verhalten ihres Auftraggebers, trotzdem hatte sie nicht die Absicht, seine Anordnung in Frage zu stellen. Sie wollte sich hier ausschließlich auf ihre Arbeit konzentrieren und im Übrigen ihre freie Zeit mit Annika und Margareta verbringen. Alles andere interessierte sie nicht.

Wenn es keine wirklichen Notfälle gab, absolvierte Peter seine Hausbesuche gerne mit dem Pferd. Er liebte diese Ausritte, die ihn seine tiefe Verbundenheit mit Schweden erst recht spüren ließ. Hier war seine Heimat. Er hatte es immer so empfunden, auch während der Jahre, die er im Ausland verbracht hatte. Nirgendwo anders war die Luft klarer, der Himmel blauer und weiter als hier.

Es war Zufall, dass er dabei auch an dem Haus seines alten Schulfreundes Hans vorbeikam. Gerade zu dem Zeitpunkt, als dessen Sohn Kjell mit seinen Rollerskates gestürzt war.

Hans selbst war nicht da, aber dessen Frau Sara winkte und rief ihm zu, er möge doch bitte anhalten.

Der Junge hatte sich beide Knie aufgeschlagen. Die Wunde am rechten Knie blutete stark, aber er verzog keine Miene. Auch nicht, als Peter die Wunde reinigte und fachmännisch versorgte. Tetanusschutz war nicht erforderlich, den besaß der Junge bereits. Er war ein Rabauke und kein seltener Gast in Peters Praxis.

»So, das war es schon«, sagte Peter ein paar Minuten später. »War doch gar nicht so schlimm, oder?«

Kjell schüttelte leicht den Kopf. Erwartungsvoll schaute er Peter an, bis der in seine Hosentasche griff und einen roten Lolli hervorzauberte.

»Weil du so tapfer warst wie ein Wikinger«, grinste Peter.

Kjell grinste zurück und lief los zu dem Pferd, das Peter neben dem Eingang angebunden hatte. Sara und Peter folgten langsam.

»Ich habe ihm schon so oft gesagt, dass er nicht ohne Knieschoner fahren soll«, sagte Sara. Ihre Stimme klang nicht verärgert, sondern erleichtert, weil nichts wirklich Schlimmes passiert war.

Peter lachte und befestigte die schmale Tasche mit der medizinischen Notfallausrüstung am Sattel. »Wann ist Hans denn mal wieder im Lande?«, erkundigte er sich. Er hatte den Freund seit über zwei Monaten nicht mehr gesehen.

Saras Gesicht leuchtete auf. »Am Donnerstag legt sein Schiff in Stockholm an. Ich hoffe, dieses Mal hat er länger als fünf Tage Zeit für uns.«

»Ich drück dir die Daumen«, sagte Peter. Er wusste, dass Sara es oft nicht leicht hatte, so ganz alleine mit dem munteren Siebenjährigen. Alle Verantwortung und die damit verbundenen Sorgen lasteten auf ihren Schultern. Allerdings hatte sie gewusst, worauf sie sich einließ, als sie einen Seemann heiratete, und sie liebte Hans viel zu sehr, um sich darüber zu beschweren.

Peter beugte sich zu dem kleinen Jungen hinunter. »Wiedersehen, Kjell.«

»Echt cool, dass du mit dem Pferd gekommen bist«, strahlte der Junge.

»Ja, das finde ich auch«, grinste Peter. Er liebte Pferde. Diese Mischung aus Kraft und Stärke, Eleganz und Leichtigkeit faszinierte ihn immer wieder. Ihre Sanftheit, wenn sie aus einer guten Zucht stammten, prädestinierte sie geradezu für therapeutische Zwecke. Während seiner Arbeit in einer Rehaklinik hatte er die

Erfahrung gemacht, dass psychisch labile und zurückgezogene Menschen oftmals vom Umgang mit Pferden profitierten.

Es gab aber auch eine andere, schmerzhafte Seite, die er mit seiner eigenen Pferdezucht verband, aber die hatte er in den hintersten Winkel seiner Gedanken und seiner eigenen Gefühle verbannt.

Das durchdringende Pfeifen des Teekessels war bis oben im Schlafzimmer zu hören. Margareta eilte die Treppe hinunter, verzog das Gesicht, weil das Pfeifen in den Ohren geradezu schmerzte. Durch den Durchgang, der von der Küche ins Wohnzimmer führte, sah sie ihre Enkelin so, wie sie sie vor fünf Minuten zurückgelassen hatte.

Annika saß immer noch an dem weißen, runden Tisch, rollte eine große Murmel von der einen Hand zur anderen und wieder zurück. Immer wieder, als gäbe es nichts Anderes auf dieser Welt. Sie schien so versunken in dieses monotone Spiel, dass sie nicht einmal das Pfeifen des Teekessels zu hören schien.

Margareta nahm den Kessel vom Herd und seufzte erleichtert auf. »Tut das gut, wenn der Schmerz nachlässt.«

Annika sah nicht einmal auf, rollte weiter die Murmel. Nach links, nach rechts, nach links, nach rechts . . .

Margareta schaute zu dem Kind hinüber. »Also, deine Nerven möchte ich haben.«

Annika sah nicht auf, setzte ihr Spiel unverwandt fort.

»Möchtest du auch einen Tee?«, fragte Margareta, obwohl sie genau wusste, dass sie darauf keine Antwort erhalten würde. Nur das Rollen der Murmel war zu hören.

»Annika, jetzt komm«, versuchte Margareta es noch einmal. »Wir trinken hier den Tee.« Sie hatte die Tassen bereits auf den kleinen Tisch am Fenster gestellt.

Annika hielt den Blick starr auf die Kugel gerichtet, schickte sie weiter auf ihren Weg von der einen Hand in die andere. Wie eine mechanische Puppe, deren Laufwerk nur auf diese eine Bewegung reduziert war.

Margareta wandte sich ab, verschränkte beide Arme vor der Brust. Sekundenlang starrte sie aus dem Fenster, die Brauen zusammengezogen, die Lippen fest aufeinander gepresst. Vor ihrer Tochter zeigte sie sich immer zuversichtlich, aber je mehr Zeit verging, umso mehr Kraft kostete es sie. Sie ertappte sich immer wieder bei Zweifeln, dass Annika aus ihrer Welt zurückkehren würde. Manchmal war es unerträglich, das Kind in diesem Zustand zu sehen.

Margareta wandte sich wieder ihrem Enkelkind zu. Mitleid ließ ihre Gesichtszüge weich werden. Sie liebte Annika so sehr. Schließlich hielt sie es nicht mehr aus. Sie ging zu Annika hinüber, legte ihre Hände sanft auf die Hände des Mädchens und brachte sie so dazu, ihr Murmelspiel zu unterbrechen.

Annika hielt jetzt ganz still. Sie wandte den Kopf in Margaretas Richtung, doch der Blick schien durch die Großmutter hindurchzugehen.

Wie so oft, fragte Margareta sich auch diesmal, was in dem Kopf des Mädchens vor sich ging. »Willst du nicht zu uns zurückkommen«, bat sie leise.

Das Mädchen schaute immer noch durch sie hindurch. Ganz fest schloss Margareta sie in die Arme. »Bitte, komm doch zurück«, bat sie flehentlich. »Wir vermissen dich so sehr, die Mama und ich.«

Eva schaute sich nachdenklich um. All die herrlichen Gemälde. Eine Kunstsammlung von unermesslichem Wert, die zusammengestopft in diesem Raum nicht wirklich zur Geltung kam. Die Arbeit wäre für sie einfacher gewesen, wenn Ulf Nordqvist die Bilder dort gelassen hätte, wo sie vorher hingen, anstatt sie alle in einen Raum zu bringen.

Eva wusste zuerst nicht, wo sie anfangen sollte, ohne den

Überblick zu verlieren. Nach ein paar Minuten des Überlegens und Sortierens begann sie mit den Bildern, die an den Wänden gelehnt auf dem Boden standen. So würde sie sich systematisch von einem Gemälde zum nächsten durcharbeiten. Bereits nach kurzer Zeit war sie so sehr in ihre Arbeit vertieft, dass sie alles um sich herum vergaß.

»Guten Tag«, störte eine weibliche Stimme ihre Versunkenheit.

Eva sah auf. Eine ältere Dame kam mit ausgestreckter Hand auf sie zu. »Herzlich willkommen auf Katarinaberg.«

Eva erwiderte lächelnd den Händedruck. »Ich bin Eva Molin.«

»Ich weiß«, nickte die ältere Dame. »Sie sollen den Strindberg restaurieren. Ulf hat mir gesagt, dass er sie engagiert hat. Ich bin Elsa Lönstedt und leite hier den Haushalt. Ich freue mich, dass mal wieder ein bisschen Leben ins Schloss kommt.«

Eva freute sich über diesen herzlichen Empfang. Elsa Lönstedt war ihr auf Anhieb sympathisch. Sie war so ganz anders als Ulf Nordqvist mit seiner gehetzten Nervosität. »Danke«, erwiderte sie herzlich. »Es ist auch wirklich wunderschön hier.«

»Ja, das sage ich auch immer. Es ist ein ganz besonderer Ort.« Elsa wirkte sekundenlang bedrückt. »Man sollte sehr sorgsam damit umgehen«, sagte sie leise.

Eva war sich nicht sicher, ob Elsa den letzten Satz zu ihr gesagt oder nicht vielmehr zu sich selbst gesprochen hatte. Der Blick der älteren Dame glitt ins Leere. Nach einem kurzen Moment aber lächelte Elsa Lönstedt wieder. »Wollen Sie nicht eine kurze Pause machen und zu mir in die Küche kommen? Ich habe Apfelkuchen gebacken, und der Kaffee müsste auch schon fertig sein.«

Eva spürte erst jetzt, wie hungrig sie war. Seit der Abfahrt aus Stockholm hatte sie nichts mehr gegessen. Der Gedanke an frisch gebackenen Apfelkuchen ließ ihr das Wasser im Mund zusammenlaufen. »Gern«, stimmte sie sofort zu. »Vielleicht erzählen Sie mir dabei etwas über das Schloss und die Familie Nordqvist.«

Gemeinsam verließen die beiden Frauen den Raum und stiegen die Treppe hinab, die zur Eingangshalle führte.

»Ach, da gibt es nicht viel zu erzählen«, meinte Elsa Lönstedt mit einer wegwerfenden Handbewegung. »Das Schloss wurde 1778 erbaut und befindet sich seither im Besitz der Familie.«

Eva grinste. Sie war sicher, dass es in über zweihundert Jahren Familiengeschichte mehr zu erzählen gab als nur ein nüchternes Datum. »Wer wohnt denn sonst noch hier von der Familie?«, fragte sie. »Ich habe bis jetzt nur Ulf Nordqvist kennen gelernt. In einem so großen Haus kann ein Mann allein . . .«

»Entschuldigen Sie mich bitte«, stieß Elsa plötzlich hervor. Eva beobachtete völlig verblüfft, wie Elsa durch das offene Portal nach draußen lief, wo Ulf Nordqvist gerade eine Reisetasche in den Kofferraum seines Wagens stellte.

»Ulf, du willst doch nicht schon wieder wegfahren!« Elsas Stimme überschlug sich fast. »Ulf, wir müssen noch einiges klären«, fuhr Elsa Lönstedt fort. »Was ist mit der Abrechnung des letzten Monats?«

»Später.« Ulf Nordqvist schüttelte mit ungeduldiger Miene den Kopf. »Wir reden später darüber.« Er ließ sich von Elsa nicht aufhalten, öffnete die Wagentür.

»Bitte, Ulf«, stieß Elsa fast flehend hervor, »bleib hier.«

Ulf Nordqvist antwortete nicht. Er stieg in seinen Wagen, startete den Motor und gab so viel Gas, dass kleine Steinchen hinter seinen Reifen hochspritzten.

Elsa hob die Hände, ließ sie hilflos wieder fallen. Fassungslos schaute sie dem Wagen nach.

Eva hatte nur ein kleines Stück des wirklich hervorragenden Apfelkuchens gegessen und eine zweite Tasse Kaffee abgelehnt. Seit dem überstürzten Aufbruch des Schlossherrn hatte Elsa

Lönstedt nur wenig gesprochen. Sie wirkte verstört und in sich gekehrt, bekam kaum mit, wenn Eva sie ansprach, um sie dann entschuldigend zu bitten, ihre Frage noch einmal zu wiederholen.

Obwohl Elsa Lönstedt dabei freundlich blieb, spürte Eva deutlich, dass die ältere Dame lieber alleine gewesen wäre. Sie verabschiedete sich deshalb recht schnell und ging noch eine Weile nach oben in den Raum mit den Gemälden. Zwei Stunden später beschloss sie, die Arbeit für diesen Tag zu beenden. Ihr Magen, dem das eine Stück Apfelkuchen schon lange nicht mehr ausreichte, knurrte laut und vernehmlich.

Niemand war zu sehen, als sie das Schloss verließ. Nur kurz überlegte Eva, ob sie Elsa Lönstedt suchen sollte, ließ es aber schließlich bleiben. Sie hinterließ eine Notiz auf dem alten Wandtisch gleich neben dem Eingang, dass sie am nächsten Morgen wiederkommen würde.

Bevor Eva zum Ferienhaus zurückkehrte, fuhr sie zu Lars Berg, um den Mietvertrag zu unterschreiben. Er versuchte auch diesmal wieder mit ihr zu flirten und wollte sie unbedingt zum Essen einladen.

Eva machte ihm klar, dass sie den ersten Abend gerne mit ihrer Tochter und Mutter verbringen wollte. Hartnäckig versuchte er daraufhin, sich für einen anderen Abend mit ihr zu verabreden, aber auch darauf ließ Eva sich nicht ein. Sie war nicht hier, um Urlaub zu machen. Sie musste arbeiten und die restliche Zeit sollte ausschließlich Annika gehören.

Lars Berg nahm das grinsend zur Kenntnis und ließ keinen Zweifel daran, dass er so schnell nicht aufgeben würde.

Eva war froh, als sie das Büro des Mannes endlich verlassen konnte.

Der Geruch von gebratenem Fisch schlug ihr entgegen, als sie das Ferienhaus betrat. Es war typisch für Margareta, dass sie in den wenigen Stunden, in denen sie hier war, mit Annika im Schlepptau bereits das nahe Dorf erkundet und Lebensmittel eingekauft hatte. Jetzt stand sie in der Küche und wendete gerade die mit Mandeln panierten Fische. Durch das Küchenfenster konnte Eva ihre Tochter sehen. Annika saß mitten auf dem Rasen, den Stoffhasen an sich gepresst. Sie wandte dem Haus den Rücken zu, bewegte sich nicht und schien auf das Wasser zu schauen. Eva fragte sich, ob ihre Tochter tatsächlich etwas von der herrlichen Umgebung bemerkte.

Sie sagte nichts, aber ihr Gesichtsausdruck verriet offensichtlich, was in ihr vorging. Auch Margareta schwieg, während sie ihre Tochter mitfühlend drückte. Während ihre Mutter sich weiter um das Essen kümmerte und noch einen frischen Sommersalat anrichtete, deckte Eva den Tisch vor dem hohen Sprossenfenster im angrenzenden Esszimmer. Anschließend holte sie Annika, wusch ihr die Hände und führte sie an den Tisch.

Das Kind ließ alles mit sich geschehen, nahm artig Platz und umfasste die Gabel, die Eva ihr reichte. Sie aß aber nicht, rührte nur mit der Gabel in ihrem Essen herum. Mit der gleichen, mechanischen Bewegung, mit der sie vor ein paar Stunden die Murmel über den Tisch gerollt hatte. Nur wenn Eva ihre Hand mit der Gabel zuerst zum Essen und dann zum Mund des Kindes führte, kaute Annika den Bissen durch und schluckte ihn hinunter.

Dies waren Momente, die Eva immer wieder aufs Neue bedrückten. Vor allem, wenn sie mit Annika alleine war und ihre Gedanken voll und ganz auf das Kind gerichtet waren. Heute jedoch war die Stimmung entspannter. Sie erzählte von ihrer Arbeit und schloss Annika wie selbstverständlich in das Gespräch mit ein. Ganz so, als würde das Kind ebenso aufmerksam zuhören wie Margareta.

Nach dem Hauptgericht räumten die beiden Frauen zusammen den Tisch ab, und Margareta holte zur Krönung des Essens das Dessert. Selbstgemachtes Fruchteis auf einer Waffel und darauf einen dicken Klecks Sahne. Annika liebte Eis, hatte früher nie genug davon bekommen können. Aber jetzt holte diese Köstlichkeit sie nicht aus der Welt zurück, in die sie sich verzogen hatte. Eva musste auch diesmal ihre Hand führen. Immer wieder, bis Annika irgendwann den Löffel aus der Hand legen und damit anzeigen würde, dass sie genug hatte.

Margareta erzählte ihr, dass der Reiter, der sie zu diesem Haus geführt hatte, der einzige Arzt hier in der Gegend war. Danach berichtete Eva von dem plötzlichen Aufbruch des Schlossherrn und Elsa Lönstedts aufgelöster Reaktion.

Margareta zuckte ungerührt mit den Schultern. »Ulf Nordqvist ist vielleicht nur ein bisschen verschroben.«

Eva schüttelte nachdenklich den Kopf. »Ulf Nordqvist wirkt nicht absonderlich, sondern eher nervös. Fast schon gehetzt«, schilderte sie ihren Eindruck, den sie am Nachmittag von dem Schlossherrn gewonnen hatte. »Außerdem scheint Elsa Lönstedt sich ernsthaft Sorgen um ihn zu machen.«

Margareta führte genüsslich einen Löffel Eis zum Mund, bevor sie mit einem süffisanten Lächeln antwortete. »Vielleicht hat Ulf Nordqvist ja ein Verhältnis mit der Bäckerstochter und seine Haushälterin ist eifersüchtig.«

Eva musste jetzt doch lachen, schüttelte dabei aber gleichzeitig wieder den Kopf. »Nein, sie sorgt sich. Wie man sich um ein Kind sorgt, das krank ist.«

Sie hatte die Worte kaum ausgesprochen, da fiel ihr Blick auf ihr eigenes Kind. Ihre Miene wurde ernst, doch Margareta ließ nicht zu, dass die heitere Stimmung des Abends verflog. Sie legte eine Hand auf Evas Hand.

»Um Annika musst du dir keine Sorgen machen. Wir hatten einen schönen Nachmittag.« Auffordernd blickte sie die Kleine an. »Oder?«

Natürlich kam keine Antwort, aber das ignorierte Margareta. Sie erhob sich. »Ich räume jetzt die Küche auf, und ihr beide macht einen schönen Abendspaziergang.« Ihr Blick fiel aus dem Fenster. »Oder ihr geht schwimmen«, kam ihr spontaner Vorschlag beim Blick auf die See.

»Das ist eine gute Idee«, stimmte Eva sofort zu. Nach dem anstrengenden Tag schien ihr nichts verlockender als ein kühles Bad. Sie ging mit Annika nach oben und brachte sie dazu, einen Badeanzug anzuziehen, bevor sie selbst ihren Badeanzug anzog und ein Badetuch aus dem Wandschrank holte. Anschließend verließ sie mit dem Kind das Haus durch eine der hohen Glastüren im Wohnzimmer. Margareta winkte ihnen aus dem Küchenfenster zu.

Die Sonne stand bereits tief, eine leichte Abendbrise rauschte in den Birken und ließ die Blätter flirren. Die Luft war immer noch warm. Irgendwo in den Bäumen sang eine Amsel ihr einsames Abendlied, begleitet vom Geplätscher des Wassers. Die Bäume des nahen Waldes spiegelten sich im Wasser. Kleine Schaumkronen bildeten sich auf den Wellen. Felsen reichten bis ins Wasser. Wie winzig kleine Felsinseln, die im Laufe der Geschichte von den Gezeiten abgerundet worden waren.

Eva stand bereits mit den Knien im Wasser. Es war angenehm. Warm genug, um sich ohne Zögern hineingleiten zu lassen. Kühl genug, um sich zu erfrischen.

»Komm doch rein«, forderte Eva ihre Tochter auf. »Das Wasser ist ganz warm.«

Annika blieb starr am Ufer stehen. Als Eva ihre Hand ins Wasser tauchte und ihre Tochter anschließend nass spritzte, trat die Kleine schnell einen Schritt zurück.

Annika wollte offensichtlich nicht ins Wasser, stellte Eva bedauernd fest. Wasser war früher ihr Element gewesen, und sie konnte sogar ziemlich gut schwimmen. Vielleicht kam sie ja nach.

Eva ließ sich in das Wasser gleiten, fühlte sich augenblicklich schwerelos und frei, als sie die ersten Züge schwamm. Es war, als würde das Wasser alles fortschwemmen, was sie belastete.

Eva wandte den Kopf und schaute zurück zu Annika. Das Mädchen stand nach wie vor bewegungslos am Ufer.

Eva seufzte tief auf. Es sah nicht so aus, als würde Annika ihr doch noch ins Wasser folgen. Sie wollte nur noch ein paar Züge hinausschwimmen, um ihre Tochter nicht zu lange am Ufer warten zu lassen.

Als Eva sich kurz darauf wieder umwandte, entfernte Annika sich zusammen mit einem Mann, den Eva nur von hinten sah, vom Ufer.

Hastig und beunruhigt schwamm Eva zurück. Kurz verschwanden der Mann und Annika aus ihrem Blickfeld. Eva geriet in Panik, bis sie aus dem Wasser stieg und die beiden wieder erblickte. Sie standen nicht weit von ihr entfernt an einer Baumgruppe, wo ein Pferd angebunden war. Jetzt erkannte sie auch den Mann. Es war dieser Peter, der ihnen den Weg zum Ferienhaus gezeigt hatte. Sie wickelte sich das Badetuch um die Hüften und folgte den beiden. »Hej«, machte sie sich bemerkbar.

Peter lächelte sie an. In seine Augen lag auch diesmal wieder etwas, was sie völlig in den Bann zog. »Guten Abend«, grüßte er. »Ich habe Annika etwas Gesellschaft geleistet, während Sie die Fische erschreckt haben.«

»Das ist nett«, sagte Eva befangen. »Annika hatte nicht wirklich Lust zum Schwimmen.«

»Ja, darüber haben wir gesprochen«, behauptete Peter so ernsthaft, als hätte er sich wirklich mit Annika unterhalten. Er ging in die Hocke, sodass sich sein Gesicht auf gleicher Höhe mit Annika befand und er ihr direkt in die Augen schauen konnte. »Ich heiße übrigens Peter. Wenn du Lust hast, können wir einmal gemeinsam ausreiten.«

Eva umfasste ihre Tochter schützend. »Ich weiß nicht«, sagte sie zweifelnd. »Annika hat überhaupt keine Erfahrung mit Pferden.«

Peter richtete sich wieder auf. »Es ist nicht gefährlicher als Radfahren«, behauptete er. »Und auf jeden Fall ist es viel intensiver.«

»Vielleicht«, erwiderte Eva wenig überzeugt. Sie konnte sich ihre zarte, schmale Tochter nicht auf diesem riesigen Pferd vorstellen. Auch wenn das Tier noch so geduldig und sanft schien, wie es da neben seinem Besitzer stand.

Es war aber nicht nur der Gedanke an Annika auf diesem Pferd, der sie nervös machte. Die Gegenwart dieses Mannes brachte sie völlig durcheinander.

Eva wollte das nicht. Sie wollte nicht einmal darüber nachdenken, warum das so war. Stefan war gerade mal ein Jahr tot, und allein die verwirrenden Gefühle, die sie in Peters Gesellschaft empfand, erschienen ihr wie ein Verrat an ihrem verstorbenen Ehemann.

»Wir beide sind ziemlich müde«, sagte sie mit einem Blick auf ihre Tochter. »Wir müssen dringend ins Bett. Gute Nacht.« Damit wandte sie ihm einfach den Rücken zu und griff nach der Hand ihrer Tochter.

Sie spürte einen leichten Widerstand. Nur kurz, als wäre Annika nicht damit einverstanden. Sie wandte sogar den Kopf und schaute noch einmal zurück.

Eva konnte es kaum glauben. Annika schien tatsächlich auf diesen Mann zu reagieren. Oder bildete sie sich das nur ein? Annika schaute bereits wieder nach vorn und trottete neben ihr her.

»Gute Nacht, Annika«, rief Peter ihr nach, doch diesmal wandte das Mädchen nicht mehr den Kopf.

Eva ermahnte sich selbst, nicht allzu enttäuscht zu sein und weiter Geduld zu haben und sich stattdessen über jeden noch so kleinen Hoffnungsschimmer zu freuen. Auch, wenn der noch so schnell verlosch.

Margareta war nirgendwo zu sehen, als Eva mit ihrer Tochter im Ferienhaus ankam.

Sie brachte ihre Tochter nach oben, half ihr beim Waschen und zog ihr anschließend das Nachthemd an. Als die Kleine im Bett war, setzte sie sich zu ihr und las ihr noch etwas vor. Das war ein allabendliches Ritual, an dem Eva festhielt. Sie wusste nicht, ob es Annika gefiel, aber sie hatte zumindest das Gefühl, etwas für ihr Kind zu tun.

Es dauerte nur wenige Minuten, bis Annika tief und fest schlief. Eva schlug das Buch zu und erblickte ihre Mutter, die an der Tür stand und ihr liebevoll zunickte. Mit einer Geste bedeutete Eva, dass sie gleich kommen würde. Margareta nickte und wandte sich ab. Das leise Knarren der Treppe verriet, dass sie nach unten ging.

Eva schaute noch eine Weile auf ihr Kind. Annika wirkte so klein und hilflos, wie sie da lag, ihren Stoffhasen fest an sich gepresst. Gab es denn nichts, womit sie ihr helfen konnte?

Es war ein schreckliches Gefühl, alles Mögliche für das Kind zu tun und doch immer das Gefühl zu haben, es wäre zu wenig. Nicht der leiseste Fortschritt war bei Annika festzustellen.

Dazu kam ihre eigene Trauer um Stefan, die sie immer wieder einholte. Er war einfach so aus ihrem Leben verschwunden, sie fühlte sich so schrecklich alleingelassen. Alle Träume und Hoffnungen, die sie gemeinsam gehabt hatten, waren einfach so geplatzt.

Vor einem halben Jahr hatte sie einen Zusammenbruch erlitten. Sie hatte tagelang nur auf ihrem Bett gelegen und geweint, die grausame Endgültigkeit hatte sie aus der Bahn geworfen. Auch in dieser Zeit war Margareta ihr eine große Hilfe gewesen. Sie hatte ihre Tochter vollständig in Ruhe gelassen und sich derweil um Annika gekümmert.

Eva hatte seitdem so gut es ging versucht zu akzeptieren, dass Stefan für immer aus ihrem Leben verschwunden war. Aber es gab oft noch Momente, in denen sie die Trauer einholte. Das Gefühl der Sinnlosigkeit und Leere überkam sie immer wieder, wenn auch nicht so schlimm wie vor einem halben Jahr.

Eva hielt das aus und arbeitete daran. Annika brauchte sie, und sie war es ihr und Stefan schuldig, dass sie alles dafür tat, dass auch für ihre gemeinsame Tochter das Leben wieder lebenswert wurde.

Jetzt beugte Eva sich über ihre Tochter und küsste sie sanft auf die Stirn, bevor sie das Zimmer verließ.

Margareta hatte das Geschirr gespült. Nur die Weingläser und die angebrochene Weißweinflasche standen immer noch auf dem Tisch.

»Annika wird gut schlafen«, sagte sie, als Eva sich zu ihr gesellte. »Es wird ihr überhaupt gut tun, hier zu sein.«

Eva lehnte sich erschöpft gegen den Türrahmen. Die Tränen brannten in ihren Augen, aber sie wollte nicht weinen. Ihre Mutter half ihr so sehr, sie wollte ihr nicht noch zusätzlich das Herz schwer machen.

»Manchmal habe ich das Gefühl, ich halte es nicht mehr aus. Reicht es nicht, dass ich Stefan verloren habe?« Nicht einmal das hatte sie sagen wollen, es sprudelte einfach so aus ihr heraus.

Traurig betrachtete Margareta ihre Tochter. »Ich weiß, dass Stefans Tod euch in eine tiefe Dunkelheit gestürzt hat«, sagte sie leise. Mehr nicht, aber es war auch nicht Margaretas Art, platte Phrasen von sich zu geben. Ihr verständnisvolles Schweigen half Eva oftmals weiter, als es jedes Wort vermocht hätte.

Margareta setzte sich an den kleinen Küchentisch. In ihren Augen die Sorge um Eva zu erkennen.

»Das ist so unfair«, sagte Eva leise. Sie ließ sich gegenüber ihrer Mutter auf ihren Stuhl fallen. »Zuerst verliere ich meinen Mann, und jetzt sieht es so aus, als würde ich meine Tochter auch noch verlieren. Dabei ist sie das Einzige, was ich von ihm habe!«

Eva brach ab, presste die Lippen aufeinander. Eigentlich wollte sie ihre Mutter nicht schon wieder mit dem belasten, was sie quälte. Aber als Margareta die Hand auf ihre Hand legte, sprudelte es doch wieder aus ihr heraus.

»Annika ist so klein, so tief in ihrem Innersten verletzt, und ausgerechnet ich kann ihr nicht helfen. Ich bin doch ihre Mutter! Ich müsste am besten wissen, wie ich zu ihr durchdringe.« Eva machte eine kurze Pause, bevor sie mit mutloser Stimme schloss: »Ich habe das Gefühl, ich mache alles falsch.«

Margareta hatte ihr aufmerksam zugehört und fand wie immer die richtigen Worte. »Wichtig ist, dass du für sie da bist. Annika weiß, sie ist nicht allein. Alles andere wird sich fügen.«

Auch diesmal schaffte Margareta es wieder, sie mit ihrer Zuversicht zu beruhigen. »Du bist dir da ganz sicher«, vergewisserte Eva sich.

Margareta nickte mit einem stillen Lächeln. »Ja, ich bin mir ganz sicher.«

An diesem Abend sprachen sie nicht weiter über Probleme oder den schmerzhaften Teil ihrer Vergangenheit. Beide Frauen tranken noch ein Glas Wein auf der Terrasse, bevor sie sich schlafen legten.

Es war ein ereignisreicher Tag gewesen, und Eva lag kaum im Bett, da war sie auch schon eingeschlafen. Das Plätschern des Wassers, das durch das weit geöffnete Fenster hineindrang, das leise Rauschen des Windes begleiteten sie in den Schlaf.

Es war hell, als sie die Augen wieder aufschlug. Sie hatte die ganze Nacht durchgeschlafen und sich nicht wie so oft stundenlang schlaflos herumgewälzt. Eva fühlte sich frisch und ausgeruht wie schon lange nicht mehr.

Im Haus war es still. Nicht nur Annika, auch Margareta schien noch zu schlafen. Eva bewegte sich ganz leise, um die beiden nicht aufzuwecken. Die frische Luft lockte sie zu einem Morgenspaziergang nach draußen.

Eva verließ das Haus auch diesmal über die Terrasse und schlug den Weg nach links ein, parallel zum Strand. Weit kam sie nicht. Der Weg, nicht mehr als ein schmaler Trampelpfad zwischen hohen Kiefern, endete abrupt vor einer Wiese, die übersät war mit blühender Schafgarbe.

Eva ging weiter, schlug jetzt direkt den Weg zum Wasser ein. Die Wiese zog sich bis zum felsigen Ufer hin. Die Gräser und Blüten der Schafgarbe reichten ihr bis zur Hüfte.

Eva hatte den einsamen Schwimmer nicht bemerkt. Erst als er aus dem Wasser stieg, wurde sie auf ihn aufmerksam. Ihr Herz klopfte schneller, als sie ihn erkannte. Er war schön, wie er da in seiner engen Badehose stand. Braun gebrannt wie eine Bronzestatue. Das Wasser perlte auf seiner breiten Brust. Aus seinem dichten Haar lief Wasser über sein markantes Gesicht.

Peter griff nach dem Handtuch, das auf dem Felsen neben ihm lag, und fuhr sich damit über Gesicht und Haare. Plötzlich schien er zu bemerken, dass er beobachtet wurde. Sein Gesicht wandte sich ihr zu.

Eva spürte, dass sich ihre Wangen röteten. »Guten Morgen«, sagte sie unsicher.

»Guten Morgen«, erwiderte er fröhlich. »Das Wasser ist herrlich. Sind Sie auch eine Frühaufsteherin?«

Eva trat näher. »Ja. Ich hoffe, ich störe Sie nicht.«

Er schaute sie an. Sein intensiver Blick ließ ihre Knie weich werden. Es wäre besser, ganz schnell weiterzugehen.

»Ganz im Gegenteil«, sagte er da. »Ich freue mich, Sie zu sehen.« Seine Miene verriet, dass er es genau so meinte. Er schaute über das Wasser, und dann sah er sie wieder an. »Ich verstehe nicht, wie manche Leute bis mittags im Bett bleiben können. Sie verpassen die schönsten Stunden des Tages.«

»Das geht mir genauso«, pflichtete Eva ihm bei. So schwer konnte es doch nicht sein, sich mit diesem Mann unbefangen zu unterhalten. »Ich war schon als kleines Mädchen immer ganz früh wach. Meine Tochter ist da anders, sie schläft wie ein Murmeltier. Ich bin darüber gar nicht so unglücklich.«

Eva spürte die Verzweiflung in sich aufsteigen und ahnte, dass sie sich in ihrer Miene widerspiegelte. Sie wollte mit diesem Mann nicht über ihre tiefsten Sorgen und Ängste sprechen und doch kam es einfach über ihre Lippen. »Wenigstens im Schlaf kommt Annika zur Ruhe.«

Er schaute sie an, als würde ihn jedes ihrer Worte interessieren. Seine dunklen Augen ruhten auf ihr, und als sie geendet hatte, öffnete er den Mund, um etwas zu sagen. Ausgerechnet in diesem Moment klingelte sein Handy.

Peter angelte nach seiner Hose. »Entschuldigen Sie«, sagte er, als er das Telefon aus der Tasche nahm und das Gespräch annahm. Es schien einer seiner Patienten zu sein. Nachdem er eine Weile dem Anrufer gelauscht hatte, versprach er, sofort zu kommen.

»Die Bandscheibe eines Patienten«, erklärte er, während er seine Jeans einfach über die nasse Badehose streifte und sein T-Shirt anzog.

»Ich muss leider los.« Aus seiner Stimme klang Bedauern, sein Blick ging ihr erneut unter die Haut. Er musste an ihr vorbei, berührte sie beinahe. »Es war schön, Sie zu dieser frühen Stunde zu sehen.« Ein kurzer, magischer Moment. Nicht gut für sie und doch hätte sie diesen Augenblick gerne ausgedehnt.

»Ja, sehr schön«, murmelte Eva.

Er drehte sich noch einmal zu ihr um. »Bis dann.«

»Bis dann.« Eva nickte.

Es war ein guter Tag!

Ulf Nordqvist war schon lange nicht mehr so zufrieden mit sich und der Welt gewesen. Es war ein Tag, an dem die Sonne einfach scheinen musste, ein Tag, um ein fröhliches Liedchen zu pfeifen, während er mit hoher Geschwindigkeit über die Auffahrt zum Schloss raste und dabei eine hohe Staubwolke hinter sich aufwirbelte.

Selbst als er den Platz vor dem Schloss erreichte und den Fahrer eines Getränkehandels erblickte, mit dem Elsa eifrig diskutierte, konnte das seine gute Laune nicht schmälern.

Ulf parkte seinen Wagen neben der Treppe und stieg aus.

»Das gibt es doch nicht«, hörte er Elsas aufgeregte Stimme. »Sie müssen die Getränke hierlassen, wir haben sie schließlich bestellt!«

»Ich habe meine Anweisungen, da kann ich nichts machen.«
Der Fahrer lud die Getränkekisten, die er bereits ausgepackt
hatte, zurück in seinen Wagen.

Elsa stemmte die Hände in die Hüften. »Wissen Sie eigentlich, wie viele Jahre wir die Getränke schon von Ihnen beziehen«,
rief sie erbost aus. »Wir haben sie immer bezahlt. Jetzt stellen Sie
sich nicht so an und lassen Sie uns die Kisten da. Ich bringe das
Geld morgen persönlich vorbei.«

Mit stoischer Ruhe lud der Fahrer weiter die Getränkekisten
auf. »Tut mir leid«, sagte er in einem Ton, der entgegen seiner
Worte Gleichgültigkeit verriet. »Ich soll sofort kassieren.«

Ulf hatte schweigend zugehört. Jetzt hatte er genug. Er trat
näher und drückte dem Fahrer ein Bündel Geldscheine in die
Hand. »Hier, das dürfte reichen.«

Elsa starrte auf das Geld, dann in Ulfs Gesicht. »Geht es dir
gut?«, stieß sie hervor. Sie folgte Ulf, als er zum Eingang ging.

Ulf blieb stehen und zündete sich ein Zigarillo an. »Es geht
mir hervorragend.« Pathetisch breitete er die Arme aus. »Sozusagen großartig.«

Elsa wirkte nicht überzeugt. »So schaust du aber nicht aus.«
Immer noch starrte sie ihm prüfend ins Gesicht. »Wo warst du?«

»Ich war hier und da«, erwiderte Ulf aufgedreht. »Und auch da
und dort.«

Elsa versperrte ihm den Weg, als er hineingehen wollte. Sie
war offensichtlich nicht zufrieden mit seiner Antwort, aber Ulf
ließ sich auch jetzt die gute Laune nicht verderben.

»Ist doch egal, wo ich war. Hauptsache, ich bin wieder zurück«, sagte er. Er würde ihr niemals sagen, wo er die Nacht verbracht hatte, und es ging sie auch nichts an. In einer weniger
erfreulichen Stimmung hätte er ihr das genau so gesagt. Aber er
hatte eine überaus erfolgreiche Nacht hinter sich, die seine
Hochstimmung selbst jetzt noch steigerte.

Elsa wollte nicht lockerlassen, wurde jedoch durch den Fahrer
gestört, der ihr das Wechselgeld zurückgab. Elsa bedankte sich

knapp und bat ihn, die Kisten in die Küche zu bringen, bevor sie sich wieder Ulf zuwandte. Ulf wusste genau, dass sie jetzt weiterbohren würde. Was ihn sonst verärgert hätte, amüsierte ihn heute. »Herrlicher Morgen, nicht wahr?«

Elsa ging nicht darauf ein. »Wo warst du«, verlangte sie noch einmal mit zusammengezogenen Brauen zu wissen. »Woher hast du das Geld?«

Ulf nahm einen tiefen Zug aus seinem Zigarillo. »Ach, Elsa, du machst dir immer so viele Gedanken«, grinste er. »Entspann dich doch. Wir haben Getränke, für das Essen reicht das Geld auch noch. Das Leben geht weiter.«

Mit diesen Worten betrat Ulf endlich das Schloss. Er wollte sich nicht weiter von Elsas Fragen bedrängen lassen, sondern diesen herrlichen Tag genießen. Zum ersten Mal seit langer Zeit fühlte er sich halbwegs sorgenfrei, und wenn diese Frau Molin ihre Arbeit schnell abschloss, waren seine Probleme bald alle aus der Welt geräumt.

»Annika!«, rief Margareta laut nach ihrer Enkelin.

Im Haus war das Mädchen nicht, und die Terrassentür stand weit auf. Margareta sah ihre Enkelin auf dem Rasen sitzen. Das war an sich schon ungewöhnlich, denn seit dem Tag, an dem sie völlig in sich zurückgezogen lebte, bewegte Annika sich keinen Schritt selbstständig. Wenn Margareta oder Eva sie irgendwo hinführten, verharrte sie an Ort und Stelle, aber jetzt war sie offensichtlich ganz alleine nach draußen gegangen.

Beunruhigt eilte Margareta nach draußen. Sie konnte Annika nur von hinten sehen. Das Mädchen verharrte in einer seltsamen Stellung, den Kopf tief nach unten gebeugt. Als Margareta näher kam, sah sie, dass Annika in einem Buch blätterte.

»Du liest?«, entfuhr es ihr überrascht.

Annika schaute nicht auf, blätterte die Seite um.

»Komm, wir müssen noch ein bisschen frisches Gemüse einkaufen«, sagte Margareta. Es tat ihr leid, dass sie Annika stören musste. Ausgerechnet jetzt, wo das Mädchen von sich aus an etwas Interesse zeigte. Auf ihre Aufforderung reagierte Annika allerdings nicht. Als Margareta sie sanft am Arm hochzog, ließ das Mädchen das Buch auf den Rasen fallen.

Margareta betrachtete interessiert den Einband. Es handelte sich um ein Buch über Pferderassen, das Annika irgendwo im Haus gefunden haben musste. Jedenfalls hatte sie es nicht mitgebracht, und sie war ganz sicher, dass auch Eva kein Buch über Pferde besaß.

Peter registrierte die Erleichterung in den Augen des Mädchens, als er sich von ihr und ihrer Mutter verabschiedete. Das Mädchen hatte große Angst davor gehabt, dass sie eine Spritze bekommen würde. Peter hatte sie beruhigen können. Die Kleine hatte nur einen leichten Infekt, der mit Medikamenten behandelt werden konnte.

»Wenn es in den nächsten drei Tagen nicht besser ist, einfach noch mal vorbeikommen«, sagte er.

Die Mutter seiner kleinen Patientin bedankte sich.

Britta, seine Sprechstundenhilfe, hatte an diesem Tag frei. Deshalb begleitete Peter seine kleine Patientin und deren Mutter selbst hinaus. Eine letzte Patientin befand sich im Wartezimmer. Sie stand am Fenster und wandte ihm den Rücken zu. Als er die Tür öffnete, drehte sie sich um.

»Elsa, das ist ja eine Überraschung«, rief Peter aus. »Geht es dir nicht gut?«

Elsa ging an ihm vorbei ins Sprechzimmer. »Ich habe Kopfschmerzen«, sagte sie und legte ihren Sommermantel über die Lehne des Stuhls vor seinem Schreibtisch, bevor sie selbst darauf Platz nahm. »Ständig habe ich diese rasenden Kopfschmerzen.«

Peter umrundete den Schreibtisch und nahm dahinter Platz. Aufmerksam schaute er Elsa an. »Wo sitzen die Schmerzen?«

»Was meinst du damit, wo sie sitzen?« Elsa lächelte ihn unsicher an. »Im Kopf natürlich. Ich habe einfach Kopfschmerzen. Am besten verschreibst du mir einfach ein paar Tabletten.«

Peter hatte den Rezeptblock vor sich liegen, schrieb aber nichts darauf. Dabei war er sicher, dass es einen anderen Grund gab, der Elsa hierhergeführt hatte. Er schob den Rezeptblock beiseite und schaute Elsa an. »Bist du wirklich hier, weil du Kopfschmerzen hast? Oder ist da noch etwas anderes?«

Sie sagte nichts, aber er las die Antwort in ihren Augen.

Peter zog die Augenbrauen zusammen. »Geht es um Vater?«

Elsa nickte leicht.

Peter sprang auf, ging um den Schreibtisch herum ans Fenster. Er hatte es geahnt. »Was fehlt ihm?«, fragte er genervt, während sein Blick nach draußen wanderte. Seine Stirn lag in tiefen Falten. Er war verärgert und wusste nicht einmal genau, worüber.

Elsa war auch aufgestanden und trat zu ihm. »Ich weiß nicht, was mit ihm los ist«, sagte sie unglücklich. »Er ist unruhig und nervös, er schläft nicht und sieht ganz schrecklich aus. Ganz grau und krank.«

Die Wut in ihm machte Besorgnis Platz, auch wenn er sich dagegen wehrte. Der Ärger verhalf ihm immerhin zu Distanz zu dem, was damals vorgefallen war.

»Du bist Arzt«, sagte Elsa eindringlich, »und er ist dein Vater. Du musst ihm einfach helfen.«

»Würde er es denn zulassen?« Peters Stimme klang bitter.

Ein nachsichtiges Lächeln umspielte Elsas Lippen. »So kann es doch nicht weitergehen. Du kannst doch nicht zusehen, wie sich dein Vater zugrunde richtet.«

Konnte er nicht? Es hatte doch sogar eine Zeit gegeben, da hatte er sich gewünscht, sein Vater wäre gestorben und nicht ...

Nein, er wollte nicht daran denken, wollte nicht den Schmerz, den Kummer aufleben lassen, und noch weniger wollte er sich Gedanken ausgerechnet über den Menschen machen müssen, der ihm nach der schlimmsten Tragödie, die sie beide getroffen hatte, auch noch seinen ganzen Hass und seine Verachtung gezeigt hatte. Die Worte hatten sich tief in ihm eingebrannt.

Peter spürte, dass Elsa ihn anschaute, während sie auf seine Antwort wartete. Sein Blick wurde schmal, als er hervorstieß: »Hast du vergessen, was mein Vater zuletzt zu mir gesagt hat?« Peter verstummte, schaute an Elsa vorbei. Die letzten Jahre verschwammen, und plötzlich war da nur noch dieser eine ganz bestimmte Tag. An dem sein Vater hoch aufgerichtet vor ihm stand und ihm die Worte entgegen schleuderte, die Peter niemals verzeihen konnte: »Du bist nicht mehr mein Sohn. Ich will dich nie wiedersehen.«

»Er war traurig und verzweifelt«, versuchte Elsa das Handeln seines Vaters zu rechtfertigen.

»Ich auch«, fuhr Peter auf. Er ging ein paar Schritte ins Zimmer und setzte sich auf die Kante seines Schreibtisches.

Elsa schaute ihn bittend an. »Das ist mehr als fünf Jahre her. Peter, willst du ihm wirklich nicht helfen?«

Peter schüttelte leicht den Kopf. Es stand doch überhaupt nicht zur Debatte, ob er seinem Vater helfen wollte oder nicht. Selbst wenn er sich dazu durchringen könnte, würde sein Vater seine Hilfe niemals annehmen wollen.

»Du bist nicht mehr mein Sohn, ich will dich nie wiedersehen.« Wieder klangen diese Worte in ihm nach. Was wäre, wenn er seinem Vater tatsächlich Hilfe anbieten und erneut mit genau diesen Worten abgewiesen wurde?

Peter ahnte, dass er das nicht ertragen könnte, selbst nach dieser langen Zeit nicht. Schon der Gedanke daran brachte ihn in Aufruhr. Er sprang wieder auf, umrundete den Schreibtisch und ließ sich dahinter auf seinen Stuhl fallen. »Es geht nicht darum, was ich will«, machte er Elsa klar. »Vater und ich, wir haben einfach keine Chance mehr miteinander.«

»Weil ihr euch keine Mühe gebt«, regte sich Elsa auf. »Jetzt sei nicht so stur und mach den ersten Schritt. Ihr beide seid doch erwachsene Männer.«

»Die einander nicht vergeben können«, konterte Peter spontan. »Das ist bitter, aber nicht zu ändern.«

Elsa starrte ihn sekundenlang mit einer Mischung aus Verständnislosigkeit und Ärger an. Schließlich nahm sie ihren Mantel von der Stuhllehne. »Es tut mir leid, dass ich dich mit meinen Sorgen um deinen Vater belästigt habe«, sagte sie kühl.

Peter sprang auf, blieb aber hinter seinem Schreibtisch stehen. »Es muss dir nicht leid tun, Elsa. Du kannst jederzeit zu mir kommen. Ich weiß nur nicht, wie ich mit ihm . . .«

»Doch, das weißt du«, fiel Elsa ihm ins Wort. »Du weißt genau, wie du ihm helfen kannst. Du willst es nur nicht, und das ist eine Schande!« Sie verließ das Sprechzimmer und schloss nachdrücklich die Tür hinter sich.

Peter fühlte sich wie versteinert. Er war außerstande, ihr zu folgen. Er beugte sich leicht vor, stützte sich mit beiden Händen auf der Schreibtischplatte ab.

Hatte Elsa recht? Schützte er Hilflosigkeit vor, weil er seinem Vater in Wirklichkeit überhaupt nicht helfen wollte?

Peter wusste es nicht, und er war sich nicht sicher, ob er es überhaupt wissen wollte. Er konnte im Augenblick überhaupt nicht einordnen, was in ihm vorging.

Die Einkaufsstraße zog sich hinunter bis zum Strand. Alte Häuser, in Weiß, Pastellgelb und Rot gestrichen, standen dicht an dicht, als würden sie sich aneinander anlehnen. Die Straße war schmal, aber hier waren sowieso fast nur Fußgänger unterwegs.

Margareta hatte einen hübschen Laden entdeckt, in dem es alles Mögliche zu kaufen gab. Geschenkartikel, Geschenkpapier, Glückwunschkarten, Spiele, Souvenirs und vor allem Bücher.

Interessiert schlenderte Margareta an den Regalen vorbei, bis sie ein Gesellschaftsspiel fand, das Eva als Kind sehr gerne gespielt hatte. Ein Spiel, das taktisches Geschick erforderte und am Ende durch eine einfache Karte den Spielverlauf doch wieder vollständig verändern konnte.

Margareta hatte gar nicht gewusst, dass dieses Spiel überhaupt noch im Handel war. Sie nahm es aus dem Regal, auch wenn sie genau wusste, dass Annika diesem Spiel keine Beachtung schenken würde. Sie würde mit ihr und Eva am Tisch sitzen, regungslos, den Blick in weite Ferne gerichtet, während sie selbst und Eva so taten, als wäre alles ganz normal und als hätten sie Spaß an dem Spiel.

Obwohl Margareta das alles wusste, zögerte sie keinen Augenblick. Irgendwann, so hoffte sie, würde Annika in ihre Welt zurückkehren.

Suchend blickte sie sich nach dem Mädchen um und war einmal mehr überrascht. Annika stand vor einem Regal, in dem Bücher über Pferde ausgestellt waren. Es gab da offensichtlich doch etwas, was das Interesse ihrer Enkelin erweckte.

Margareta wurde abgelenkt durch einen Kunden, der in diesem Moment das Geschäft betrat. Mit wehendem Trenchcoat hastete er durch den Laden. Er bemerkte das kleine Mädchen nicht, das versonnen vor dem Bücherregal stand, und rempelte es an.

»Pardon, junges Fräulein«, entschuldigte er sich sofort, eilte dann aber weiter zur Verkaufstheke, wo er von der Verkäuferin begrüßt wurde. »Schön, dass Sie da sind, Herr Nordqvist. Ihre Bestellung ist gerade gekommen.«

Der Mann dankte mit einem knappen Lächeln.

Margareta betrachtete den Mann neugierig. Das war also der Schlossherr, über den sie erst am Abend zuvor mit ihrer Tochter gesprochen hatte. Es war ihm zwar anzumerken, dass er es eilig hatte, aber einen nervösen oder gar gehetzten Eindruck, so wie Eva es geschildert hatte, machte er auf Margareta nicht. Langsam trat sie näher. »Herr Nordqvist?«

Der Mann schaute auf.

»Entschuldigen Sie bitte, aber ich würde mich gerne vorstellen. Mein Name ist Margareta Hellqvist.«

Der Mann betrachtete sie freundlich, aber nicht sonderlich interessiert, bis Margareta hinzufügte: »Ich bin die Mutter von Eva Molin.«

Ein Lächeln breitete sich über dem schmalen Gesicht des Mannes aus. »Angenehm«, sagte er und schüttelte ihr die Hand. »Wissen Sie eigentlich, dass Sie eine sehr begabte und kompetente Tochter haben, die sich außerdem durch eine besondere Herzlichkeit auszeichnet?«

Ja, das wusste Margareta, aber sie freute sich darüber, dass es auch Ulf Nordqvist aufgefallen war. Sie spürte deutlich, dass es nicht nur eine höfliche Phrase war, er schien das, was er über Eva gesagt hatte, auch ehrlich zu meinen.

»Darf ich das Kompliment weitergeben?«, fragte Margareta. »Eva wird sich bestimmt darüber freuen.«

»Ich bitte sogar darum«, erwiderte Ulf Nordqvist charmant. »Gefällt es Ihnen in Katarinaberg?«

»Ja, sehr. Die Gegend ist wunderschön.« Margareta lächelte verschmitzt. »Nur Ihr Schloss habe ich leider noch nicht gesehen.«

Ulf Nordqvist verbeugte sich leicht. »Sie würden mir einen großen Gefallen erweisen, wenn ich Ihnen das Schloss ...« Das Klingeln seines Handys unterbrach ihn. Er murmelte eine Entschuldigung und angelte das Gerät aus der Tasche seines Trenchcoats. Er meldete sich. Das Lächeln auf seinem Gesicht schwand, als er dem Anrufer lauschte.

»Nein«, sagte er kurz darauf unfreundlich. »Ich bin zurzeit sehr beschäftigt.«

Der unbekannte Anrufer schien mit dieser Antwort nicht zufrieden zu sein. Ulf Nordqvists Miene verfinsterte sich zusehends. »Ja, wenn es unbedingt sein muss«, brummte er unwillig. Wieder hörte er dem Anrufer zu.

»Ich komme ja schon.« Er schaute Margareta nicht einmal mehr an, als er sich kurz angebunden verabschiedete. »Tut mir leid, ich habe einen wichtigen Termin. Wiedersehen.«

Jetzt wirkte er genau so, wie Eva es beschrieben hatte. Nervös und gehetzt.

Norman Hiller wartete am Jachthafen auf ihn. Ulf Nordqvist spürte einen dumpfen Druck in der Brust, als er den Wagen unweit des Piers parkte. Früher war er oft hier gewesen. Zu besseren Zeiten, als er noch eine eigene Segelyacht besaß. Wie glücklich und unbeschwert war sein Leben damals gewesen.

Der Mann in dem dunklen Anzug wirkte angespannt auf dem Anlegesteg. Sein Interesse schien ausschließlich den Jachten zu gelten, die im Wasser schaukelten. Ulf Nordqvist atmete tief durch, schloss seinen Wagen ab und stellte sich neben Norman Hiller.

Der Mann wandte seinen Blick nicht von den Booten. Er ließ Ulf aber nicht lange zappeln, sondern kam gleich zur Sache. Seine Stimme klang wie klirrendes Eis. »Wann können Sie zurückzahlen?«

Ulf Nordqvist stellte sich vor ihn und blickte ihm ins Gesicht. »Was heißt das, ich soll zurückzahlen?«, fragte er irritiert. »Wir haben einen Vertrag, in dem steht, dass ich für die Rückzahlung fünf Jahre Zeit habe!«

Norman Hiller ging an Ulf Nordqvist vorbei den Anlegesteg hinunter. Ulf folgte ihm.

»In dem Vertrag steht aber auch, dass die Kreditsumme sofort fällig ist, wenn die Zinsen nicht fristgemäß bezahlt werden«, dozierte er mit erhobenem Zeigefinger. »Sie haben die Zinsen seit drei Monaten nicht bezahlt, und das bedeutet, dass ich zum Ende des Monats das ganze Geld erwarte.«

Ulf blieb stehen. »Aber das kann ich nicht! Ich habe das Geld nicht«, rief er verzweifelt aus.

Auch Norman Hiller war stehen geblieben. Er wandte sich um, und dieses Mal schaute er Ulf direkt ins Gesicht. Seine Worte klangen zynisch. »Sie besitzen ein Schloss, Herr Nordqvist.«

Der Druck in seiner Brust verstärkte sich. Panik breitete sich in ihm aus. Nie zuvor war Ulf Nordqvist so bewusst gewesen, wie nahe er davor stand, alles zu verlieren.

Ruhig bleiben, ermahnte er sich selbst. Wenn er jetzt die Nerven verlor, wenn er diesem verdammten Kredithai an den Kopf schleuderte, was er von ihm hielt, würde er damit nichts gewinnen.

»Hören Sie«, sagte er mit erzwungener Ruhe. »Ich kann den Zinsrückstand der letzten Monate bezahlen. Das Geld werde ich irgendwie auftreiben.«

Norman Hiller ließ sich darauf nicht ein. Er setzte seinen Weg auf dem Anlegesteg fort. Diesmal in die andere Richtung, während er Ulf gleichzeitig klarmachte: »Verträge sind zu halten, mein lieber Nordqvist. Ich bekomme Ende des Monats das ganze Geld. Darüber gibt es nichts mehr zu diskutieren.« Damit ließ er ihn einfach stehen.

Ulf stand da und starrte dem Mann nach. Aus!, schoss es ihm durch den Kopf. Jetzt ist alles aus!

Annika saß in einem der bequemen Korbstühle auf der Terrasse. Ihren Stoffhasen hatte sie mit der einen Hand fest an sich gepresst, während sie mit der anderen wieder in dem Pferdebuch blätterte. Auf dem kleinen Tisch neben ihr stand ein Glas Wasser.

Margareta kam nach draußen mit einer kleinen Schale voller Erdbeeren, die sie neben das Wasserglas stellte. Erstaunt sah sie das Buch auf dem Schoß des Kindes. Sie hatte es vor ein paar Stunden ins Regal gestellt. Annika musste es selbst wieder herausgeholt haben.

Aufmerksam betrachtete Margareta ihre Enkelin. »Ich wusste gar nicht, dass du dich für Pferde interessierst.«

Margareta wartete gespannt, aber es kam keine Reaktion von Annika. Schade, aber vielleicht interpretierte sie ja auch zu viel in

Annikas ungewohntes Verhalten. Sie strich über das Haar des Mädchens.

»Ich muss dich mal für ein paar Minuten alleine lassen«, sagte sie. »Nur mal schnell zu Hause im Buchladen anrufen, wie da alles läuft.«

Annika blätterte eine Seite in dem Buch um.

»Annika?«, forderte Margareta das Mädchen zu einer Reaktion auf. Annika hob nicht einmal den Kopf. Keine Anzeichen, dass sie Margaretas Worte aufgenommen hatte.

Margareta seufzte tief auf. »Also gut, dann bis gleich.«

Sie ging zurück zum Haus, wandte sich an der Terrassentür noch einmal um. Bis gestern hatte sie keine Bedenken gehabt, das Mädchen alleine zu lassen.

Annika blätterte eine weitere Seite um. Sie schien die Abbildungen mit den Pferden wirklich interessiert zu betrachten und war damit sicher auch für die nächsten Minuten beschäftigt.

Margareta eilte zum Telefon, das auf einem kleinen, halbrunden Tisch im Hausflur stand. Dabei haderte sie mit sich selbst, weil sie mal wieder vergessen hatte, den Akku ihres Handys aufzuladen.

Ich telefoniere nicht länger als fünf Minuten, nahm sie sich fest vor. Sie würde Malin gleich zu Anfang klarmachen, dass sie nicht lange mit ihr reden konnte.

Mit diesem festen Vorsatz wählte sie die Nummer ihres Ladens in Stockholm.

Annika betrachtete eine ganze Weile das Foto eines Hengstes. Ihr Kopf flog jedoch hoch, als sie ein lautes Wiehern vernahm. Ihr Blick wandte sich daraufhin suchend nach allen Seiten.

Nichts war zu sehen. Kurz darauf vernahm sie das Wiehern ein zweites Mal. Annika sprang auf. Achtlos warf sie das Buch auf den kleinen Tisch neben ihrem Stuhl und stieß dabei das Wasserglas hinunter. Es fiel auf den Boden, zersprang in viele

kleine Scherben, das Wasser versickerte zwischen den Holz-
bohlen.

Annika lief einfach weiter in die Richtung, aus der sie das Wiehern vernommen hatte. Ihre Kappe fiel ihr vom Kopf, blieb auf
dem Rasen liegen. Ihren Stoffhasen fest an sich gepresst tauchte
sie in den schmalen Pfad zwischen hohen Fichten ein. Die Bäume standen so dicht, dass sie kaum Sonnenlicht hindurch ließen.

Annika setzte ihren Weg ohne Halt fort. Es dauerte nicht
lange, bis sich der Wald lichtete und den Blick auf eine Pferdekoppel freigab, die auf drei Seiten von einem Gatter gesäumt
war. Die Längsseite lag direkt am Wasser und bildete so eine na-
türliche Barriere.

Ein Schotterweg mit tiefen Spurrillen führte an der Wiese vorbei und trennte sie von dem Wald, aus dem Annika kam.

Vier herrliche Pferde weideten auf der Wiese. Als Annika
näher trat, hob eine der Stuten den Kopf und kam neugierig
näher. Pferd und Kind beäugten sich, während beide gleichzeitig
den Abstand voneinander verringerten, bis sie nur noch das Gatter voneinander trennten.

Ein Lächeln zog über das Gesicht des Kindes. Doch genau in
diesem Augenblick zog ein Sportflugzeug über den Wald in
Richtung Weide. Die kleine Maschine flog so tief, dass sie die
Wipfel der Bäume zu streifen schien.

Die Pferde auf der Koppel scheuten und galoppierten los.
Auch die Stute, die ganz nahe bei Annika stand, wieherte schrill
und stieg mit den Vorderhufen auf, bevor sie lospreschte.

Annika wich instinktiv nach hinten aus. Sie stolperte, konnte
sich gerade noch fangen. Ihr Gesicht war von Angst gezeichnet,
als sie sich herumwarf und einfach losslief...

In ihrem Buchladen war alles in Ordnung. Eigentlich hatte Margareta auch nichts anderes erwartet. Sie konnte sich seit vielen
Jahren auf Malin verlassen.

Natürlich hatte das Telefonat ein bisschen länger gedauert. Zehn Minuten mindestens, glaubte Margareta und stellte mit einem Blick auf die Uhr erschrocken fest, dass inzwischen sogar fast zwanzig Minuten vergangen waren.

Margareta eilte hinaus auf die Terrasse. Ihr Blick fiel auf den leeren Korbstuhl, sie stöhnte leise auf. Warum hatte sie nicht gleich auf ihre innere Eingebung gehört? Sie hatte sich nicht wohl gefühlt bei dem Gedanken daran, Annika alleine zu lassen. Sie hätte darauf bestehen sollen, dass Annika während des Anrufes zu ihr ins Haus kam!

Ihr Blick fiel auf die Glasscherben auf dem Terrassenboden und wanderte weiter zu Annikas Kappe auf dem Rasen. Sie spürte wilde Panik in sich aufsteigen. »Annika!«, sie schrie jetzt. Margareta lief los, getrieben von der Angst um das Kind. »Annika!«, rief sie dabei immer wieder den Namen ihrer Enkeltochter. »Annika ...!«

Selbst nach fünf Jahren wurde ihm auf diesem Weg das Herz immer noch schwer. Links lag die Pferdekoppel, dahinter glitzerte blau das Wasser. Unübersehbar thronte Schloss Katarinaberg auf einer Anhöhe vor ihm. Es schien so nah zu sein und war gleichzeitig unerreichbar für ihn.

Hohe Fichten versperrten ihm die Sicht auf den Weg hinter der nächsten Kurve, und obwohl er nicht besonders schnell fuhr, kam der Wagen auf dem Schotterweg ins Schlingern, als er hart auf die Bremse trat.

Peter zitterten die Knie, als er aus dem Wagen stieg. Um ein Haar hätte er Annika überfahren.

»Annika, was machst du denn hier?«, rief er aus, als er aus dem Wagen stieg.

Annika kam auf ihn zu, schlang ihre Arme um seine Taille und schmiegte sich schutzsuchend an ihn. Ihr schmächtiger Körper zitterte.

Peter streichelte dem Mädchen eine ganze Weile übers Haar. Schließlich schaute er sich suchend um. »Bist du ganz alleine hier?«, fragte er, als er niemanden sah.

Annika beruhigte sich und ließ ihn wieder los. Peter beugte sich zu dem Mädchen hinunter und schaute ihr prüfend ins Gesicht. »Hast du meine Pferde besucht?«

Annika erwiderte seinen Blick, reagierte aber nicht.

»Ist alles gut, alles in Ordnung«, sagte Peter beruhigend. »Du brauchst keine Angst zu haben.« Er richtete sich wieder auf, schaute sie dabei immer noch an. »Soll ich dich zu deiner Mama bringen?«

Hatte er sich das nur eingebildet, oder hatte Annika gerade tatsächlich genickt?

»Ja?«, hakte er noch einmal nach. »Dann komm, wir gehen zu eurem Haus. Deine Mama macht sich bestimmt schon Sorgen, weil du weg bist.«

Peter wollte die Kleine über den Waldweg zum Ferienhaus bringen. Mit dem Wagen hätte er einen großen Umweg fahren müssen, und er konnte sich nur zu gut vorstellen, dass Eva außer sich vor Sorge war, wenn sie feststellte, dass Annika alleine das Haus verlassen hatte. Er griff nach Annikas Hand, doch sie blieb stehen, als er die ersten Schritte in Richtung Haus machen wollte.

»Willst du nicht nach Hause?«

Eben war er sich noch unsicher gewesen, ob Annika wirklich genickt hatte, doch diesmal war ihre Reaktion unmissverständlich. Sie zeigte mit dem Finger zum Schloss Katarinaberg.

»Du denkst, deine Mutter ist im Schloss.«

Diesmal nickte das Mädchen nicht, aber als Peter an ihrer Hand zog, zeigte sie erneut auf das Schloss.

»Bist du dir sicher?« Nachdenklich betrachtete er das Kind und gab schließlich nach. »Also gut, dann bringe ich dich jetzt zum Schloss.« Er seufzte. Zum Schloss. Wieder musste er an den Tag denken, als er von hier aus in die andere Richtung gefahren war, um sich vom Schloss zu entfernen. Mit der Stimme seines Vaters im Ohr, der ihm klargemacht hatte, dass er nicht mehr sein Sohn sei und ihn nie wieder sehen wolle. Für Peter hatte damals festgestanden, dass er dem Wunsch seines Vaters entsprechen und nie wieder einen Fuß auf Schloss Katarinaberg setzen würde. Wahrscheinlich wäre er hier ganz aus der Gegend verschwunden, wenn er nicht kurz vorher die Landarztpraxis von dem alten Doktor Axelsson übernommen hätte.

Peter hatte versucht, einen Kollegen zu finden, der die Praxis weiterführte. Den meisten jungen Ärzten war die Arbeit als Landarzt zu anstrengend. Neben dem Praxisbetrieb waren Hausbesuche zu weit verstreuten Patienten erforderlich. Letztendlich fand Peter niemanden, der dazu bereit war. Er hatte sich schließlich damit abgefunden und stets einen großen Bogen um Schloss Katarinaberg gemacht. Jetzt war es ein kleines Mädchen, das ihn dazu brachte, mit seinem eigenen Vorsatz zu brechen.

Seufzend schnallte Peter die Kleine auf dem Rücksitz an, bevor er sich selbst hinter das Steuer setzte. Er verharrte einen Moment, atmete ganz tief durch, bevor er den Schlüssel im Schlüsselloch herumdrehte.

Viel zu schnell für seinen Geschmack erreichte er die Auffahrt zum Schloss. Dabei konnte er sich immer noch nicht vorstellen, dass Eva wirklich im Schloss war. Warum sollte sie auch da sein? Öffentliche Führungen gab es nicht, und ein anderer Grund für den Besuch einer Touristin auf Schloss Katarinaberg fiel ihm nicht ein. Umso überraschter war er, als er Evas Wagen gleich neben dem Eingang geparkt sah.

Peter hielt neben ihrem Auto an. Er stieg aus und half Annika aus dem Wagen. Sein Blick flog zum Eingang. Niemand war zu sehen, und so konnte es seiner Meinung nach auch bleiben. Er wollte hier niemanden sehen und vor allem auch von keinem Menschen gesehen werden.

»Was denkst du?«, fragte er Annika, »findest du deine Mama alleine?«

−166−

Annika griff nach seiner Hand und umklammerte sie fest. Seufzend gab Peter nach. »Okay, dann mal los. Sehen wir zu, dass wir sie finden.«

Peter drückte prüfend die Klinke des Schlossportals hinunter und war froh, als er feststellte, dass es, wie früher, nicht abgeschlossen war.

Nichts war zu hören, kein Mensch war zu sehen. Obschon Peter froh darüber war, dass seine Anwesenheit so unbemerkt blieb, so verursachte ihm die Stille im Schloss eine Gänsehaut. Es schien ganz so, als gäbe es hier nur noch die Geister der Vergangenheit, die lautlos, unsichtbar, aber dennoch spürbar durch die Gänge schwebten.

»Eva?«, rief er halblaut, und doch kam es ihm so vor, als würde seine Stimme unangemessen laut widerhallen.

Niemand antwortete ihm. Plötzlich vernahm er ein Geräusch aus der oberen Etage. Kurz nur, sodass er sich nicht sicher war, ob er sich möglicherweise verhört hatte. Mit Annika an der Hand schritt er die Treppe hoch. Er ging durch die Zimmer, die seine Vorfahren eingerichtet hatten. Jede Generation hatte den Zimmern etwas von sich hinzugegeben. Zuletzt hatte seine Mutter den Räumen ihren Stempel aufgedrückt . . .

Doch noch bevor er diesen Gedanken vertiefen konnte, entdeckte er Eva. Sie stand vor einer Staffelei und betrachtete prüfend ein Gemälde. Peter glaubte, darin den Strindberg zu erkennen. Das Bild war in einem schrecklichen Zustand, und plötzlich ahnte er, was Eva hier machte.

Das war die Arbeit, die sie wirklich liebte. Alte Kunstgegenstände zu reparieren und ihnen wieder ihren alten Glanz zu verleihen.

Eva genoss die Ruhe auf Schloss Katarinaberg. Eigentlich hätte sie sich weiter um die Auflistung der Kunstschätze kümmern müssen. Ulf Nordqvist tauchte in regelmäßigen Abständen bei ihr auf, um sich nach dem Stand der Dinge zu erkundigen. Zuletzt hatte er unwillig die Stirn gerunzelt, als er sie an der Staffelei stehen sah. Eva hatte ihm daraufhin klargemacht, dass sie hin und wieder an diesem Bild arbeiten musste, um ihrer Alibifunktion auf Schloss Katarinaberg gerecht zu werden.

Er hatte es eingesehen, auch wenn es ihm offensichtlich nicht gefiel.

Eva pinselte gerade die weiße Schicht, die der Wasserschaden auf dem Bild hinterlassen hatte, mit einer Lösung ein, um sie hinterher abzutragen. Sie trat einen Schritt zurück, um das Ergebnis besser betrachten zu können, als sie eine Männerstimme hinter sich vernahm.

»Da ist ja deine Mama.«

Eva wandte sich um und sah Peter zusammen mit Annika in den Raum kommen. Obwohl sie ihr Kind gesund und unversehrt vor sich sah, wurde sie sofort von Angst gepackt.

»Was ist passiert?«, sprudelte es aus ihr heraus. »Was hat das zu bedeuten, und wo ist meine Mutter?«

Peter zuckte mit den Schultern. »Ich habe Annika bei den Pferden getroffen und war mir nicht ganz sicher, ob Sie wissen, wo sie ist.«

Eva ging in die Hocke und umfasste die Schultern ihres Kindes. »Was machst du denn ganz allein bei den Pferden, Spatz?« Hatte sie wirklich mit einer Antwort gerechnet? Annika schaute sie an, doch ihre Miene blieb wie immer unbewegt. Wahrscheinlich hatte sie sich verlaufen und war so an der Koppel gelandet. Eine andere Erklärung fiel Eva nicht ein, obwohl ihr selbst das unwahrscheinlich erschien. Annika verließ doch nicht ganz alleine das Haus! Zumindest hatte sie das seit einem Jahr nicht getan.

»Ich glaube, Annika mag Pferde«, antwortete Peter an Stelle des Kindes.

Eva richtete sich wieder auf. »Sie hatte noch nie mit Pferden zu tun.« Aber was immer auch Annika dazu veranlasst haben mochte, Peter hatte sich als ihr Schutzengel erwiesen.

»Vielen Dank, dass Sie sich um sie gekümmert haben«, sagte sie dankbar.

»Kein Problem«, lächelte Peter und schaute sich um. »Ich will ja nicht neugierig sein, aber was machen Sie hier eigentlich?«, fragte er ernst.

»Ich bin Restauratorin.« Eva wies auf das beschädigte Gemälde. »Ulf Nordqvist hat mich gebeten, diesen Strindberg zu restaurieren.«

Als wäre das sein Stichwort gewesen, kam ihr Auftraggeber in genau diesem Moment in den Raum. Er wollte offensichtlich ausgehen und verbreitete in seinem dunklen, eleganten Anzug wieder diese Aura von gehetzter Nervosität.

»Frau Molin, wie weit sind Sie . . .« Er brach ab und blieb abrupt stehen, als er Annika und Peter erblickte. Seine Brauen zogen sich unwillig zusammen, während Peter gleichzeitig die Arme vor der Brust verschränkte und sich zur Seite wandte.

»Was hat das zu bedeuten?« Ulf Nordqvists Stimme klang unfreundlich, seine ganze Haltung wirkte angespannt.

»Meine Tochter Annika hat sich wohl verlaufen und . . .«

»Schon gut«, unterbrach Ulf Nordqvist sie unfreundlich. »Achten Sie darauf, dass hier nichts beschädigt wird.«

Es schien, als könne Ulf Nordqvist nicht schnell genug aus dem Raum kommen. An der Tür aber hielt er noch einmal inne und wandte sich langsam um. Er schaute Peter an, den er bis dahin vollkommen ignoriert hatte. Sein Blick war kalt und abweisend. Peter erwiderte seinen Blick, die Arme immer noch vor der Brust verschränkt.

Eva beobachtete die beiden Männer. In deren Augen lag so viel Abneigung, so viel Unversöhnliches, dass es ihr kalt den Rücken hinunterlief. Sie empfand die Stimmung im Raum als unerträglich und zog ihr Kind an sich. »Komm, Spatz, ich bring dich jetzt zur Oma.«

Ulf Nordqvist wandte sich um und ging davon, ohne ein weiteres Wort zu sagen. Peter ließ die Arme fallen.

»Ja«, sagte er, und die Erleichterung war seiner Stimme anzuhören. »Gehen wir.«

Er brachte sie bis zu ihrem Wagen, öffnete die Tür zum Rücksitz für Annika. »Ich wünsche Ihnen noch einen schönen Tag.« Er wandte sich an Annika: »Und dir ganz besonders. Wenn du doch noch reiten willst, lass es mich wissen«, sagte er. Annika lächelte ihn an, bevor sie in den Wagen stieg.

Eva zitterten die Hände, als sie ihr Kind auf dem Rücksitz anschnallte. Ihr Kind hatte gelächelt. Zum ersten Mal, seit so langer Zeit, hatte sie Annika lächeln sehen.

Sie zwang sich, so zu tun, als wäre es das Normalste der Welt, damit die Kleine sich nicht wieder vollständig in sich zurückzog. Sie richtete sich auf, schlug die Wagentür zu.

»Wie lange geht das schon so?«, fragte Peter leise. »Wann hat sie aufgehört zu sprechen?«

»Vor über einem Jahr«, erwiderte Eva leise. »Annika hat miterlebt, wie ihr Vater ums Leben kam.«

Peter schaute ihr prüfend ins Gesicht. Langsam sagte er: »Und jetzt haben Sie Angst, auch Annika zu verlieren.«

Eva schluckte. »Ich fühle mich so hilflos. Ich glaube, im Grunde hatte ich schon aufgegeben.« Sie spürte, wie sich ihre Augen mit Tränen füllten. »Aber sie hat eben gelächelt. Ich könnte heulen vor Freude. Wie haben Sie das bloß geschafft?«

Peter lächelte. Sanft sagte er: »Für Annika bin ich ein Fremder, der ihre Geschichte nicht kennt. Fremde gehen oft viel unbefangener auf Traumatisierte zu.«

Vielleicht hatte er Recht. »Ich habe zum ersten Mal seit einem Jahr wieder Hoffnung«, sagte sie erleichtert.

»Sagen Sie es mir, wenn ich etwas tun kann«, bot Peter an.

Eva lächelte ihn dankbar an. »Sie haben schon genug getan.« Sie wandte sich ab, ging zu ihrem Wagen. Bevor sie einsteigen konnte, hielt Peter sie noch einmal zurück.

»Hätten Sie Lust, heute Abend mit mir zu essen? Ich meine, später, wenn Sie fertig sind. Sie und Annika. Ich würde mich freuen, und Annika vielleicht auch.«

Evas Herz klopfte plötzlich schneller. »Wieso nicht«, stimmte sie zu. »Wir kommen gerne.«

Sein Gesicht strahlte auf. »Gut. Neunzehn Uhr bei mir?«

Eva nickte zustimmend und spürte, wie sehr sie sich auf diesen Abend freute.

Margareta wurde fast verrückt vor Angst. Immer weiter entfernte sie sich vom Haus, tief drang sie in den Wald ein, ohne überhaupt zu wissen, in welche Richtung ihre Enkelin gegangen war.

»Annika!«, rief sie immer wieder laut. »Annika!« Aber selbst wenn Annika sie hören konnte, würde sie sich nicht bemerkbar machen können. Dieser Gedanke setzte Margareta besonders zu. Möglicherweise lag das Kind hier irgendwo. Vielleicht war sie gestürzt und konnte nicht mehr alleine aufstehen. Margareta hoffte, der Erfahrung des letzten Jahres zum Trotz, dass Annika wenigstens dann um Hilfe rufen würde.

Margareta hatte jedes Zeitgefühl verloren. Sie wusste nicht, wie lange sie schon durch den Wald irrte. Sie wusste nicht einmal, ob sie selbst zurückfinden würde.

Als sie zwischen den Baumstämmen einen breiten Weg sah, der sich durch den Wald schlängelte, empfand sie kurz so etwas wie Erleichterung, doch dann trieb die Angst sie weiter. »Annika«, rief sie noch einmal laut den Namen ihrer Enkelin aus und rannte auf den Weg.

Bremsen quietschten, und eine schwere Limousine kam unmittelbar vor ihr zum Stehen. So dicht, dass sie die Stoßstange an ihren Beinen spürte. Ulf Nordqvist sprang aus dem Wagen, sichtlich aufgebracht.

»Frau Hellqvist! Sind Sie lebensmüde? Was machen Sie denn hier? Ich hätte Sie fast überfahren!«

»Es tut mir leid, Herr Nordqvist.« Margareta bemerkte selbst, dass sich ihre Stimme vor Angst beinahe überschlug. »Meine Enkelin ist verschwunden. Ich hab sie nur einen Moment aus den Augen gelassen. Oh Gott, wenn ihr etwas passiert ist!«

Ulf Nordqvist fasste sie bei den Schultern und sah ihr eindringlich in die Augen. »Jetzt beruhigen Sie sich erst einmal. Kinder verschwinden manchmal und kommen nach einer halben Stunde wieder.«

Margareta schüttelte energisch den Kopf. »Annika nicht. Sie ist ein besonderes Mädchen, sie ist . . .« Ihre Stimme brach. Voller Angst suchten ihre Augen die Umgebung ab.

»Haben Sie gerade Annika gesagt?«, hörte sie Ulf Nordqvist fragen. Sie schaute ihn irritiert an, nickte.

Ulf Nordqvist lächelte. »Dann ist ihre Enkelin oben im Schloss bei ihrer Mutter.«

»Im Schloss?« Margareta verstand überhaupt nichts. Sie konnte sich nicht vorstellen, wie Annika ins Schloss gekommen war, aber auf ihre Frage konnte Ulf Nordqvist ihr keine Antwort geben.

Er bot ihr an, sie ein Stück mitzunehmen, aber Margareta lehnte dankend ab. Sie bat ihn aber um eine Wegbeschreibung zurück zum Ferienhaus. Und auch wenn es ihr schwerfiel nach der ausgestandenen Angst, so brachte sie jetzt doch ein Lächeln zustande. »Ich würde mich gerne bei Ihnen dafür bedanken, dass Sie mich nicht überfahren haben. Darf ich Sie auf ein Glas Wein einladen?«

»Gerne«, sagte Ulf Nordqvist. »So gegen halb acht bin ich wieder zurück. Ich hole Sie in Ihrem Ferienhaus ab.« Charmant lächelte er. »Und ich lade Sie ein.«

»Einverstanden«, nickte Margareta und konnte sich jetzt sogar über die Einladung freuen.

Peter hatte sie vor einer Stunde angerufen und ihr den Weg zu seinem Haus erklärt. Es war nicht weit vom Ferienhaus entfernt. Sie erreichten es in wenigen Minuten zu Fuß.

Peters Haus lag auch direkt am Wasser und war in dem so typischen Dunkelrot gestrichen. Direkt daneben war eine Pferdekoppel.

Annika blieb stehen, als sie das Pferd auf der Koppel erblickte. Es graste friedlich unter einem Baum. Eva beugte sich zu ihrer Tochter hinunter: »Sollen wir da mal gucken gehen, was meinst du?« Hand in Hand schritten sie auf das Gatter zu. Peter öffnete die Tür zur Veranda und beobachtete die beiden. Beherzt packte er eine Flasche in einen Korb, und schritt damit in der Hand die Stufen hinunter zu ihnen.

»Ich finde, es ist Zeit für mein erstes Picknick in diesem Jahr«, sagte er lächelnd. »Ich hoffe, Sie und Annika mögen Picknick«, fügte er hinzu, als er in Evas betrübtes Gesicht blickte.

Eva schluckte und wandte den Kopf ab. »Wir sind früher oft auf die Inseln gefahren und haben ganze Sonntage mit Picknicken verbracht. Annika hat es geliebt. Essen, schwimmen, spielen, immer abwechselnd.« Ihr Blick verlor sich in der Ferne. »Das waren perfekte Tage.«

Betroffenheit zeichnete sich in Peters Miene ab. Er fühlte sich offensichtlich unwohl. »Wir können auch auf der Terrasse essen, falls . . .«

Eva unterbrach ihn mit einem Kopfschütteln. Zu ihrem eigenen Erstaunen stellte sie fest, dass der Schmerz sie nicht übermannte, wenn sie an diese glücklichen Stunden mit Stefan dachte. Sie empfand vielmehr eine starke Wehmut, verbunden mit der Sehnsucht nach Stefan, aber die Unerträglichkeit, die sie sonst dabei empfunden hatte, blieb aus.

Langsam sagte sie: »Nein, ich freue mich auf das Picknick.« Und mit einem Blick auf Annika fügte sie hinzu: »Das haben wir schon viel zu lange nicht mehr gemacht.«

Peter öffnete das Gatter, hinter dem das Pferd weidete.

Lächelnd sagte er: »Dann folgen Sie mir bitte und keine Sorge, mein Pferd ist die Ruhe selbst. Ich dachte, wir setzen uns doch drüben hin.« Er wies mit dem Finger auf eine kleine Baumgruppe direkt am Wasser. »Das ist einer der schönsten Plätze auf meinem Grundstück.«

Eva folgte ihm. Sie musste Annika nicht einmal an die Hand nehmen. Das Mädchen kam von selbst mit, völlig fasziniert von dem Anblick des Pferdes. Als sie ihr Kind so sah, war Eva erst recht froh, dass sie Peters Einladung angenommen hatte. Aber sie hatte es nicht nur des Kindes wegen getan, das gestand sie sich in diesem Moment selbst ein.

Margareta war so froh gewesen, als sie ihre Enkelin in die Arme schließen konnte. Dem Kind war nichts passiert, und Eva war ihr auch nicht böse, weil sie nicht gut genug auf Annika aufgepasst hatte. Immer wieder entschuldigte sich Margareta, bis Eva ihr klarmachte, dass es ihr selbst auch hätte passieren können. Sie hätte es ja selbst nicht für möglich gehalten, dass Annika von sich aus einfach fortging. Vielmehr sollten sie das beide als Fortschritt betrachten.

Als Margareta erfuhr, dass Annika an diesem Nachmittag zum ersten Mal gelächelt hatte, fiel es ihr leichter, ihre Schuldgefühle zu besänftigen.

Ganz besonders freute sich Margareta auch darüber, dass Eva Peters Einladung angenommen hatte. Ihr war längst aufgefallen, wie intensiv der junge Mann ihre Tochter musterte und wie befangen Eva in seiner Gegenwart wirkte. Eva war viel zu jung, um ihr Leben lang alleine zu bleiben. Der junge Arzt schien einen guten Zugang zu Annika zu besitzen.

Nur beiläufig erwähnte sie selbst ihre Verabredung mit Ulf Nordqvist, obwohl sie aufgeregt war wie ein junges Mädchen. Sie hatte sich sorgfältig zurecht gemacht, trug einen eleganten Hosenanzug und hatte die hübschen Perlenohrringe angelegt, die ihr Mann ihr zu ihrem ersten Hochzeitstag geschenkt hatte und die sie so gerne trug. Sie schaute in den Spiegel und fand selbst, dass sie gut aussah. Leider ließ Ulf Nordqvist auf sich warten.

Margareta schaute auf ihre Armbanduhr. Bereits acht Uhr. »Zur pünktlichen Sorte gehört er jedenfalls nicht«, murmelte sie vor sich hin. Im Wohnzimmer lag Evas Notizbuch, in dem die Handynummer Ulf Nordqvists vermerkt war. Margareta war dabei gewesen, als Martin ihrer Tochter die Nummer vor ihrer Abreise aus Stockholm diktierte.

Margareta überlegte eine Weile, ob sie Ulf Nordqvist anrufen sollte, und griff dann zum Hörer.

Zur gleichen Zeit fuhr Ulf Nordqvist vor einem Stockholmer Casino vor. Früher war er nach Göteborg gefahren und hatte nach seinen Casinobesuchen auch dort übernachtet. Jetzt konnte er sich da nicht mehr blicken lassen.

Der Türsteher eilte dienstbeflissen an den Wagen und öffnete die Tür.

»Guten Abend«, grüßte Ulf Nordqvist und reichte dem Portier einen Geldschein und die Schlüssel, damit er den Wagen wegfahren konnte.

Ulf betrat das Casino und spürte die innere Erregung in sich aufsteigen, die er jedes Mal bei seinen Besuchen im Casino empfand. Es war ein Gefühl, das mit nichts anderem zu vergleichen war – und das er nicht mehr missen wollte. Er brauchte diesen Kick. Es zerfraß ihn innerlich regelrecht, wenn er mehrere Tage darauf verzichtet hatte. Seine Verabredung hatte er vollkommen vergessen.

Die Sonne ging bereits unter. Goldene Lichtreflexe tanzten auf den Wellen. Die Bäume am Ufer warfen dunkle Schatten. Es war beinahe kitschig schön. Nur das leise Plätschern der Wellen war zu hören. Es war ein schöner Abend gewesen, mit einer Menge Leckereien, die Peter in seinen Korb gepackt hatte. Selbst Annika hatte es sich schmecken lassen und weitaus mehr gegessen, als Eva es sonst von ihr gewohnt war. Abwechselnd hatten sie und Peter das Kind gefüttert.

Eva und Peter saßen nebeneinander auf der karierten Wolldecke. Annika hatte den Kopf in den Schoß ihrer Mutter gebettet und sich an ihren Stoffhasen gekuschelt. Das Mädchen schlief tief und fest.

Während des Abendessens hatte Peter Eva das Du angeboten, und sie hatte zugestimmt, ohne auch nur eine Sekunde zu zögern.

»Vielen Dank für den schönen Abend.« Eva sprach leise, um ihre Tochter nicht zu wecken. »Annika war seit langem nicht mehr so entspannt und ich auch nicht.«

Peter führte sanft den Arm hinter ihrem Rücken entlang und zog ihre Jacke zurück über ihre Schulter. Die kurze Berührung machte sie sekundenlang atemlos.

Peter schaute ihr mitfühlend in die Augen. »Ihr habt eine Menge durchgemacht im letzten Jahr«, sagte er ernst.

»Mein Mann und ich waren sehr glücklich miteinander.« Wehmütig schaute sie auf den See. Wehmut würde sie wahrscheinlich immer empfinden. Die Zeit mit ihm war schön gewesen, sie würde ihn nie vergessen. Dennoch registrierte sie auch jetzt wieder, dass sie keinen unerträglichen Schmerz empfand.

»Es hat mich fast um den Verstand gebracht, Stefan zu verlieren«, sagte sie ernst. »Und es ist sehr schwer, dass Annika so leidet.«

»Wenn du es zulässt, versuche ich Annika zu helfen«, bot Peter an. Seine Stimme war ruhig, als er fortfuhr: »Ich hatte schon einige Male mit traumatisierten Kindern zu tun. Ich bin davon überzeugt, dass Annika nur noch einen ganz kleinen Schritt gehen muss, um wieder ganz gesund zu werden.«

–176–

Er griff nach ihrer Hand. »Vertrau mir.«

Eva nickte langsam. Ja, sie vertraute ihm. Wenn es einer schaffte, zu Annika durchzudringen, dann war er es. Sie spürte auf einmal ein angenehmes, wohliges Gefühl. Es hüllte sie ein wie ein warmer Mantel, der ihr Sicherheit und Geborgenheit vermittelte.

Ulf Nordqvist setzte alles auf die Neunundzwanzig. Die Roulettescheibe setzte sich in Bewegung, und die kleine Kugel rollte so schnell, dass sie kaum mit den Augen zu verfolgen war.

»Rien ne va plus«, lehnte der Croupier für diese Runde jeden weiteren Einsatz ab. Ulf Nordqvist war bis aufs Äußerste gespannt. Genau in diesem Augenblick klingelte sein Handy.

Genervt über die Störung in diesem spannungsgeladenen Moment bellte er seinen Namen in den Hörer.

»Margareta Hellqvist«, vernahm er eine weibliche Stimme am anderen Ende, und plötzlich fiel ihm ein, dass er sich mit dieser Frau verabredet hatte.

Es war ihm egal. Ihm war in diesem Augenblick alles egal. Das Einzige, was ihn interessierte, war diese kleine, goldene Kugel, die unermüdliche ihre Runden drehte und allmählich langsamer wurde.

»Entschuldigen Sie bitte, Frau Hellqvist, ich bin in einem wichtigen Termin«, sagte er knapp und nicht sonderlich freundlich. »Ich kann die Verabredung heute Abend nicht einhalten. Wiederhören.« Ohne Margaretas Antwort abzuwarten, schaltete er das Handy aus und steckte es zurück in die Tasche seines Jacketts.

»Verflixt«, schimpfte Eva leise vor sich hin. Ihr fehlten wichtige Unterlagen und Materialien zur Fortsetzung ihrer Arbeit. Ihre Restaurationsutensilien lagen im Auktionshaus in Stockholm. Sie hatte ja nicht gewusst, dass sie sie hier brauchen würde.

Peter hatte sie und Annika am vergangenen Abend zum Ferienhaus gefahren, und so hatte sie Annika nicht wecken müssen. Es war spät geworden, trotzdem war Eva heute Morgen früh im Schloss erschienen, um ihre Arbeit fortzusetzen. Nur um jetzt festzustellen, dass sie nicht weiterarbeiten konnte. Es half alles nichts. Sie musste für einen Tag nach Stockholm zurück. Sie wollte sich gerade auf die Suche nach Ulf Nordqvist machen, als Elsa mit einem Glas selbst gemachtem Holundersaft in den Raum kam.

Eva bedankte sich und erklärte der Haushälterin, dass sie nach Stockholm fahren musste. Sie bat Elsa, das Ulf Nordqvist mitzuteilen und ihm zu sagen, dass sie am nächsten Morgen wieder zurück wäre.

Elsa wandte sich ab und sagte traurig: »Ulf wird gar nicht bemerken, dass Sie nicht da sind.«

»Ist etwas passiert?«, fragte Eva besorgt.

»Nein, nein, es ist nichts«, wehrte Elsa hastig ab, als hätte sie bereits zu viel gesagt. Sie stellte sich ans Fenster und schaute hinaus.

Eva trat neben Elsa. »Kann ich etwas tun? Ich sehe doch, dass es Ihnen nicht gut geht.«

Elsa schüttelte leicht den Kopf. »Ich mache mir nur immer solche Sorgen, wenn er unterwegs ist. Der plötzliche Tod seiner Frau hat ihn völlig aus der Bahn geworfen. Seitdem ist er nicht mehr der Alte.«

»Davon wusste ich gar nichts.«

Elsa seufzte. »Sie waren so glücklich miteinander.« Sie lächelte in der Erinnerung an diese Zeiten. »Sie hatten so viele Jahre in Südamerika gelebt und sich immer darauf gefreut, nach Ulfs Pensionierung hier auf dem Familienschloss zu leben. Sie liebten das Schloss und die Landschaft so sehr, und dann war plötzlich alles vorbei, bevor es richtig anfangen konnte.«

Eva war erschüttert. Sie verstand nur zu gut, was Ulf Nordqvist durchmachte.

Elsa schien ihr anzusehen, wie betroffen diese Geschichte sie machte. Sie legte einen Arm um Evas Schulter. »Ich will Sie nicht mit unseren Problemen belasten. Gehen Sie schon, und fahren Sie vorsichtig.«

Es gab da einiges, was Eva gerne gefragt hätte. Elsas kurzer Bericht hatte sie erst recht neugierig gemacht. Aber sie spürte die Reserviertheit der älteren Dame und fragte lieber nicht weiter nach. Sie verabschiedete sich und saß kurz darauf hinter dem Steuer ihres Wagens. Zuerst fuhr sie zurück zum Ferienhaus, um ihrer Mutter und Annika Bescheid zu sagen.

Margareta war am Morgen so still gewesen. Als Eva sich nach dem Treffen mit Ulf Nordqvist erkundigte, hatte Margareta lediglich abgewinkt und gesagt, dem Schlossherrn wäre ein anderer Termin dazwischengekommen.

Sie bog von der Straße in den Schotterweg ein, der zum Ferienhaus führte. Als sie an der Pferdekoppel vorbeikam, sah sie Peter zusammen mit Annika bei einem der Pferde stehen. Ihre Mutter lehnte gegen Peters Wagen am Rand des Weges.

Eva hielt an und stieg aus. Als sie zu ihrer Mutter trat, legte Margareta den Zeigefinger über die Lippen und bedeutete ihr so, nichts zu sagen.

»Schau mal, das ist Björn«, hörte sie Peter zu Annika sagen. Die beiden standen unmittelbar vor dem Tier. Annika schien weitaus weniger Angst zu haben als ihre Mutter, die die ganze Szene atemlos beobachtete. Annika wirkte so klein und verletzlich vor dem großen Pferd.

Eva rief sich in Erinnerung, dass sie Peter versprochen hatte, ihm zu vertrauen, und entspannte sich ein wenig.

»Schau mal, ich hab hier was.« Peter legte ein Zuckerstückchen auf die Hand des Mädchens. »Du musst die Hand ganz flach machen.« Er zeigte es ihr und hielt ihre Hand hoch, zum Maul des Pferdes.

Ganz sanft nahm Björn das Zuckerstück von der Mädchenhand. Annika strahlte vor Freude. Ihr ganzes, kleines Gesicht schien von innen her zu leuchten.

Eva hielt es nicht mehr auf der Stelle. Sie kletterte über den Zaun und ging zu den anderen.

»Schau mal, Annika, da ist deine Mama. Willst du ihr deinen neuen Freund Björn vorstellen?«

Eva umschlang ihre Tochter. »Ich finde deinen Freund wunderschön«, sagte sie mit erstickter Stimme. Sie hatte Mühe, die Tränen der Freude zurückzuhalten. Instinktiv verhielt sie sich auch jetzt wieder so, als wäre nichts Außergewöhnliches geschehen. Wahrscheinlich war es richtig, was Peter zu ihr gesagt hatte. Fremde verhielten sich Traumatisierten gegenüber unbefangener, und genau das versuchte sie jetzt auch.

»Mäuschen, ich muss nach Stockholm«, sagte sie. »Ich habe ein paar Sachen vergessen, die ich dringend für die Arbeit brauche.«

Als Margareta dazukam, sagte Eva: »Es es geht nicht anders. Ich brauche die Sachen unbedingt.«

»Das ist kein Problem«, meinte Margareta lächelnd. »Lass dir ruhig Zeit, uns geht es hier sehr gut.«

Peter räusperte sich. »Eva, ich muss auch nach Stockholm, zu einer Sitzung des Ärzteverbandes«, sagte er fröhlich. »Wenn du willst, können wir zusammen fahren. Ich muss nur noch ein paar Sachen packen, dann können wir los. Allerdings findet die Sitzung erst heute Abend statt. Wir können also leider erst morgen wieder zurückfahren.«

Eva war unschlüssig. Sie wollte ihre Mutter nicht auch noch über Nacht mit Annika alleine lassen, aber Margareta redete ihr gut zu, bis Eva schließlich einverstanden war. Kurz darauf war sie zusammen mit Peter auf dem Weg nach Stockholm.

Peter steuerte den Wagen am blau schimmernden Wasser vorbei. Eva fühlte sich wohl in seiner Gegenwart. Sie erzählte ihm von Annika. Von dem Tag, an dem sich ihrer beider Leben grundlegend verändert hatte.

»Annika saß im Auto, als ihr Vater starb«, sagte sie traurig. »Wie durch ein Wunder blieb sie fast unverletzt. Zumindest äußerlich. Was der Unfall in ihrer Seele angerichtet hat, kann ich nur ahnen.«

Peter nickte verständnisvoll. »Sie ist schwer traumatisiert. Es ist, als hätte sich ein großer Schatten über sie gelegt.«

Eva starrte durch die Windschutzscheibe. »Manchmal habe ich Angst, ich werde verrückt vor lauter Hilflosigkeit«, sagte sie schließlich.

»Du liebst sie. Du sorgst dich um sie. Aber Annika spürt deine Hilflosigkeit«, sagte Peter behutsam. »Der Druck, der ohnehin schon auf ihr lastet, wird dadurch noch größer. Für Annika ist das so etwas wie eine unerfüllbare Forderung.«

Eva begann zu verstehen. »Und Tiere fordern überhaupt nichts«, stellte sie nachdenklich fest. »Björn, dieses Pferd, es war einfach nur da.«

Peter nickte zustimmend. Eine Weile fuhren sie schweigend weiter, bis Eva den Kopf wandte und Peter lächelnd von der Seite ansah.

»Weißt du, zuerst war ich richtig sauer, weil mein Chef mich praktisch gezwungen hatte, diesen Job auf Katarinaberg zu übernehmen, aber jetzt bin ich ihm richtig dankbar dafür.«

Peter erwiderte kurz ihren Blick, lächelte sie ebenfalls an, bevor er sich wieder auf die Straße konzentrierte. Interessiert erkundigte er sich nach ihrer Arbeit.

Eva erinnerte sich nur zu gut an Ulf Nordqvists Worte. Niemand durfte wissen, weshalb sie wirklich auf Schloss Katarinaberg war. Sie wollte Peter nicht belügen, wich aber geschickt aus, indem sie wahrheitsgemäß sagte, dass Martin Sörman sie als Restauratorin für den Strindberg vorgeschlagen hatte. Sie verschwieg Peter allerdings, dass dies nicht der Hauptgrund ihrer Anwesenheit auf Schloss Katarinaberg war. Sie fühlte sich nicht wohl dabei, aber ihr Auftraggeber hatte es so gefordert, und ihm fühlte sie sich verpflichtet, auch wenn sie das jetzt in einen Zwiespalt brachte.

In Stockholm fuhr er sie direkt bis vor die Altstadt. Er stieg mit ihr aus und begleitete sie sogar bis zum Auktionshaus.

»Vielen Dank fürs Mitnehmen«, sagte Eva.

»Wann soll ich dich morgen abholen?«, wollte er wissen.

»Wenn es geht, nicht zu spät. Ich verliere durch meine Nachlässigkeit sowieso schon zu viel Zeit«, sagte sie lächelnd.

»Um halb acht?«, schlug er vor.

Eva nickte. »Bis morgen«, verabschiedete sie sich.

Peter schaute ihr mit einem tiefen Blick in die Augen. »Ich freue mich jetzt schon«, lächelte er.

Ulf Nordqvist hatte die Nacht in Stockholm verbracht. Vielleicht war es Verschwendung, für die wenigen Stunden, die von der Nacht noch geblieben waren, ein Hotelzimmer zu nehmen, aber er konnte es sich leisten.

Die Hochstimmung des vergangenen Abends hielt auch am nächsten Morgen noch an. Er hatte gewonnen. Eine so große Summe, dass er zumindest einen Teil von Hillers Forderungen begleichen konnte. Mit der Restzahlung konnte er ihn bestimmt noch hinhalten, bis er seine Kunstsammlung aufgelöst hatte. Allzu lange konnte es ja nicht mehr dauern, bis Eva Molin ihre Arbeit abgeschlossen hatte.

Ulf Nordqvist dachte angestrengt nach. Eigentlich kam die Idee nicht plötzlich, sie schlummerte schon die ganze Zeit in ihm. Vielleicht war es ja gar nicht erforderlich, die Kunstsammlung zu verkaufen. Er schien gerade eine richtige Glückssträhne zu haben.

Das Fieber erfasste ihn mit einer solchen Macht, dass er jeden mahnenden Gedanken beiseiteschob. Er war davon überzeugt, es konnte überhaupt nichts schiefgehen. Heute Abend, da würde er noch einmal einen Einsatz wagen. Ein letztes Mal, das nahm

−182−

er sich ganz fest vor und vergaß dabei, wie oft er in den vergangenen Jahren diesem Vorsatz schon untreu geworden war.

Heute Abend würde er zum großen Coup ansetzen, der ihm sämtliche finanzielle Sorgen vom Hals schaffte.

Der Tag verging quälend langsam. Ulf Nordqvist konnte es kaum erwarten, ins Casino zu fahren. Die Unruhe in ihm verstärkte sich mit jeder Stunde, die verging. Er konnte nichts essen, trank nur starken, schwarzen Kaffee.

Es war bereits dunkel, als er vor dem Casino vorfuhr. Der Portier kam an seinen Wagen. Mit zitternden Fingern überreichte Ulf ihm den Schlüssel und den obligatorischen Geldschein.

Leise Klavierklänge erfüllten das Casino. Ulf tauschte einen Großteil des gewonnenen Geldes vom Vorabend in Chips um, bevor er an den Roulettetisch ging. Wieder spürte er dieses Gefühl, das er nicht mehr missen mochte. Diese Anspannung, die sich in seinem ganzen Körper ausbreitete. Er würde gewinnen. Er musste gewinnen ...

»Rien ne va plus«, hörte er den Croupier sagen. Mit gebanntem Blick folgte er der rotierenden Kugel, die hier und heute über sein Schicksal entscheiden würde.

Eva hätte es wissen müssen. Sie wollte nur ihr Arbeitsmaterial abholen und wurde prompt eingespannt. Es hatte sich einiges auf ihrem Schreibtisch angesammelt, und Martin bat sie, einige wichtige Telefonate sofort zu erledigen. Außerdem war er interessiert an ihren Ideen für den nächsten Auktionskatalog, in dem auch die Nordqvist-Sammlung aufgeführt werden sollte.

Eva war es recht so. Sie verspürte ohnehin keine Lust auf einen trostlosen Abend alleine in ihrer Wohnung und blieb sogar noch im Auktionshaus, als Martin Feierabend machte.

Erst als ihr Magen laut knurrte, griff sie nach dem Karton mit ihren Arbeitsutensilien, um sich endlich auf den Heimweg zu machen. In genau diesem Augenblick sah sie Peter vor dem großen Schaufenster des Geschäfts. Er zog sein Handy aus der Hosentasche, und Sekunden später klingelte ihr Telefon.

Eva stellte den Karton zurück auf den Schreibtisch und meldete sich. Sie ging ans Schaufenster, und jetzt konnte Peter sie auch sehen. Er lachte.

»Hej, was machst du denn hier?«, fragte Eva.

»Meine Sitzung war kürzer, als ich dachte. Jetzt bin ich ziemlich ausgehungert und wollte dich fragen, ob du Lust hast, mit mir etwas zu essen.«

»Sehr gerne.« Eva freute sich. »Ich wollte mir sowieso gerade ein Stück Pizza genehmigen.«

»Ich liebe Pizza«, behauptete Peter.

»Das trifft sich gut, ich kenne nämlich zufällig den besten Italiener von Stockholm. Den zeige ich dir jetzt. Ein echter Geheimtipp.« Sie beendete das Gespräch und beeilte sich, nach draußen zu kommen.

Sie machten einen kleinen Umweg, um den Karton mit Evas Arbeitsutensilien in Peters Auto abzustellen. Evas Lieblingspizzeria lag auf Östermalm. Eigentlich war es nicht mehr als eine kleine Imbissbude, mit Stehtischen davor. Es war kaum jemand da um diese Zeit. Eva und Peter bestellten beide ein Stück Pizza und gingen anschließend mit ihren Papptellern ein Stück weiter zu einer Bank. Eva biss ein Stück von ihrer Pizza ab.

»Großartig«, sagte sie. »Diese Pizza ziehe ich jedem Fünf-Sterne-Essen vor.« Sie warf einen Blick auf Peters Gesicht und sah, dass er schmunzelte.

»Lach mich nur aus«, grinste sie. »Ich bin eben ein einfacher Mensch.«

»Ich lache dich nicht aus.« Peter schüttelte den Kopf. Sein Blick wurde ganz weich und zärtlich. »Ich habe gelächelt, weil du wunderschön aussiehst, wenn du so entspannt bist.«

»Danke«, erwiderte Eva, obwohl sein Kompliment sie ganz

verlegen machte. »Ich weiß auch nicht, wann ich das letzte Mal so ruhig war. Ich habe in den letzten Monaten immer nur darüber nachgedacht, was mit Annika werden soll.«

Peter hob plötzlich lauschend den Kopf. Geigenklänge waren zu hören.

»Woher kommt die Musik?«

Eva lachte. »Die kommt aus dem Humlegården.« Sie warf den leeren Pappteller in den Papierkorb neben der Bank und sprang auf. Peter folgte ihr lachend.

Der Humlegården war nicht weit entfernt. Ursprünglich war es der Hopfengarten von König Gustav II. Adolf, der für seine Vorliebe für Bier bekannt war. Im neunzehnten Jahrhundert wurde hier die königliche Bibliothek eingeweiht, die Statue des Naturforschers Carl von Linné enthüllt, und schließlich wurde der Park auch der Öffentlichkeit zugänglich gemacht.

An diesem Abend wirkte die Szenerie wie verzaubert. Bunte Lichterketten hingen in den alten Bäumen. Tische und Stühle umstanden einen weißen Pavillon. Geiger spielten fröhliche Weisen, zu denen Parkbesucher tanzten.

Peter zögerte keinen Augenblick. Er griff nach Evas Hand, zog sie auf die Tanzfläche und schwenkte sie fröhlich herum. Eva ließ sich mitreißen, von ihm und der Musik.

»Du kannst dir gar nicht vorstellen, wie dankbar ich dir bin«, sagte sie lachend, als sie nach einer wilden Drehung für einen Moment in seinen Armen verharrte. »Ich hoffe, du bist nicht nur aus Dankbarkeit hier«, sagte er, als er sie fröhlich wieder herumschwenkte. »Nein, nicht nur aus Dankbarkeit«, lautete ihre verschmitzte Antwort. Er lachte.

Als die Musiker in einen langsamen Walzer wechselten, forderte er sie erneut zum Tanz auf. Sie zögerte kurz, ließ sich dann aber doch von ihm führen. Und vergaß für einen Moment alles um sich herum, plötzlich waren da nur noch er und sie, die Musik und die Sommerluft. Alles andere wurde plötzlich unwichtig. Sie spürte seine Arme, die sie hielten, nahm den Duft seines sanftherben Aftershaves wahr ...

Die Zweifel kamen ganz plötzlich. Worauf ließ sie sich hier ein? Wo führte das alles hin? Sie befreite sich aus seinen Armen, trat einen Schritt zurück. »Ich muss nach Hause«, stammelte sie.

Besorgt musterte er ihr Gesicht. »Ist alles in Ordnung?«

»Nein«, sie schüttelte den Kopf. »Ja«, widersprach sie sich gleich darauf, um dann ehrlich zuzugeben: »Ich habe bloß weiche Knie gekriegt.«

»Das geht mir genauso«, sagte Peter sanft. Er trat ganz dicht an sie heran und nahm sie in die Arme. Sie hob ihr Gesicht, schaute ihm in die Augen und war sich mit einem Mal sicher, dass alles so gut und richtig war.

Sein Kopf beugte sich zu ihr hinunter, sanft berührten seine Lippen ihren Mund, und dann küsste er sie, als wollte er sie nie wieder loslassen.

Es hatte nicht lange gedauert, bis sich seine Träume in nichts aufgelöst hatten. Das Geld, das er sich zuvor mühsam erspielt hatte, verlor er in kürzester Zeit.

Ulf Nordqvist hätte schon nach dem ersten verlorenen Spiel aufhören sollen, aber dazu war er nicht in der Lage gewesen. Er setzte immer wieder, fest davon überzeugt, dass er bald wieder eine Glückssträhne haben würde. Und dann war das ganze Geld weg. Kredit bekam er nicht mehr, dazu war er in diesem Casino bereits bekannt. Schließlich setzte er das Einzige, was er in dieser Nacht noch setzen konnte – um auch das haushoch zu verlieren.

Er hatte nicht viel getrunken, und doch schwankte er leicht, als er das Casino verließ.

»Darf ich Ihren Wagen holen, Herr Nordqvist«, bot der Türsteher dienstbeflissen an.

»Das wäre sehr nett, aber den Wagen habe ich gerade verspielt«, erwiderte Ulf in einem Anflug von Galgenhumor.

Der Portier konnte sich einen betroffenen Ausruf nicht verkneifen und zog sich diskret zurück.

Ulf steckte beide Hände in die Hosentasche und versuchte, nachzudenken. Er wusste nicht wohin, hatte keine Ahnung, wie er nach Katarinaberg zurückkommen sollte, und keinen einzigen Öre mehr in der Tasche. Schwerfällig setzte er sich in Bewegung.

Peter hatte einen Arm um ihre Schulter gelegt, während sie über die schmale Straße schlenderten. Die Straßenlaternen schufen helle Lichtinseln auf dem dunklen Kopfsteinpflaster.

»Es war ein wunderschöner Abend«, sagte Peter.

Eva wollte gerade etwas darauf erwidern, als ein Mann in das Licht einer Straßenlaterne trat. Eva erkannte ihn sofort.

»Guten Abend, Herr Nordqvist.«

Auch Peter betrachtete den Mann, der gerade an ihnen vorbeiging, jetzt aufmerksam. »Vater, was machst du hier?«, rief er erstaunt aus. Im gleichen Augenblick fiel sein Blick auf die Leuchtschrift des Casinos. Sein Blick verfinsterte sich.

Eva war irritiert. »Das ist dein Vater?«

»Guten Abend, Frau Molin«, ließ Ulf Nordqvist sich zu einem kurzen Gruß herab, um direkt weiterzugehen.

»Warte mal«, hielt Peter ihn zurück. »Was hast du im Casino gemacht?« Für ihn schien zweifellos festzustehen, dass Ulf Nordqvist von dort kam.

»Was macht man schon im Casino?« Ulf Nordqvist lachte hart auf. »Ich habe da Geld gewechselt, weiter nichts.«

»Und wo ist dein Auto?«, ließ Peter nicht locker.

»Ich fand schon immer, dass Autos die Umwelt verpesten«, gab Ulf Nordqvist zynisch zurück. »Ich habe beschlossen, zum Fußgänger zu werden. Und jetzt lass mich in Frieden, ich habe mit dir nichts zu reden.« Ulf Nordqvist ging weiter, zog sich im Gehen das Jackett aus. Dann blieb er noch einmal kurz stehen und warf über die Schulter zurück: »Gute Nacht, Frau Molin. Ich hoffe, Sie wissen, in welch übler Gesellschaft Sie sich befinden.«

Er wirkte einsam und verloren, als er weiterging, und Eva empfand großes Mitleid mit ihm.

»Peter, geh ihm nach. Du siehst doch, in welchem Zustand er sich befindet«, bat sie eindringlich.

»Er will meine Hilfe nicht«, erwiderte Peter mit finsterer Miene, »und ich werde sie ihm nicht aufdrängen. Er ist erwachsen und weiß selbst, was er tut.«

Eva stellte sich vor ihm hin, schaute ihm kopfschüttelnd ins Gesicht. »Ich verstehe nicht, wie du so kalt sein kannst. Offensichtlich geht es deinem Vater sehr schlecht.«

»Er hat doch deutlich genug gesagt, dass er nichts mit mir zu tun haben will! Du hast es selbst gehört.« Peter schüttelte unwillig den Kopf. »Lass uns einfach vergessen, dass wir ihn getroffen haben.«

»Das kann ich nicht«, sagte Eva gedehnt. Sie war schrecklich enttäuscht und entdeckte eine Seite an Peter, die ihr überhaupt nicht gefiel.

»Ich werde jetzt nach Hause gehen«, sagte sie leise.

»Soll ich dich denn nicht bringen?« Er wirkte verstört.

»Danke, es ist nicht so weit.« Sie wandte sich ab und machte sich auf den Weg.

»Ich hole dich morgen früh ab«, rief er ihr nach.

»Gute Nacht«, sagte Eva, ohne sich noch einmal umzudrehen.

Peter war pünktlich am nächsten Morgen. Seine Freundlichkeit prallte allerdings an Evas Reserviertheit ab. Sie sprachen unterwegs nur das Nötigste miteinander. Die schweigsamen Pausen dazwischen dehnten sich zur Unerträglichkeit aus.

Eva war froh, als sie endlich am Ferienhaus ankamen. Peter stieg gleichzeitig mit ihr aus und ging zum Kofferraum. Er nahm den Karton mit ihrem Arbeitsmaterial heraus und reichte ihn ihr.

»Danke«, sagte Eva kühl. »Und vielen Dank fürs Mitnehmen. Wiedersehen.« Sie wandte sich ab und wollte zum Haus gehen.

»Ich weiß überhaupt nicht, was plötzlich los ist«, hörte sie ihn hinter sich sagen. Langsam drehte sie sich um.

»Wenn ich mir vorstelle, dass meine Tochter mich eines Tages so behandelt wie du deinen Vater, dann macht mich das ganz fertig.«

»Wahrscheinlich wirst du deine Tochter auch niemals so behandeln, wie mein Vater mich behandelt«, entgegnete er bitter.

»Es gibt nichts, was man nicht verzeihen kann«, eiferte sich Eva. »Eines Tages ist dein Vater tot, und dann ist es zu spät.«

Peter zog die Augenbrauen zusammen. »Für meinen Vater bin ich schon lange tot, und er trauert nicht einen Tag um mich.«

»Dir geht es nur um dich«, warf Eva ihm vor, aber das wollte Peter offensichtlich nicht auf sich sitzen lassen.

»Das ist nicht wahr«, widersprach er.

»Dein Vater ist verbittert und einsam.« Eva betonte jedes einzelne Wort. »Du hättest die Pflicht, ihm beizustehen, aber das ist dir wohl zu mühsam.«

Peter wich mit betroffener Miene zurück. Eva schaute ihn an, drehte sich dann endgültig um. Es war alles gesagt, was gesagt werden musste.

Sie betrat das Haus, stellte den Karton im Wohnzimmer ab und ging durch die offene Terrassentür nach draußen. Annika saß auf dem Rasen an dem kleinen, runden Tisch und malte.

Eva schaute zweimal hin, konnte es nicht fassen. Ihre Tochter malte tatsächlich.

Margareta kam um das Haus herum auf sie zu, legte den Finger über die Lippen. »Heute Morgen nach dem Frühstück habe ich ihr ein paar Stifte und Papier hingelegt«, flüsterte sie

Eva zu. »Zuerst habe ich geglaubt, sie würde es nicht beachten, aber dann begann sie zu malen. Sie malt Pferde, ausschließlich Pferde.«

Für einen kurzen Augenblick gelang es Eva, den vergangenen Abend und die Rückfahrt von Stockholm hierher zu vergessen. »Das ist wunderbar«, sagte sie ebenso leise wie ihre Mutter. »Ich kann überhaupt nicht fassen, welche Fortschritte sie in den letzten Tagen gemacht hat!«

»Dafür kannst du dich bei Peter bedanken«, sagte Margareta. »Sieht so aus, als hätten er und seine Pferde etwas in Annika berührt, was die Starre langsam in ihr löst.«

Die Worte ihrer Mutter riefen die Enttäuschung an die Oberfläche, die sie seit gestern wegen Peters Verhalten empfand. Dass sie jetzt wieder mit der anderen, positiven Seite seines Charakters konfrontiert wurde, machte es ihr nicht leichter.

»Willst du ihn nicht zum Essen einladen?«

Eva zuckte kaum merklich zusammen, als ihre Mutter diesen Vorschlag machte und dann auch noch hinzufügte: »Er wird sich bestimmt auch über Annikas Fortschritte freuen.«

Eva zwang sich zu einem Lächeln. »Soviel ich weiß, hat er im Moment überhaupt keine Zeit.«

Irgendwie musste er versuchen, seiner inneren Aufruhr Herr zu werden, bevor er die Praxis erreichte.

Als Peter bewusst wurde, dass er die Straße viel zu schnell entlang raste, nahm er den Fuß ein wenig vom Gas. Sein Blick fiel auf Schloss Katarinaberg. Gleich würde er die Zufahrt zum Schloss passieren.

Na und? Peter gab wieder ein wenig mehr Gas, doch kurz vor der Zufahrt bremste er und setzte den Blinker.

Was mache ich hier überhaupt, fragte er sich selbst. Trotzdem fuhr er weiter, bis zum Portal. Er hielt an, stieg aus dem Wagen.

Und was sage ich ihm, wenn ich ihn treffe, schoss es ihm durch den Kopf. Wir haben uns doch gar nichts mehr zu sagen.

Eigentlich konnte er gleich wieder in den Wagen steigen und wegfahren, aber Peter brachte das nicht über sich. Sein Blick wanderte an der Schlossfassade hoch, und dann sah er ihn.

Sein Vater stand hinter einem der Fenster in der ersten Etage und starrte zu ihm hinunter. In den Augen des alten Mannes lag gnadenlose Verbitterung. Seine Miene drückte das aus, was er Peter an den Kopf geschleudert hatte: »Du bist nicht mehr mein Sohn. Ich will dich nie mehr wiedersehen.«

Es hatte keinen Zweck. Peter wusste, dass es vergeblich war. Er wollte sich das, was er in dem Blick seines Vaters las, nicht noch einmal an den Kopf werfen lassen.

Peter wandte sich ab und stieg wieder in seinen Wagen. Er wendete auf dem Platz vor dem Schloss und fuhr die Auffahrt hinunter. Am Ende der Zufahrt kam ihm Elsa auf dem Fahrrad entgegen. Peter seufzte laut auf, brachte es aber nicht über sich, einfach an ihr vorbeizufahren.

Elsa strahlte über das ganze Gesicht, als er neben ihr anhielt und das Seitenfenster öffnete.

»Ich bin so froh, dass du da bist«, seufzte sie erleichtert.

»Ich wollte nur wissen, ob er gut angekommen ist«, sagte Peter mit zusammengezogenen Brauen.

Elsa war vom Fahrrad gestiegen und lehnte es jetzt an einen der steinernen Torpfosten links und rechts des Weges, während Peter aus dem Wagen stieg.

»Er kam am frühen Morgen«, berichtete Elsa. »Angeblich hatte das Auto eine Panne, und er hätte deswegen den Bus nehmen müssen.«

Peter stieg aus. »Du weißt, dass er lügt.«

Elsa zuckte mit den Schultern, nickte dann aber doch. »Ich nehme an, er hat es verspielt.«

»Wie lange geht das schon?«, wollte Peter wissen. »Wie oft fährt er ins Casino?«

Elsa schüttelte hilflos den Kopf. »Ich weiß es nicht genau. Ich weiß nur, dass er krank ist.«

Ja, Spielsucht war eine Krankheit. Das war auch Peter bewusst. Aber wahrscheinlich konnte er nicht objektiv sein, soweit es seinen Vater betraf. »Dieser Egoist«, stieß er ärgerlich hervor.

Elsa war empört. »Ich verstehe dich einfach nicht. Du bist so ein guter Arzt, kümmerst dich aufopfernd um deine Patienten. Nur deinen Vater, den lässt du allein.«

»Du weißt ganz genau, dass ich nichts tun kann«, rief Peter aufgebracht aus.

Elsa ließ dieses Argument nicht gelten. Wütend sah sie ihn an. »Jeder Fremde hat mehr Herz für deinen Vater als du. Sogar Frau Molin, die dein Vater wirklich nicht sehr liebenswürdig behandelt hat, macht sich Gedanken um ihn.«

Die Erwähnung von Evas Namen gab ihm den Rest. Die Ereignisse der letzten Stunden wuchsen ihm allmählich über den Kopf. Er hatte nichts getan, womit er die Verachtung und den Hass seines Vaters verdient hatte, aber offensichtlich erwarteten jetzt alle von ihm, dass er die Hand zur Versöhnung ausstreckte. Nach allem, was sein Vater ihm angetan hatte. Und selbst wenn er die Hand ausstreckte, würde sein Vater sie zurückschlagen, welchen Sinn also sollte das haben. »Warum sagst du ihm das nicht. Nur ein Wort, eine kleine Geste von ihm und ich würde ihm sofort helfen. Aber selbst das bringt er nicht fertig.«

Elsa ergriff weiter Partei für seinen Vater. »Er kann eben nicht über seinen Schatten springen.«

»Aber ich soll es tun?«, rief er fassungslos aus.

Elsa wurde mit einem Mal ganz ruhig. Sie nickte nur und sagte leise: »Ja.«

Mehr nicht, nur dieses eine Wort, aber es brachte Peter erst recht auf. Er sprang in seinen Wagen, startete den Motor. Wütend rief er Elsa zu: »Warum gestehst du mir nicht zu, dass ich es auch nicht kann!« Eine Antwort wartete er gar nicht erst ab. Er gab Gas und fuhr davon.

»Peter . . .!«, hörte er sie noch laut rufen, aber diesmal hielt er nicht mehr an.

Wenige Minuten später erreichte er seine Praxis. Er parkte und überquerte mit gesenktem Kopf die Straße. Innerlich war er immer noch schrecklich aufgewühlt. Er bemerkte Sara zuerst überhaupt nicht. Erst als sie ihn ansprach, sah er auf.

»Hej, Peter, da bist du ja. Britta wusste nicht, wann du aus Stockholm zurück bist. Ich wollte dich fragen, ob wir morgen Abend gemeinsam essen. Kjell schläft bei seinem Freund, und ich habe endlich einen freien Abend.«

Peter stöhnte innerlich auf. Am liebsten hätte er jetzt seine Ruhe gehabt. Es kostete ihn Mühe, sich nichts anmerken zu lassen und sogar zu lächeln. »Ich dachte, Hans sei zurück.«

»Wäre er ja eigentlich auch.« Sara seufzte. »Sein Schiff hängt in Bremerhaven fest. Also was ist, kommst du morgen mit zu Holgersson?«

Eigentlich hatte er überhaupt keine Lust und lediglich das Bedürfnis, sie wie ein verwundetes Tier zurückzuziehen und seine Wunden zu lecken. Als er in Saras erwartungsvolle Augen blickte, brachte er es nicht übers Herz, sie zu enttäuschen. Sie war so viel allein und kam wegen des Kindes nur selten dazu, einmal auszugehen. Außerdem ging es ihm morgen bestimmt besser.

Peter wusste, dass er sich an diesem Punkt etwas vormachte. Trotzdem versprach er Sara, sie am kommenden Abend um acht Uhr abzuholen.

»Sie werden es nicht bereuen, dass Sie sich von mir haben überreden lassen«, sagte Lars Berg, als er sie über die Anlegestellen am Hafen führte.

Eva bereute es bereits jetzt. Er hatte sie gestern angerufen, um ihr eine ganz besondere Sehenswürdigkeit zu zeigen. Sie war immer noch viel zu aufgewühlt gewesen, wegen der Auseinandersetzung mit Peter, und erregt, wegen Annikas Entwicklung, und hatte ihn nur schnell loswerden wollen. Er ließ nicht locker, und so hatte sie schließlich zugesagt, einfach nur, um das Gespräch zu beenden.

Die Sehenswürdigkeit, die er ihr unbedingt zeigen wollte, entpuppte sich nun als uriges Hafenrestaurant. Ein köstlicher Duft schlug ihr entgegen, als er die Tür öffnete.

»Das ist also die Sehenswürdigkeit, die Sie mir unbedingt zeigen wollten?« Obwohl Eva überhaupt keine Lust auf einen Abend in Lars Bergs Gesellschaft verspürte, musste sie nun schmunzeln.

Lars Berg grinste. »Irgendeinen Vorwand musste ich ja finden, damit ich endlich einmal mit Ihnen ausgehen kann.«

Vielleicht war es sogar ganz gut, dass er zu diesem Trick gegriffen hatte. Möglicherweise brachte er sie auf andere Gedanken ...

Genau in diesem Augenblick sah sie Peter. Er saß zusammen mit einer blonden Frau an einem Tisch. Eva blieb einen Moment wie erstarrt stehen, etwas in ihr brannte tief und schmerzhaft auf.

Auch er hatte sie gesehen. Er schaute sie mit einem Blick an, den sie nicht zu deuten wusste. Die beiden Männer begrüßten sich, und dann führte Lars Berg sie auch schon weiter. Er hatte einen Tisch am Fenster reserviert. Eva saß nun so, dass sie Peter sehen musste, sobald sie den Blick hob. Sie vermied es bewusst, in seine Richtung zu schauen, und spürte gleichzeitig, dass er sie unverwandt ansah.

Lars Berg schien das plötzlich zu bemerken. Er schaute sich kurz um, wandte sich wieder Eva zu. »Sie erinnern sich an Peter Nordqvist. Er ist unser Arzt hier.«

»Natürlich erinnere ich mich«, nickte Eva. »Ist das seine Frau?«

Sie wusste, dass Peter nicht verheiratet war. Trotzdem wollte sie wissen, wer die hübsche Blondine in seiner Begleitung war.

»Nein, das ist Sara Knudson, die Frau seines besten Freundes«, sagte Lars Berg. Als die Bedienung kam, bestellte er Fischsuppe und eine Karaffe Cabernet.

Eva schämte sich ein wenig wegen ihrer Neugier. Trotzdem nutzte sie die Gelegenheit, über ihren Vermieter einige ihrer offenen Fragen zu klären.

»Was wissen Sie eigentlich über Peters Mutter? Ich kenne nur seinen Vater.«

Lars' Miene zeigte Betroffenheit. »Peters Mutter ist auf einem seiner Pferde ausgeritten und dabei tödlich verunglückt. Keiner weiß, was passiert ist. Wahrscheinlich wurde das Pferd irgendwie erschreckt und ist durchgegangen. Iris Nordqvist muss mit dem Kopf auf einen der Felsen aufgeschlagen sein.

Ulf hat Peter die Schuld gegeben, weil es sein Pferd war, auf dem Iris verunglückte. Er hat ihn aus dem Schloss geworfen und ihn enterbt. Seitdem haben die beiden kein einziges Wort mehr miteinander gesprochen.«

Entsetzen und Erleichterung breiteten sich gleichermaßen in Eva aus. Entsetzen über das, was Vater und Sohn ausgestanden haben mussten. Erleichterung darüber, dass Peter nicht das gefühllose Monster war, das sie seit gestern in ihm gesehen hatte.

Sie starrte eine Weile gedankenversunken vor sich hin und zuckte zusammen, als Lars Berg seine Hand auf ihre Hand legte.

»Jetzt reden wir aber von netteren Dingen. Ich freue mich so, dass Sie endlich mal Zeit für mich haben.«

Das Letzte, was Eva jetzt interessierte, war ein Vermieter, der mit seinen Hormonen kämpfte. Sie hatte Peter Unrecht getan, nur das war ihr jetzt wichtig, und die Erkenntnis, dass sie sich in Peter verliebt hatte.

Nein, es war mehr, stellte sie für sich selbst fest. Sie hatte es nach Stefans Tod nicht für möglich gehalten, und jetzt wurde ihr klar, dass sie ein zweites Mal dazu in der Lage war, einen

Mann zu lieben. Umso schwerer wog die Enttäuschung der letzten Tage.

Eva sprang auf. »Entschuldigung, aber ich muss da kurz was klären.«

Peter erhob sich, als sie zu ihm an den Tisch kam. Unsicher schaute er sie an.

Eva sah ihm fest in die Augen. »Peter, ich muss mich bei dir entschuldigen. Ich war ungerecht, was deinen Vater angeht. Es tut mir leid, und ich hoffe, du kannst mir verzeihen.«

Sie nickte der blonden Frau zu, die bei Peter am Tisch saß und entschuldigte sich für die Störung. Danach wollte sie zurück zu Lars Berg an den Tisch, aber Peter hielt sie auf.

»Eva!«

Langsam wandte Eva sich um. Peter kam auf sie zu, blieb ganz dicht vor ihr stehen. »Kann ich dich später noch sehen?«

Eva nickte.

Peter sah ihr tief in die Augen. »Es ist mir ernst, Eva. Sehr ernst sogar.«

»Mir auch«, flüsterte sie. Sie schloss die Augen, als Peter sie in seine Arme nahm und den Kopf zu ihr hinunter beugte. Er küsste sie, und in diesem Moment vergaßen sie beide alles um sich herum.

Ulf Nordqvist hatte gedacht, dass er den tiefsten Punkt seiner Verzweiflung längst erreicht hätte und es nicht noch schlimmer kommen könnte. Er wurde eines Besseren belehrt.

Er wusste, dass alles aus war. Es gab nichts, was er tun konnte, um den Sturz ins Bodenlose aufzuhalten.

Er saß in dem Zimmer, in dem sich die gesammelten Gemälde befanden. Wenn die Bilder keinen guten Preis erzielten, würde er auch noch das Schloss verlieren.

An diesem Punkt seiner Überlegungen klingelte sein Handy. Ulf Nordqvist meldete sich.

Der Anrufer am anderen Ende nannte seinen Namen nicht. Das war auch nicht nötig. Ulf Nordqvist erkannte Norman Hiller an der Stimme.

»Übermorgen ist Zahltag, Herr Nordqvist. Es gibt keinen Aufschub.«

»Wieso übermorgen?«, brüllte Ulf in den Hörer. »Sie haben mir bis Ende des Monats...« Entsetzt schaute Ulf auf das Handy. Sein Gesprächspartner hatte einfach aufgelegt.

»Ich bin so froh, dass du hier bist.« Peter hatte einen Arm um ihre Schulter gelegt, schaute wie sie über das Wasser.

Eva schmiegte sich an ihn. »Ich auch.«

Sie hatten sich beide an dem Platz getroffen, an dem sie mit Annika gepicknickt hatten. Es war so wenig Zeit vergangen seitdem, und doch kam es Eva vor wie eine Ewigkeit. So vieles war inzwischen passiert.

Die beiden zuckten zusammen, als das Klingeln von Evas Handy lautstark ihre Zweisamkeit störte. Sie meldete sich sofort, dachte an ihre Mutter und Annika.

Mit Ulf Nordqvist hatte sie um diese späte Stunde zuletzt gerechnet.

»Frau Molin, ich muss Sie sofort sehen«, sagte er barsch.

Eva sagte ihr Kommen zu. Sie sprang auf und erklärte Peter, wer da angerufen hatte. »Ich muss zu ihm«, schloss sie.

Peter wollte sie nicht gehen lassen. »Reicht das nicht morgen?«

Eva schüttelte den Kopf. »Er war unfreundlich, aber ich habe die Verzweiflung in seiner Stimme gehört. Es muss sich doch jemand um ihn kümmern.«

Sie sah, wie Peter mit sich kämpfte, aber er konnte sich immer noch nicht überwinden. Immerhin bot er ihr an, sie zum Schloss zu fahren.

»Komm doch mit«, bat Eva leise.

»Er hat dich angerufen, nicht mich«, wehrte Peter ab.

»Vielleicht fehlt ihm der Mut, sich bei dir zu melden.«

Peter griff nach ihren Händen, schaute sie flehend an. »Es geht nicht.«

Eva nickte verstehend und bedrängte ihn nicht weiter.

Eine Viertelstunde später war sie im Schloss. Sie fand Ulf Nordqvist in dem Raum, in dem die Gemälde ausgestellt waren. Er saß an einem Tisch, einen gefüllten Cognacschwenker in der Hand, aus dem er gerade einen großen Schluck trank.

Eva trat hinter ihn. »Was ist denn los, Herr Nordqvist? Geht es Ihnen nicht gut?«

Er schaute sie nicht an, als er antwortete. »Ich bin unerwartet in eine finanzielle Schieflage geraten und muss unbedingt ein paar Bilder verkaufen. Suchen Sie bitte die wertvollsten aus. Martin Sörman soll sie so schnell wie möglich auf den Markt werfen.«

Eva war vollkommen geschockt. »Es wäre Wahnsinn, die Bilder jetzt zu verkaufen! Dabei erzielen Sie nicht annähernd den Wert, den die Auktion bringen würde. Martin Sörman ist bereits dabei, den Katalog zusammenzustellen. Wir haben auch schon einen Termin für den Herbst . . .«

Ulf Nordqvist fuhr herum und baute sich so dicht vor ihr auf, dass ihr sein alkoholgeschwängerter Atem ins Gesicht schlug. »Ich kann nicht bis zum Herbst warten«, fuhr er sie an. »Ich brauche das Geld jetzt.«

Er wandte sich wieder ab, entfernte sich ein paar Schritte von ihr. Eva beobachtete ihn.

»Warum fragen Sie nicht Ihren Sohn? Vielleicht könnte der Ihnen helfen.«

Sie sah, wie Ulf Nordqvist kurz zusammenzuckte, doch er drehte sich nicht zu ihr um. »Ich habe keinen Sohn mehr«, sagte er dumpf.

»Doch«, widersprach Eva energisch. »Ich habe ihn kennengelernt. Er ist ein ganz toller Mann.«

Nachdem Eva zum Schloss gefahren war, wanderte Peter ruhelos umher. All das, was in den letzten Tagen gesagt worden war, ging ihm durch den Kopf. Vielleicht lag es wirklich an ihm, den ersten Schritt zu machen. Kurz entschlossen verließ er das Haus, setzte sich in seinen Wagen, wo ihn wieder der Mut verließ. Er verharrte eine Weile reglos.

Nein, er konnte es nicht! Peter schüttelte den Kopf, startete aber gleichzeitig den Motor und fuhr los. Auf dem Weg zum Schloss reifte sein Entschluss. Er würde auf seinen Vater zugehen. Es war das erste Mal, dass er dazu bereit war, und er erledigte das besser sofort, bevor er es sich wieder anders überlegte.

Als er den Raum betrat, in dem sich sein Vater und Eva aufhielten, sah er, wie die beiden dabei waren, die Gemälde in Seidenpapier zu wickeln.

»Was ist denn hier los?«, rief Peter überrascht aus.

Evas Kopf flog herum. Sie war froh, ihn zu sehen. »Gut, dass du da bist.« Sie trat zu Peter. »Dein Vater macht einen Riesenfehler. Er braucht Geld und will, dass ich seine Sammlung verkaufe.«

Peter runzelte die Stirn. »Ich dachte, du bist als Restauratorin hier.«

»Frau Molin hat in den letzten Tagen die Sammlung evaluiert und wird sie jetzt in meinem Namen verkaufen«, mischte sich Ulf Nordqvist mit herrischer Stimme ein.

»So einfach geht das nicht.« Peter schüttelte den Kopf. »Die Sammlung gehört in die Familie. Du kannst sie nicht einfach . . .«

»Frau Molin, machen Sie weiter«, fiel Ulf Nordqvist seinem Sohn einfach ins Wort.

Peter wandte sich Eva zu. Seine Augen waren dunkel vor Wut. »Und du hilfst ihm noch dabei. Ich dachte, du bist hier, um den Strindberg zu restaurieren. Stattdessen machst du hinter meinem Rücken Geschäfte.« Er lachte zynisch auf. »Ja klar, es geht ja um eine Menge Geld, nicht wahr?«

»Das Auktionshaus Sörman ist sehr seriös«, sagte Ulf Nordqvist von oben herab. »Martin Sörman wird sicher einen guten Preis erzielen.«

»Das kann ich mir denken«, fuhr Peter nun seinen Vater an. »Die Sammlung ist eine der wichtigsten in Skandinavien. Als ich hier noch lebte, hatten wir eine Menge Angebote, und wir haben sie immer abgelehnt.«

»Und ich stimme jetzt zu«, erklärte Ulf Nordqvist kategorisch. Er hob drohend seinen Zeigefinger. »Lass mich in Ruhe«, zischte er. »Das hier geht dich alles nichts mehr an.«

Peters Blick wanderte von seinem Vater zu Eva. »Und du hast es gewusst und mir nichts davon gesagt«, stellte er leise und tief enttäuscht fest. Er wandte sich um und verließ den Raum.

Eva lief ihm nach und rief seinen Namen. An der Treppe holte sie ihn ein.

»Ich durfte nichts sagen«, rief sie verzweifelt aus.

»Gib doch endlich zu, dass es dir und deinem Partner nur um die Sammlung geht. Es ergibt sich ja nicht oft die Gelegenheit, so billig und unkompliziert an Kunstwerke heranzukommen«, sagte er zynisch.

Er unterstellte ihr damit, die Notlage seines Vaters auszunutzen. Eva war verletzt und konnte ihn gleichzeitig verstehen.

»Ja, du hast recht, es ist eine einmalige Gelegenheit«, sagte sie ruhig. »Und es ist mein Job, Kunstwerke zu verkaufen. Ich konnte dir aber nichts davon sagen, weil dein Vater uns zu absolutem Stillschweigen verpflichtet hatte!«

»Du hättest den Auftrag ablehnen können«, warf Peter ihr vor. »Oder mich informieren müssen. Du hast doch gemerkt, dass mit ihm etwas nicht stimmt.«

»Ich habe gesehen, dass er unglücklich ist und unter Druck stand«, gab Eva zu. »Und ich habe gehofft, dass ihr euch rechtzeitig aussprecht.«

»Dazu wird es niemals kommen.« Peter schüttelte den Kopf. »Verstehst du denn nicht, dass es nicht nur um den Streit zwischen meinem Vater und mir geht? Dieser Mann ist dabei, sein Leben zu zerstören, und ich kann ihn nicht daran hindern!«, rief er aufgebracht. Lange schaute er Eva in die Augen, bevor er sagte: »Und ich fasse es nicht, dass du ihm noch dabei hilfst.« Damit wandte er sich um und eilte die Treppe hinunter.

Eva schaute ihm verzweifelt nach. Als sie unten das Portal ins Schloss fallen hörte, drehte sie sich um und ging zurück zu Ulf Nordqvist. Erschöpft lehnte sie gegen den Türrahmen. Ihr Entschluss stand fest.

»Es tut mir leid, Herr Nordqvist, ich kann Ihnen einfach nicht dabei helfen, die Sammlung zu verkaufen.«

Ulf Nordqvist, der gerade dabei war, ein weiteres Gemälde in Seidenpapier zu verpacken, schaute erschrocken auf. Er wollte etwas sagen, doch ein Blick in ihr Gesicht verriet ihm, dass er sie nicht umstimmen konnte.

Margareta kam ihr entgegen, als sie ins Haus stürmte. Inzwischen war es kurz vor Mitternacht.

»Ich will sofort zurück nach Stockholm«, sprudelte es aus Eva heraus. »Das ist mir alles viel zu kompliziert hier.«

»Jetzt, mitten in der Nacht?«, rief Margareta überrascht aus. »Was ist denn passiert?«

Eva knallte ihre Tasche hin. »Ulf Nordqvist, Peter, die Sammlung«, zählte sie auf und ging dabei an ihrer Mutter vorbei zur Treppe. »Sollen sie doch sehen, wie sie das allein hinkriegen. Ich lasse mich jedenfalls nicht weiter da reinziehen.«

Eva wollte nach oben, aber Margareta hielt sie zurück und griff nach ihrem Arm. »Jetzt beruhige dich erst einmal. Wir gehen in die Küche, trinken etwas, und du erzählst mir alles der Reihe nach.«

Ihre Mutter hatte sie verstanden, als Eva in der vergangenen Nacht berichtete, was passiert war. Trotzdem schien sie daran zu zweifeln, dass Eva die richtige Entscheidung traf.

Annika saß auf einem der weißen Stühle, der zu der Sitzgruppe vor dem Haus gehörte, und malte eifrig an einem ihrer Bilder. Malen war inzwischen ihre Lieblingsbeschäftigung.

Margareta stand neben Evas Wagen und öffnete den Kofferraum, als Eva mit zwei Reisetaschen in der Hand aus dem Haus kam.

»Bist du ganz sicher, dass du keinen Fehler machst?«, fragte Margareta.

Nein, Eva war sich da keineswegs sicher. Trotzdem sagte sie: »Was soll ich denn noch hier? Es ist besser so. Wir fahren zurück nach Stockholm und tun so, als wäre das alles nicht passiert.«

Margareta schaute zu Annika hinüber. »Das sollten wir nicht«, widersprach sie.

»Du hast ja recht«, gab Eva kleinlaut zu. »Annika haben die Tage hier sehr gut getan.«

»Ja, dank Peter«, bekräftigte Margareta.

»Dank Peter«, stimmte Eva trotzig zu. »Das werde ich ihm auch nicht vergessen. Trotzdem müssen wir jetzt weg.«

Eva hatte die Reisetaschen in den Kofferraum gestellt und wollte rüber zu Annika. Ihre Mutter hielt sie zurück.

»Was ist mit dir und Peter?«

»Keine Ahnung.« Eva zuckte mit den Schultern. Sie wusste ja selbst, dass zwischen ihr und Peter vieles nicht geklärt war und sie jetzt einfach weglief. Sie konnte einfach nicht anders. »Vielleicht bin ich einfach noch nicht so weit«, sagte sie leise, obwohl sie diese Erklärung selbst nicht zufrieden stellte.

Margareta hielt sie nicht weiter auf, als sie jetzt über die Wiese zu Annika ging.

Das Kind sah nicht auf, malte weiter ihr Lieblingsmotiv. Ein Pferd auf einer blühenden Wiese.

»So, komm, Mäuschen.« Eva begann damit, die Buntstifte in eine Schachtel zu räumen.

Annika hob das Bild hoch, als wolle sie es ihr zeigen.

»Das ist ein ganz tolles Bild, das du da malst«, sagte Eva, obwohl sie sich nicht sicher war, ob Annika es ihr wirklich zeigen wollte. »Weißt du«, fuhr sie fort, »wir finden in Stockholm bestimmt auch ein Pferd, mit dem du dich anfreunden kannst. Wir machen uns gleich morgen auf die Suche.«

Eva wandte sich ab und ging zum Wagen. »Kommst du jetzt bitte«, bat sie ihre Tochter.

»Für Peter«, hörte sie Annika in diesem Moment laut und deutlich sagen.

Eva sah, wie ihre Mutter eine Hand vor den Mund schlug. Sie hatte sich also nicht verhört, Annika hatte wirklich gesprochen. Langsam wandte sie sich um.

»Spatz, das ist ja so toll.« Langsam ging sie auf ihre Tochter zu, schloss sie ganz fest in die Arme. Sie lachte und weinte zugleich und versprach ihrer Tochter, dass sie Peter das Bild schicken würde. »Er freut sich bestimmt riesig«, war sie sich ganz sicher.

Ihnen allen war das Herz schwer, als sie die Rückfahrt antraten. Die Sonne schien von einem wolkenlos blauen Himmel, die Rapsfelder leuchteten immer noch im Licht, und auf den Wellen tanzten silberne Reflexe.

Eva schaute immer wieder in den Rückspiegel. Annika hatte nichts mehr gesagt. Sie saß auf dem Rücksitz und wirkte so apathisch wie eh und je. Eva hatte Angst, dass ihre Tochter wieder in den alten Zustand zurückfiel.

Erst als sie die Wiese mit Peters Pferden passierten, taute die Kleine auf. Sie sagte auch jetzt nichts, aber sie hob den Kopf und ließ ein Pferd nicht aus den Augen.

»Halt doch mal an«, bat Margareta ihre Tochter.

Obwohl Eva den Wunsch verspürte, so schnell wie möglich wegzukommen, fuhr sie an den Straßenrand. »Na gut, Mäuschen«, sagte sie zu Annika gewandt, »verabschiede dich von ihm.«

Annika wartete erst gar nicht darauf, dass ihr jemand die Wagentür öffnete. Völlig selbstständig löste sie den Sicherheitsgurt und sprang anschließend aus dem Wagen.

Auch Margareta und Eva stiegen aus. Eva hielt den Atem an, als ihre Tochter zwischen den Gatterstäben auf die Wiese kletterte. Da war kein Schutz mehr zwischen ihrem Kind und dem Pferd, und diesmal war auch kein Peter dabei, der helfend eingreifen könnte.

Ihre Besorgnis war völlig unbegründet. Björn erkannte Annika. Er kam auf das Mädchen zu, schnaubte leise und senkte den Kopf, damit sie ihm über die Nüstern streichen konnte.

Plötzlich war Peter da. Weder Eva noch Margareta hatten ihn kommen sehen. Er grüßte nur knapp in Evas Richtung und ging dann auf die Wiese zu Annika.

»Hallo, Annika, schön, dass du Björn besuchen kommst.«

Annika sah zu ihm auf. »Ich will nicht weggehen«, sagte sie.

Peter starrte sie sekundenlang an, plötzlich zog ein strahlendes Lächeln über sein Gesicht. »Toll, dass du wieder sprichst«, lobte er und wechselte gleich darauf das Thema. »Du musst doch gar nicht weg.«

»Doch.« Annika schüttelte betrübt den Kopf. »Mama sagt, wir müssen zurück nach Stockholm.«

Peter sah zu Eva hinüber. Kurz nur, dann wandte er sich wieder dem Kind zu.

»Willst du ihn reiten?«

Annika nickte heftig. Peter hob sie hoch und setzte sie auf den Rücken des Pferdes. Mit einer Hand hielt er Annika fest, mit der anderen führte er das Pferd am Halfter.

»Halt dich an der Mähne fest«, rief er Annika zu.

Die Kleine griff mit beiden Händen in die Mähne des Pferdes, wirkte dabei aber kein bisschen ängstlich oder unsicher. Sie hielt sich mit erstaunlicher Geschicklichkeit auf dem Rücken des Pferdes. Peter lobte sie überschwänglich und rief Eva zu: »Sie wird eine ausgezeichnete Reiterin.«

»Mama, ich kann reiten«, jubelte Annika. Die Kleine war so glücklich, dass Eva es nicht übers Herz brachte, die Reitstunde abzubrechen.

»Das ist großartig, mein Spatz«, rief sie.

Auch Peter schien Gefallen an der Reitstunde zu finden. Als Eva ihn mit der Kleinen beobachtete, wie entspannt und fröhlich er mit ihr umging, erschien ihr der vergangene Abend wie ein böser Albtraum. Sie rechnete es Peter hoch an, dass er sich in Annikas Gegenwart nichts anmerken ließ.

Die Reitstunde wurde erst unterbrochen, als Elsa völlig aufgelöst mit dem Fahrrad heranfuhr.

»Peter«, rief sie, als sie ihn sah, und ließ das Fahrrad einfach fallen.

Peter hob Annika vom Pferd und verließ mit ihr die Wiese.

Elsa rang die Hände. »Gott sei Dank habe ich dich gefunden«, keuchte sie. »Ich konnte dich über dein Handy nicht erreichen. Dein Vater ist verschwunden. Da sind zwei Männer gekommen, die ihn sprechen wollten. Sie haben gesagt, sie sind vom Casino. Ich habe ihn überall gesucht. Er ist verschwunden, er ist einfach weg.« Elsa klammerte sich regelrecht an Peter. »Ich habe solche Angst.«

Elsas Aufregung übertrug sich auf sie alle, nur Peter behielt die Ruhe.

»Er ist wahrscheinlich auf dem Weg in die nächste Spielbank«, sagte er zynisch.

Elsa ließ ihn los, trat einen Schritt zurück. »Peter, lass das bitte«, sagte sie mit zusammengezogenen Brauen. »Hilf mir, wir müssen ihn suchen.«

»Wir helfen Ihnen«, sagte Margareta und wandte sich Eva zu. »Wir können auch später nach Hause fahren«, sagte Margareta entschlossen.

Eva nickte.

»Wo könnte er sein?«, fragte Margareta und schaute dabei abwechselnd Elsa und Peter an. »Hat er irgendwo einen Lieblingsplatz?«

»Ich weiß es nicht.« Elsa schüttelte den Kopf.

»Gut«, Peter schien mit einem Mal den Ernst der Situation zu erkennen. »Sie, Margareta, fahren mit Annika und Elsa zurück zum Schloss, falls er dort doch noch auftaucht.« Er warf einen bezeichnenden Blick auf das Kind und machte damit allen klar, dass die allgemeine Aufregung nicht gut für Annika war. Anschließend schaute er Eva an.

»Kommst du mit mir?«, fragte er leise.

»Ja, natürlich«, sagte Eva, wich seinem Blick aber aus.

Ihr erster Weg führte sie zum Friedhof. Ein frischer Strauß Rosen lag auf dem Grab von Peters Mutter.

»Er muss vor kurzem hier gewesen sein«, stellte Peter fest.

Eva schaute sich suchend um. Vielleicht war Ulf Nordqvist ja noch irgendwo hier auf dem Friedhof, aber es war kein Mensch zu sehen. »Wo könnte er sonst noch sein?«

Peter zuckte mit den Schultern. »Ich weiß es nicht«, sagte er hilflos.

»Gibt es denn keinen anderen Ort, an dem er sich deiner Mutter besonders nahe fühlt?«

Peter schüttelte den Kopf, doch plötzlich leuchtete etwas in seinen Augen auf. »Komm schnell«, stieß er hastig hervor. »Ich glaube, ich weiß, wo er ist.«

Auf der Weiterfahrt haderte Peter mit sich selbst. »Ich hätte nicht so stur sein dürfen. Ich konnte ihm nicht verzeihen, dass er mir die Schuld am Tod meiner Mutter gegeben hatte. Ich war so wütend und verletzt.«

Er verstummte, und auch Eva sagte nichts. Sie legte nur kurz und mitfühlend ihre Hand auf seinen Arm, bevor sie wieder aufmerksam die Gegend beobachtete. Irgendwo hier war Peters Mutter ums Leben gekommen.

»Da!« Eva hatte ihn zuerst gesehen. Eine Gestalt im dunklen Anzug, mit hängenden Schultern. Er stand an einem Abhang vor einem Kreuz, das aus einfachen Ästen zusammengebunden und in den Boden gesteckt worden war. Frische Blumen markierten diese Stelle, an der Iris Nordqvist ums Leben gekommen war.

Als Eva aus dem Wagen sprang, hielt Peter sie zurück. »Bitte warte hier«, bat er sie.

Diesmal war es seine Sache, seine Verantwortung, und Peter hatte nicht die Absicht, sich ihr länger zu entziehen. Sein Vater stand mit dem Rücken zu ihm unbewegt vor dem einfachen Kreuz.

Peter war sich nicht sicher, ob sein Vater den Wagen überhaupt gehört hatte. Er fragte sich, was sein Vater vorhatte.

Ulf Nordqvist hob den rechten Arm, und jetzt erst erkannte Peter die Pistole. Sein Vater hielt sie an die Schläfe . . .

»Tu es nicht, Vater!« Peter machte einen beherzten Satz nach vorn und schlug seinem Vater gerade noch rechtzeitig die Pistole aus der Hand.

Ulf Nordqvist brüllte auf wie ein Tier, das in der Falle saß. »Lass mich«, schrie er seinen Sohn an und verpasste ihm einen solchen Kinnhaken, dass Peter zu Boden ging. Er bückte sich nach der Pistole, aber Peter war schneller. Er nahm die Waffe an sich, rappelte sich wieder auf. »Glaubst du, es ist alles wieder in Ordnung, wenn du dich umbringst?«

Ulf ließ die Schultern hängen. Er sah erbarmenswert aus in seinem einstmals eleganten Anzug, der jetzt um seine abgemagerte Gestalt schlotterte. Der Krawattenknoten war gelockert und hing schief an seinem Hals.

»Nein, es kommt nichts in Ordnung, aber ich muss auch nicht mehr über meine Fehler nachdenken«, sagte Ulf verbissen. Er wandte sich um, drehte seinem Sohn den Rücken zu.

Peter trat hinter seinen Vater. »Wir haben beide Fehler gemacht, und meine tun mir leid«, sagte er leise. Er wunderte sich selbst darüber, wie einfach es auf einmal war.

»Deine?« Ulf wandte nur kurz den Kopf, schaute wieder geradeaus.

»Ich war genau so verbohrt wie du«, gestand Peter.

Ulf schüttelte schwer den Kopf. »Der Tod deiner Mutter...« Er hielt inne, schluckte schwer. »Ich komme einfach nicht darüber hinweg.«

Peter legte eine Hand auf die Schulter seines Vaters. »Dann lass mich dir helfen«, bat er eindringlich.

Langsam drehte Ulf sich um. Tränen schimmerten in seinen Augen. »Ich kann dich wieder mein Sohn nennen«, sagte er leise.

Auch Peter spürte, wie Tränen in seine Augen stiegen. »Auf diesen Satz habe ich lange gewartet.« Er umschlang seinen Vater mit beiden Armen, spürte, wie eine gewaltige Last von seiner Seele fiel.

Peter hatte seinem Vater eine Woche strikte Bettruhe verordnet. Die ganze Aufregung hatte seinem Herzen geschadet, aber inzwischen war er auf dem Weg der Besserung. Jeden Tag sah Peter mehrmals nach seinem Vater, und der freute sich jedes Mal, ihn zu sehen.

Wie jeden Tag kam Elsa ihm auch heute mit besorgter Miene entgegen, nachdem er seinen Vater untersucht hatte.

»Wie geht es ihm?«

Peter lachte. »Heute geht es ihm besonders gut, weil ich ihm die erfreuliche Mitteilung machen konnte, dass wir die Sammlung nicht verkaufen müssen. Ich habe mit der Bank gesprochen, und wir bekommen einen Kredit. Es wird eng werden in den nächsten Jahren, aber zusammen schaffen wir das schon.«

Elsa atmete erleichtert auf. Sie wussten beide, dass es nicht leicht werden würde. Es waren nicht nur die finanziellen Schwierigkeiten, die aus dem Weg geräumt werden mussten, auch Ulfs Spielsucht würde nicht von selbst geheilt werden.

Aber auch da hatte Peter bereits vorgesorgt. Sein Vater war einverstanden, sich in eine Therapie zu begeben. Außerdem hatte er sich in sämtlichen Casinos im näheren Umkreis sperren lassen.

»Was ist eigentlich mit Frau Molin?« Es war das erste Mal, dass Elsa dieses Thema anschnitt. »Ist sie sehr enttäuscht, dass sie die Bilder nicht zum Verkauf anbieten kann?«

Peter wusste es nicht. Eva hatte ihren Entschluss nicht rückgängig gemacht und war sofort abgereist, nachdem sie seinen Vater gefunden hatten, sodass er nicht mehr mit ihr sprechen konnte. Sie hatte sich seither nicht mehr bei ihm gemeldet, und er wusste nicht, was er tun sollte. Dabei hatte er schreckliche Sehnsucht nach ihr.

»Ich denke, es ist in Ordnung für sie«, wich er vage aus.

Elsa sah ihn prüfend an. »Was soll das heißen? Hast du nicht mit ihr darüber gesprochen?«

»Sie ist zurück nach Stockholm gefahren. In ihr altes Leben«, sagte Peter traurig.

Elsa betrachtete ihn eindringlich. »Sie ist eine zauberhafte Frau. Willst du sie einfach so aufgeben?«

Nein, das wollte er nicht. Es gab keine Stunde, keine Sekunde, in der er nicht an Eva gedacht hatte. »Nein, ich will sie nicht aufgeben«, sagte er.

Elsa lächelte ihn an. »Also dann, worauf wartest du denn noch?«

Peter strahlte sie an. Er wusste, was er zu tun hatte.

Eva stand an der Glastür des Auktionshauses und starrte nach draußen. Jeden Tag stand sie hier, und oft fragte sie sich selbst, wonach sie eigentlich Ausschau hielt.

Im Grunde wusste sie die Antwort, aber sie wusste auch, dass er nicht kommen würde. Nicht heute, nicht morgen und auch nicht übermorgen ... Es war ihre eigene Schuld. Wieso war sie bloß so überstürzt abgereist? Inzwischen wusste sie das selbst nicht mehr.

»Ich habe eben mit Mailand telefoniert.« Martin kam in den Raum und stellte eine kostbare Urne auf einen der Ausstellungstische. »Da gibt es einen Caravaggio, der auf den Markt kommen soll. Hast du Lust, mit mir hinzufliegen?«

»Ich weiß nicht«, murmelte Eva uninteressiert. Noch vor kurzer Zeit hätte sie alles in Bewegung gesetzt, um einen solchen Auftrag an Land zu ziehen.

Martin sah auf. »Ist alles in Ordnung mit dir?« Er kam näher. »Oder denkst du immer noch an die Nordqvist-Sammlung? Meine Güte, das war Pech, dass er es sich im letzten Moment noch einmal anders überlegt hat.«

Es war weitaus mehr als das, dachte Eva, und sie würde es auch nicht als Pech bezeichnen. Allerdings war das nicht der Grund, der sie gedankenverloren nach draußen starren ließ, auch wenn sie Martin in diesem Glauben ließ.

Sie wandte sich von der Tür ab und ging zu ihrem Schreibtisch. »Ich werde nicht mit nach Mailand fahren«, sagte sie dabei. Sie hatte einfach keine Lust, und in der Stimmung, in der sie jetzt war, würde sie auch keine erfolgreichen Abschlüsse tätigen.

Die Tür wurde aufgerissen, und Annika hüpfte in den Raum. »Hej, Mama, ich muss dir was erzählen!«, sagte sie ungeduldig.

»Sofort, mein Schatz«, erwiderte Eva unkonzentriert. Sie griff nach ihrer Handtasche, suchte auf dem Schreibtisch nach ihrem Handy.

Annika hüpfte wie ein kleiner Irrwisch hin und her. Ihr Gesicht strahlte. Sie hatte weitere Fortschritte gemacht in den vergangenen Tagen und entwickelte sich mehr und mehr zu dem fröhlichen Mädchen, dass sie einmal gewesen war.

−210−

Eva hatte Wort gehalten und für ihre Tochter einen Reitstall am Rand von Stockholm gefunden, in dem sie auch Reitstunden nehmen konnte.

»Ich hab dir jemand mitge…«, begann Annika, doch Eva unterbrach sie.

»Ich bin gleich soweit, einen kleinen Moment noch.« Sie wandte sich an Martin. »Ich bringe sie eben zum Reitunterricht.«

Annika hielt es nicht mehr aus. »Mama«, rief sie laut. »Ich habe dir jemanden mitgebracht.« Sie lief raus, um kurz darauf wieder reinzukommen. An der Hand zog sie Peter hinter sich her.

»Hallo«, sagte Peter verlegen.

»Hej«, erwiderte Eva befangen, obwohl sie ihm am liebsten um den Hals gefallen wäre.

»Björn hatte solche Sehnsucht nach deiner Tochter und ich nach dir, da musste ich einfach etwas unternehmen.«

Eva spürte tiefe Erleichterung in sich und ein Glücksgefühl, das sich immer weiter in ihr ausbreitete. Sie strahlte. Glücklich schritt sie auf ihn zu: »Und ich dachte schon, du kommst gar nicht mehr!«

Peter zog sie in seine Arme, aber Annika drängelte bereits. »Können wir endlich fahren? Ich will wieder zu Björn.«

»Natürlich, mein Schatz«, stimmte Eva sofort zu.

»Und was ist mit mir?«, fragte Martin mit gespielter Strenge, während gleichzeitig ein schalkhaftes Glitzern in seinen Augen lag. »Immerhin arbeitest du für mich.«

Eva legte den Kopf ein wenig zur Seite. »Könntest du dich eventuell mit einer Filiale in Katarinaberg vertraut machen?«

Martin schüttelte lachend den Kopf. »Wahrscheinlich habe ich sowieso keine andere Wahl. Oder?«

Ihr erster Weg führte sie zum Schloss. Peter wollte seinem Vater sagen, dass er mit Eva zusammen war. Er war sicher, dass sich sein alter Herr darüber freuen würde.

Sie hätten auch gerne Margareta die frohe Nachricht überbracht, aber die war weder zu Hause noch in der Buchhandlung anzutreffen gewesen.

Auf Schloss Katarinaberg begleitete Elsa sie alle zusammen in den Salon. Als sie die große Flügeltür öffnete, quietschte Annika begeistert auf. »Oma, was machst du denn hier?«

Margareta stand bei Ulf Nordqvist. Beide waren in eine angeregte Unterhaltung vertieft gewesen. Ulf schaute Eva schmunzelnd an.

»Ich hatte eine Verabredung mit Ihrer Mutter, die ich damals leider nicht einhalten konnte. Ein unverzeihlicher Fehler. Ich bin gerade dabei, ihn wiedergutzumachen.«

Margareta lächelte. »Herr Nordqvist hat mich zum Essen eingeladen. Er hat auch eine sehr interessante Bibliothek, und da dachte ich mir, warum soll ich die Einladung eigentlich nicht annehmen.«

Ulf trat auf Eva zu und griff nach ihrer Hand. »Ich bin froh, dass Sie wieder da sind. Können Sie mir verzeihen?«

»Natürlich«, erwiderte Eva herzlich. »Das Wichtigste ist doch, dass es Ihnen wieder gut geht.«

Ulf Nordqvist sah von ihr zu Peter und wieder zurück. »Sie werden hierbleiben?«

Peter legte einen Arm um Evas Schulter und zog sie an sich. »Eine gute Restauratorin kann überall arbeiten, und wir haben doch jede Menge Platz, Eva ein Atelier einzurichten.«

Ulf machte große Augen. Die Idee schien ihm zu gefallen. »Sie werden hier arbeiten?«, vergewisserte er sich.

Eva schmiegte sich fest in Peters Arm, schaute lächelnd zu ihm auf. »Nicht nur arbeiten, denke ich.«

»Endlich«, seufzte Elsa tief auf. »Endlich kommt wieder Leben nach Katarinaberg.«

In der nächsten Zeit würde es vieles zu regeln geben. Der Umzug von Stockholm nach Katarinaberg, ihre berufliche Zukunft. Annika musste wieder zur Schule gehen und nach ihrer langen Krankheit wahrscheinlich eine Klasse wiederholen.

Das alles war ihnen egal. Sie hatten sich kurz verloren, aber alle wiedergefunden. Sie waren zusammen, und daran würde nichts und niemand je wieder etwas ändern.

Peter und Eva brachten Annika zusammen zu Björns Weide. Das Mädchen lief voraus, begrüßte das Pferd und erzählte ihm, dass sie sich bald jeden Tag sehen würden.

Peter und Eva lächelten sich an. Zärtlich nahm er sie in die Arme und beugte den Kopf, um sie zu küssen.

VICKERBY FÜR IMMER

Es herrschte rege Geschäftigkeit auf dem Betriebsgelände der Glasmanufaktur. Rohmaterial wurde von einem Transporter entladen. Ein Lastwagen mit der Aufschrift *Petterson Glas* fuhr vom Hof, als Håkan Petterson von einer Besprechung zurückkehrte. Er parkte seine Limousine direkt vor dem Eingang und stieg aus. Ein attraktiver Mann. Immer noch. Groß, mit dichtem, grauem Haar und seinem sorgfältig gestutzten Bart.

Håkan Petterson war bester Laune. Ein Hoffnungsschimmer zeichnete sich ab, die geschäftliche Besprechung mit dem Besitzer einer Hotelkette war gut verlaufen.

Håkan erwiderte freundlich den Gruß seiner Sekretärin Inger, die auf dem Weg zurück ins Firmengebäude gerade über den Hof kam.

»Wie war die Besprechung?«, erkundigte sich Inger.

Es war nicht nur eine höfliche Frage, es steckte ehrliches Interesse dahinter. Dabei wusste Inger nicht einmal, wie wichtig dieser Auftrag tatsächlich für *Petterson Glas* war. Håkan spürte den dumpfen Druck, der seit einiger Zeit sein ständiger Begleiter war. Er behielt sein optimistisches Lächeln bei, als er antwortete: »Ganz erfreulich.«

»Das ist schön.« Inger strahlte.

Sie vertraute ihm, ebenso wie die anderen Mitarbeiter. Sie wähnten ihre Arbeitsplätze sicher, und das erhöhte den Druck, unter dem Håkan stand. Er atmete tief durch, versuchte sich innerlich zu entspannen. Es würde alles gut werden. Es musste einfach alles gut werden.

Gespannt beobachteten Sirka und der Betriebsleiter Jan, wie der junge Glasbläser die Kugel drehte und geschickt zu dem Objekt formte, das auf dem Entwurf aufgezeichnet war.

»Wunderbar«, lobte Sirka. »Genau so habe ich es mir vorgestellt. Ihr seid echt die Besten.«

Jan lachte, warnte jedoch gleichzeitig: »Komplizierter dürfen deine Entwürfe aber nicht werden.«

Sirka fegte diesen Hinweis mit einer Handbewegung beiseite. »Eure Fähigkeiten sind noch lange nicht ausgeschöpft und meine Ideen auch nicht.«

»Ich bin gespannt, mit welchen Entwürfen du aus Murano zurückkommst«, sagte Jan. »Wahrscheinlich wirst du dir gleich einen italienischen Glasbläsermeister mitbringen müssen, der in der Lage ist, deine Fantasien umzusetzen.«

Sirka lachte und warf das lange, blonde Haar mit einer Handbewegung zurück. Ihre blauen Augen strahlten. »Da mache ich mir keine Sorgen«, behauptete sie. »Ich bin sicher, dass die Italiener von euch lernen können und nicht umgekehrt.« Sie zwinkerte Jan zu. »Aber bevor ich nach Murano fahre, um mich da inspirieren zu lassen, lege ich euch noch ein paar Entwürfe vor.«

Jan kam nicht dazu, darauf zu antworten, denn Håkan Petterson betrat den Raum. Er grüßte in die Runde, bevor er sich direkt an seine Tochter wandte. »Ich komme gerade von Gunnar Gunnarson. Er ist sehr interessiert an deiner neuen Kollektion.« Er strahlte. »Das wird ein riesiger Auftrag, wenn er für alle seine Hotels bestellt.«

»Das ist ja spitze«, freute sich Sirka. Sie liebte ihre Arbeit, hatte nach dem Kunststudium sogar eine Lehre als Glasbläserin absolviert, um sich mit dem Material richtig vertraut zu machen. Sie war sich sicher, ihren Traumberuf gefunden zu haben. Umso schöner, wenn ihre Entwürfe auch die Zustimmung der Kunden fanden.

»Schau mal.« Sirka wies stolz auf die Kugel, deren Entstehung sie und Jan eben beobachtet hatten. Ein außergewöhnliches Stück Glas, durch das sich blaue Nebelschlieren zu ziehen schienen. »Das erste Stück meiner neuen Deko-Kollektion. Gefällt es dir?«

Håkan betrachtete das Objekt eine Weile, bevor er bedächtig nickte. »Deine Fantasie erstaunt mich immer wieder. Ich bin stolz auf dich.« Zärtlich küsste er seine Tochter auf die Stirn.

Sirka errötete über dieses Lob. Auch wenn sie die Bestätigung für ihre Arbeit in der Begeisterung und den Aufträgen der Kunden fand, die Anerkennung des Vaters war ihr noch wichtiger.

Håkan unterhielt sich noch kurz mit ihr und Jan, bevor er sich verabschiedete, um in sein Büro zu gehen. Sirka hielt ihn zurück.

»Ich will am Mittwoch den Rosenstock auf Mamas Grab pflanzen. Kommst du mit?«, fragte sie behutsam.

Das Lächeln auf Håkans Gesicht erlosch. »Natürlich, ich wollte Birgitta sowieso besuchen.« Er starrte sekundenlang vor sich hin, schüttelte leicht den Kopf und sagte mehr zu sich selbst als zu seiner Tochter: »Ich fasse es nicht, dass sie jetzt schon ein Jahr nicht mehr bei uns ist.«

Es gelang ihm nur mit Mühe, die Tränen zu unterdrücken. »Sag einfach Bescheid, wenn du zum Friedhof fährst«, wandte er sich schließlich an seine Tochter.

Sirka nickte. Sorgenvoll schaute sie ihrem Vater nach, als er langsam die Glasbläserei durchquerte und zum Bürotrakt ging.

Auch Jan schaute Håkan nachdenklich nach. »Es wird wohl noch eine ganze Zeit dauern, bis er den Tod deiner Mutter überwunden hat.«

»Er weiß, dass es nach der langen Krankheit eine Erlösung für sie war. Im Kopf akzeptiert er das auch . . .« Sirka brach ab, als sie tief in ihrem Innern selbst den Schmerz spürte, der auch ihren Vater nicht losließ. Sie zuckte mit den Schultern. »Er vermisst sie schon sehr . . .«

Die Reise war lang und anstrengend gewesen. Seit sie am Flughafen Arlanda ins Taxi gestiegen waren, hatte Lilli kein Wort mehr gesagt. Sie saß im Fond des Wagens, den Kopf gegen die Rücklehne gepresst. Ihr schmales Gesicht war blass, und sie war müde, aber immer, wenn Jonas sich zu ihr umwandte, lächelte sie ihn an.

Als sie Stockholm über die Autobahn erreichten, spürte Jonas, wie seine eigene Müdigkeit schwand. Er war zu Hause. Endlich!

Er hatte die ganze Zeit über Heimweh gehabt. Wie sehr ihm seine Heimat aber tatsächlich gefehlt hatte, wurde ihm jetzt erst bewusst.

Sein Herz klopfte schneller, als das Taxi am Klarabergsviadukten rechts abbog. Von hier aus war es nicht mehr weit zu ihrer Wohnung auf Östermalm, ganz in der Nähe des Strandvägens.

Laura hätte am liebsten direkt am Strandvägen gewohnt. In der feinsten Gegend Stockholms, zwischen all den Prominenten, die dort lebten, und den vielen exklusiven Geschäften.

Jonas hatte lange und ausführlich mit ihr darüber diskutiert, dass er sich als Bankangestellter eine solche Wohnung nicht leisten konnte.

Die Wohngegend, für die sie sich schließlich entschieden hatten, fand Jonas nicht weniger schön als die Prachtstraße entlang des Nybroviken, auch wenn sie von ihrer Wohnung aus keinen Blick aufs Wasser hatten. Aber es war eine helle, freundliche Wohnung in einem der alten Häuser, die aufwändig restauriert worden waren. Von außen war die alte Fassade erhalten geblieben, dahinter befanden sich moderne Wohnungen mit allem Komfort.

Für Laura war es nicht mehr als ein Kompromiss gewesen, dem sie zähneknirschend zugestimmt hatte. Sie hatte sich hier nie so zu Hause gefühlt wie Jonas und Lilli.

Das Taxi fuhr durch einen begrünten Torbogen und hielt auf der schmalen, kaum befahrenen Straße vor der Reihe schöner, alter Wohnhäuser. Der Taxifahrer half Jonas dabei, die zahlreichen Gepäckstücke aus dem Kofferraum auszuladen. Jonas bezahlte ihn anschließend und entlohnte ihn zusätzlich mit einem großzügigen Trinkgeld.

Der Taxifahrer bedankte sich überschwänglich und fuhr davon. Jonas stand mit seiner zwölfjährigen Tochter und einer Menge Gepäck alleine auf der Straße.

»Eigentlich freue ich mich, wieder hier zu sein.« Lilli schaute die Hausfassaden empor.

»Ich mich auch«, nickte Jonas, verschwieg seiner Tochter aber, dass er auch so etwas wie Beklemmung empfand. Als sie vor drei Jahren hier weggegangen waren, war das einer Flucht gleichgekommen. Weg von Stockholm, weg von all den quälenden Erinnerungen und ganz besonders von allen ungerechten Vorwürfen. Dabei hätte es nur einer kurzen Erklärung bedurft, um alles gerade zu rücken. Er hatte sie nicht geliefert, um die Menschen zu schützen, die er liebte und die ihm trotz allem wichtig waren.

Der Abstand hatte ihm selbst gut getan, vor allem aber Lilli.

»Meine Freunde in Chicago werde ich aber bestimmt vermissen«, relativierte Lilli ihre Freude über das Heimkommen.

»Du wirst hier ganz schnell neue Freunde finden«, versicherte Jonas, »und die alten sind ja auch noch da.«

»Meinst du, die erkennen mich überhaupt noch?«, zweifelte Lilli und zeigte mit den Händen einen Abstand von mehr als einem Meter an. »Ich bin schließlich so ein Stück gewachsen.«

»Echt?« Jonas grinste. »Das ist mir gar nicht aufgefallen.«

Sie lachten beide herzlich. »Darf ich aufsperren?«, fragte Lilli schließlich.

Das Grinsen auf Jonas' Gesicht wurde noch breiter. »Weißt du überhaupt noch, welches die richtige Tür ist? Schließlich warst du erst so groß, als wir nach Chicago gezogen sind«, neckte Jonas seine Tochter und hielt die Hand in Höhe seiner Oberschenkel.

Lilli rollte demonstrativ mit den Augen und hielt gleich darauf herausfordernd die Hand auf.

Jonas legte den Schlüssel hinein. Ohne einen Augenblick zu zögern, schloss Lilli die richtige Tür auf und ging ins Haus. Jonas trug erst einmal das Gepäck unten in den Hausflur und folgte dann seiner Tochter nach oben. Dabei fiel sein Blick auf das Klingelschild neben der Wohnungstür. *Laura, Jonas und Lilly Nyvell* stand da immer noch. Gleich morgen würde er das Türschild austauschen. Laura, Jonas und Lilly, das gab es nicht mehr.

Er horchte in sich hinein. Das Nachhausekommen war weitaus weniger belastend, als er es sich vorgestellt hatte. Keine peinigenden Erinnerungen, die sofort auf ihn hereinstürmten. Es war einfach nur ihre Wohnung. Noch etwas steril, weil sie viele kleine persönliche Dinge mit nach Chicago genommen hatten, die jetzt erst noch ausgepackt werden wollten. Aber sauber, weil er seine Putzfrau dafür bezahlt hatte, auch während ihrer Abwesenheit regelmäßig nach dem Rechten zu sehen. Die weißen Bezüge, die vor ihrer Abreise über die Möbel ausgebreitet worden waren, hatte sie entfernt.

Jonas war Frau Olsson dankbar für diese Umsicht. Es half ihm und auch Lilli, sich gleich wieder heimisch zu fühlen. Er erinnerte sich noch genau an seine Gefühle, als die weißen Schonbezüge damals ausgebreitet wurden. Wie riesige Leichentücher waren sie ihm vorgekommen, die alles bedeckten, was sein bisheriges Leben ausgemacht hatte.

Die Luft roch ein wenig abgestanden. Jonas öffnete alle Fenster, bevor er das Gepäck nach oben holte. Er musste mehrmals nach unten laufen, bis alle Koffer und Reisetaschen endlich in der Wohnung waren. Lilli richtete sich derweil in ihrem Zimmer ein. Jonas sah, dass sie Lauras Bild bereits auf ihren Nachttisch gestellt hatte.

»Früher war es hier wohnlicher«, meinte er, »aber wir kriegen das mit der Zeit schon hin.«

»Ja, klar«, sagte Lilli. Es klang ehrlich. Sie untersuchte jede

Ecke, öffnete jede Schublade und schien sich bereits nach wenigen Minuten wieder richtig zu Hause zu fühlen. Laura hatte das Kinderzimmer eingerichtet, ebenso wie den Rest der Wohnung. Die Farbe Weiß dominierte auch in der Einrichtung. In Lillis Zimmer hatte sie aber mit bunten Pastelldecken und Vorhängen den kindlichen Charakter des Raumes unterstrichen.

Jonas kam mit Lillis Geigenkoffer in ihr Zimmer. »Hast du Stockholm sehr vermisst?«, wollte er wissen.

Lilli dachte sekundenlang über seine Frage nach und zuckte dann mit den Schultern. »Ich weiß nicht, aber ich finde es toll, wieder hier zu sein.«

Jonas drückte ihr lächelnd den Geigenkoffer in die Arme. »Deine alte Musiklehrerin wird über deine Fortschritte staunen.«

Lilli stellte den Geigenkoffer neben ihren weißen Schreibtisch. Als sie sich zu ihrem Vater umdrehte, umspielte ein versonnenes Lächeln ihre Lippen. »Mama hätte sich auch gefreut. Ich kann mich noch gut daran erinnern, wie sie mich immer vom Geigenunterricht abgeholt hat.«

Sie warf sich quer über ihr Bett. Jonas ging auf der anderen Seite davor in die Hocke und griff nach ihrer Hand. »Wir werden immer an sie denken, und vielleicht schaffen wir es ja jetzt, uns an die schönen Zeiten mit ihr zu erinnern. An all das, was wir zusammen gemacht haben, und den Spaß, den wir dabei hatten«, sagte er zärtlich.

Lilli hatte anfangs sehr um ihre Mutter getrauert. Sie hatte sehr gelitten, und Jonas hatte sich ihretwegen ernsthafte Sorgen gemacht. Er hatte oft nicht gewusst, wie er mit der Trauer seines Kindes umgehen sollte. Zumal ja auch noch sein eigener Schmerz in ihm wütete.

Als die Bank ihm in dieser Situation vorgeschlagen hatte, eine der Auslandsfilialen in Chicago zu übernehmen, schien ihm das der einzig mögliche und richtige Ausweg zu sein.

Im Nachhinein war es die richtige Entscheidung gewesen. Die vielen neuen Eindrücke hatten nicht nur ihn, sondern auch Lilli abgelenkt. Lilli trauerte zwar immer noch um Laura und sprach auch viel von ihr, aber die Trauer hatte eine andere Wertigkeit erhalten. Sie beherrschte nicht mehr ihr ganzes Leben. Lilli konnte wieder lachen und sich an den Dingen erfreuen, die ihr Spaß machten.

Und er selber? Jonas wollte nicht darüber nachdenken, wie es in ihm selbst aussah. Er hatte damals nicht nur Trauer empfunden, da war viel mehr gewesen. Gefühle, die ihm manchmal sogar Angst gemacht hatten.

Es war vorbei, und er wollte nicht mehr daran denken. Wann immer diese Gedanken zurückkehrten, drängte er sie sofort beiseite.

Lilli drückte seine Hand und warf einen Blick gegen die Decke. »Ich glaube, Mama sieht uns jetzt gerade und freut sich, dass es uns wieder gut geht.«

»Sie freut sich vor allem darüber, dass du wieder lachst«, sagte Jonas mit all der Überzeugungskraft, zu der er fähig war. Was immer auch passiert war, Lilli sollte nie den Glauben daran verlieren, dass sie für ihre Mutter das Wichtigste auf der Welt gewesen war.

Jonas mochte nicht länger über Laura reden. Er wusste genau, wie er seine Tochter auf ein anderes Thema bringen konnte.

»Wie wäre es, wenn ich dich zum Mittagessen auf eine Pizza einlade?«

»Pizza ist super!« Lilli sprang von ihrem Bett. »Und die schmeckt hier auch viel besser als in Chicago.«

Jonas lachte seine Tochter an. »Da ist es doch nett, dass die Bank mir wieder eine Stelle in Stockholm angeboten hat, wenn die Pizza hier so viel besser ist. Holen wir auch gleich das Auto ab.«

Jonas hatte sein Auto für die Zeit seiner Abwesenheit in einer Werkstatt abgestellt. Den Besitzer der Werkstatt kannte er seit vielen Jahren, und er konnte sich darauf verlassen, dass der Mann seinen Wagen in Schuss gehalten hatte.

Lilli war schon an der Tür, bevor Jonas überhaupt aufgestanden war. Er stützte sich mit beiden Händen auf dem Bett ab und wollte sich gerade abdrücken, als sein Blick auf Lauras Foto fiel. Ihr schönes Gesicht, umrahmt von halblangem, blondem Haar.

Seine Gesichtszüge verhärteten sich. In seinem Magen spürte er den harten Kloß, der sich bei jedem Gedanken an Laura in ihm auszubreiten schien. Seit jenem Tag, seit dem Moment, als sie . . .

»Kommst du, Papa?«, hörte er Lilli aus dem Flur rufen.

Jonas wandte den Blick ab, schluckte die Verbitterung hinunter. Laura, das war Vergangenheit. Er brauchte seine ganze Kraft für die Zukunft, für sich und für Lilli.

Håkan verbrachte die Mittagspause in seinem Büro und blätterte die aktuelle Post durch. »Nichts als Mahnungen«, murmelte er. Seine gute Stimmung vom Vormittag war verflogen. Als Inger in sein Büro kam und ihn fragte, ob sie ihm einen Kaffee bringen sollte, stimmte er gerne zu. Dann senkte er wieder den Kopf und konzentrierte sich auf die Zahlen vor sich. Es musste etwas passieren und zwar möglichst schnell.

Es lief einfach nicht mehr so gut wie vor ein paar Jahren. Da hatte er sich sogar eine komplette Sanierung des Firmengebäudes leisten können.

Das Gebäude stammte aus den Anfängen von *Petterson Glas*. Dicke Mauern, halbrunde Fenster in den weiß getünchten Klinkerwänden. Als er selbst das Unternehmen, das sich seit mehreren Generationen in Familienbesitz befand, von seinem Vater übernommen hatte, waren die Klinker noch rot gewesen und die Büros durch Wände voneinander separiert.

Nach der Sanierung waren nur die tragenden Innenwände und Säulen stehen geblieben. Alle anderen Wände hatte Håkan durch Glas ersetzen lassen. Die Büros gruppierten sich um einen großen Empfangsbereich, in dem einige besonders schöne Objekte aus der firmeneigenen Glasbläserei ausgestellt waren.

Håkan konzentrierte sich auf die Frage, wie er die Firma bis zum nächsten Auftrag über Wasser halten konnte. Er wusste, dass es nicht seine Schuld war. Die globale Wirtschaftskrise hatte auch vor seinem Unternehmen nicht Halt gemacht. Trotzdem fühlte er sich schuldig, und die Verantwortung für seine Mitarbeiter lag auf ihm wie eine erdrückende Last. Manchmal hatte er das Gefühl, dass er sie nicht mehr tragen konnte. Håkan vergrub das Gesicht in den Händen und seufzte. Er bemerkte seine Assistentin Berit erst, als sie ihn ansprach.

»Hast du Sorgen, Håkan?«

Håkan sah auf. Ein flüchtiges Lächeln zog über sein Gesicht. »Es geht schon«, behauptete er, obwohl er sicher war, dass sie es besser wusste. Berit Hansson war seine rechte Hand und außer ihm die einzige Person bei *Petterson Glas*, die über die wahre Firmensituation bestens informiert war. Sie war ein paar Jahre jünger als Håkan. Eine sehr schöne Frau, mit kurzen, dunkler Haaren, in einem eleganten Kostüm.

Sie musterte ihn prüfend. »Wenn ich irgendetwas für dich tun kann, sag nur Bescheid.«

»Danke, das ist nett«, erwiderte Håkan zurückhaltend. »Es ist wirklich alles in Ordnung.«

Berit kam langsam näher. »Ich bin immer für dich da, Håkan«, sagte sie mit rauer, lockender Stimme. »Nicht nur, soweit es die Firma betrifft. Du kannst mich jederzeit anrufen.«

Håkan zog kurz die Augenbrauen zusammen, lächelte jedoch gleich darauf wieder distanziert. »Ich bin ja nicht allein«, lehnte er ihr Angebot ab. »Sirka ist da und unsere Haushälterin. Die beiden waren mir wirklich eine große Hilfe, seit Birgitta nicht mehr da ist.«

»Du solltest nur wissen, dass du dich auf mich verlassen kannst.« Sie bedachte ihn mit einem langen Blick.

»Das weiß ich«, erwiderte Håkan.

Berit betrachtete ihn eine Weile, sie schien auf die Fortsetzung des Gesprächs zu warten. »Du weißt ja, wo du mich findest«, sagte sie schließlich und wandte sich um. Als sie die Tür erreicht hatte, rief Håkan ihren Namen. Sie drehte sich um, schaute ihn erwartungsvoll an.

»Sirka muss von unseren kleinen, finanziellen Engpässen nichts wissen«, bat er. »Ich möchte, dass sie unbeschwert nach Italien fährt.«

»Natürlich.« Berit nickte. »Von mir erfährt sie nichts.«

Der Wagen war wirklich vorbildlich gepflegt worden. Er sprang sofort an, als Jonas ihn startete. Für die nächsten Tage hatte er einige Ausflüge mit Lilli geplant. Er selbst hatte noch Urlaub, bis für Lilli wieder die Schule begann. Das war eine der Voraussetzungen gewesen, unter denen er sich bereit erklärt hatte, seine alte Stelle in der Stockholmer Bank wieder anzutreten.

Die Pizzeria war nicht weit von der Werkstatt entfernt, allerdings hatte inzwischen der Besitzer gewechselt. Das Essen war trotzdem hervorragend. Danach waren Jonas und Lilli so satt, dass sie den Nachtisch auf später verschoben. Jonas versprach seiner Tochter einen Småländsk Ostkaka, für dessen Zubereitung er laut eigener Aussage berühmt war. Vorher mussten sie aber noch für die nächsten Tage einkaufen.

Es ist fast so, als wären wir nie weg gewesen, schoss es Jonas durch den Kopf, als er den Wagen durch den dichten Stockholmer Verkehr steuerte. Er hatte schon immer sehr viel Zeit mit der gemeinsamen Tochter verbracht, sehr viel mehr Zeit als Laura. Sie hatte Lilli lediglich hin und wieder vom Geigenunterricht abgeholt, selbst am Wochenende hatte sie wenig Zeit und Interesse für gemeinsame Aktivitäten aufgebracht. Vielleicht war das Lilli deshalb so in Erinnerung geblieben.

Wie immer, wenn ihn solche Gedanken überfielen, verdrängte er sie ganz schnell. Für Laura gab es keinen Platz mehr in seinem Leben, und entgegen dem, was er Lilli gesagt hatte, fiel es ihm schwer, sich an die guten Zeiten mit Laura zu erinnern. Zuviel war zuletzt zwischen ihnen passiert. Es hatte alles zerstört, was einmal schön gewesen war. Zum Glück war da Lilli, die ihn immer wieder ablenkte, wenn ihn diese Gedanken wieder einholten.

Jonas parkte den Wagen am Straßenrand vor dem Haus. Gemeinsam bugsierten sie die Einkaufstüten in Richtung Haustür.

»Darf ich dir nachher beim Nachtisch helfen?«, fragte Lilli.

»Ich soll dir also mein Geheimrezept verraten?«, grinste Jonas. »Ich habe dich durchschaut, aber daraus wird nichts, du Schlitzohr.«

»Du brauchst dich gar nicht so aufzuplustern«, gab Lilli im gleichen Tonfall zurück. »Erstens interessiert mich dein Geheimrezept nicht, und zweitens bin ich von der Pizza immer noch pappsatt.«

Genau in diesem Moment kam der Briefträger zu ihrer Haustür.

»Hej«, grüßte Lilli freundlich, »haben Sie Post für uns? Jonas und Lilli Nyvell, wir wohnen jetzt wieder hier.«

»Mal sehen«, erwiderte der Postbote und durchsuchte den entsprechenden Briefstapel in der Tasche an seinem Lenker.

»Ach, komm Lilli«, sagte Jonas ungeduldig. Die Einkaufstüten wurden ihm allmählich schwer. »Wir sind gerade mal ein paar Stunden hier. Von wem erwartest du denn jetzt schon Post?«

»Von allen«, erwiderte Lilli selbstverständlich. »Alle meine Freundinnen aus Chicago haben versprochen, mir zu schreiben.«

Der Briefträger war tatsächlich fündig geworden. »Glück gehabt«, sagte er, »hier, ein Brief für Lilli und Jonas Nyvell.« Er reichte Lilli das Kuvert und schob sein Fahrrad weiter zum nächsten Haus.

»Siehst du«, sagte sie triumphierend. »Aber wieso ist der Brief auch für dich?« Als sie den Absender las, rief sie laut aus: »Der ist gar nicht aus USA. Der ist aus Vickerby, von Tante Sirka.« Lilli reichte sie ihn an ihren Vater weiter.

Jonas ließ sich nicht anmerken, was die Worte seiner Tochter in ihm auslösten. Er hätte wissen müssen, dass es hier in Schweden weitaus schwieriger sein würde, seinen Erinnerungen zu entfliehen. Sekundenlang fragte er sich sogar, ob er nicht besser mit Lilli in Chicago geblieben wäre. Nachdenklich ging er die Treppen hinauf.

In der Wohnung öffnete er den Brief und las Sirkas herzliche Worte, die an ihn und Lilli gerichtet waren. »Am Mittwoch vor einem Jahr ist Oma gestorben«, teilte er seiner Tochter mit.

»Oh, so lange ist das schon her?« Lillis Gesicht nahm einen traurigen Ausdruck an. »Ich erinnere mich noch ganz genau an Oma. Sie war immer so nett.«

Ja, Birgitta war eine sehr nette Frau gewesen. Als Jonas vor einem Jahr die Nachricht erhielt, dass sie gestorben war, hatte ihn das sehr betroffen gemacht. Er hatte sogar mit dem Gedanken gespielt, nach Schweden zu fliegen, um an ihrer Beerdigung teilzunehmen. Letztendlich hatte er sich doch dagegen entschieden, weil er genau wusste, dass er in Vickerby nicht willkommen war. Umso mehr wunderte er sich über Sirkas Vorschlag.

»Tante Sirka schreibt, wir sollen nach Vickerby kommen«, sagte er zu Lilli. »Du könntest ein paar Tage da bleiben. Opa würde sich auch freuen.«

Lilli war sofort begeistert. »Darf ich?«, stieß sie atemlos hervor.

Jonas war sich nicht sicher, ob er diese Einladung wirklich annehmen sollte. Es war so vieles passiert, was in engem Zusammenhang mit Vickerby stand. Er hatte dort sein großes Glück gefunden, aber auch sein schlimmstes Leid erlebt. Wollte er wirklich noch einmal an diesen Ort zurück? Sein Blick begegnete dem flehenden Augenpaar seiner Tochter. Er brachte es nicht übers Herz, rundheraus abzulehnen.

»Übermorgen«, sagte er gedehnt. »Na ja, mal sehen.«

Natürlich ließ Lilli ihm an diesem und den ganzen nächsten Tag keine Ruhe. Sie bettelte so lange, bis Jonas schließlich zustimmte.

Am folgenden Morgen konnte Lilli die Abfahrt kaum erwarten, während Jonas sie ganz gerne noch ein wenig hinausgezögert hätte. Es war nicht sehr weit von Stockholm nach Vickerby. Die hübsche Kleinstadt lag in Östergötland, direkt an der Ostsee.

Jonas war angespannt, als sie sich auf den Weg machten. Er wusste nicht, was ihn in Vickerby erwartete. Obwohl es ein strahlend schöner Tag war und die Sonne von einem wolkenlos blauen Himmel schien, hatte er das Gefühl, seinen Wagen geradewegs in eine dicke Nebelwand zu steuern.

Während der Fahrt entspannte Jonas sich ein wenig, zudem lenkte ihn Lillis fröhliches Geplauder ab. Als sie müde wurde, schob sie eine CD mit einem Geigenkonzert in den CD-Player. Jonas wusste nicht, von wem das Stück war, das aus den Lautsprechern erklang, aber es passte zu der Landschaft, die jetzt an ihnen vorbeizog.

Die Straße säumte die Bucht entlang der Küste, vorbei an Dörfern mit ihren so typischen roten Häusern. Dahinter erstreckten sich ausgedehnte Wälder. Nirgendwo ist Schweden schwedischer als hier, hatte Laura immer gesagt.

Das Spiel der Geige nahm an Intensität zu, erfüllte den Wagen mit seinen Klängen. Jonas ließ sich mitreißen, von der Musik, von der Landschaft, und spürte, wie die Gegenwart verschwamm und die Vergangenheit ihn einholte ...

»Hörst du das, Papa?«, sagte Lilli plötzlich. »Wenn ich doch auch nur so spielen könnte.«

Jonas atmete tief ein und aus. Er fühlte sich, als käme er aus einer anderen Welt, er war in die Gegenwart zurückgekehrt, gerade noch rechtzeitig. Kurz wandte er den Kopf und lächelte seiner Tochter zu. »Wenn du so spielen könntest, wärst du ein Wunderkind. Ich bin froh, dass du das nicht bist. Wunderkinder haben es im Leben nicht leicht.«

»Oma Birgitta hat das Stück mal gespielt.«

Jonas war überrascht, dass Lilli sich sogar noch daran erinnern konnte, was ihre Großmutter auf der Geige gespielt hatte. »Das Talent hast du von ihr«, stellte er fest. »Von mir kannst du es jedenfalls nicht haben.«

»Na und«, gab Lilli zurück. »Dafür kannst du andere Sachen ganz gut.«

»Ja?« Wieder lächelte Jonas ihr kurz zu, bevor er wieder nach vorn schaute. »Was denn genau?«

Lilli tat so, als müsse sie über die Antwort erst nachdenken. »Du bist gut im Sport«, sagte sie schließlich gedehnt, überlegte dann wieder sekundenlang. »Du kennst alle Baumarten«, fuhr sie fort. »Du kannst gut kochen und ganz toll vorlesen.«

»Klingt ja fast so, als wäre ich ein guter Vater.«

»Bist du auch«, erwiderte Lilli jetzt eifrig. »Du bist der beste Papa der Welt.«

Jonas streichelte seiner Tochter kurz über die Wange. Für ihn war sie die beste Tochter der Welt. Wenn etwas Gutes aus seiner Beziehung mit Laura entstanden war, dann war es Lilli.

Der Friedhof zog sich über eine leichte Anhöhe bis zur Kirche, die alles überragte. Über die Natursteinmauer hinweg war das Meer zu sehen. Nur das leise, beständige Rauschen der Wellen war zu hören.

Håkan schaute zu, wie seine Tochter den Rosenstamm direkt vor dem Grabstein einpflanzte, auf dem die Namen seiner Frau und seiner Tochter eingemeißelt waren.

Sirka ahnte, was in ihm vorging. Er war erfüllt von tiefer Traurigkeit, vermisste seine geliebte Frau noch immer schmerzlich an jedem einzelnen Tag. Aber da war noch mehr. Ihr Vater war davon überzeugt, dass es der Tod ihrer Schwester gewesen war, der ihrer Mutter das letzte bisschen Lebenskraft geraubt hatte und sie deshalb nicht mehr die Kraft besaß, gegen den Krebs in ihrem Körper anzukämpfen.

Ihr Vater war seither nicht nur von Schmerz, sondern vor allem von Bitterkeit erfüllt.

»Birgittas Lieblingsblumen«, sagte er leise und zeigte auf den Rosenstamm. »Ich hatte vor dem ersten Rendezvous mit Birgitta im Blumenladen ganz zufällig nach dieser Rose gegriffen. Wäre ich mit einem Strauß Tulpen angekommen, hätte ich wahrscheinlich keine Chance bei ihr gehabt.« Er lächelte wehmütig.

Sirka schmunzelte. Sie strich noch einmal die Erde rund um den Rosenstamm glatt und richtete sich auf. »Das kann ich mir nicht vorstellen«, sagte sie kopfschüttelnd. »Mama hat immer gesagt, dass es vom ersten Augenblick um sie geschehen war.« Sie seufzte. »So einzigartig stellt man sich doch die Liebe vor. Eindeutig und überwältigend.«

»Und ein Leben lang andauernd«, ergänzte Håkan. »In guten wie in schlechten Zeiten. Ich wollte immer nur, dass deine Mutter glücklich ist. Dafür hätte ich alles getan.« Bitterkeit lag in seiner Stimme, als er hinzufügte: »Anders als dieser Jonas, der deine arme Schwester nur ins Unglück gestürzt hat.«

»Ach, Papa!« Sirka schmiegte sich an ihren Vater. Sie wusste, wie sehr der Tod ihrer Schwester ihn beschäftigte, wie viel Kraft ihm die Gedanken an seine Tochter im Alltag raubten. Wie gerne hätte sie ihm an diesem Punkt Erleichterung verschafft. Im Gegensatz zu ihrem Vater gab Sirka ihrem Schwager nicht die Schuld an dem schlimmen Unfall, der ihre Schwester das Leben gekostet hatte. Irgendwann musste ihr Vater doch einsehen, dass Jonas nichts dafür konnte. Aber selbst nach dieser langen Zeit war er noch nicht so weit. Behutsam sagte sie: »Seit Lauras Unfall sind inzwischen drei Jahre vergangen.«

Sie spürte, wie sich ihr Vater verkrampfte.

»Mitten aus dem Leben gerissen«, flüsterte er vor sich hin. Er löste sich von Sirka. Sein Kopf war gesenkt, sein Blick starr ins Leere gerichtet, als er ging.

Bedrückt schaute Sirka ihm nach. Es war schon so alles schwer genug für ihren Vater. Dieser Hass, den er in sich trug, machte es ihm nicht leichter.

Jonas fuhr langsam über das Kopfsteinpflaster. Vickerby war ein schönes Städtchen mit mediterranem Flair. Die Geschäfte gruppierten sich um den Marktplatz und boten außer Lebensmitteln und Haushaltsgegenständen Souvenirs für die Touristen, die im Sommer anreisten, darunter auch gläserne Dekorationsobjekte aus der Petterson-Produktion. Es schien, als wäre die Zeit hier stehen geblieben, und wieder einmal wunderte sich Jonas, wie viel seiner Tochter in Erinnerung geblieben war.

»Kuck mal, da ist das kleine Café, wo wir immer den dicken Kakao getrunken haben.« Lilli zeigte im Vorbeifahren auf das gemütliche Restaurant.

»Aber da hinten, eine Straße weiter«, sagte Lilli, »da ist das Wollgeschäft, das Mamas Schulfreundin gehört.«

»Und noch eine Straße weiter ist mein Hotel«, ergänzte Jonas. Kurz darauf hatten sie ihr erstes Ziel auch schon erreicht. Ein weißer, behäbiger Holzbau mit üppig blühenden Geranien an den Fenstern.

»Ich verstehe einfach nicht, wieso du im Hotel wohnen willst«, sagte Lilli mit einem leicht trotzigen Unterton.

»Lilli, das habe ich dir doch schon erklärt«, sagte Jonas leicht ungeduldig. »Der Opa kann mich nun einmal nicht so gut leiden, und deshalb kann ich auf keinen Fall in seinem Haus wohnen.«

Nicht so gut leiden, das ist wahrscheinlich die Untertreibung des Jahrhunderts, schoss es Jonas durch den Kopf. Bei ihrer letzten Begegnung hatte Håkan keinen Hehl daraus gemacht, wie sehr er seinen Schwiegersohn hasste.

»Bitte, Lilli, du verstehst das doch?«, warb er um ihr Verständnis.

Lilli schob die Unterlippe vor. »Nein, ich finde das kindisch. Ihr seid doch beide nett.«

Lilli schaffte es immer wieder, ihn zum Schmunzeln zu bringen. »So, du findest mich also nett.«

»Ja«, nickte Lilli.

»Ich bringe jetzt erst mal mein Gepäck ins Zimmer«, sagte Jonas und war froh über den kurzen, zeitlichen Aufschub.

»Okay«, stimmte Lilli wenig begeistert zu. »Aber danach fahren wir sofort zu Opa.«

Jonas nickte ergeben.

Das stattliche Herrenhaus war durchaus mit einem Schloss zu vergleichen. Ein schmiedeeisernes Tor, das zwischen zwei Steinpfeilern eingelassen war, führte zu dem großen, kiesbedeckten Vorplatz. Auf einem grasbewachsenen Rondell wuchsen große, zu Kugeln geschnittene Buchsbäume.

Stufen führten zum Eingang des sandfarbenen Herrenhauses, rechts und links davon erstreckten sich die beiden Flügel des Gebäudes.

Links neben dem Hauptgebäude befanden sich zwei Nebengebäude. Eines davon sah wie eine Miniaturausgabe des Herrenhauses. Das war Birgittas Reich gewesen. Hier hatte sie nicht nur selbst musiziert, sondern oft in dem historischen Ambiente mit befreundeten Musikern Konzerte gegeben.

Håkan hatte alles unverändert gelassen, aber seit Birgittas Tod durfte außer ihm niemand mehr das Gebäude betreten.

Das Herrenhaus ist viel zu groß für zwei Personen, dachte Sirka oft, wenn sie nach Hause kam. Heute hatte sie sich ein bisschen verspätet. Ihr Vater saß schon am gedeckten Mittagstisch inmitten des Raumes. Weiße Wände und Möbel unterstrichen die Helligkeit des Zimmers, die weit geöffneten Terrassentüren

-234-

verstärkten den Eindruck von Weite und Helligkeit. Der Blick reichte über den sorgfältig gepflegten Park bis hinunter zum Ufer.

Die Haushälterin Pia kam gerade aus dem Esszimmer, als Sirka hinein wollte.

»Ich bin da.« Sirka lächelte der älteren Frau freundlich zu. »Wir können dann anfangen.«

Über Håkans eben noch müdes Gesicht zog ein Lächeln, als seine Tochter sich zu ihm an den Tisch setzte. Sirka fand, dass ihr Vater erschöpft aussah.

»Warst du noch im Atelier?«, wollte ihr Vater wissen.

Sirka schüttelte den Kopf. »Ich war im Reisebüro, um mein Ticket für Venedig abzuholen. In drei Wochen geht es los.«

»In drei Wochen schon?« Håkan wirkte erschrocken. »Ich habe gar nicht gemerkt, wie schnell die Zeit vergangen ist.«

»Ich kann das Ganze auch verschieben«, schlug Sirka hastig vor. Sie hatte ohnehin kein gutes Gefühl dabei, ihren Vater so lange alleine zu lassen. Es ging ja nicht um einen kurzen Urlaub, sie würde ein ganzes Jahr in Italien bleiben.

Sirka brachte es nicht übers Herz, ihrem Vater zu sagen, dass sie sich keineswegs auf ihre Reise so freute, wie er glaubte. Sie hätte ihm gerne gesagt, dass sie lieber zu Hause bleiben würde. Die Angst, ihn zu enttäuschen, hielt sie zurück. Schließlich hatte er das Ganze mit seinem italienischen Freund, dem Besitzer der Glasmanufaktur, für die Sirka demnächst arbeiten würde, arrangiert.

»Das kommt überhaupt nicht in Frage«, lehnte ihr Vater kategorisch ab. »Es ist alles geplant. Außerdem freust du dich darauf, und die Firma wird auch davon profitieren, wenn du dich in Murano von einem ganz neuen Leben inspirieren lässt.«

Nur mit Mühe brachte Sirka ein Lächeln zustande.

Håkan hob den Kopf, als es an der Tür klingelte. »Wer ist das denn? Erwarten wir Besuch?«

Sirka zuckte nur mit den Schultern und stand auf, um zur Tür zu gehen. Sie ahnte, wer da draußen stand, und fühlte sich mit einem Mal nicht mehr wohl bei dem Gedanken, dass ihr Vater und Jonas sich gleich gegenüberstanden. Als sie diesen Brief an Jonas und Lilli schrieb, hielt sie das noch für eine gute Idee und war von der Hoffnung erfüllt gewesen, dass alles wieder gut wurde, wenn die beiden Männer sich nur erst einmal wieder die Hand gereicht hatten. Der Ausbruch ihres Vaters am Morgen auf dem Friedhof hatte ihr aber gezeigt, dass er noch lange nicht so weit sein würde. Der Gedanke, dass es möglicherweise niemals mehr zu einer Versöhnung kam, machte sie traurig. Dabei wäre es gerade jetzt so gut für ihren Vater gewesen. Er bliebe nicht so ganz allein, wenn sie erst einmal in Venedig war.

Als sie die Tür öffnete, sah sie Jonas und Lilli neben einem Wagen stehen. Die Fahrertür war weit geöffnet, und die beiden diskutierten miteinander.

»Wenn etwas ist, kannst du mich auf dem Handy anrufen«, sagte Jonas gerade.

»Was?« Lilli stemmte empört die Hände in die Hüfte. »Du willst nicht mal mit reinkommen? Das kannst du nicht machen. Du musst Opa wenigstens begrüßen.«

Schweigend und von beiden unbemerkt beobachtete Sirka die Szene. Sie konnte die Empörung ihrer Nichte verstehen, Lilli wusste offensichtlich nicht, was zwischen Jonas und Håkan vorgefallen war. Groß war sie geworden in den vergangenen drei Jahren. Immer noch ein Kind, aber auf der Schwelle zur jungen Frau. Ihre langen, blonden Haare fielen offen über ihre schmalen Schultern. Sie trug einen niedlichen, roten Minirock und darüber eine passende Jacke.

Sirka hatte ihre Nichte als kleines Mädchen in Jeans, mit geflochtenen Zöpfen in Erinnerung.

Auch Jonas hatte sich verändert. Er wirkte reifer. Kleine Fältchen hatten sich rund um seine Augen eingegraben. Aber er war immer noch attraktiv. Groß, mit dunklem, leicht verwuscheltem Haar.

Sirka trat näher. »Hej, Lilli! Jonas! Schön, dass ihr gekommen seid.«

Jonas starrte sie überrascht an. Er musterte sie von Kopf bis Fuß.

Sirka wusste, dass sie sich in den vergangenen Jahren ebenfalls verändert hatte. Sie war ein unscheinbares Mädchen gewesen, damals, als sie Jonas das letzte Mal gesehen hatte, und jetzt hatte sie sich zu einer hübschen, jungen Frau entwickelt. Sein offensichtliches Erstaunen amüsierte sie.

»Du bist aber . . .«, Jonas verstummte.

». . . groß geworden, wolltest du sagen?«, ergänzte Sirka lachend. »Und du?«, wandte sie sich an ihre Nichte. »Kannst du dich überhaupt noch an mich erinnern?«

»Klar«, Lilli flog in ihre Arme, und die Spur von Fremdheit, die sie eben noch empfunden hatte, löste sich auf. Lilli schmiegte sich ganz fest an Sirka. Sie hielt sie immer noch fest umschlungen, als sie den Kopf hob und sagte: »Du bist schließlich meine einzige Tante.«

Sirka drückte das Mädchen noch einmal ganz fest an sich. Sie war so froh, die beiden zu sehen. Sie waren außer ihrem Vater alles, was sie noch an Familie hatte.

»Wo ist Opa?«, wollte Lilli wissen.

»Im Esszimmer«, sagte Sirka. »Kommt rein, er wird sich freuen, euch zu sehen.« Sirka spürte selbst, wie wenig überzeugend das klang. Jonas schaute sie zweifelnd an.

»Ich weiß nicht«, erwiderte er zögernd. »Ich sollte lieber wieder fahren.«

»Bitte, Papa«, bat Lilli.

»Natürlich kommst du mit rein«, sagte Sirka und hoffte dabei inständig, dass ihr Vater sich in Lillis Gegenwart zurückhielt. »Du gehörst zur Familie«, fügte sie bestimmt hinzu.

Jonas schüttelte den Kopf. »Ich bin nicht sicher, ob das alle so sehen.«

Sirka griff nach Lillis Hand und ging in Richtung der geöffneten Tür. Ganz schnell fasste Lilli nach der Hand ihres Vaters, um ihn ebenfalls mitzuziehen. Sirka sah Jonas an, dass er nur widerstrebend folgte, und sie konnte es ihm nicht verdenken.

Håkan saß vor seinem dampfenden Suppenteller, als Sirka mit Lilli das Esszimmer betrat. Jonas hielt sich noch im Hintergrund.

»Schau mal, wer gekommen ist«, sagte Sirka fröhlich.

Håkan hob den Kopf. Sein Gesicht strahlte auf, als er seine Enkelin erkannte. Er stand auf, breitete die Arme aus. »Lilli, mein Kind. Was für eine Freude, dich zu sehen.«

»Opa!« Lilli lief auf ihren Großvater zu und stürzte sich in seine Arme.

Gerührt betrachtete Sirka die beiden. Sie hatte ihren Vater schon lange nicht mehr so glücklich gesehen. Seine Augen glänzten, als müsse er die Tränen gewaltsam zurückhalten, während er seine Enkelin an sich drückte. Plötzlich jedoch erlosch jede Freude auf seinem Gesicht. Er ließ Lilli los und starrte auf Jonas, der neben Sirka getreten war.

Jonas lächelte unsicher. »Hej, Håkan.«

Sirkas Blick wechselte gespannt zwischen ihrem Vater und Jonas hin und her. Sie konnte nur ahnen, was in diesem Moment in den beiden Männern vorging. Immerhin hatte Jonas den ersten Schritt gewagt, obwohl er sich dabei sichtlich unwohl fühlte. Jetzt kam es nur noch auf ihren Vater an.

Håkan ließ Lilli los, trat einen Schritt zurück. Seine ganze Haltung, seine Miene drückten Kälte und Verbitterung aus. »Entschuldigt mich bitte«, war alles, was er sagte. Er entzog sich einfach der Situation und ging durch die offene Terrassentür nach draußen.

Sirka beobachtete, wie Lilli Jonas hilflos ansah. Genau so fühlte sie sich auch. Hilflos, enttäuscht und auch ein bisschen zornig. Sie wusste nicht einmal, auf wen sie zornig war. Auf ihren Vater, der doch im Grunde genau so reagierte, wie sie es erwartet hatte, oder doch mehr auf sich selbst. Sie legte eine Hand auf

–238–

Jonas Arm. »Gib ihm etwas Zeit.« Sie fühlte sich verantwortlich für das, was da gerade passiert war, und lächelte ihn sowie Lilli entschuldigend an, bevor sie ihrem Vater folgte. »Ich bin gleich wieder da«, sagte sie und verließ den Raum durch die gleiche Tür wie ihr Vater.

Lilli und Jonas blieben alleine im Esszimmer zurück.

Ich habe es gewusst, dachte Jonas und betrachtete mitleidig das verstörte Gesicht seiner Tochter. Er hätte ihr diese Szene gerne erspart und war gleichzeitig froh, dass es nicht noch schlimmer geworden war. Lilli wusste lediglich, dass es einen Streit zwischen ihrem Vater und ihrem Großvater gegeben hatte, ohne die Hintergründe zu kennen. Was genau Håkan ihm vorwarf, das wusste sie nicht – und es war besser, wenn sie das nie erfuhr. Gleichzeitig machte es das nicht gerade leichter, ihr die heftige Reaktion ihres Großvaters zu erklären.

»Das ist alles ein bisschen viel für Opa«, sagte er tröstend und drückte sie an sich. Er konnte nur ahnen, was in Lilli vorging, Håkans Reaktion setzte ihm selbst ziemlich zu. Er hatte nicht damit gerechnet, dass sein Schwiegervater ihn mit offenen Armen empfing, aber diese Reaktion hatte ihn geradezu geschockt. Jonas bereute es, dass er überhaupt hierher gekommen war. Eine weitere Begegnung mit Håkan wollte er sich ersparen.

»Ich fahre zurück ins Hotel.«

Diesmal versuchte Lilli nicht, ihn zum Bleiben zu überreden. Sie wirkte immer noch zutiefst erschrocken.

Jonas umfasste die schmalen Schultern seiner Tochter, schob sie ein Stück von sich und schaute ihr ins Gesicht. »Bist du sicher, dass du hier bleiben willst?«, vergewisserte er sich.

Lilli nickte und bestätigte, dass sie im Haus ihres Großvaters bleiben wollte. Jonas beließ es dabei. Was immer auch zwischen ihm und Håkan stand, er würde Lilli nicht den Kontakt zur Familie ihrer Mutter untersagen.

Jonas drückte seine Tochter zum Abschied. Es fiel ihm schwer, sie alleine hier zu lassen. »Ich rufe dich später an«, versprach er.

Sirka war ihrem Vater gefolgt. Er stand am Strand und starrte über das Wasser. Er wandte nicht einmal den Kopf, als sie näherkam.

Sirka blieb hinter ihrem Vater stehen. »Es tut mir leid, Papa. Es sollte eine freudige Überraschung werden.«

»Ich will ihn nicht in meinem Haus haben«, sagte Håkan energisch.

»Papa, Jonas ist dein Schwiegersohn.« Sirka blieb ruhig, bezwang ihre eigene, innere Ungeduld.

»Das bedeutet noch lange nicht, dass ich ihn in mein Haus lassen muss!«

Sirka trat ein wenig näher an ihren Vater heran. Sie hatte Mitleid mit ihm, gleichzeitig ärgerte sie sich über seine unversöhnliche Art. Aber sie war fest entschlossen, die Sache voranzutreiben, jetzt, wo Jonas aller Bedenken zum Trotz gekommen war. Behutsam sagte sie: »Das ist alles schon so lange her, und es ist so viel passiert inzwischen.«

»Ja«, erwiderte Håkan dumpf. »Es ist viel passiert. Laura ist tot, und wir haben mit diesem Mann nichts mehr zu tun.«

Sirka wurde heftig. »Doch, das haben wir«, widersprach sie. »Er ist immerhin der Vater deiner einzigen Enkelin. Oder willst du mit Lilli auch nichts mehr zu tun haben?« Ruhiger fügte sie hinzu: »Ich habe nie verstanden, warum Jonas für dich immer der Schuldige war.«

Endlich wandte er sich zu ihr um. In seinen Augen lag ein dunkler Glanz. »Sei nicht albern«, fuhr er Sirka an. Gleich darauf senkte er den Tonfall seiner Stimme wieder. »Natürlich habe ich nichts gegen Lilli, ganz im Gegenteil. Ich habe es sehr bedauert, dass ihr Vater sie mit nach Amerika genommen hatte. Sie ist ein wunderbares Mädchen ...« Ein wehmütiges Lächeln zog über

−240−

sein Gesicht. »Sie ist das Einzige, was uns von Laura geblieben ist.«

Schwerfällig setzte er sich in Bewegung, um zum Haus zurückzugehen.

Sirka schaute ihrem Vater nach. Ihr Herz war schwer vor Mitleid, und das machte es ihr unmöglich, lange zornig auf ihn zu sein. Sie hatte ihre Schwester und danach ihre Mutter verloren. Lauras Tod hatte sie tief getroffen, und als ihre Mutter starb, hatte sie das Gefühl gehabt, ihr würde der Boden unter den Füßen weggezogen. Es war, als würde die Zeit für immer stehen bleiben und der tiefe Schmerz tief in ihr niemals enden. Aber die Zeit ging weiter und damit auch ihr Leben. Irgendwann war sie wieder dazu in der Lage, Pläne zu schmieden, Freude zu empfinden. Ihr Vater jedoch, so war ihr Eindruck, zog sich mehr und mehr in seine Erinnerungen zurück. Es war, als gäbe es für ihn keine Zukunft.

Langsam folgte sie ihm, sie wollte jede weitere Auseinandersetzung zwischen ihm und Jonas verhindern.

Jonas war nicht mehr da, als sie zurück ins Haus kamen. Sirka empfand darüber Bedauern, sie hätte ihren Schwager gern ausführlicher und in Ruhe gesprochen. Aber gleichzeitig war sie, im Hinblick auf die heftige Reaktion ihres Vaters, auch erleichtert. Lilli stand immer noch im Esszimmer. Scheu blickte sie Håkan an. Sie wirkte unsicher und ziemlich verloren.

Offensichtlich empfand das auch ihr Vater so. Vielleicht hatte er dem Kind gegenüber sogar ein schlechtes Gewissen. Was immer auch zwischen ihm und Jonas stand, Lilli konnte überhaupt nichts dafür. Håkan öffnete den Mund, wusste aber offensichtlich nicht, was er sagen sollte. Wortlos ging er aus dem Raum und kehrte kurz darauf mit einer länglichen Schachtel zurück. Er öffnete sie, nahm ein wunderschönes Armband heraus und legte es um Lillis Handgelenk.

Es war noch ein bisschen groß für ihren schmalen Arm, aber Lilli schien es zu gefallen. »Das ist wunderschön.«

»Deine Großmutter wollte es dir eigentlich zum achtzehnten Geburtstag schenken«, sagte Håkan. »Sie hatte es von ihrer Großmutter geerbt.«

Lilli schluckte. »Ich hätte sie so gerne noch einmal gesehen«, sagte sie leise.

Håkan nahm das Mädchen in die Arme. »Sie hat viel von dir gesprochen. Sie hat dich sehr lieb gehabt.«

»Ich sie auch«, sagte Lilli. Nach einer Weile hob sie den Blick und schaute ihrem Großvater prüfend ins Gesicht. »Wie geht es dir denn eigentlich?«, fragte sie ernst.

Sirka beobachtete die beiden aus dem Hintergrund. Es war ihrem Vater anzusehen, wie gut ihm die Begegnung mit seiner Enkelin tat. Die beiden schienen sich ausgezeichnet zu verstehen, die Nähe war deutlich spürbar.

»Ach, mir geht es gut«, sagte Håkan ruhig. »Das Leben geht so seinen Gang.«

Er legte einen Arm um Lillis Schulter und führte sie zum Tisch, auf dem immer noch das Mittagessen stand. Inzwischen war es kalt geworden. Auf Håkans Frage, ob er es aufwärmen lassen sollte und Lilli zusammen mit ihm und Sirka zu Mittag essen wolle, schüttelte das Mädchen den Kopf. Sie hatte keinen Hunger, bat lediglich um ein Glas Orangensaft.

Auch Håkan und Sirka verspürten im Moment keinen Appetit mehr. Die Begegnung hatte sie alle innerlich aufgewühlt. Håkan bot Lilli den Platz am Kopfende des Tisches an und setzte sich links neben sie. Pia räumte den Tisch ab und servierte danach Kaffee für die Erwachsenen und ein Glas Saft für Lilli

Håkan wollte wissen, wie es seiner Enkelin in den vergangenen Jahren ergangen war.

»Papa und ich hatten eine schöne Zeit in Chicago«, schwärmte Lilli.

Sirka beobachtete ihren Vater aufmerksam, aber vor dem Kind beherrschte er sich. Keine abfällige Bemerkung über Jonas. Er verzog nicht einmal das Gesicht.

–242–

»Papa hatte ein Holzhaus für uns gefunden«, fuhr Lilli fort. »Direkt am Wasser. Das Haus sah so aus wie die Häuser hier, und deshalb haben wir uns da auch sofort zu Hause gefühlt . . .«

Sirka zog sich leise zurück. Ihr Vater und ihre Nichte hatten sich noch eine Menge zu erzählen. Sie selbst musste zurück in die Glasmanufaktur. Vorher wollte sie aber noch einmal nach Jonas sehen. Sie hatte ein schlechtes Gewissen, weil sie ihn zu dem Treffen mit ihrem Vater gedrängt hatte.

Als Sirka mit dem Fahrrad am Hotel ankam, ging Jonas gerade über die Straße. Sirka sprang vom Rad und rief laut seinen Namen.

Jonas blieb stehen und wandte sich um.

»Es tut mir leid, was vorhin passiert ist«, sagte Sirka, als sie vor ihm stand. »Ich hätte eigentlich wissen müssen, dass es nicht funktioniert.«

»Es ist eben alles nicht so leicht für deinen Vater«, sagte Jonas ohne jeglichen Groll in der Stimme.

»Trotzdem wollte ich mich entschuldigen, weil ich dich in diese Situation gebracht habe. Ich hätte es besser wissen müssen.«

Jonas lächelte sie an. »Es ist nicht deine Schuld. Ich weiß doch selbst, dass ich schon lange nicht mehr in seinem Haus willkommen bin.«

»Ich wohne auch in dem Haus, und eigentlich kann er mir nicht vorschreiben, wen ich einlade«, sagte sie trotzig.

Jonas betrachtete sie lachend. »Die kleine Sirka«, neckte er sie. »Als ich dich das erste Mal sah, warst du ein pickliges, hochaufgeschossenes Gör.«

»Ein Gör, das diesen Typen, den ihre Schwester da angeschleppt hatte, total spießig fand.« Sirka musste jetzt auch lachen.

»Ja«, nickte Jonas, »das hast du mir ziemlich deutlich gezeigt.«

Sirka seufzte tief auf. »Du hattest es damals schon nicht leicht in unserer Familie.«

Jonas Miene wurde ernst. »Deine Mutter war immer sehr nett zu mir«, sagte er.

Wie immer, wenn die Sprache auf ihre Mutter kam, spürte sie die Trauer in sich. Die Sehnsucht nach dem Menschen, der sie so gut verstanden hatte wie sonst niemand auf der Welt.

»Mama hat einmal gesagt, Laura hätte dich überhaupt nicht verdient«, entfuhr es ihr.

»Was?« Jonas war sichtlich überrascht.

Sirka nickte. »Meine Mutter hat dich von Anfang an gemocht, im Gegensatz zu mir. Na ja, ich war jung, hatte keine Ahnung vom Leben und erst recht nicht von der Liebe. Ich hoffe, du verzeihst mir.«

»Habe ich doch schon längst.« Jonas grinste sie breit an. »Es war mir damals auch ziemlich egal, wie du mich findest. Ich war an deiner Schwester interessiert, alles andere spielte für mich keine Rolle.«

Sirka war überrascht von seiner Offenheit. Sie wunderte sich ein bisschen über sich selbst. Jonas war ganz und gar nicht der Spießer, für den sie ihn immer gehalten hatte. Früher hatte sie ihn massiv abgelehnt, und jetzt genoss sie jede Sekunde in seiner Gesellschaft. »Vielleicht sollten wir einfach noch einmal ganz von vorn anfangen«, schlug sie vor. »Was hältst du davon?«

Jonas zuckte mit den Achseln. »Von mir aus gerne.«

Sirka streckte ihm die Hand entgegen. »Also, ich bin Sirka Petterson, Glasdesignerin aus Vickerby . . .«

Jonas hatte seine Hand ebenfalls ausgestreckt und wollte ihre gerade ergreifen, als Sirka ihre Hand zurückzog.

». . . das stimmt eigentlich nicht mehr«, berichtigte sie. »In drei Wochen fliege ich nach Venedig und arbeite für ein Jahr für eine Glasbläserei in Murano.«

»Jonas Nyvell«, stellte Jonas sich in dem gleichen amüsierten Tonfall vor, den sie angeschlagen hatte. Diesmal war er es, der ihr

–244–

die Hand entgegenstreckte. »Herzlichen Glückwunsch«, gratulierte er ihr zu ihrem beruflichen Vorhaben.

Sirka erwiderte seinen Händedruck und bedankte sich. »Es wird bestimmt toll«, sagte sie. »Venedig ist eine Traumstadt. Warst du schon einmal da?«

»Nein, noch nicht.« Mit abschätziger Miene schüttelte Jonas den Kopf. »Für meinen Geschmack ist Venedig ein bisschen zu kitschig.«

»Kitschig?«, rief Sirka aus. Heftig schüttelte sie den Kopf. »Venedig ist kein bisschen kitschig, sondern total romantisch. Aber das seht ihr Männer natürlich nicht. Es sei denn, ihr seid frisch verliebt. Ansonsten könnt ihr einfach nicht zugeben, dass ihr Romantik auch total schön findet.«

Jonas ließ ihren Vortrag mit einem Lächeln über sich ergehen. »Gut, dass du über die Männer Bescheid weißt«, neckte er sie, als sie fertig war.

Sirka seufzte tief auf. »Ich wünschte, ich wüsste mehr«, gab sie ehrlich zu.

Natürlich hatte sie sich schon verliebt. In ganz jungen Jahren war sie schrecklich in ihren Deutschlehrer verliebt gewesen, aber das zählte wohl nicht. Eine von diesen Jungmädchenschwärmereien, die sie als Erwachsene nicht mehr nachvollziehen konnte. Zumal sie besagten Lehrer erst vor kurzem wiedergesehen hatte. Mit einer Halbglatze, einem Bauch, der sich weit über den Hosenbund schob, und tiefen Tränensäcken unter den Augen. Es war ein Moment gewesen, in dem sie sich selbst beglückwünschte, dass sich ihre Wünsche und Träume aus der Mädchenzeit nicht erfüllt hatten.

Während ihrer Studienzeit hatte es den einen oder anderen Mann in ihrem Leben gegeben, aber über eine flüchtige Liebelei war es nie hinausgegangen.

Später hatte sie sich in Olof verliebt, dessen Bauernhof sich nicht weit von der Villa ihrer Eltern befand. Es war eine schöne Zeit gewesen, bis sie beide zu der Erkenntnis kamen, dass ihre

Gefühle füreinander wohl doch nicht für ein ganzes Leben reichten. Sie hatten ihre stürmische Verliebtheit mit Liebe verwechselt
und trennten sich, bevor nicht mehr als ein schaler Geschmack
zurückblieb.

In diesem Moment fragte sich Sirka, wie das wohl sein mochte,
sich so richtig mit Haut und Haaren zu verlieben. Sich so sehr auf
einen Menschen einzulassen, dass alles andere unwichtig wurde.

Plötzlich wurde ihr klar, dass Jonas sie immer noch lächelnd
beobachtete. Sie war froh, dass er ihre Gedanken nicht lesen
konnte, und fühlte sich dennoch wie ertappt. Sie spürte die Röte
in ihre Wangen steigen. Hastig schaute sie auf ihre Armbanduhr.

»... äh, ich muss los. Machs gut.« Sie schwang sich auf ihr Rad
und fuhr weiter.

»Machs gut«, hörte sie Jonas hinter sich herrufen. Sie wandte
kurz den Kopf, sah, dass er ihr hinterher schaute, und geriet auf
ihrem Fahrrad kurz ins Schlingern.

Ganz schnell schaute sie wieder nach vorn, die Brauen nachdenklich zusammengezogen.

Was war das denn, fragte sie sich selbst. Eine Antwort darauf
fand sie allerdings nicht.

Håkan saß fast jeden Tag bis in den späten Abend in seinem
Büro in der Glasmanufaktur. Vor allem deswegen blieb Berit
abends ebenfalls lange in der Firma. Was sollte sie auch ganz
alleine in ihrem Haus, wo ihr regelmäßig die Decke auf den Kopf
fiel?

Eigentlich war es nur ein Haus, kein Zuhause. Sie hatte
irgendwo wohnen müssen, nach dem unerfreulichen Ende ihrer
Ehe mit Magnus. Ihr Bruder Olof war damals für sie dagewesen,
aber Håkan war es, der ihrem Leben wieder einen Sinn gab.

Auch jetzt saß sie in ihrem Büro. Ringsum war alles dunkel,
nur ihr Arbeitsplatz lag im Lichtschein der Schreibtischlampe.

Sie hatte die Mahnungen vor sich auf dem Tisch liegen, nahm jede einzelne in die Hand. Wenn dieser Auftrag von Gunnarson nicht kam, wurde es sehr eng.

Berit verdrängte diese Gedanken. Gunnarson hatte heute noch angerufen und wegen des ihm inzwischen vorliegenden Angebots nachverhandelt. Er hatte durchblicken lassen, dass der Auftrag kurzfristig erteilt würde, nachdem die meisten seiner Änderungswünsche berücksichtigt worden waren. Das neue Angebot mit den geänderten Bedingungen würde morgen abgeschickt werden.

Alles wird gut, dachte Berit. Zumindest, soweit es die Firma betraf. Es war aber nicht nur die Firma, die ihr am Herzen lag, da war weitaus mehr.

Håkan war nach dem Mittagessen nicht mehr in die Firma zurückgekehrt. Berit hatte sich darüber Gedanken gemacht, bis sie von Sirka erfuhr, dass seine Enkelin heute zu Besuch gekommen war.

Insgeheim hatte Berit gehofft, dass er später doch noch zur Arbeit kommen würde. Inzwischen musste sie einsehen, dass sie vergeblich auf ihn wartete. Er würde nicht mehr kommen.

Sie öffnete eine Schublade ihres Schreibtisches und zog das Foto heraus, das beim letzten Betriebsfest von ihr und Håkan gemacht worden war. Im Hintergrund waren auch einige der anderen Kollegen zu sehen.

Berit hatte aber nur Augen für Håkan, der neben ihr stand und sie auf die Wange küsste.

Dieser Kuss war es gewesen, der alles zwischen ihm und ihr verändert hatte.

Sie hatte akzeptiert, dass er sich danach wieder zurückzog. Immerhin lebte Birgitta damals noch. Kurz nach dem Betriebsfest hatte sie einen neuen, schweren Krankheitsschub erlitten. Danach war klar, dass sie nicht mehr lange leben würde.

Berit hatte nie auf Birgittas Tod gewartet oder sogar gehofft. Sie hatte Håkans Frau gemocht, aber nachdem sie gestorben war, hoffte Berit darauf, irgendwann den Platz an Håkans Seite einnehmen zu können. Sie wusste doch, dass er das Gleiche für sie empfand wie sie für ihn. Sie hatte es ganz deutlich gespürt, damals auf dieser Betriebsfeier.

Natürlich brauchte er Zeit. Berit war klar, dass er erst die Trauer um Birgitta bewältigen musste, bevor er seinen Gefühlen für sie selbst nachgeben konnte. Sie hatte bisher eine ganze Menge Geduld bewiesen, und wenn es sein musste, würde sie auch noch länger auf ihn warten. Sie gehörten einfach zusammen, und irgendwann würde Håkan das auch zugeben.

Berit strich mit dem Zeigefinger sanft über das Foto. Dann legte sie es zurück in die Schublade und beschloss, nach Hause zu gehen.

Morgen war ein neuer Tag, der sie ihrer geheimen Sehnsucht, ihrem Ziel ein Stück näher bringen würde.

An diesem Morgen machte Sirka auf dem Weg zur Arbeit einen Abstecher zum Friedhof. Sie wollte die neu gepflanzte Rose noch einmal tränken, damit sie gut anwuchs.

Sirka parkte ihr Fahrrad neben dem Wasserbecken. Gießkannen hingen an einem Pfosten, und auf einem Schild darüber bat die Friedhofsverwaltung darum, die Gießkannen nach dem Gebrauch wieder zurückzustellen.

Sirka füllte eine der Kannen mit Wasser, bevor sie zur Grabstelle ging. Ihre Gedanken wanderten zum gestrigen Tag.

Eigentlich hatte sie seit Stunden an nichts anderes mehr gedacht. Was sie am meisten beschäftigte, war jedoch nicht die Begegnung zwischen Jonas und ihrem Vater, sondern ihr eigenes, anschließendes Treffen mit ihrem Schwager vor dessen Hotel.

Sie hatte Jonas zuletzt auf Lauras Beerdigung getroffen. Damals hatte sie ihn zum ersten Mal nicht als unerträglichen Spießer gesehen, sondern großes Mitleid mit ihm empfunden. Nach der Beerdigung hatte sie nur noch ab und zu an ihn gedacht, wenn sie sich fragte, wie es ihm und vor allem Lilli wohl ging. Bisher war er für sie immer nur ihr Schwager gewesen und der Vater ihrer Nichte, doch jetzt war zu ihrem Bild von Jonas etwas Neues dazugekommen. Etwas, das sie sich nicht erklären konnte und was sie über die Maßen verwirrte.

Erst als Sirka fast unmittelbar vor dem Grab stand, sah sie den Mann vor dem Grab hocken, der ihre Gedanken so beherrschte.

Als er sich erhob, wirkte sein Blick dumpf. Wahrscheinlich hatte er seine Trauer um Laura selbst nach diesen Jahren noch nicht überwunden.

Sirka stellte die Gießkanne auf den Boden. »Hallo, wie geht es dir?«, fragte sie sanft, während sie mitfühlend über seinen Arm strich.

Jonas zuckte mit den Schultern. Schweigend standen sie eine Weile beisammen, ohne dass Sirka ihre Hand von seinem Arm genommen hätte.

Sie schluckte schwer. »Nach allem, was passiert ist, finde ich es echt toll von dir, dass Lilli bei uns wohnen darf.«

Jonas schaute sie an. »Lilli hat schon ihre Mutter und ihre Oma verloren. Ich kann ihr nicht noch den Rest der Familie vorenthalten, nur weil dein Vater Probleme mit mir hat.«

Sirka nahm die Hand von seinem Arm. Gedankenverloren blickte sie über den Grabstein hinweg. Sie bewunderte Jonas, weil er diese Einstellung vertrat, obwohl ihm das bei dem Verhalten seines Schwiegervaters sicher nicht leicht fiel.

»Lilli hat mir erzählt, dass du eine neue Stelle bei der Bank antrittst«, wechselte sie das Thema.

»Spätestens am Sonntag müssen wir wieder zurück«, bestätigte Jonas. »Lillis Schule fängt dann ja auch wieder an.«

Sirka gefiel der Gedanke an Jonas Abreise gar nicht. Sie

zögerte einen Augenblick, gab sich schließlich aber einen Ruck. »Also«, sagte sie stockend, »wenn du nicht die ganze Zeit alleine im Hotel herumsitzen willst, können wir gerne mal was zusammen unternehmen. Ich meine«, stotterte sie hilflos, »wenn du dich langweilst ohne Lilli.«

»Ja, wieso nicht«, erwiderte Jonas monoton. Es klang so lustlos, dass Sirka darauf verzichtete, etwas mit ihm auszumachen. Er selbst machte auch keine Vorschläge, was ihre Vermutung zu bestätigen schien, dass er nicht wirklich interessiert war.

Es bereitete Håkan große Freude, seiner Enkelin die Glasmanufaktur zu zeigen. Es war Lillis Wunsch gewesen und sie zeigte an allem Interesse. Besonders die Arbeit der Glasbläser faszinierte sie, und sie konnte sich nicht daran sattsehen, wie aus einem einfachen Rohling wunderschöne Stücke entstanden.

Gleich an die Fertigungshalle schloss die Verladehalle an. Hier ging jedes gläserne Objekt noch einmal durch die Endkontrolle.

»Dafür ist Ann-Britt zuständig«, erklärte Håkan, bevor er seiner Angestellten stolz seine Enkelin vorstellte.

In einem anderen Raum wurden Glasobjekte graviert. Der zuständige Mitarbeiter war so in seine Arbeit vertieft, dass er kaum aufschaute.

»Er ist ein wahrer Künstler«, flüsterte Håkan seiner Enkelin zu.

»Und was ist das?« Lilli zeigte auf seltsame Gerätschaften – Blöcke, die innen hohl waren.

»Das sind Holzmodeln«, erstattete Håkan geduldig Auskunft. »Das sind die Formen für das Glas.«

»Das ist echt spannend«, sagte Lilli begeistert. »Ich will auch mal Glasbläserin werden. Kann ich später bei euch anfangen?«

»Natürlich kannst du das«, versicherte Håkan. Wenn es die

Pettersson-Manufaktur dann überhaupt noch gibt, schoss es ihm gleich darauf durch den Kopf. Einen Gedanken, den er sofort wieder abschüttelte. Er freute sich über das Interesse und die Begeisterung seiner Enkelin. Schon lange hatte er keinen so schönen Tag mehr erlebt wie heute, und den wollte er sich nicht selbst durch trübe Gedanken verderben. Aufmunternd nickte er Lilli zu. »Aber wir warten erst einmal ab, bis du mit der Schule fertig bist. Oder?«

Die Schule gehörte offensichtlich nicht zu Lillis Lieblingsthemen. Mehr als ein schwaches »Hmm« war ihr nicht zu entlocken.

»Wir gehen jetzt erst einmal ins Büro«, sagte Håkan. »Inger hat bestimmt schon eine heiße Schokolade für dich zubereitet.«

Lilli hatte sich dieses Getränk gewünscht und Håkan hatte seine Sekretärin um die Zubereitung gebeten, während er seine Enkelin herumführte.

Lilli nahm unaufgefordert den Platz hinter Håkans Schreibtisch ein. Sekunden später erschien Inger mit einer Tasse Kaffee und natürlich mit der Schokolade und einer Schale frisch geschlagener Sahne. Håkan ließ es sich nicht nehmen, Lilli selbst zu verwöhnen. Er setzte einen dicken Klacks Sahne auf die dampfende Schokolade.

»Noch einen Klacks bitte«, sagte Lilli. »Ich liebe heiße Schokolade mit Sahne.«

Lilli war ihrer Mutter unglaublich ähnlich. In ihrem Aussehen, in ihren Bewegungen, selbst ihre Stimme klang genau so wie die Lauras, als sie noch ein Kind gewesen war. Es war, als hätte jemand die Zeit zurückgedreht, und doch blieb in seinem Bewusstsein, dass dem nicht so war. Er genoss das Beisammensein mit seiner Enkelin, und gleichzeitig empfand er eine tiefe Trauer, dass es nicht Laura war, die bei ihm saß, während Birgitta zu Hause darauf wartete, dass sie beide aus der Firma heimkamen. Die Zeit war unwiderruflich verronnen, und wenn er es sich auch noch so sehr wünschte, nichts konnte das Schreckliche auslöschen, das inzwischen geschehen war.

Lilli schien die Veränderung zu spüren, die so plötzlich in ihrem Großvater vorging. Erschrocken schaute sie ihn an. »Was ist denn? Habe ich etwas falsch gemacht?«

Håkan riss sich zusammen. Er durfte es nicht zulassen, dass seine Erinnerungen diesen schönen Moment mit Lilli zerstörten.

»Nein!« Er schüttelte den Kopf und rang sich ein Lächeln ab. Liebevoll strich er Lilli übers Haar. »Es ist alles gut, Kind. Ich habe mich nur daran erinnert, wie deine Mutter als kleines Mädchen nach der Schule oft zu mir ins Büro kam, um mit mir heiße Schokolade zu trinken. Du siehst genau so aus wie sie damals.«

Lilli schaute ihn fragend an. »Wollte Mama auch Glasbläserin werden?«

»Oh nein, ganz und gar nicht.« Håkan griff nach der Tasse Kaffee und ging um den Schreibtisch herum. Er nahm Lilli gegenüber Platz auf dem Besucherstuhl und trank einen Schluck, bevor er fortfuhr. »Deine Mutter hatte nicht die Ruhe dafür. Sie arbeitete nicht gerne mit Glas und hat immer gesagt, es wäre ihr zu fein und zu zerbrechlich.«

»Hat dich das geärgert?«, wollte Lilli wissen.

»Nein, es hat mich nicht geärgert.« Håkan schüttelte mit einem sanften Lächeln den Kopf. »Deine Mutter wollte eben die Welt kennen lernen, und deshalb ist sie ja auch Reisejournalistin geworden. Irgendwie war sie immer in Bewegung, immer auf der Suche nach etwas Neuem.«

»Nur bei Papa und mir ist sie geblieben«, sagte Lilli.

Ja, Laura war bei diesem Mann geblieben, der ihr Tod und Verderben gebracht hatte. Håkan gab sich alle Mühe, seine Mimik unter Kontrolle zu halten. Er war froh, dass Berit in genau diesem Moment in sein Büro kam und ihn einer Antwort enthob. In der Hand hielt sie einen schmalen Aktenordner.

»Hej, Håkan, hast du einen Moment Zeit für mich?«

Håkan schaute von Lilli zu Berit und stellte die beiden einander vor. »Das ist Berit Hansson, sozusagen meine rechte Hand. Ohne sie läuft hier gar nichts.« Håkan wandte sich Berit zu. »Erinnerst du dich an Lilli?«

»Natürlich!« Berit kam näher und reichte Lilli über den Schreibtisch hinweg die Hand. »Du bist deiner Mutter wie aus dem Gesicht geschnitten.«

Håkan beobachtete stolz seine Enkelin. Sie war aufgestanden, um Berit zu begrüßen, und bot jetzt an, sich noch ein wenig in der Firma umzuschauen, damit er in Ruhe mit seiner Assistentin reden konnte. Der Kakao sei sowieso alle, fügte sie mit einem Lächeln hinzu.

Håkan kam kurz der Gedanke, dass dies ein Teil ihres Wesens war, den sie trotz aller Ähnlichkeit mit ihrer Mutter nicht von Laura geerbt haben konnte. Laura war eine kleine Egoistin gewesen und hatte stets darauf bestanden, dass sich alles nur um sie drehte.

Na und, dachte er gleich darauf. Sie hat es ja auch verdient, das Beste von allem zu verlangen. Sie war intelligent gewesen, schön und charmant. Sie hatte jeden um den Finger gewickelt, wenn sie es wollte. Sie war eine ganz besondere Frau gewesen, und er würde sich nie damit abfinden, dass es sie nicht mehr gab. Er würde nie diesem Menschen verzeihen können, der die Schuld daran trug . . .

»Håkan«, traf Berits Stimme an sein Ohr.

Håkan schaute erstaunt auf. Für einen Augenblick hatte er alles um sich herum vergessen. Er brauchte ein paar Sekunden, um sich zu sammeln und schließlich einen Blick auf den Ordner in Berits Hand zu werfen.

»Was gibt es denn?«, fragte er in geschäftsmäßigem Ton. Er stand auf, ging um den Schreibtisch herum und setzte sich auf seinen Platz.

Berit legte ihm den Aktenordner vor und öffnete ihn. »Ich

kann im Moment die laufenden Rechnungen nicht begleichen. So schlimm war es noch nie.«

Håkan spürte, wie sich alles in ihm verkrampfte. Trotzdem lächelte er. »Das wird schon«, versicherte er. Er musste sich nur selbst immer wieder sagen, dass die Rettung sozusagen vor der Tür stand, dann würde es auch passieren.

»Sobald der Auftrag von Gunnarson kommt, stehen wir wieder glänzend da. Im äußersten Notfall müsste ich die Reserven angreifen, aber dazu wird es nicht kommen. Die Hauptsache ist, dass Sirka den Betrieb tipptopp übernehmen kann, wenn sie aus Venedig zurückkommt.

Berit lächelte. »Ja, wahrscheinlich hast du Recht. In den wirklich wichtigen Dingen waren wir ja ohnehin immer einer Meinung.«

»Es war sicher eine meiner besten Entscheidungen, dich damals einzustellen.«

Berit beugte sich zu ihm hinab und schaute ihn mit einem Blick an, der ihm Unbehagen bereitete. »Du hast mir damit das Leben gerettet«, hauchte sie. »Nach meiner Scheidung war ich am Boden zerstört und hatte keine Ahnung, wie es weitergehen sollte. Du warst mein Retter.«

Håkan lachte nervös auf. »Nun übertreibe mal nicht. Du bist eine starke Frau und hättest es auch ohne mich geschafft.«

Håkan erinnerte sich noch gut an diese Zeit. Berit war mit einem Studienkollegen von ihm verheiratet gewesen, der eine kleine, erfolgreiche Hotelkette betrieb. Berit war es, die sich um die Geschäfte kümmerte, während ihr Mann sein Leben in vollen Zügen genoss. Er spielte Golf, segelte, und dabei traf er irgendwann die Frau, mit der er Berit von heute auf morgen ersetzte. Nicht nur das, er verkaufte sogar seine Hotels und zog sich mit seiner jungen Freundin in die Karibik zurück.

Berit verlor alles. Ihren Mann, ihr luxuriöses Zuhause und auch die Arbeit, die sie bis dahin ausgefüllt hatte. Ihr Mann hatte es zudem so geschickt geregelt, dass Berit nach der Scheidung nicht sehr viel mehr blieb als eine mickrige Abfindung. Davon hatte sie sich ein kleines Haus in der Nähe des Bauernhofes ihres Bruders gekauft.

Håkans damaliger Assistent hatte gerade gekündigt, weil er neue Herausforderungen suchte. Obwohl Berit sich eher im Hotelgewerbe als in der Glasverarbeitung auskannte, ging Håkan das Risiko ein und bot ihr den Job an.

Er hatte es nie bereut. Berit war eine seiner engagiertesten Mitarbeiterinnen, und sie hatte sich sehr schnell in die Materie eingearbeitet. Mittlerweile besaß sie sein volles Vertrauen. Er hatte ihr sogar Prokura erteilt, und sie besaß Zugang zu allen Betriebskonten.

»Vielleicht hätte ich es geschafft«, sagte Berit und suchte seinen Blick. »Aber ich habe damals erfahren, wie gut es ist, wenn man Freunde hat. Man muss sich nur dazu durchringen, ihre Hilfe anzunehmen.«

»Ich glaube, Berit, wir sind jetzt fertig.« Håkan stand auf und entfernte sich ein paar Schritte von ihr in Richtung Tür. »Entschuldige, aber ich habe noch einen Termin«, log er. Berit kam ihm zu nahe, ihr Verhalten, ihre Blicke waren ihm unangenehm.

»Ja, natürlich«, sagte Berit schnell, ließ ihn aber noch nicht gehen. »Ich meine das ernst mit der Hilfe. Ich wäre sehr gerne für dich da.«

Langsam kam sie auf ihn zu. In ihren Augen loderte etwas, was er noch nie zuvor gesehen hatte. Nur seine Höflichkeit und der Respekt vor einer Mitarbeiterin, die sich bisher immer als äußerst zuverlässig und loyal erwiesen hatte, hinderte ihn daran, ihr grob ins Wort zu fallen.

Berit blieb dicht vor ihm stehen. »Nach unserem Abend damals wusste ich, dass da mehr zwischen uns ist. Du hast es doch auch gespürt. Wir waren so fröhlich zusammen, haben uns nur wegen deiner Frau zurückgehalten. Sie war ja schon damals krank, und ich konnte verstehen, dass du sie nicht verlassen wolltest.«

Håkan schüttelte verständnislos den Kopf. Es hatte nie einen Abend mit ihm und Berit gegeben. »Ich weiß nicht, wovon du redest.«

»Von uns, Håkan«, sagte sie eindringlich. »Wir haben uns so lange zurückgehalten, aber jetzt ist die Zeit für uns gekommen. Wir können endlich . . .«

»Tut mir leid, aber da verstehst du etwas grundlegend falsch!« Diesmal ließ Håkan alle Höflichkeit vergessen, als er ihr ins Wort fiel. Er war wie vor den Kopf geschlagen, sah Berit plötzlich mit völlig anderen Augen. Er hatte nie bemerkt, dass sie so für ihn empfand. Ihre Hilfsbereitschaft hatte er bisher immer als Ausdruck ihrer Dankbarkeit gesehen, auch wenn sie ihm zeitweise zu viel geworden war.

»Ich schätze dich sehr als Mitarbeiterin«, stellte er unmissverständlich klar, »aber etwas anderes war da nie und wird da auch nie sein.«

Berit wollte es offensichtlich nicht wahrhaben. »Aber du empfindest doch etwas für mich«, stieß sie hervor. »Du hast es nur wegen Birgitta nie zugelassen. Håkan, ich habe die ganzen Jahre nur auf dich gewartet.«

Håkan schüttelte entsetzt den Kopf. »Das hättest du nicht tun sollen«, sagte er steif.

»Aber dieser Abend auf dem Betriebsfest . . .« Berits Augen füllten sich mit Tränen. »Wir haben zusammen getanzt, und dann hast du mich geküsst.«

Håkan dachte einen Augenblick nach, und dann fiel es ihm wieder ein. Ja, er hatte sie einmal geküsst. Freundschaftlich auf die Wange, ohne jede tiefere Bedeutung. Im Überschwang eines fröhlichen, alkoholgeschwängerten Abends. Nie im Leben wäre er auf die Idee gekommen, dass Berit daraus so falsche Schlüsse zog.

»Ach, Berit, wir haben bis zu Birgittas Tod doch jedes Jahr ein Betriebsfest gefeiert und waren immer sehr fröhlich miteinander. Es handelt sich hier lediglich um ein großes Missverständnis«, sagte er so ruhig wie möglich.

Sie starrte ihn so fassungslos an, dass er sich mit der Situation völlig überfordert fühlte. »Wir sollten das alles vergessen«, sagte er hilflos, »und einfach ganz normal weiterarbeiten.« Mit diesen Worten wandte Håkan sich um und verließ fluchtartig sein Büro.

»Ja, aber . . .«, hörte er Berit noch sagen, hielt aber nicht mehr inne. Erst als er auf den Hof gelangte, blieb er stehen. Er holte tief Luft. Der Schock über das, was er eben gehört hatte, saß tief. Er hatte keine Ahnung, wie er Berit in Zukunft gegenübertreten sollte. Er hatte keine Lust, ihr jetzt noch einmal zu begegnen, und so rief er über Handy seine Sekretärin Inger an und bat sie, Lilli zu ihm nach draußen zu schicken, um mit ihr nach Hause zu fahren.

Berit starrte ihm nach. »Aber du hast mich geküsst«, stieß sie hervor. Tränen liefen über ihre Wangen.

»Du hast mich doch geküsst!«

Er blieb nicht stehen, drehte sich nicht einmal mehr um. Es war, als könne er nicht schnell genug von ihr fortkommen.

Du liebst mich doch!

Berit war fassungslos. Er liebte sie doch! Wie lange hatte sie gewartet, hatte sie sich selbst immer wieder gesagt, dass es nur Zeit brauchte, bis Håkan sich zu seinen Gefühlen zu ihr bekennen würde.

Und jetzt das! Der Kuss auf dem Betriebsfest, das war doch eindeutig gewesen. Sie hatte sich da doch nichts vorgemacht! Aber wenn dem so war, und dem war so, warum stieß er sie dann jetzt von sich?

Plötzlich fiel es ihr wie Schuppen von den Augen: Er hatte sie getäuscht! Er hatte sie in dem Glauben gelassen, dass es irgendwann, wenn er sich von dem ganzen seelischen Ballast seiner Vergangenheit befreit hatte, eine gemeinsame Zukunft für sie gab. Das musste es sein! Er hatte mit ihr gespielt, und sie hatte diesen Mann so sehr geliebt!

Die Enttäuschung drohte, sie zu übermannen. Die ganzen Hoffnungen und Wünsche, die ihr Leben in den vergangenen Jahren geprägt hatten, stürzten nun in sich zusammen. Berit spürte, wie die Wut in ihr mit rasender Geschwindigkeit wuchs. Bis schließlich das, was sie eben noch als Liebe empfunden hatte, zu glühendem, rachsüchtigem Hass geworden war.

Sirka hatte recht behalten, Jonas langweilte sich so ganz alleine ohne Lilli. Er hatte sich mit einer Zeitung auf die Terrasse zurückgezogen, inzwischen seinen dritten Kaffee bestellt und wünschte sich weit weg von hier. Warum nur hatte er das Hotelzimmer für die ganze Woche gebucht? Er dachte an die Pläne, die er mit Lilli geschmiedet hatte, bevor der Brief von Sirka bei ihnen eingetroffen war. Nichts davon würden sie unternehmen können, weil er Lilli den Kontakt zur Familie ihrer Mutter nicht nehmen wollte, er sich aber gleichzeitig von ihr fernhalten musste, um seinem Schwiegervater aus dem Weg zu gehen. Was für eine vertrackte Situation!

Für Jonas war es eine willkommene Unterbrechung, als sein Handy klingelte. Lilli meldete sich am anderen Ende und erzählte ihm, dass sie aus der Firma ihres Großvaters anrief.

»Wie geht es dir?«, wollte Jonas wissen und hoffte insgeheim, dass Lilli den Wunsch äußerte, nach Stockholm zurückzufahren.

»Gut«, erwiderte Lilli. »Es ist echt spannend in der Fabrik, und Opa hat mir schon eine Menge erklärt.«

Das war nicht das, was er gerne gehört hätte. »Das ist schön«, sagte Jonas lahm.

Lilli überraschte ihn mit der Nachricht, dass sie nun wahrscheinlich doch keine Geigerin, sondern Glasbläserin werden wollte.

»Oh, Gott«, entfuhr es Jonas. Der Besuch bei Håkan schien ziemlichen Eindruck auf Lilli zu machen. Am anderen Ende blieb es still.

–258–

Jonas brachte ein bemühtes Lachen zustande. »Das musst du aber noch nicht jetzt entscheiden, oder?«

»Du, Papa«, fragte Lilli plötzlich ganz kleinlaut. »Kann ich noch eine Nacht bei Opa schlafen? Sie haben mir Mamas Zimmer hergerichtet. Es ist ganz hübsch.« Lilli machte eine kurze Pause, bevor sie leise hinzufügte: »Ich glaube, der Opa ist viel trauriger, als er zugibt.«

Jonas schämte sich plötzlich wegen seiner Gedanken. Auch wenn er sich im Augenblick langweilte und sich nach seiner Tochter sehnte, sie würde schon bald wieder bei ihm sein. Sie würden zusammen zurück nach Stockholm fahren und dort gemeinsam ihr Leben einrichten.

Sirka würde in drei Wochen nach Venedig fliegen, nur Håkan blieb zurück. Ein einsamer, alter und ziemlich verbitterter Mann.

Jonas empfand trotz allem plötzlich Mitleid mit seinem Schwiegervater.

»Bleib meinetwegen solange du willst«, gestand er seiner Tochter zu. »Aber am Sonntag müssen wir zurück nach Stockholm.«

»Ja, ich weiß«, sagte Lilli. »Du, ich muss jetzt Schluss machen. Inger hat mir gerade gesagt, dass Opa im Auto auf mich wartet.« Lilli hauchte noch einen Kuss durchs Telefon und versprach ihrem Vater, bald wieder anzurufen.

»Ich wünsche dir schöne Tage«, sagte Jonas und beendete das Gespräch. Eine Weile schaute er nachdenklich vor sich hin. Er konnte seine Zeit bis Sonntag nicht ausschließlich kaffeetrinkend und zeitunglesend im Garten des Hotels verbringen. Da fiel ihm doch bestimmt noch etwas Besseres ein.

Entschlossen faltete er die Zeitung zusammen und ging zurück ins Hotel. Wenn er schon nichts zusammen mit Lilli unternehmen konnte, wollte er wenigstens alleine ein bisschen in der Gegend herumfahren. Aber nicht mit dem Auto. Das Hotel hielt für seine Gäste Fahrräder bereit.

Jonas ließ sich treiben von seinen Erinnerungen. Seine Befürchtungen, dass alte Wunden aufgerissen würden, erfüllte sich zum Glück nicht. Mit Vickerby verband er die glückliche Zeit mit Laura. Damals waren sie sehr verliebt ineinander und davon überzeugt gewesen, dass diese Liebe ein ganzes Leben andauern würde.

Der Teil seiner Erinnerungen, der von Schmerz und auch Wut erfüllt war, bezog sich auf einen viel späteren Zeitraum.

Jonas radelte den schmalen Weg am Wasser entlang. Die Luft war weich, er schmeckte das Salz der Ostsee auf seinen Lippen. Birken säumten den Weg. Die hellgrünen Blätter flirrten in der leichten Brise. Beständig veränderte sich das Muster der Sonnenstrahlen, die durch das Laub fielen und ein feines Gespinst aus Licht und Schatten auf den Boden zeichneten.

Hin und wieder passierte er ein einzelnes Bootshaus direkt am Wasser.

Alles war so vertraut, als wäre er gestern erst hier gewesen, und gleichzeitig kam es ihm vor wie aus einer anderen Zeit. Er sah sich und Laura Hand in Hand am Wasser vorbeigehen. Diskutierend, streitend und sich dann wieder küssend.

Er erkannte das Bootshaus der Pettersons sofort, obwohl es irgendwann in den vergangenen Jahren einen neuen Anstrich erhalten hatte und am Geländer der Veranda Blumenkästen mit blühenden Geranien angebracht waren.

Das Haus lag so nah am Wasser, dass die Veranda über dem See zu schweben schien. Stufen führten hinauf zum Eingang.

Jonas stellte sein Fahrrad ab und stieg die Treppe hoch. Er drückte die Klinke hinunter, aber das Haus war verschlossen.

Jonas setzte sich auf eine der Treppenstufen und starrte über das Wasser. Seine Gedanken wanderten weit zurück ...

Sirka brütete seit Stunden über dem Entwurf. Es sah ganz nett aus, mehr aber auch nicht. Ihr fehlte der zündende Gedanke, ein entscheidendes Detail.

Es hatte keinen Sinn. Vielleicht ließ sie sich auch zu sehr durch das Wiedersehen mit Jonas und Lilli ablenken. Ihre Gedanken schweiften immer wieder ab.

Nach einer weiteren halben Stunde gab Sirka auf. Sie musste erst ihren Kopf frei bekommen, und am besten gelang ihr das an der frischen Luft. Sie verließ das Firmengebäude und überquerte den Hof. Am Rande des Firmengeländes führte ein schmaler Pfad zwischen hohen Fichten zum Strand. Sie konnte das Rauschen der Wellen bereits hören, bevor das Wasser hinter der nächsten Biegung zu sehen war.

Sirka blieb minutenlang stehen, atmete tief ein und aus und spürte auch diesmal wieder, wie sie innerlich ganz ruhig wurde. Dann wandte sie sich nach rechts und ging parallel zum Wasser. Nicht weit von hier lag ihr Bootshaus, das sie sich als Atelier ausgebaut hatte. Hierher zog sie sich oft zurück, wenn ihr in der Firma die Ruhe zum Arbeiten fehlte. Vielleicht klappte das ja auch heute.

Schon von weitem sah sie Jonas, der auf der Treppe zum Bootshaus saß. Sirka blieb stehen, betrachtete ihn sekundenlang, ohne sich bemerkbar zu machen. Dann ging sie langsam weiter und blieb unweit der Treppe erneut stehen.

»Hallo, Jonas.«

Jonas, der offensichtlich mit seinen Gedanken weit weg war, bemerkte sie erst jetzt. Er schaute auf, ein Lächeln glitt über sein Gesicht. »Hallo, du schon wieder«, neckte er sie.

»Na, was machst du hier?«, fragte Sirka.

Jonas stand auf. »Bei dem schönen Wetter hatte ich keine Lust, im Hotelzimmer zu sitzen, und so hübsch die Terrasse im Hotel Vickerby auch ist, irgendwann wurde es mir auch da zu langweilig. Also habe ich mir ein Fahrrad geliehen, und jetzt bin ich hier.«

»Bei meiner Hütte«, schmunzelte Sirka. »So ein Zufall. Warst du früher schon einmal mit Laura hier?«

»Ja«, nickte Jonas und musste dabei grinsen. »Wir waren zusammen bei deinen Eltern, und Laura hat sich gleich heftig mit deinem Vater gestritten und ihm gesagt, sie würde nie wieder einen Fuß in sein Haus setzen.«

Sirka seufzte. »Wahrscheinlich ging es mal wieder nur um eine Kleinigkeit.«

Jonas nickte bestätigend. »Wir haben hier übernachtet und sind am nächsten Tag nach Stockholm zurückgefahren. Laura konnte ganz schön aufbrausend sein, wenn die Dinge nicht so liefen, wie sie das wollte.«

Ja, so war Laura schon als Kind gewesen, und letztendlich hatte sie mit ihrem aufbrausenden Temperament auch immer durchgesetzt, was sie wollte. Trotzdem hatte Sirka ihre Schwester geliebt und sogar bewundert, weil sie immer schaffte, was sie sich in den Kopf gesetzt hatte.

Es hatte Håkan damals gar nicht gefallen, dass Laura mit Jonas nach Stockholm ziehen wollte. Er hatte gehofft, dass seine älteste Tochter in das Familienunternehmen einsteigen würde. Sirka war damals wie heute froh gewesen, dass sie die Auseinandersetzungen darüber nicht miterleben musste.

»Ich war zu dieser Zeit ja im Internat«, sagte sie und ging an Jonas vorbei. Sie stellte sich auf die Zehenspitzen, tastete mit den Fingerspitzen den Türrahmen ab und fand den Schlüssel. Sie schloss die Tür auf und öffnete sie weit. »Dann tritt mal in mein Heiligtum ein«, forderte sie Jonas auf.

Jonas stieg die Treppe hinauf. Er schien überrascht, als er sich umschaute. Håkan hatte seiner Tochter das Bootshaus geschenkt, weil er es selbst nicht mehr benutzte und Sirka es so sehr liebte. Sie hatte es innen weiß streichen lassen und mit wenigen, gemütlichen Möbeln ausgestattet. Direkt unter dem Fenster mit dem traumhaften Blick aufs Wasser stand ihr Schreibtisch. Einige von Hand gezeichnete Entwürfe lagen darauf.

Sirka öffnete die Terrassentür, um frische Luft in den Raum zu lassen, bevor sie nach nebenan in die kleine Küche ging, um Kaffee zu kochen.

»Kommst du hierher, um zu arbeiten?«, fragte Jonas.

»Wenn mir im Büro nichts mehr einfällt«, rief Sirka aus der Küche. »Hier habe ich meine Ruhe. Ich höre nur das Rauschen der Wellen, das Zwitschern der Vögel und hin und wieder die Brunftschreie eines liebestollen Elches.« Sirka steckte kurz den Kopf durch die Tür. »Dir ist das vermutlich alles eine Nummer zu provinziell, oder?«

Sirka sah, wie Jonas nachdenklich die Brauen zusammenzog und schließlich mit den Schultern zuckte. »Ich habe mein Leben lang in der Stadt gelebt, aber eigentlich war das keine bewusste Entscheidung. Ich bin in Stockholm geboren, habe da studiert und meinen ersten Job gehabt. Es hat sich einfach so ergeben. Ja, und dann lernte ich Laura kennen, und die wollte unbedingt vom Land weg.«

Das gurgelnde Geräusch der Kaffeemaschine verstummte. Sirka nahm zwei Tassen aus dem Schrank, füllte sie und stellte sie zusammen mit Zucker und einem Milchkännchen auf ein Tablett und ging damit zu Jonas.

»Ich weiß«, nickte sie. »Laura hat immer behauptet, Vickerby würde ihr die Luft zum Atmen nehmen. Ganz im Gegensatz zu meiner Schwester habe ich bisher keinen Ort gefunden, wo ich besser durchatmen kann. Ich glaube, Laura stand vor allem wegen Papa immer unter Druck. Sie konnte und wollte seine Erwartungen nicht erfüllen.«

Sirka ging hinaus auf die Veranda. Eine Bank stand an der Hauswand, davor ein kleiner Tisch. Sie stellte das Tablett ab und reichte Jonas eine der gefüllten Kaffeetassen, als er sich setzte. Sie nahm neben ihm Platz, schaute gedankenverloren über das Wasser. Das Herz wurde ihr mit einem Mal schwer, und sie spürte Trauer in sich aufsteigen. »Das alles hier wird mir fehlen«, sagte sie leise. »Venedig ist wunderschön, und die Arbeit in Murano ist sicher eine Bereicherung, aber ich habe bisher keinen Ort erlebt, an dem es mir so gut geht wie hier.«

Jonas betrachtete sie von der Seite. Sein Lächeln war weich.

Irgendwie schaute er sie anders an als sonst, oder bildete sie sich das nur ein?

»Du bist zu beneiden«, sagte er. »Du weißt genau, wo du hingehörst. Kaum zu glauben, dass du Lauras Schwester bist. Sie war so unruhig, schien ständig auf der Suche zu sein.«

»Sie hatte ihren Platz ja bei dir und Lilli gefunden«, erwiderte Sirka.

Jonas löste den Blick von ihr. Sein Gesicht wirkte verschlossen, als er aufs Wasser starrte. Obwohl er seine Sitzhaltung ansonsten nicht veränderte, kam es Sirka so vor, als würde er ein Stück von ihr abrücken. Auf einmal war da so ein Gefühl in ihr, eine dumpfe Ahnung.

»Ihr wart doch glücklich miteinander?«, hakte sie nach. »Oder?«

Jonas schien nach den richtigen Worten zu suchen. Er öffnete den Mund, schloss ihn wieder, und dann sagte er schließlich: »Vielleicht hatte sie verstanden, dass es genau so gut war, wie es nun einmal war.«

Sirka konnte mit diesen Worten nichts anfangen, aber sie traute sich auch nicht, weiter zu fragen. Jonas stand auf und entfernte sich ein paar Schritte von ihr. Er wandte ihr den Rücken zu, seine Hände umklammerten das Geländer der Veranda. Er wirkte verloren, unsagbar traurig und drückte gleichzeitig durch seine ganze Haltung eine unüberbrückbare Distanz aus.

Sirka ließ ihn vollkommen in Ruhe. Nach einer Weile wirkte seine Haltung nicht mehr ganz so angespannt. Er lächelte sogar, als er sich ihr wieder zuwandte und zurück zum Tisch kam. Als er sich auf die Bank setzte, berührten sich ihre Arme sekundenlang. Für Jonas schien das nicht mehr als eine zufällige Berührung zu sein, aber Sirka bewegte es auf eine Art und Weise, die sie verwirrte.

Jonas ließ ihr keine Zeit, darüber nachzudenken. Er erzählte von Chicago, davon, wie er und Lilli dort gelebt und was sie erlebt hatten. Nur Laura erwähnte er nicht mehr. Dabei tranken sie ihren Kaffee.

Später spülten sie die Tassen gemeinsam in der Küche ab. Es war so vertraut und schön, als wäre es immer schon so gewesen. Kaum zu glauben, dachte Sirka, dass sie Jonas nach Jahren erst gestern wiedergesehen hatte. Noch weniger konnte sie sich vorstellen, dass sie ihn jemals spießig gefunden hatte.

Für Håkan war es ein aufregender Tag gewesen. Die Szene mit Berit wirkte noch immer in ihm nach. Er war froh, dass Lilli bei ihm war und ihn mit ihrem fröhlichen Geplauder ein wenig ablenkte. Es störte ihn lediglich, dass sie so viel von ihrem Vater sprach. Er wollte nichts hören über diesen Mann, der seine Tochter auf dem Gewissen hatte.

Als sie die Villa betraten, kam ihnen die Haushälterin entgegen. Håkan bat sie, gleich das Abendessen zu servieren.

Lilli schaute ihren Großvater mit strahlenden Augen an. »Darf ich Papa anrufen und ihn fragen, ob er zum Essen kommt?«

Håkan atmete ganz tief durch, um ruhig zu bleiben. »Ich denke, dass er keine Lust dazu hat«, sagte er schließlich.

»Das glaube ich schon«, widersprach Lilli unbekümmert. »Er will mich bestimmt sehen.«

»Aber ich will ihn nicht sehen«, erwiderte Håkan heftig.

Lilli starrte mit großen, erschrockenen Augen zu ihm auf. »Warum nicht? Was hat er dir getan?«

Håkan runzelte die Stirn und zog die Augenbrauen finster zusammen. »Wenn ich dir sage, dass ich ihn nicht sehen will, muss dir das reichen!«

Lilli wich einen Schritt zurück. Ihr ängstlicher Blick besänftigte und beschämte Håkan zugleich. »Geh bitte auf dein Zimmer und wasch dir die Hände«, bat er freundlich.

»Aber . . .«

»Tu mir bitte den Gefallen.« Håkan lächelte seiner Enkelin zu, auch wenn alles in ihm in Aufruhr war. Sie war nicht nur das Kind von diesem Mann, sie war auch Lauras Kind.

»Es tut mir leid«, sagte Lilli. »Ich wollte dich nicht aufregen. Ich kann Papa ja auch noch nach dem Essen im Hotel besuchen, und du lässt dir einfach Zeit, bis du nicht mehr böse auf ihn bist.«

Håkan konnte darauf schlecht antworten, dass er Jonas bis ans Ende seiner Tage hassen würde. Lilli liebte ihren Vater, und Håkan war klar, dass er Lauras Kind auch noch verlieren würde, wenn er sich so offen gegen ihren Vater stellte. Deshalb ignorierte er ihre Worte und war froh, als Lilli endlich seiner Bitte nachkam und nach oben ging.

Jonas begleitete Sirka bis zu der Abzweigung, die zur Villa der Pettersons führte. Das Fahrrad schob er neben sich her.

»Es ist so schön hier«, sagte er. »Es kommt mir so vor, als würde ich das alles zum ersten Mal wahrnehmen.«

Sirka lächelte. »Vielleicht hast du inzwischen genug von der Welt gesehen und kannst dich einfach an dem erfreuen, was vor deiner Nase liegt.«

An der Abzweigung blieben sie stehen. Jonas schaute sie so an, wie er sie noch nie zuvor angesehen hatte. Wieder war da dieses Gefühl, das Sirka eben schon empfunden hatte, als ihre Arme sich auf der Bank berührten.

»Vielleicht habe ich auch nur jemanden gebraucht, der mir die Augen öffnet«, sagte er.

Sirka wusste nicht, was sie darauf antworten sollte. Sie lächelte unsicher, zeigte mit einer hilflosen Geste den Weg hinauf, der zur Villa führte. »Ich würde dich ja gerne zum Essen einladen.«

Jonas schüttelte den Kopf. »Das wäre keine gute Idee. Aber gib Lilli bitte einen Kuss von mir.«

»Mache ich«, versprach Sirka. Sie standen immer noch voreinander, schauten sich an. Sirka folgte einfach ihrem Gefühl, als sie ihn umarmte und sagte: »Schön, dass du da bist.«

Hastig ließ sie ihn wieder los. Was mache ich da, schoss es ihr entsetzt durch den Kopf.

Jonas schien überrascht, doch dann lächelte er. Jetzt war er es, der sich vorbeugte und ihr einen liebevollen Kuss auf die Wange drückte. Als er den Kopf zurückzog, schaute er sie so verwirrt an, wie sie sich selbst fühlte. Trotzdem sagte er leise: »Das finde ich auch.« Er winkte ihr noch einmal zu, bevor er sich aufs Rad schwang und weiterfuhr.

Sirka starrte ihm nach, bis er nicht mehr zu sehen war, und versuchte zu ergründen, was da gerade geschehen war. Was in ihr geschah. Es war schön und erschreckend zugleich.

Sie lief ein Stück des Weges zur Villa und überlegte es sich dann doch anders. Sie wollte noch nicht nach Hause. Sie konnte sich jetzt nicht zu ihrem Vater und Lilli an den Abendbrottisch setzen und so tun, als wäre nichts passiert.

Aber was war eigentlich passiert? Sie hatte zufällig ihren Schwager getroffen, mit ihm zusammen eine Tasse Kaffee getrunken, und plötzlich war nichts mehr so wie vorher.

Der Weg führte sie an Olofs Bauernhof vorbei. Sirka war so in Gedanken versunken, dass sie Berits Bruder erst bemerkte, als er unmittelbar vor ihr stand. Die beiden begrüßten sich mit einem freundschaftlichen Kuss.

»Gut siehst du aus«, sagte Olof.

»Danke, es geht mir auch gut«, erwiderte Sirka und spürte in diesem Moment, dass es tatsächlich so war. Was immer die Begegnung mit Jonas auch in ihr ausgelöst hatte, es tat ihr gut.

Die beiden gingen langsam nebeneinander her, vorbei an der Scheune, vor der ein Traktor stand.

»Wahrscheinlich freust du dich schon auf Murano«, sagte Olof. »Wann geht es los?«

Die Hochstimmung, in der sie sich eben noch befunden hatte, verpuffte augenblicklich. Murano hatte sie völlig vergessen.

»In drei Wochen«, erwiderte sie lustlos.

Olof zog fragend eine Augenbraue in die Höhe. »Sehr begeistert klingt das ja nicht. Hast du keine Lust mehr auf Murano?«

»Klar habe ich noch Lust«, behauptete Sirka und bemerkte selbst, wie gedehnt die Worte über ihre Lippen kamen. Sie konnte keine Freude vorheucheln, die sie nicht empfand. Jetzt noch weniger als vorher.

»Aber?«, hakte Olof nach.

Er kennt mich viel zu gut, dachte Sirka. Es hatte eine Zeit gegeben, da hatten sie und Olof geglaubt, ihr Leben miteinander teilen zu können. Die Erkenntnis, dass es nicht so war, hatte ihnen beiden damals sehr weh getan. Inzwischen waren sie darüber hinweg, und aus ihrer ehemaligen Verliebtheit war eine enge Freundschaft entstanden.

»Ich weiß nicht«, sagte Sirka zögernd. »Papa wäre jetzt, wo Mama nicht mehr lebt, zum ersten Mal ganz allein. Außerdem ist es so schön bei uns, dass ich nur ungern weggehe.«

Sirka verschwieg, dass es neuerdings noch einen dritten Grund gab, der ihr das Weggehen erschwerte. Sie hätte Jonas gerne besser kennengelernt, ein wenig mehr Zeit mit ihm verbracht. Ihr Herz klopfte bei dem bloßen Gedanken daran wie verrückt, auch wenn es schwerwiegende Gründe gab, die dagegen sprachen.

Es ging nicht nur um ihre bevorstehende Abreise. Jonas war der Mann ihrer Schwester gewesen. Mindestens ebenso schwer wog die Tatsache, dass Håkan ihn hasste.

»Es ist schon komisch«, sagte Olof in ihre Gedanken hinein. »Laura konnte nicht schnell genug von hier wegkommen, und du würdest lieber hierbleiben.«

»Ja«, seufzte Sirka, »ich bin eben ein richtiges Landei.« Sie klopfte ihm freundschaftlich auf die Schulter. »Wir sehen uns«, verabschiedete sie sich von ihm und lief weiter. Es gab so vieles, über das sie noch nachdenken musste.

Auch Jonas fuhr nicht sofort zum Hotel zurück. Er radelte ziellos durch die Gegend und versuchte dabei, sich über das klar zu werden, was gerade mit ihm passierte. Diese plötzliche Nähe zu der jungen Frau, die er bis zu ihrem Wiedersehen als schlaksiges, unverschämtes Gör in Erinnerung hatte, setzte ihm zu. Er wusste nicht, wie er damit umgehen sollte.

Er wusste es nicht, aber ihn bewegten die gleichen Gedanken wie Sirka. Sie war zum einen die Schwester seiner verstorbenen Frau, zum anderen war ihr Vater voller Hass auf ihn.

Jonas aß in einem kleinen Gasthof außerhalb von Vickerby zu Abend. Danach fuhr er zurück zum Hotel. Es war einer von diesen klaren Sommerabenden, an denen es lange hell blieb.

Als er das Hotel erreichte, kam Lilli ihm entgegengelaufen.

»Hej, wo kommst du denn her?«, fragte Jonas überrascht.

Lilli umarmte ihn, bevor sie antwortete. »Von Opa natürlich. Pia hat mich mitgenommen und hier abgesetzt. Sie hat hier etwas zu erledigen und holt mich nachher wieder ab. Und was hast du gemacht?«

»Ich bin ein wenig mit dem Rad herumgefahren«, erwiderte Jonas, verschwieg seiner Tochter aber das zufällige Treffen mit Sirka.

Lilli neigte den Kopf ein wenig zur Seite, als sie ihn anschaute. »Vermisst du Stockholm schon?«

»Nein«, sagte Jonas, ohne darüber nachdenken zu müssen. »Vermisst du Stockholm?«, wollte er seinerseits wissen.

Lilli riss die Augen weit auf und schüttelte entschieden den Kopf. »Ich finde es hier ganz toll. Vielleicht können wir ja in den nächsten Ferien wieder hierher fahren.«

Ja, es stimmte. Er hatte kein Heimweh nach Stockholm, und Vickerby gefiel ihm heute so gut wie damals, als er Laura hier besucht hatte. Trotzdem verspürte Jonas nur wenig Lust, die nächsten Ferien ausschließlich im Hotelzimmer zu verbringen. Außerdem war Sirka dann nicht mehr da, und Jonas konnte sich Vickerby ohne sie nur schlecht vorstellen.

Er wich einer direkten Antwort aus, indem er seine Tochter fragte, ob sie schon etwas gegessen habe.

Lilli strahlte über das ganze Gesicht. »Pia hat extra für mich Spaghetti mit Tomatensoße gemacht, und zum Nachtisch gab es Pudding.« Sie streckte ihren Arm vor, an dem ihr Armband baumelte.

»Schau mal, das hat Opa mir geschenkt. Oma wollte, dass ich es zu meinem achtzehnten Geburtstag bekomme.«

Jonas fand, dass es zu diesem Zeitpunkt auch weitaus angebrachter gewesen wäre. Dieses Armband war hübsch, aber eindeutig zu bombastisch für ein Mädchen in Lillis Alter.

Als er ihren erwartungsvollen Blick auf sich gerichtet sah, ersparte er sich allerdings eine entsprechende Antwort. Lilli war glücklich und freute sich offensichtlich über dieses Geschenk. Diese Freude wollte er ihr auf keinen Fall nehmen.

»Es ist wunderschön«, sagte er und fand damit genau die Worte, was Lilli wahrscheinlich hören wollte. Seine Tochter wirkte mit einem Mal sehr nachdenklich.

»Wir müssen uns unbedingt überlegen, wie wir Opa dazu bringen, dass er dich wieder mag.«

Jonas zog seine Tochter in die Arme. »Das ist eine schöne Idee, aber ich fürchte, da haben wir keine Chance.«

Lilli schmiegte sich ganz fest an ihn. Undeutlich murmelte sie an seiner Brust: »Das werden wir ja noch sehen.«

So früh hatte Berit die Firma noch nie verlassen. Unruhig tigerte sie in ihrem Haus hin und her. Ihre ganzen Träume hatten sich innerhalb weniger Minuten in Nichts aufgelöst. Tief in ihrem Inneren spürte sie eine grenzenlose Leere. Immer wieder brach sie in Tränen aus. Als ihr Bruder sie anrief, versuchte sie vergebens, sich zusammenzureißen. Unvermittelt begann sie zu weinen, als er sich nach ihrem Befinden erkundigte. Wenige Minuten später war Olof bei ihr.

Berit hatte Kaffee gekocht. Zusammen saßen sie am Tisch in ihrem Esszimmer, und Berit erzählte von ihrem Gespräch mit Håkan. Davon, wie sie ihm ihre Gefühle gestanden hatte und von ihm zurückgestoßen worden war. Sie fühlte sich unendlich müde und erschöpft. Vornübergebeugt, mit hängenden Schultern, saß sie da und rührte in ihrem Kaffee und starrte mit leerem Blick auf ihr Wasserglas, ohne einen einzigen Schluck zu trinken.

»Ich habe dir immer gesagt, dass du bei Håkan keine Chance hast. Du solltest aufhören, ständig an ihn zu denken«, sagte Olof. Das Mitgefühl in seiner Stimme setzte ihr ebenso zu wie seine Worte.

»Ich kann das nicht, und das weißt du«, erwiderte sie hart. »Ich liebe diesen Mann.«

Olof schüttelte verständnislos den Kopf. »Du weißt doch genau, dass er immer nur seine Frau geliebt hat.«

»Er hat sie nicht geliebt«, wiederholte Berit stur das, was sie sich in den vergangenen Jahren selbst immer wieder eingeredet hatte. »Er ist nur bei ihr geblieben, weil sie krank war.«

»Jetzt ist sie tot.« Olof beugte sich vor. Durchdringend schaute er sie an. »Hat er dir etwa gesagt, dass er mit dir zusammen sein will?«

Berit antwortete nicht. Sie stand auf und trug das benutzte Geschirr in die angrenzende Küche. Olof folgte ihr.

»Hat er dir gesagt, dass er mit dir zusammen sein will?«, ließ Olof nicht locker. »Hat er das gesagt, Berit?«

Berit spürte, wie die Enttäuschung sie erneut zu übermannen drohte. Und wieder war da dieser Hass, diese unglaubliche Wut, die mit aller Wucht an die Oberfläche drängte. »Hör auf«, schrie sie plötzlich laut auf. Mit voller Wucht warf sie das Glas in die Spüle. Es zersplitterte in unzählige, winzig kleine Scherben.

Berit schluchzte laut auf. »Ich will nicht über Håkan reden«, sagte sie mit erstickter Stimme. Sie beugte sich vor, stützte sich mit gesenktem Kopf an der Spüle ab. Tränen liefen über ihre Wangen und tropften auf die Scherben im Becken. Sie bemerkte es kaum, spürte nur den Schmerz, der sie innerlich zu zerreißen drohte.

Olof trat hinter sie. »Schwesterchen . . .«, sagte er erschrocken. Unbeholfen strich er ihr über den Rücken. »Es wird alles wieder gut.«

»Nichts wird gut«, weinte Berit. »Er hat mich so lange hingehalten, und jetzt will er nichts mehr von mir wissen.«

Olof umfasste ihre Schultern und drehte sie zu sich herum. Liebevoll strich er ihr über die Wange.

»Hör endlich auf damit, dir etwas vorzumachen«, bat er eindringlich. »Du machst dich damit selbst kaputt.«

»Das ist eben nicht so wie bei Sirka und dir«, sagte sie tonlos. »Ihr habt euch nie richtig geliebt, deshalb fiel es euch auch so leicht, euch wieder zu trennen.«

»Sirka und ich sind Freunde geworden«, sagte Olof ganz ruhig. »Ich wünsche dir, dass dir das mit Håkan auch irgendwann gelingt.«

Berit presste die Hände gegen die Schläfen. Was redete ihr Bruder doch für einen Blödsinn. »Ich will nicht, dass er mein Freund ist«, stieß sie hervor. »Ich liebe ihn, und ich kann nicht einfach so tun, als wäre das nicht so.«

Olof schüttelte hilflos den Kopf. Er öffnete den Mund, um etwas zu sagen, aber Berit wollte nichts mehr hören. Sie wollte alleine sein mit sich und ihrem Schmerz und bat ihn, zu gehen.

Olof weigerte sich zuerst, aber Berit behauptete, sie wäre müde und wolle sich hinlegen. Schließlich gab Olof nach.

Berit war froh, als sie die Tür hinter ihm schloss. Danach lief sie ruhelos durch ihre Wohnung, getrieben durch die Qual ihrer unerfüllten Liebe. Sie war unendlich traurig, aber hinter ihrer Traurigkeit lauerte die Wut und die Enttäuschung. Zudem fühlte sie sich durch Håkans klare Zurückweisung bis an die Grenze des Erträglichen gedemütigt.

Das wirst du mir büßen!, schoss es ihr durch den Kopf. Der Gedanke kam ganz plötzlich und setzte sich in ihr fest. Nahm mehr und mehr Gestalt an. Berit machte nicht einmal den Versuch, sich dagegen zu wehren. Im Gegenteil, die Verlockung der Rache verschaffte ihr auf gewisse Weise und völlig unerwartet sogar Erleichterung. Sie wusste, wie sie Håkan die gleiche Pein zufügen konnte, die sie ihm jetzt verdankte. Sie musste ihm etwas wegnehmen, was ihm wichtig war. Sie würde das zerstören, womit er sein Leben lang gelebt hatte, was er von seinen Vorfahren geerbt hatte – und sie wusste auch genau, wie sie vorgehen musste.

Pia hatte ihr einen Teller mit belegten Broten gebracht und eine Karaffe Wein. Sirka kam jedoch kaum zum Essen. Auf einmal war da eine neue Idee gewesen, und bevor sie Gefahr lief, sie wieder zu vergessen, wollte sie sich lieber gleich eine Skizze machen.

Sie setzte sich mit einem Block und einem Stift an den Esstisch. Den Teller mit den Broten schob sie beiseite. Bereits nach wenigen Minuten war sie in ihre Arbeit vertieft. Sie betrachtete den Entwurf, während sie gedankenverloren in ein Brot biss.

»Gleichzeitig arbeiten und essen ist aber nicht gesund«, hörte sie ihren Vater hinter sich sagen. Håkan kam von oben, wo er noch einmal nach Lilli gesehen hatte.

»Ich hatte eine Idee und wollte nicht, dass sie mir wieder entschwindet. Setz dich zu mir, Papa, ich hole dir ein Glas.« Sirka ging zu dem antiken Büfettschrank und öffnete die Glastür. »Schläft Lilli?«, fragte sie, als sie zurück an den Tisch kam.

Håkan erzählte seiner Tochter lachend, wie er Lilli vorgefunden hatte. Tief und fest schlafend, obwohl das Licht in ihrem Zimmer noch brannte und das Buch, in dem sie lesen wollte, aufgeschlagen neben ihr lag. »Ich wünschte, sie würde für immer hier bleiben«, schloss Håkan seufzend.

»Sie hat sich toll entwickelt, nicht wahr?« Sirka mochte Lilli, war geradezu begeistert von ihr. »Sie ist intelligent und für ihr Alter unglaublich wach und sensibel. Da hat Jonas wirklich gute Arbeit geleistet.«

Håkan zog die Augenbrauen zusammen. »Sie hat die guten Anlagen ihrer Mutter«, sagte er grollend.

»Ja, die hat sie bestimmt.« Sirka musste sich zügeln, um ihre Ungeduld nicht allzu sehr durchklingen zu lassen. Trotz seines unversöhnlichen Hasses musste doch selbst ihr Vater einsehen, dass Jonas einen großen Anteil an Lillis Entwicklung besaß.

»Du warst auch nicht immer mit allem einverstanden, was Laura gemacht hat«, erinnerte sie ihren Vater. »Es gab oft heftigen Streit zwischen euch.«

Håkan schüttelte den Kopf. »Das waren die üblichen Streitereien, wie sie in jeder Familie vorkommen«, behauptete er. »Das war nichts im Vergleich zu dem, was sich zwischen Jonas und ihr abgespielt hat. Wenn sie sich nicht auf ihn eingelassen hätte, wäre sie heute noch am Leben. Er hat sie überredet, von hier fortzugehen.«

Sirka fragte sich, woher ihr Vater wissen wollte, was zwischen Laura und Jonas passiert war. Hatte Laura sich bei ihrem Vater beklagt?

Es musste auf jeden Fall etwas zwischen ihr und Jonas geschehen sein, das hatte sie bereits an der Reaktion ihres Schwagers gemerkt. Aber selbst wenn es zwischen den beiden Streit gegeben hatte, wenn ihre Ehe nicht so glücklich gewesen war, wie es nach außen hin ausgesehen hatte, so war es unfair von ihrem Vater, Jonas als den Alleinschuldigen hinzustellen. Sirka hatte ihre Schwester geliebt, aber in einem Punkt gab es für sie nicht den geringsten Zweifel: Laura war ein Biest gewesen, der es in erster Linie um sich selbst gegangen war.

»Papa, mach mal einen Punkt«, bat Sirka ruhig. »Laura war Reisejournalistin. Sie hatte ihren eigenen Kopf, das weißt du ganz genau. Abgesehen davon hatte Jonas nichts mit ihrem Unfall zu tun. Sie war ganz alleine im Auto, als es passierte.«

Håkan fuhr auf. »Ich könnte dir...« Er brach ab, schüttelte leicht den Kopf. Schwerfällig erhob er sich. Seine Stimme klang ganz ruhig, als er sagte: »Entschuldige, ich bin müde. Gute Nacht.«

»Gute Nacht«, sagte Sirka traurig. Ihre Hoffnung, dass ihr Vater doch irgendwann einlenken und seinem Schwiegersohn die Hand reichen würde, hatte in diesem Moment einen herben Dämpfer erlitten, wenn nicht sogar vollkommen zerstört. Unglücklich drehte sie das Weinglas zwischen ihren Fingern. Die Skizze, an der sie eben noch mit so viel Begeisterung gearbeitet hatte, war jetzt völlig nebensächlich.

Das Klingeln ihres Handys riss sie aus ihren trüben Gedanken. Entgegen aller Vernunft schlug ihr Herz schneller, als sie auf dem Display las, wer sie anrief.

»Hej«, hörte sie Jonas sagen, nachdem sie sich gemeldet hatte. Er fragte sie, ob sie zu müde war, mit ihm noch etwas trinken zu gehen.

»Nein, ich bin nicht müde«, versicherte Sirka schnell. Sie verabredete sich mit Jonas auf dem Marktplatz in Vickerby. Jetzt war sie froh, dass ihr Vater sich zurückgezogen hatte. Sie hätte ihn nicht belügen wollen, aber es wäre schwierig gewesen, ihm zu erklären, mit wem sie sich um diese Zeit noch traf. Sie eilte in ihr Zimmer und zog sich um, bevor sie sich auf den Weg zum vereinbarten Treffpunkt machte. Jonas wartete bereits auf sie.

Wieder klopfte ihr das Herz bis zum Hals. Noch nie zuvor hatte sie so starke Gefühle empfunden. Nicht einmal für Olof, mit dem sie damals doch sogar eine gemeinsame Zukunft geplant hatte.

Jonas lächelte ihr zu. Ihre Schritte auf dem Kopfsteinpflaster hallten durch die dunkle Gasse. Sie sprachen kaum miteinander, das war auch nicht notwendig. Es war ein gutes Gefühl, zusammen mit einem anderen Menschen zu schweigen. Keine Sekunde lang hatte Sirka das Gefühl, sie müsse Gesprächspausen mit krampfhaftem Reden ausfüllen.

Das kleine Lokal, in dem sie noch ein Glas Wein trinken wollten, hatte bereits geschlossen. In gespielter Verzweiflung rüttelte Sirka an der Tür. Sie wandte sich zu Jonas um.

»Tja, so ist das eben in Vickerby. Hier werden die Bürgersteige schon hochgeklappt, wenn die Stockholmer gerade erst aus dem Haus gehen. Wir sind hier in der totalen Provinz.« Sie lächelte. »Deine Meinung von Vickerby wird wahrscheinlich immer schlechter«, fügte sie neckisch hinzu.

»Überhaupt nicht.« Jonas schüttelte den Kopf. »Das zeigt doch, dass sich die Leute hier auch anderweitig amüsieren können.«

Sirka grinste, und auch Jonas schien sehr schnell zu begreifen, wie zweideutig seine Bemerkung klang. Die beiden lachten gleichzeitig laut auf.

»Und was machen wir jetzt?«, fragte Sirka. Sie hatte ein wenig Angst, dass Jonas den gemeinsamen Abend bereits wieder abbrechen würde. Sie genoss seine Gesellschaft und wollte noch nicht nach Hause zurück.

Kurz überlegte sie, ob sie ihm anbieten sollte, in ihre Bootshütte zu gehen. Dort stand eine Flasche Wein in der Küche, und Gebäck hatte sie auch noch im Kühlschrank. Andererseits würde das Bootshaus in Jonas möglicherweise Erinnerungen an Laura hervorrufen. An die Nacht, die er dort gemeinsam mit ihr verbracht hatte.

»Naja, es gibt eine Sache, die ich wirklich gerne machen würde«, unterbrach Jonas ihre Überlegungen. »Zeigst du mir eure Manufaktur? Ich war ewig nicht mehr da. Lilli will ja plötzlich Glasbläserin werden, da wäre es doch wichtig, wenn ich mir ihren zukünftigen Arbeitsplatz mal ansehe.« Er lächelte sie so

–276–

warm und zärtlich an, dass ihr die Knie weich wurden. In ihrem Magen kribbelte es.

»Außerdem würde ich mir auch gerne deinen Arbeitsplatz ansehen«, fügte er hinzu.

Sirka nickte zustimmend. »Okay, dann komm«, forderte sie ihn auf.

Auch auf dem kurzen Weg zur Manufaktur sprachen sie nur wenig miteinander. Nach ein paar Minuten erreichten sie das Firmengebäude, das dunkel und behäbig vor ihnen lag. Die beiden Lastkraftwagen mit der Aufschrift *Petterson Glas* waren auf dem Hof geparkt. Statt des geschäftigen Treibens des Tages herrschte jetzt gespenstische Stille. Alleine fühlte Sirka sich hier um diese Zeit immer unwohl, aber jetzt war Jonas ja bei ihr. Sie schloss die Eingangstür auf und ließ Jonas ein, bevor sie die Tür hinter ihm verriegelte. Sie fand den Lichtschalter im Dunkeln und führte ihn über einen Gang zu ihrem Atelier. Es lag abseits der gläsernen Büros in einem anderen Trakt, damit sie ungestört arbeiten konnte.

Sirka öffnete eine Tür und schaltete auch hier das Licht ein. »Das ist mein Reich«, sagte sie stolz. »Mein Atelier.«

Jonas trat ein und schaute sich in dem großen Raum aufmerksam um. Sirka folgte seinen Blicken und versuchte, ihr Atelier mit seinen Augen zu sehen. Ganz so, als wäre sie heute auch zum ersten Mal hier.

Säulen schienen den hohen, gewölbten Raum mit den dicken Wänden zu stützen. In der Wand zum Hof waren Fenster eingelassen, die tagsüber viel Licht in den Raum ließen. Auf weißen Podesten in unterschiedlichen Höhen waren bunte Glasobjekte aufgestellt. Modelle, die Sirka entworfen hatte. Gegenüber des Eingangs stand ein breites Sofa. Ein Rundbogen führte in die angrenzende Teeküche, die ausschließlich Sirka zur Verfügung stand. Håkan hatte ihr einen sehr behaglichen Arbeitsplatz schaffen lassen, an dem sie ihre Kreativität voll ausleben konnte.

Jonas blieb vor den Musterstücken stehen. In seinen Augen lag

Bewunderung. »Ich kann es bis heute nicht glauben. Ein bisschen Sand, etwas Blei, und dann kommt so was dabei raus.«

»Quarzsand und Salpeter sind da auch noch drin«, ergänzte Sirka. »Es kommt eben auf die richtige Mischung an.«

Jonas sah lächelnd auf. »Und auf Fantasie.«

Sirka nickte und fragte ihn, ob er jetzt Lust auf den Rotwein hätte, den sie eigentlich im Lokal trinken wollten. Als er die Frage bejahte, holte sie aus der Küche zwei Gläser sowie die Weinflasche, die sie von dem Vertreter eines Rohstoffhändlers geschenkt bekommen hatte.

»Dein Atelier ist toll«, sagte Jonas, als sie mit zwei gefüllten Gläsern zurückkam. »Hier muss einem ja etwas einfallen.«

»Meistens klappt es ja auch«, sagte Sirka und reichte ihm eines der Gläser. Sie hob ihr Glas. »Willkommen in meinem Leben, Jonas.«

Jonas schaute ihr tief in die Augen. »Es gefällt mir ganz gut, dein Leben«, sagte er rau. Er beugte sich vor, seine Lippen berührten sanft ihre Wangen, er zog den Kopf wieder zurück und nahm ihr das Rotweinglas aus der Hand. Vorsichtig stellte er beide Gläser auf einem der Podeste ab und wandte sich ihr wieder zu. Es war alles so selbstverständlich, so natürlich, als wären sie seit ihrem Wiedersehen nur auf diesen einzigartigen Moment zugesteuert.

Jonas nahm sie in die Arme. Sein Mund suchte ihre Lippen, zärtlich, begehrend, mit zunehmender Leidenschaft.

Sirka schlang beide Hände um seinen Hals, schloss die Augen und drängte sich an ihn.

Berit hob lauschend den Kopf. War da nicht ein Geräusch gewesen? Alles blieb ruhig. Wahrscheinlich hatte sie es sich nur eingebildet.

Sie war nicht nervös, sondern von einer tiefen, unheilvollen Ruhe erfüllt. Sie beugte den Kopf wieder tief über das Blatt auf ihrem Schreibtisch, auf dem sie seit einer knappen Stunde immer wieder die selbe Unterschrift übte.

Håkan Petterson schrieb sie in schwungvoller Schrift und verglich den letzten Versuch mit Håkans Unterschrift auf einem von ihm unterschriebenen Brief, den sie aus Ingers Unterschriftenmappe geholt hatte. Es sah vollkommen echt aus, niemand würde den Unterschied bemerken.

Einen Augenblick lang zögerte sie noch, spürte so etwas wie aufkommende Skrupel, doch dann sah sie wieder die Szene in Håkans Büro vor sich und spürte erneut den Stachel der Demütigung, der sich tief in ihr Herz gebohrt hatte.

Berit presste die Lippen fest aufeinander, und doch zögerte sie noch, bis ihr Blick auf das Foto fiel, das sie und Håkan auf der Weihnachtsfeier zeigte. Entschlossen unterschrieb sie die Anweisung für die Bank und das begleitende Schreiben. Es ging um die letzten finanziellen Reserven, die *Petterson Glas* vor dem Ruin retten sollten, doch darüber würde Håkan ab morgen nicht mehr verfügen können. Sie spürte Genugtuung bei dem Gedanken, dass sie ihm damit die Luft zum Atmen nahm.

Per Fax schickte sie den Brief und auch die Geldanweisung an Håkans Bank. Danach brachte sie den unterschriebenen Brief von Håkan, den sie als Vorlage für ihre Unterschriftenfälschung benötigt hatte, in Ingers Büro und legte ihn zurück in die Unterschriftenmappe. Niemand würde etwas bemerken, und wenn ihre Taten erst auffielen, würde es zu spät sein.

Berit ging noch einmal in ihr Büro, um dort das Licht zu löschen, und verließ anschließend das Firmengebäude. Auf dem Hof sah sie, dass in Sirkas Atelier Licht brannte. Sie schaute durch eines der Fenster und erblickte Sirka und Jonas, die sich küssten.

Wie schön, Håkan stand also noch eine weitere unangenehme Überraschung bevor. Gleichzeitig war Berit froh, dass sich ihr Büro auf der Rückseite des Gebäudes befand. Sonst hätten die beiden das Licht in ihrem Büro bemerkt.

Berit wandte sich ab und hastete über den Hof. Sie wusste, dass sie nie wieder hierher zurückkommen würde.

Als seine Lippen ihren Mund freigaben, zog Sirka den Kopf ein wenig nach hinten. »Was mache ich hier eigentlich?«, fragte sie.

Jonas zuckte lächelnd mit den Schultern. »Du solltest dich vielmehr fragen, wieso du ausgerechnet einen langweiligen Bankheini küsst.«

»Du bist nicht langweilig«, sagte Sirka. »Du verwirrst mich total. Du kommst einfach daher und krachst in mein Herz.«

Jonas wickelte eine Strähne ihres blonden Haares um seinen Zeigefinger. »Und was machst du mit mir?«, fragte er leise und sehr zärtlich.

Sirka schmiegte sich wieder an ihn. »Dich küssen«, sagte sie und diesmal war sie es, die seinen Mund suchte. Sie spürte sein Verlangen, seine Leidenschaft. Er stöhnte leise auf, als ihre Hände über seinen Rücken strichen. Seine Hände griffen in ihr Haar. Er bog ihren Kopf sanft zurück, sein Mund wanderte über ihr Kinn, ihre Kehle bis hinunter zu der Vertiefung zwischen ihren Brüsten. In fiebriger Hast entkleideten sie sich gegenseitig. Eng umschlungen ließen sie sich auf das breite Sofa fallen.

Sie hatte die ganze Nacht nicht geschlafen und stand bereits fünf Minuten vor der Öffnung vor der Bank. Die Mitarbeiterin der Bank wirkte verwundert über die große Summe, die bar ausgezahlt werden sollte, aber ihr lag die vermeintliche Anweisung Håkans vor, die in der Nacht per Fax eingetroffen war. Zudem kannten die Mitarbeiter der Bank Berit als Prokuristin von *Petterson Glas*.

Berit spürte, wie ihre Handflächen feucht wurden, als die vielen Geldbündel vor ihr auf dem Tresen lagen, aber jetzt hatte sie

–280–

den Punkt erreicht, an dem es kein Zurück mehr gab. Sie steckte
die Geldbündel ein und fuhr in aller Hast nach Hause.

Ihre Reisetasche hatte sie bereits in der Nacht gepackt. Sie
holte das Geld aus dem Aktenkoffer und legte es auf ihren
Schreibtisch. Sie notierte ein paar nichtssagende Zeilen für
Olof und teilte ihm lediglich mit, dass er sich keine Sorgen
machen solle. Irgendwann würde sie sich bei ihm melden. Dabei
wusste Berit ganz genau, dass sie sich nie wieder bei jemanden
in Vickerby melden konnte. Ab sofort war sie eine flüchtige Kri-
minelle, die darauf bedacht sein musste, ihren Aufenthaltsort
nicht zu verraten.

Es machte ihr erstaunlich wenig aus. Tatsächlich empfand sie
überhaupt nichts. Sie war völlig ausgebrannt und leer, nicht einmal das Gefühl des Triumphs wollte sich einstellen. Es war, als
hätte ihr Leben jeglichen Sinn verloren.

Ihr Telefon klingelte, aber Berit dachte nicht daran, den Anruf anzunehmen. Nach ein paar Sekunden schaltete sich der
Anrufbeantworter ein. »Hier ist der Anrufbeantworter von Berit
Hansson. Hinterlassen sie bitte eine Nachricht. Ich rufe zurück.«

Ein kurzer Piepton war zu hören und danach Ingers aufgeregte Stimme. »Hallo, Berit. Bist du zuhause? Bitte melde dich
gleich, wenn du das abhörst. Wir haben hier ein großes Problem,
und ich kann Herrn Petterson auch nicht erreichen.«

Das ging ja schneller, als sie gedacht hatte. Berit wurde klar,
dass ihr nicht mehr viel Zeit blieb, um zu verschwinden. Trotzdem blieb sie ruhig, als sie die Geldbündel in eine große Tasche
packte.

Ein Geräusch weckte Sirka. Helles Tageslicht fiel durch die
hohen Fenster in ihr Büro. Jonas war bereits wach. Er lag neben
ihr, stützte sich auf seinem Ellbogen und betrachtete ihr Gesicht.
Die lauten Geräusche, die verrieten, dass der Arbeitsalltag bei

Petterson Glas bereits begonnen hatte, schienen ihn nicht im Geringsten zu beunruhigen.

Sirka stellte sich vor, ihr Vater wäre nichtsahnend in ihr Büro stolziert und hätte sie zusammen mit Jonas auf dem Sofa vorgefunden. Sie waren beide nackt, und es brauchte nicht viel Fantasie, um sich vorzustellen, was in der vergangenen Nacht zwischen ihnen passiert war. Allein der Gedanke daran ließ sie schaudern. Sie atmete tief ein und aus und beruhigte sich etwas. Ihr Vater war zwar abends immer sehr lange in seinem Büro, kam morgens aber selten vor zehn Uhr. Ganz bestimmt nicht heute Morgen, wo seine Enkelin bei ihm war.

Sirka küsste Jonas zärtlich. Sie schauderte, als seine Hände zärtlich über ihren Körper streichelten. Sein Kuss riss sie in taumelnde Leidenschaft, und sie drängte sich an ihn, bis ein Geräusch auf dem Hof sie an die Welt draußen erinnerte. Sofort regte sich der Gedanke, dass sie jeden Augenblick überrascht werden konnten. Nicht unbedingt von Håkan selbst, es reichte, wenn einer der Mitarbeiter sie so zusammen sah – ihr Vater würde in Kürze wissen, was in ihrem Atelier passiert war.

Es fiel ihr nicht leicht, sich aus seiner Umarmung zu lösen. »Ich will ja nichts sagen, aber vielleicht wäre es gut, wenn wir uns schnell anziehen.« Sie hörte selbst, dass ihre Stimme rau klang vor unterdrückter Erregung. Sie erhob sich dennoch und sammelte ihre herumliegenden Kleidungsstücke ein.

Jonas blieb seelenruhig auf dem Sofa liegen und sah zu, wie sie sich anzog. »Du willst mich also wieder loswerden«, grinste er. »So ist das mit euch Karrierefrauen. Eine feste Beziehung ist euch viel zu anstrengend. Hin und wieder mal ein netter Kerl im Bett, das wars. Heute Nacht war ich eben dran.«

»So, so«, schmunzelte Sirka. »Du glaubst also, dass ich eine Frau für eine Nacht bin.«

»Nein«, Jonas schüttelte den Kopf. Er wirkte jetzt ganz ernsthaft und streckte die Hände nach ihr aus. »Nicht nur für eine Nacht, sondern für alle Nächte, die noch kommen werden.«

Sirka setzte sich neben ihn. Sie strich ihr langes, blondes Haar zurück. »Ganz schön gefährlich, was du da sagst.«

»Ja, es macht mir auch ein bisschen Angst«, gestand Jonas und griff nach ihrer Hand. »Was ich aber damit sagen wollte: Ich habe mich in dich verliebt.«

In diesem Moment war sie glücklich, und gleichzeitig versetzten seine Worte sie in Panik. Wie sollte das weitergehen mit ihnen? Welche Zukunft konnte es für sie denn geben? Letztendlich würde sie sich entscheiden müssen zwischen dem Mann, den sie liebte, und ihrem Vater.

Sie liebte ihn doch auch. Sirka behielt ihre Gedanken für sich. Sie beugte sich vor und küsste Jonas auf den Mund. Als seine Hände wieder verlangend nach ihr griffen, wehrte sie ihn jedoch auch diesmal ab. Das war viel zu gefährlich, Jonas musste hier so schnell wie möglich weg.

Zum Glück war er vernünftig genug, das auch einzusehen. Er zog sich ebenfalls an, und danach brachte Sirka ihn bis zu einer Nebentür, durch die er hoffentlich unbemerkt verschwinden konnte. Sie ging vor, schaute nach, ob die Luft rein war, und gab ihm Zeichen, ihr zu folgen. Jonas hatte daran offensichtlich großen Spaß und übertrieb seine Rolle so sehr, dass er Sirka damit mehrfach zum Lachen reizte. Er tippelte auf Zehenspitzen oder duckte sich ganz tief, um sich im nächsten Augenblick fest an die Wand zu pressen. Er schaute schnell nach rechts und links und lief dann ein paar Meter weiter.

Unbemerkt erreichten sie die Tür zum Hof. Sirka öffnete sie vorsichtig. Auch draußen war zum Glück niemand zu sehen. Sie winkte Jonas heran. »Okay, die Luft ist rein.«

Jonas kam bis zu ihr, hauchte ihr einen schnellen Kuss auf den Mund. Sirka lachte, war jetzt aber ziemlich nervös. Jeden Moment konnte jemand auf den Hof kommen. »Na los, hau schon ab«, drängte sie.

»Sehe ich dich in einer Stunde zur Frühstückspause wieder?«, wollte Jonas grinsend wissen.

»Frühstückspause?« Sirka schüttelte in gespielter Empörung den Kopf. »Wir sind hier nicht in deiner Bank. Ich bin ein kreativer Mensch. Pausen gibt es für mich nicht.«

»Und die Nächte arbeitest du auch durch.« Jonas seufzte theatralisch auf. »Das war es dann wohl mit uns. Es war nett, dich kennen gelernt zu haben. Ist aber auch in Ordnung so. Ich meine, ich arbeite in Stockholm, du gehst nach Murano. War dann eben doch nur eine schöne Nacht. Schade, schade.«

»Das könnte dir so passen. Dass es vorbei ist, bevor es richtig angefangen hat?« Sirka beugte sich vor und küsste ihn auf den Mund. Am liebsten hätte sie seine Hand gegriffen und ihn wieder zurück in ihr Atelier gezogen. Er war noch nicht ganz weg, und sie sehnte sich bereits nach ihm.

»Es ist nicht vorbei«, sagte er leise. Diesmal küsste er sie. »Ich wünsche mir, dass es nie wieder aufhört«, flüsterte er dicht an ihrem Ohr. Er ließ sie los, schaute angespannt nach rechts und links. Auf Zehenspitzen, in kleinen Trippelschritten, hastete er über den Hof und versteckte sich hinter einem Gabelstapler. Mit einer hastigen Kopfbewegung sicherte er nach beiden Seiten, bevor er sich eng an einen Lastwagen gepresst ein Stück weiter über den Hof bewegte.

Sirka hatte eine Hand auf den Mund gepresst, damit sie nicht laut auflachte. Jonas war einfach nur witzig. Wieder einmal begriff sie nicht, wieso sie jemals einen Spießer in ihm gesehen hatte.

Inzwischen hatte Jonas das Ende des Lastwagens erreicht. Er schaute vorsichtig um die Ecke, signalisierte ihr mit gestrecktem Daumen, dass die Luft rein war, und dann war er weg.

Das Lächeln schwand auf Sirkas Gesicht. Sie liebte ihn so sehr. Trotzdem musste sie der Tatsache ins Auge sehen, dass es schwer sein würde, zu dieser Liebe zu stehen.

Zuerst war er beunruhigt, als er Lilli nicht in ihrem Zimmer vorfand, bis Pia ihm sagte, sie wäre mit ihrem Geigenkasten in Richtung Strand gegangen.

Håkan hörte die ersten, zarten Geigentöne bereits, als er über die Terrasse das Haus verließ. Sie vermischten sich mit dem Rauschen der Wellen, der leichten Brise, die zart durch die Baumwipfel strich, und dem fröhlichen Morgengezwitscher der Vögel.

Lilli saß auf einem Felsblock am Strand. Aus Ästen hatte sie sich einen Notenständer zusammengebastelt. Sie saß mit dem Rücken zu Håkan und bemerkte ihn nicht sofort.

Håkan blieb eine ganze Weile stehen und betrachtete das Bild. Genau an dieser Stelle hatte auch Birgitta oft gesessen und Geige gespielt. Sie hatte diese einzigartige Symphonie aus Naturgeräuschen und ihrer Geige geliebt. Offenbar empfand Lilli ähnlich.

Lilli schien plötzlich zu spüren, dass sie nicht alleine war. Sie brach ihr Spiel ab und wandte den Kopf. Sie lächelte, als sie den Großvater sah, und begrüßte ihn fröhlich.

Håkan kam näher, strich ihr liebevoll übers Haar. Mein Gott, wie sehr liebe ich dieses Kind, dachte er. Sie war das einzige Vermächtnis seiner Tochter, und es brach ihm fast das Herz, wenn er daran dachte, dass sie nicht mehr lange in Vickerby blieb.

»Frühstücken wir gleich zusammen?«, fragte Lilli.

Håkan schüttelte bedauernd den Kopf. »Ich muss gleich ins Büro, aber wir können zusammen zu Mittag essen.«

Lilli freute sich und setzte sich wieder auf den Felsblock, um weiter mit ihrer Geige zu üben.

Håkan ging zurück. Am Ende des Strandes, da wo der Sand in eine gepflegte Rasenfläche überging, blieb er noch einmal stehen und wandte den Kopf. Er wünschte sich, die Situation wäre eine andere, aber er wusste auch, dass sie sich niemals ändern würde. Nach wie vor war es ihm unmöglich, dem Mann die Hand zu reichen, der für den Tod seiner Tochter verantwortlich war.

Selbst wenn das bedeutete, dass er Lilli für lange Zeit nicht wiedersah.

Håkan hatte in der vergangenen Nacht lange wachgelegen. Das Gespräch mit Sirka wirkte in ihm nach, und er verübelte es seiner Tochter, dass sie immer wieder Partei für diesen Jonas ergriff und einfach nicht begreifen wollte, dass dieser Mann mit ihrer Familie nichts mehr zu tun hatte. Das Einzige, was sie überhaupt noch miteinander verband, war Lilli.

Håkan war an diesem Morgen später aufgestanden als sonst. Deshalb verzichtete er auf das Frühstück. Inger würde ihm später eine Tasse Kaffee kochen.

Seine Sekretärin kam ihm bereits auf dem Hof entgegen. Sie wirkte aufgeregt.

»Gut, dass Sie da sind, Herr Petterson. Sie haben Ihr Handy auf dem Schreibtisch liegen lassen, und ich konnte Sie nicht erreichen. Direktor Palm von der Bank hat angerufen. Er will Sie dringend sprechen.«

»Ich rufe ihn an, sobald ich im Büro bin«, sagte Håkan, doch Inger schüttelte den Kopf.

»Direktor Palm bittet darum, dass Sie sofort in die Bank kommen. Ich hatte den Eindruck, es gibt große Probleme.«

Håkan erstarrte. Sie lavierten ja schon eine ganze Weile am Rande des Abgrunds, aber bisher war er immer davon überzeugt gewesen, dass das Wasser ihnen nicht bis zum Hals stand und er das Ruder wieder herumreißen konnte. Immer noch stand der Großauftrag für die Hotelkette aus. Die Entscheidung dauerte länger als erwartet. Außerdem gab es da noch die finanzielle Reserve, die sie bis dahin über Wasser halten würde. Nur allzu lange durfte die Flaute nicht mehr dauern.

Die Lage war ernst, aber nicht bedrohlich. Eigentlich bestand derzeit kein Grund, in Panik zu verfallen. Trotzdem spürte Håkan den Druck, der schon die ganze Zeit auf ihm lastete, jetzt stärker als je zuvor. Davon ließ er sich vor seiner Sekretärin aber nichts anmerken. Er brachte sogar ein Lächeln zustande. »Ich

–286–

kann mir nicht vorstellen, um was für ein Problem es sich handelt. Aber wenn der Herr Bankdirektor ruft, fahre ich natürlich zu ihm.«

Sirka hatte Inger Bescheid gesagt, dass sie im Bootshaus arbeiten würde. Sie wollte ihrem Vater an diesem Morgen nicht begegnen. Sie schämte sich ihrer Liebe zu Jonas nicht, aber das Gefühl, zwischen zwei Stühlen zu sitzen, wurde zunehmend stärker.

Sie saß auf der Veranda. Vor sich auf dem Tisch hatte sie einen Block und ihre Stifte ausgebreitet. Es fiel ihr schwer, sich auf ihre Entwürfe zu konzentrieren. Um sich abzulenken, spielte sie die CD mit dem Italienischkurs ab.

»Buon giorno. Come va?«, vernahm sie die Stimme der Sprecherin.

»Buon giorno. Come va?«, wiederholte sie laut.

»Mi chiamo Silvia«, schnarrte es aus dem Lautsprecher.

Mein Name ist Silvia, übersetzte Sirka in Gedanken, während sie laut wiederholte: »Mi chiamo Si ...« Sie brach ab, schüttelte den Kopf. »Mi chiamo idiota«, stieß sie hervor. »Ich spinne doch. Was ist nur mit mir los?«

Sie saß hier und paukte italienische Sätze, mit diesem Gefühl voller Liebe und Sehnsucht nach dem Mann, den ihr Vater niemals akzeptieren würde, und über allem schwebte ihre bevorstehende Abreise nach Venedig. Komplizierter konnte es kaum sein.

Sirka stand auf und trat an das Geländer der Veranda. Sie starrte aufs Wasser. Im Augenblick hatte sie keine Ahnung, wie es weitergehen sollte.

Håkan starrte Björn Palm entsetzt an. »Das ist unmöglich, ich kann doch nicht plötzlich pleite sein!«

Der Bankdirektor breitete in einer bedauernden Geste die Arme aus. Er saß hinter seinem Schreibtisch in dem gediegen eingerichteten Büro. Er hatte auch Håkan einen Platz angeboten, aber der war viel zu aufgeregt, um sich setzen zu können.

»Ich weiß, du hattest in den letzten Jahren einige größere Investitionen«, sagte Bankdirektor Palm. »Die haben wir auch gerne finanziert. Dein Unternehmen schien ja auf einigermaßen soliden Füssen zu stehen, und mit dem Grundkapital deiner Firma als Sicherheit konnte ich auch die Überziehungen der letzten Monate abdecken. Aber dieses Kapital wurde heute Morgen ja komplett abgehoben.«

Håkan, der unruhig vor dem Schreibtisch hin und herging, blieb wie vom Donner gerührt stehen. »Abgehoben?« Er schüttelte den Kopf. »Das kann nicht sein.«

Björn Palm wirkte mit einem Mal nervös. »Berit war hier und hat alles auf einen Schlag mitgenommen. Uns lag ja ein Fax mit deiner Unterschrift vor.«

Håkan fühlte sich, als würde der Boden unter seinen Füßen weggezogen. Er konnte nicht glauben, was er da gerade hörte. In seinem Kopf drehte sich alles. Berit! Berit doch nicht! Sie hatte für die Firma gelebt. Es war unvorstellbar, dass sie Geld unterschlagen hatte und damit den Fortbestand der Firma gefährdete. Warum sollte sie das tun?

Die kurze Szene des Vortages fiel ihm ein. Sie hatte ihm ziemlich unmissverständlich gesagt, dass sie in ihm mehr sah als ihren Arbeitgeber, und er hatte ihr ebenso unmissverständlich klargemacht, dass er nichts für sie empfand.

Håkan schüttelte den Kopf. »Ich habe kein Fax geschickt«, sagte er tonlos.

Björn Palm sank wie ein angestochener Ballon in seinem Schreibtischstuhl zusammen. »Du weißt also nichts von dieser Abhebung?«

»Nein.« Wieder schüttelte Håkan den Kopf. »Ich muss das sofort klären.« Er wollte gehen, doch Björn Palm entließ ihn nicht. Er wirkte ebenso erschüttert, wie Håkan sich im Augenblick fühlte.

–288–

»Wieso sollte sie so etwas tun?«, fragte der Bankdirektor. »Ich dachte immer, sie ist eine sehr loyale Mitarbeiterin.«

»Das ist sie auch«, nickte Håkan und klammerte sich an den winzigen Strohhalm, dass alles nur ein Missverständnis war. Er hatte zwar keine Ahnung, welches Missverständnis eine Angestellte dazu bringen sollte, das gesamte Firmenkapital abzuheben, und das auch noch mit einer gefälschten Unterschrift, aber es würde sich alles klären, sobald er mit Berit gesprochen hatte. Hilflos schaute er Björn Palm an. »Ich muss gehen, ich muss unbedingt mit Berit reden.«

»Sollten wir nicht besser die Polizei einschalten?«, schlug der Bankdirektor vor.

»Nein, noch nicht«, wehrte Håkan ab. Was immer Berit zu dieser unverständlichen Handlung getrieben haben mochte, er musste zuerst selbst mit ihr sprechen. Er konnte sie einfach nicht der Polizei ausliefern. Er versprach dem Bankdirektor, sich so schnell wie möglich zu melden, und verließ dessen Büro. Hektisch zückte er sein Handy und versuchte Berit zu erreichen. Im Büro, so erfuhr er von Inger, war sie nicht aufgetaucht, und bei ihr zu Hause meldete sich nur der Anrufbeantworter.

»Berit, bitte melde dich«, sprach Håkan auf Band. »Du bist im Begriff, eine große Dummheit zu begehen.«

Die Bank lag in einem der Gebäude, die sich um den Marktplatz gruppierten. Als Håkan den Platz überquerte, trat ihm ausgerechnet Jonas in den Weg. Beide Männer, völlig überrascht von dieser unerwarteten Begegnung, starrten sich sekundenlang an.

»Guten Tag, Håkan«, sagte Jonas höflich.

Håkan erwiderte den Gruß nicht. Wortlos ging er an Jonas vorbei.

»Bitte, warte einen Moment«, hörte er Jonas hinter sich sagen. Widerwillig wandte er sich um.

»Was hast du hier zu suchen?«, fuhr er seinen Schwiegersohn an. »Fahr endlich zurück nach Stockholm.«

»Das werde ich«, nickte Jonas, »zusammen mit Lilli.«

Håkan war davon überzeugt, dass Jonas ihn mit dieser Bemerkung bewusst verletzten wollte. Es passte zu diesem Mann. Zuerst entfremdete er ihm die Tochter, und jetzt würde er ihm die Enkelin entziehen.

»Lass Lilli aus dem Spiel«, sagte er aufgebracht.

»Sie ist meine Tochter, und sie lebt bei mir«, stellte Jonas ruhig klar. »Sie kann dich gerne in den Ferien besuchen. Allerdings ist sie inzwischen in einem Alter, in dem wir ihr nicht mehr vormachen können, dass zwischen uns nur eine kleine Meinungsverschiedenheit besteht.«

Håkan zuckte ungerührt mit den Schultern. »Das ist nicht mein Problem. Von mir aus kann sie ruhig erfahren, was für ein Mensch ihr Vater ist.«

Jonas Augen flammten ärgerlich auf, und es bereitete ihm sichtlich Mühe, weiterhin ruhig zu bleiben. »Bitte, hör endlich mit diesem Blödsinn auf, Håkan.«

Blödsinn? Der Tod seiner Tochter war kein Blödsinn. Håkan hätte Jonas in diesem Augenblick ohrfeigen können, aber dieser Mann würde ihn nicht dazu bringen, dass er sich soweit herabließ. »Ich habe im Moment andere Probleme, als mich hier mit dir herumzuschlagen«, sagte er von oben herab und ließ Jonas einfach stehen.

Håkan war immer noch aufgebracht, als er Berits Haus erreichte. Er klingelte, und als niemand öffnete, klopfte er sogar laut mit der Faust gegen die Tür. »Berit!«, rief er dabei immer wieder ihren Namen. Im Innern des Hauses blieb es völlig still.

War sie wirklich nicht da, oder versteckte sie sich einfach nur vor ihm?

Langsam ging Håkan um das Haus. Es war immer noch kein Geräusch aus dem Haus zu vernehmen. Keine huschenden Schatten hinter den Fenstern zu sehen. Als er durch das Fenster ihres Arbeitszimmer schaute, hatte er das Gefühl, innerlich zu erstarren. Er konnte ihren schönen, altmodischen Sekretär sehen, in dem sie ihre persönlichen Dokumente aufbewahrte. Der Sekretär war vollständig leergeräumt, alle Schubladen standen weit offen. In diesem Augenblick gab es für Håkan keine Zweifel mehr: Berit war weg!

Jonas hatte eine Weile gebraucht, um die Auseinandersetzung mit Håkan zu verdauen. Selbst als er zurück im Hotel war und unter der Dusche stand, musste er die ganze Zeit daran denken. Er zog frische Sachen an und wollte sich danach mit Lilli zu einer Segeltour verabreden, aber die lehnte ab, weil sie später mit Håkan zu Mittag essen wollte.

Jonas spielte einen Augenblick mit dem Gedanken, darauf zu bestehen, dass Lilli ihn begleitete. Er hatte kaum noch etwas von ihr, seit sie in Vickerby waren, und außerdem war es eine Möglichkeit, Håkan endlich einmal seine Grenzen aufzuzeigen und ihm klarzumachen, zu wem Lilli gehörte.

Im nächsten Moment schämte Jonas sich wegen dieser Gedanken. Was immer auch geschah, er würde es niemals zulassen, dass seine Tochter zum Spielball in der Auseinandersetzung zwischen ihm und Håkan wurde.

Schließlich beschloss Jonas, sich alleine ein Segelboot zu mieten. Alles war besser, als im Hotelzimmer zu sitzen und Trübsal zu blasen.

Der Wind trieb ihn aus der Bucht heraus, vorbei an Sirkas Bootshaus. Jonas hatte gehofft, aber nicht wirklich damit gerechnet, dass sie dort sein würde. Sie saß auf der Veranda, den Kopf über den Tisch gebeugt. Wahrscheinlich arbeitete sie gerade.

Jonas steuerte lächelnd den Bootssteg an.

Es gelang ihr immer noch nicht richtig, sich auf die Arbeit zu konzentrieren. Sirka hob den Kopf und sah das Segelboot, das geradewegs auf ihr Bootshaus zusteuerte. Erst auf dem zweiten Blick erkannte sie Jonas, der ihr lachend zuwinkte.

Sirka winkte zurück und stand auf. Sie ging hinunter zum Steg und traf dort gleichzeitig mit dem Segelboot ein.

»Ich wusste gar nicht, dass du segelst«, sagte sie zu Jonas.

Er schaute sie mit einem Blick an, der ihr Herz wieder einmal schneller schlagen ließ. »Meine Eltern hatten ein Boot, so lange ich denken kann«, sagte er. »Ich habe meine ersten Schritte sozusagen auf einem Boot gemacht. Sag mal, hast du Lust, mitzukommen? Lilli hat mich versetzt.«

Sirka blickte verträumt auf die weißen Segel. »Ich liebe es, auf dem Wasser zu sein. Allerdings habe ich einen Job, wie du dich vielleicht erinnerst.«

»Stimmt«, spielte Jonas den Zerknirschten. »Ich dachte ja nur . . .«

Er schaute sie so bittend an, dass Sirka ihm nicht widerstehen konnte. Außerdem lockte das Wasser, der blaue Himmel und die Sonne. Bald war ohnehin alles vorbei. Sie war in Venedig, er wieder in Stockholm. Warum sollten sie nicht jede Minute nutzen, die sie jetzt miteinander haben konnten.

»Ich komme mit«, sagte sie kurz entschlossen. »Mir fällt heute ja doch nichts mehr ein.«

Bevor es losging, musste Sirka noch einmal in ihr Bootshaus. Jonas begleitete sie. Sie brachte ihre Arbeitsutensilien und den CD-Recorder ins Haus und wollte schon wieder gehen, als ihr etwas einfiel.

Sie hatte nicht viele Vorräte in ihrer kleinen Küche, aber die packte sie in einen Korb. Brot, Wurst, Käse, ein wenig Obst und eine Flasche Wein. Jonas zeigte sich begeistert von ihrer Idee, später irgendwo am Ufer zu picknicken. Bevor sie zum Segelboot aufbrachen, holte Sirka noch schnell eine Wolldecke. Sie freute sich auf die Stunden mit Jonas, und da draußen auf dem Wasser war die Gefahr auch sehr gering, dass sie jemand sah, der sie kannte.

Håkan konnte nicht sofort ins Haus gehen. Er brauchte Luft zum Atmen, Zeit zum Nachdenken. Er schlug den Weg am Haus vorbei zum Strand ein und setzte sich auf den Felsen, auf dem Lilli vor ein paar Stunden gesessen und Geige gespielt hatte. Es war unglaublich, aber diese wenigen Stunden hatten ausgereicht, um sein ganzes Leben endgültig zu zerstören.

Berit war weg und mit ihr das ganze Geld. Wenn sie nicht zur Besinnung kam, war *Petterson Glas* dem Untergang geweiht.

Håkan zuckte zusammen, als sich eine kleine Hand auf seine Schulter legte. Sein Kopf fuhr herum.

Lilli musterte ihn mit offensichtlicher Besorgnis. »Geht es dir nicht gut?«

»Doch«, versicherte er mit schleppender Stimme. »Ich bin nur ein bisschen müde. Wie geht es dir denn?«

»Gut«, nickte Lilli, aber in ihrem Gesicht spiegelte sich immer noch die Sorge, die sie sich um ihn machte. Wahrscheinlich war es ihm deutlich anzusehen, dass etwas nicht stimmte. Håkan zwang sich zu einem Lächeln und dachte bei sich, dass Sirka recht hatte. Lilli war ein für ihr Alter ungewöhnlich sensibles Kind, das alle Stimmungen wie ein empfindlicher Seismograph auffing.

»Wir wollten doch einen Spaziergang machen«, erinnerte Lilli ihn.

Håkan hatte es völlig vergessen. Nachdem er schon nicht gemeinsam mit ihr zu Mittag essen konnte, hatte er ihr am Telefon wenigstens diesen Spaziergang versprochen. Aber eigentlich war er dazu jetzt auch nicht in der Stimmung.

Håkan stand auf. »Es tut mir leid, Lilli, aber ich habe überhaupt keine Zeit.«

»Bitte«, bat Lilli mit einem Augenaufschlag, dem er kaum widerstehen konnte. »Du wolltest mir doch erzählen, wie du König der Eisfischer geworden bist.« Sie griff nach seiner Hand und zog ihn ein paar Schritte den Strand entlang. »Wie alt warst du denn da?«

Diesmal erkannte er Laura in ihrem Verhalten wieder. Sie gab auch nicht nach, bis sie das durchgesetzt hatte, was sie wollte. Obwohl er voller Sorgen war, musste Håkan jetzt lächeln. Dieses kleine Mädchen tat ihm gut.

»Beim ersten Mal war ich zwölf«, ließ er sich auf sie ein, »und das nächste Mal war ich achtzehn.«

Lilli sah zu ihm auf. »Hast du dazwischen nicht mitgemacht?«

»Doch«, nickte Håkan, »aber da hatte ich den Kopf woanders. Ich habe mich nicht konzentriert, und weg war die Siegprämie. In der Zeit gab es so viel Aufregenderes als Eisfischen.«

Lilli verstand sofort, was er meinte. »Du hast dich verliebt«, sagte sie, und Håkan nickte zustimmend.

»War das schon Oma, in die du damals verliebt warst?«

»Meine erste Liebe war Maria, die Tochter des Apothekers«, erinnerte sich Håkan. »Ich war todunglücklich, weil sie mich keines Blickes würdigte.«

Lilli streichelte mitfühlend seinen Arm. »Armer Opa.«

»Ich habe es sehr schnell verwunden«, sagte Håkan, »und dann kam eines Tages deine Oma. Da war es sofort um mich geschehen.«

»Liebe auf den ersten Blick«, seufzte Lilli. »Wie romantisch.«

Håkans Antwort wurde durch das Klingeln seines Handys unterbunden. Er meldete sich, und augenblicklich holten die Sorgen ihn wieder ein. Der Sandlieferant hatte sich geweigert, seine Ware bei *Petterson Glas* abzuliefern. Jetzt stand der ganze Betrieb still.

Håkan spürte Übelkeit aufsteigen. Die Folgen des Todesstoßes, den Berit seinem Unternehmen heute Morgen versetzt hatte, setzten nun ein.

Håkan beendete das Gespräch schnell. Er schaute Lilli nicht mehr an, war mit seinen Gedanken schon wieder ganz woanders, als er hervorstieß: »Entschuldige bitte, aber ich muss sofort in die Firma.«

–294–

Das kleine Segelboot schien über das Wasser zu fliegen. Das bewaldete Ufer flog an ihnen vorbei.

Sirka saß im Heck des Bootes und beobachtete Jonas, der das Boot mit sicherer Hand führte. Sie spürte die Sonne und den Wind auf ihrem Gesicht. Sie fühlte sich so frei, wie schon lange nicht mehr. Sie hätte endlos so mit Jonas weitersegeln können.

Irgendwann steuerte Jonas das Ufer an. Kein Mensch war zu sehen, kein Gebäude in der Nähe. Hier gab es nichts als himmlische Stille, die hin und wieder nur durch das Kreischen der Möwen unterbrochen wurde.

Jonas reichte ihr die Hand, um ihr beim Aussteigen zu helfen, aber Sirka rührte sich nicht. Ernst blickte sie zu ihm auf, dann fasste sie sich ein Herz. »Was ich dich schon die ganze Zeit fragen wollte: Wieso bist du mit mir hier? Weil ich dich an meine Schwester erinnere?«

Mit gerunzelter Stirn schüttelte Jonas den Kopf. »Nein. Wie du weißt, konnte Laura Wasser nicht ausstehen. Sie war eher fürs Skifahren. Das war wohl das Einzige, was uns beiden gefallen hat.«

So ganz reichte Sirka diese Antwort noch nicht. »Ehrlich gesagt beschäftigt mich das seit gestern. Erst schnappst du dir die eine Schwester, und dann ist die andere dran.«

Jonas nahm ihr diese provokante Äußerung offensichtlich nicht übel. Er kletterte zu ihr, beugte sich über sie und küsste sanft ihre Lippen. »Ja, so könnte es aussehen, und ich bin sicher, es gibt Leute, denen zu diesem Thema einiges einfällt«, sagte er, als er sich wieder aufrichtete. »Besonders deinem Vater.«

»Ach, mein Vater!« Sirka schüttelte unwillig den Kopf. Eben noch hatte sie sich so frei gefühlt, und jetzt waren da wieder diese ganzen bedrückenden Gedanken, die es ihr unmöglich machten, ihre Liebe unbeschwert zu genießen.

»Lass uns nicht mehr über meine Familie reden«, schlug Sirka vor.

Jonas kam ihrem Wunsch sofort nach. Sie zogen das Boot so

weit an Land, dass es nicht hinausgetrieben werden konnte. Unter einer verkrüppelten Birke breitete Sirka die Decke aus. Jonas legte sich auf den Rücken, stützte sich mit den Ellbogen ab und betrachtete sie versonnen.

Sirka angelte sich einen Apfel aus dem Korb und biss hinein. Sie hatte Hunger.

»Was ist mit dir?«, fragte sie Jonas. »Ist nichts dabei, was du magst?«

»Doch«, sagte er, bewegte sich aber nicht und schaute sie weiterhin unverwandt an.

Sirka strich sich lachend über das Gesicht. »Was ist los? Habe ich was an der Nase?«

Jonas zögerte einen Augenblick, kam dann jedoch wieder auf das Thema, über das sie eigentlich nicht mehr reden wollten. »Du bist so ganz anders als Laura.«

Sirka fragte sich, wie er das meinte. »Laura war überzeugt, dass man sie als Baby vertauscht hat. Sie war wirklich anders«, sagte sie und stellte die Frage, die sie gerade bewegte. »Ist es gut oder schlecht, dass ich nicht so bin wie sie?«

Jonas richtete sich auf und küsste sie. »Wenn du so wärst wie sie, hätte ich mich nicht in dich verliebt«, sagte er ernst.

»Aber du hast sie doch geliebt.« Sirka wollte endlich wissen, was wirklich zwischen ihrer Schwester und Jonas passiert war.

»Ja, habe ich«, bestätigte Jonas, aber seine Miene war dabei erschreckend düster. »Irgendwann habe ich gemerkt, wie anstrengend es ist, Laura zu lieben. Wie viel ich dauernd investieren musste, während sie kein bisschen bereit war . . .«

Ausgerechnet jetzt musste sein Handy klingeln. Er seufzte und meldete sich.

»Lilli, was gibt es?«, sagte er. Er lauschte in den Hörer, fragte nach ein paar Sekunden: »Wieso komisch?« Offensichtlich erhielt er darauf keine Antwort mehr. Mehrfach rief er den Namen seiner Tochter, schließlich hielt er das Handy in alle Richtungen. »Kein Netz«, sagte er ungeduldig.

»Ist etwas passiert?«, fragte Sirka besorgt.

»Ich weiß es nicht.« Jonas starrte nachdenklich auf sein Handy, bekam aber immer noch kein Netz. »Lilli sagte, sie mache sich Sorgen um deinen Vater. Er wäre so komisch gewesen. Am besten fahren wir sofort zurück.«

Sirka stand bereits auf den Beinen und packte alles zurück in den Korb. »Ja«, nickte sie. Passend zu dem Ende dieses Ausfluges und der Sorge, die sie sich um ihren Vater machte, schoben sich graue Wolken vor die Sonne. Sirka wollte jetzt nur noch so schnell wie möglich zurück.

Die gesamte Belegschaft hatte sich in der Verladehalle versammelt, als Håkan zurück in die Firma kam. Er runzelte unwillig die Stirn. »Was ist denn hier los?«

»Gut, dass Sie da sind«, sagte Jan erleichtert. »Der Fahrer unseres Lieferanten ist mit dem Sand wieder weggefahren. Es war ihm peinlich, aber er hatte Anweisung, nichts mehr zu liefern, wenn wir nicht sofort bar bezahlen.«

Håkan schüttelte verständnislos den Kopf. »Was ist denn in die gefahren? Wir haben noch nie bar bezahlt.«

»Der Mann sagte, er hätte seine Anweisungen.«

»Ja«, sagte Håkan nervös. »Ich werde sofort mit dem Lieferanten reden.« Er wollte gehen, aber Jan hielt ihn zurück.

»Da ist noch etwas, Herr Petterson«, sagte er und fühlte sich dabei sichtlich unbehaglich. Er verknotete die Finger ineinander und wagte es kaum, Håkan anzusehen. »Eigentlich hätte unser Gehalt heute auf dem Konto sein müssen, aber keiner von uns hat es bekommen.«

Es war, als hätte ihm jemand einen Schlag in den Magen versetzt. Berit hatte nicht nur die Reserven, sondern auch die Gehälter unterschlagen. Das Geld war jedenfalls heute Morgen nicht mehr auf dem Konto gewesen, als Björn Palm ihm die Auszüge präsentierte.

»Machen Sie sich keine Sorgen, Jan«, sagte Håkan mit schleppender Stimme. »Ich werde mich sofort um alles kümmern.«

Er hörte die Leute hinter sich tuscheln, als er die Verladehalle verließ. Er konnte es ihnen nicht verdenken. Berit musste zur Vernunft kommen und mit dem Geld zurückkehren, ansonsten gäbe es auch nichts mehr zu regeln. Er konnte die Gehälter ebenso wenig bezahlen wie die Lieferantenrechnungen.

Eine winzige Hoffnung hatte er noch. Vielleicht gab es doch einen Menschen, der wusste, wo sich Berit aufhielt.

Håkan überlegte nicht lange, sondern fuhr sofort zu Olofs Hof. Er kam gerade noch rechtzeitig. Olof war auf dem Weg zu einem Kunden und trug gerade eine Obstkiste aus der Scheune und stellte sie auf der Ladefläche seines Transporters ab.

Håkan bremste so scharf neben dem Anhänger, dass Staub und kleine Steinchen aufspritzten. Er ließ das Fenster auf seiner Seite herunter.

Lächelnd trat Olof zu ihm an den Wagen. »Schön, dich mal wieder zu sehen.«

Håkan erwiderte das Lächeln nicht. »Hej, Olof«, grüßte er knapp. »Weißt du, wo Berit ist? Ich muss sie unbedingt sprechen.«

Olof wirkte verwirrt, schüttelte den Kopf. »Ist sie denn nicht im Büro?«

»Nein«, sagte Håkan. »Keiner hat sie gesehen. Ich habe wirklich Angst, dass sie eine Dummheit macht.«

Olofs Miene wirkte plötzlich besorgt. Trotzdem behauptete er: »Berit würde doch nie etwas Unüberlegtes tun.«

Wenn du wüsstest, dachte Håkan. Kurz spielte er mit dem Gedanken, Olof zu erzählen, was Berit gemacht hatte. Er öffnete bereits den Mund, schloss ihn dann aber wieder. Bisher wussten nur er und Björn Palm, was passiert war. Håkan hatte immer noch die Hoffnung, dass sich alles regeln würde. Dass er Berit rechtzeitig fand oder sie selbst ihr Unrecht einsah und das Geld zurück auf das Firmenkonto kam, bevor alles zu spät war. Dann musste niemand erfahren, was sie getan hatte. Natürlich würde er ihr nie wieder vertrauen können, und sie würde nie wieder für ihn arbeiten. Das war sicher, aber im Moment zweitrangig.

»Sag ihr bitte, dass sie sich unbedingt bei mir melden soll, wenn du sie siehst«, bat Håkan.

Olof versprach es ihm. Als Håkan den Wagen wendete und wieder zurückfuhr, sah er im Rückspiegel, dass Olof mitten auf dem Weg stand und ihm nachdenklich nachschaute.

Seit Stunden hielt sie sich in der Nähe des Bauernhofes auf, versteckt hinter Sträuchern und Bäumen. Für Berit stand inzwischen fest, dass sie das Land verlassen würde. Geld hatte sie jetzt genug, um irgendwo anders ein völlig neues Leben zu beginnen.

Eigentlich hatte sie einfach gehen wollen, aber dann hatte sie es doch nicht übers Herz gebracht. Wenigstens ein paar Stunden wollte sie noch mit ihrem Bruder verbringen. Wahrscheinlich würde sie auch ihn danach nie wiedersehen. Spätestens dann, wenn er morgen ihren Abschiedsbrief in den Händen hielt, würde er wissen, was sie getan hatte, und sie dann wahrscheinlich so verachten, dass er nie wieder etwas mit ihr zu tun haben wollte.

Berit hatte den Brief in den Briefkasten geworfen um sicherzugehen, dass Olof ihn erst am nächsten Tag erhielt.

Sie kannte Håkan recht gut und war sich sicher, dass er nicht sofort die Polizei einschalten würde. Erst wenn er ganz sicher war, dass es für ihn keinen anderen Weg gab, sein Geld zurückzubekommen ...

Andererseits hatte sie sich schon einmal in ihm getäuscht, dachte sie an dieser Stelle ihrer Überlegungen. Vielleicht hatte er die Polizei längst eingeschaltet und man suchte schon nach ihr.

Vielleicht war es doch besser, auf dieses letzte Treffen mit ihrem Bruder zu verzichten. Sie wollte gerade kehrtmachen, von seinem Hof verschwinden, als sie den Motor einer schweren

Limousine hörte. Gerade noch rechtzeitig konnte sie sich wieder hinter den Büschen verstecken. Sie duckte sich, damit das Gestrüpp sie verbarg, lugte aber vorsichtig zwischen den Ästen hindurch. Sie verstand jedes Wort, das Håkan mit ihrem Bruder sprach, und jetzt wusste sie, dass sie sich zumindest diesmal nicht in ihm geirrt hatte. Er verriet Olof nicht, weshalb er sie suchte. Dann hatte er bestimmt auch noch nicht die Polizei eingeschaltet.

Schlecht sah er aus. Sein Gesicht war ganz grau, dunkle Schatten lagen unter seinen Augen.

Geschieht ihm recht, dachte sie und unterdrückte den Anflug von Mitleid, der sich in ihr ausbreiten wollte. Er hatte es einfach nicht verdient.

Als Håkan endlich weg war, trat Berit aus dem Schuppen. Die schwere Tasche mit den Geldbündeln presste sie fest an sich.

Olof sah sie nicht sofort. Erst als sie näherkam, schaute er verblüfft auf. »Was machst du denn hier?«

»Ich kann nicht mehr für Håkan Petterson arbeiten«, sagte sie leise. »Olof, ich kann das einfach nicht mehr. Ich muss weg von hier.«

Olof war sichtlich verwirrt. »Aber wo willst du denn hin?«

»Morgen Vormittag nehme ich den Zug nach Göteborg.« Von da aus werde ich meine Spuren verwischen und ins Ausland gehen, fügte sie in Gedanken hinzu.

»Bringst du mich morgen früh mit dem Boot zum Bahnhof nach Hallander?«, bat sie ihren Bruder.

Olof wandte ihr den Rücken zu. »Tu, was du tun musst«, sagte er hart. »Aber erwarte nicht, dass ich das verstehe oder sogar gutheiße.«

Der gute Olof. Es fiel ihm schwer, seine große Schwester gehen zu lassen, aber anstatt seine wahren Gefühle zu zeigen, reagierte er mit Härte.

Vielleicht ist das genau der richtige Weg, schoss es Berit durch den Kopf. Gefühle niemals zu zeigen. In ihrem Fall hatte sie ja gesehen, wohin das führte. Sie hatte Håkan ihre wahren Gefühle gezeigt ...

Der Schmerz war so überwältigend, dass sie beinahe laut aufgestöhnt hätte. Sie presste die Tasche noch fester an sich, schloss für einen Moment die Augen, bis es wieder erträglicher wurde.

»Bitte, Olof«, bat sie. »Du musst das für mich tun.«

Olof sagte kein Wort, wandte ihr immer noch den Rücken zu.

»Vielleicht sehe ich die Sache mit etwas Abstand ja bald auch wieder anders«, sagte sie leise. Dabei wusste sie genau, kein Abstand konnte so groß sein, dass sie ihre Meinung änderte.

Olof drehte sich zu ihr um. »Versprich mir, dass du keine Dummheiten machst.«

Berit erwiderte offen seinen Blick. »Ich verspreche es dir«, sagte sie feierlich und mit gutem Gewissen. Ihr Versprechen galt ja nur der Zukunft und hatte nichts mit dem zu tun, was sie bereits gemacht hatte.

Håkan hatte hin und her überlegt und glaubte schließlich einen Ausweg aus dem ganzen Dilemma gefunden zu haben. Ihm blieb nichts anderes übrig, als Anzeige gegen Berit zu erstatten, aber auch dann musste er warten, bis sie gefasst wurde und das Geld wieder herausgab. Er brauchte aber jetzt Geld, um die Löhne und Lieferanten zu bezahlen. Nur Björn Palm konnte ihm da mit einer Zwischenfinanzierung helfen.

Zum zweiten Mal an diesem Tag fuhr Håkan zur Bank. Direktor Palm empfing ihn sofort, hörte sich Håkans Plan auch geduldig an und schüttelte schließlich ablehnend den Kopf. Er teilte Håkan mit, dass bereits die Kündigung seines Kontos per Post zu ihm auf dem Weg war.

Håkan konnte nicht mehr, er war am Ende. »Nach all den Jahren unserer guten Zusammenarbeit sperrt ihr mir die Konten?«

Björn Palm hob bedauernd die Hände. »Es tut mir wirklich leid, Håkan. Ich habe mit unserer Rechtsabteilung gesprochen, wir müssen uns absichern.«

»Aber ihr habt doch mein Haus als Sicherheit«, sagte Håkan laut.

Auch Björn Palm erhob die Stimme. »Das reicht doch schon lange nicht mehr.« Der Mann hielt kurze inne, atmete tief durch und sprach in sachlichem Ton weiter. »Hättest du dein Grundkapital noch, wäre alles anders. Aber so sind mir einfach die Hände gebunden.«

»Bitte, Björn, gib mir wenigstens ein paar Tage Zeit. Sobald ich Berit gefunden habe . . .«

»Vielleicht ist sie längst über alle Berge«, fiel Bankdirektor Palm ihm ins Wort. Ein Zeichen, dass auch ihm diese Sache ziemlich zusetzte. »Selbst wenn sie gefunden wird, muss sie das Geld freiwillig rausrücken. Du weißt selbst, dass es ewig dauert, bis du die Herausgabe vor Gericht durchgesetzt hast. So lange können wir einfach nicht warten.«

»Es war sicher nur eine Kurzschlusshandlung von Berit«, sagte Håkan verzweifelt. »Ich hoffe immer noch, dass ich die Sache auch ohne Gerichte klären kann.«

Björn Palm schüttelte den Kopf. »Ich kann dir nicht mehr helfen, Håkan. Es tut mir leid, aber unter diesen Umständen wirst du die Firma nicht mehr halten können.«

Håkan kannte Björn Palm seit vielen Jahren. Er glaubte ihm sogar, dass es ihm wirklich leid tat, aber er wusste auch, dass Björn Palm nicht nachgeben würde und es wahrscheinlich auch nicht durfte.

Mutlos fuhr er nach Hause. Er hatte resigniert, es gab keine Rettung mehr. War es wirklich das, was Berit gewollt hatte? Sie bestrafte ihn dafür, dass er ihre Gefühle nicht erwiderte, und nahm dabei gleichzeitig den Leuten den Arbeitsplatz, mit denen sie jahrelang zusammengearbeitet hatte. Es war ihm unverständlich, dass ein Mensch so weit gehen konnte.

Lilli kam ihm entgegen, als er die Villa betrat, und lief mit ausgebreiteten Armen auf ihn zu.

Håkan umarmte sie kurz, schob sie dann aber wieder von sich. »Entschuldige, Lilli, aber ich habe überhaupt keine Zeit für dich.«

Håkan hastete an seiner Enkelin vorbei die Treppe hoch. Er ging in sein Arbeitszimmer, ließ sich schwer auf den Stuhl hinter seinem Schreibtisch fallen.

Es war vorbei, unwiderruflich, und er wusste es. Trotzdem weigerte sich alles in ihm, das zu akzeptieren. Sein Blick fiel auf die Ordner in den Regalen hinter seinem Schreibtisch. Private Rechnungen und Unterlagen befanden sich darin. Versicherungsunterlagen, die sein Haus und die Firma betrafen.

Zu dumm, dachte er in einem Anflug von Zynismus, dass man sich gegen alles Mögliche versichern kann, aber nicht gegen betrügerische Mitarbeiter.

Håkans Blick blieb an dem Versicherungsordner hängen. Erst war da nur eine vage Idee, die er schnell wieder verwarf. Doch dann nahm sie Gestalt an, bis er schließlich aufstand und den Ordner aus dem Regal holte. Zurück an seinem Schreibtisch schlug er ihn auf und suchte die entsprechende Versicherungspolice, die Teil seiner Idee war.

Nein! Er schlug den Ordner wieder zu. Er war sein Leben lang ein rechtschaffener Mensch gewesen, und daran würde auch die augenblickliche Situation nichts ändern.

Na und, flüsterte eine kleine, hässliche Stimme tief in ihm. Wohin hat dich deine Rechtschaffenheit gebracht? Deine engste Vertraute in der Firma ist mit dem Firmenvermögen verschwunden, und die Bank, der du selbst immer vertraut hast, lässt dich in der größten Not im Stich.

Es war diese kleine, hässliche Stimme, die letztendlich gewann. Håkan schlug den Ordner wieder auf.

Waren sie wirklich so weit hinaus gesegelt? Sirka erschien die Zeit bis zur Rückkehr nach Vickerby endlos. Während Jonas das Segelboot steuerte, versuchte sie mit seinem Handy ihren Vater zu erreichen. Es war sinnlos, sie bekam auch weiterhin kein Netz.

Endlich hatten sie den kleinen Hafen erreicht. Jonas musste das Boot an den Vermieter übergeben, bevor sie sich gemeinsam auf den Weg zu Villa machen konnten. Sie nahmen die Abkürzung am Strand entlang und betraten die Villa über die weit geöffnete Terrassentür des Esszimmers.

Lilli flog auf Jonas zu und stürzte sich in dessen Arme. »Endlich seid ihr da. Mit Opa stimmt was nicht.«

»Was ist mit ihm?«, fragte Sirka drängend. Alles möglichen Katastrophenszenarien waren ihr unterwegs durch den Kopf gegangen. Angefangen von einem Herzinfarkt ihres Vaters bis hin zu einem Autounfall.

»Er war so komisch«, sagte Lilli, »und er telefoniert andauernd.«

Immerhin war ihm nichts passiert. Trotzdem fühlte Sirka sich nicht wirklich erleichtert. »Wo ist er?«, wollte sie wissen.

Lilli wies durch die geöffnete Tür zur Treppe. »In seinem Büro.«

»Ich sehe mal nach ihm.« Sirka wollte das Zimmer verlassen, aber Jonas holte sie ein.

»Ich komme mit.«

Sirka blieb stehen, schaute ihn nachdenklich an und schüttelte schließlich den Kopf. »Das ist vielleicht kein so guter Zeitpunkt.«

Jonas griff nach ihrer Hand. »Soweit es deinen Vater betrifft, wird es nie einen richtigen Zeitpunkt geben.«

Sirka hatte nicht die Nerven, länger zu diskutieren. Außerdem tat es gut, wie er ihre Hand hielt. Es vermittelte ihr Halt und Kraft.

Jonas bat seine Tochter, unten zu warten, danach gingen sie

gemeinsam nach oben. Håkans Bürotür war nur angelehnt, dahinter war nichts zu hören. Sirka ließ Jonas Hand los, er lächelte ihr aufmunternd zu.

Sirka klopfte kurz an, stieß die Tür auf und betrat den Raum. »Hallo, Papa.«

Håkan schlug hastig den Ordner zu, der vor ihm auf dem Schreibtisch lag. »Sirka?«, sagte er überrascht. Sein Gesichtsausdruck wurde eisig, als Jonas hinter ihr ins Arbeitszimmer trat.

»Was hast du hier zu suchen?«, fuhr Håkan ihn böse an.

»Wir wollten einfach nur sehen, wie es dir geht«, sagte Sirka schnell.

»Lilli macht sich Sorgen um dich«, ergänzte Jonas.

»Ach was«, sagte Håkan mit einer wegwerfenden Handbewegung. »Natürlich ist alles in Ordnung. Allerdings hatte ich heute einen Anruf aus Murano. Du wirst dort sofort gebraucht und musst morgen schon fliegen.«

Sirka starrte ihren Vater an. Sie spürte, dass er log. Er wollte sie aus dem Weg haben. Entweder hatte er herausgefunden, was zwischen ihr und Jonas war, oder es gab einen anderen Grund.

»Das ist völlig unmöglich.« Sie schüttelte entschieden den Kopf. »Ich kann hier nicht alles stehen und liegen lassen.« Sirka wurde klar, dass sie ihrem Vater gegenüber auch nicht ganz ehrlich war. Es gab nur einen einzigen Grund, weshalb sie jetzt noch nicht abreisen wollte. Weshalb sie wahrscheinlich niemals abreisen wollte.

Håkan ließ ihren Einwand nicht zu. »Das ist alles nicht so wichtig«, bestimmte er. »Du nimmst morgen die erste Maschine.«

Sirka trat einen Schritt vor. »Nein, Papa, das geht nicht. Ich bin mir nicht mehr sicher, ob ich überhaupt nach Murano gehe.«

Håkan zog ärgerlich die Brauen zusammen. »Was soll das denn jetzt? Du hast zugesagt.«

»Ich will aber nicht mehr.« Sirka wusste, dass sie sich anhörte wie ein trotziges Kind. Sie stellte sich wieder zurück neben Jonas, griff nach dessen Hand. »Ich habe mich verliebt, Papa. Ich liebe Jonas.«

Håkan starrte sie nur an. Sein Gesicht war so weiß wie die Wand hinter ihm. Plötzlich sprang er auf. Der Stuhl, auf dem er gesessen hatte, fiel polternd zu Boden.

»Du hast dich in den Mörder deiner Schwester verliebt?«, brüllte er. »Bist du völlig von Sinnen?«

Sie hatte gewusst, dass ihr Vater diese Mitteilung nicht erfreut zur Kenntnis nehmen würde. Diese Reaktion aber erschreckte Sirka zutiefst. »Bitte, Papa, hör auf«, bat sie hilflos.

»Håkan, es ist uns wirklich ernst«, sagte Jonas. Sirka wusste, dass er ihr damit zur Hilfe kommen wollte, aber er machte damit alles nur noch schlimmer.

»Das hast du damals bei Laura auch gesagt«, brüllte Håkan ihn an, bevor er sich wieder Sirka zuwandte. »Er wollte deine Schwester verlassen. Ich habe Beweise dafür, dass er Laura und Lilli verlassen wollte, weil er eine andere hatte.«

Sie liebte Jonas, aber eigentlich kannte sie ihn überhaupt nicht. Das wurde Sirka in diesem Moment bewusst. Sie wollte ihm vertrauen, aber gleichzeitig war da die Angst in ihr, dass ihr Vater mit seinen Anschuldigungen Recht haben könnte.

Jonas wirkte jetzt ebenfalls verärgert. »Was erzählst du denn da?«, sagte er aufgebracht zu Håkan.

Håkan ignorierte ihn jetzt vollkommen. Er schaute nur Sirka an, als er sagte: »Laura war in Tränen aufgelöst, als sie damals deine Mutter anrief. Sie sagte, dass sie sich in ihm getäuscht habe und das alles vorbei sei.«

»Ich habe Laura nie betrogen«, fuhr Jonas dazwischen, aber auch diesmal ignorierte Håkan ihn vollkommen. Er öffnete eine Schublade, nahm einen Stapel Fotos heraus und warf sie auf den Schreibtisch. »Wegen dieser Frau war es vorbei.«

Sirka und Jonas traten gleichzeitig an den Schreibtisch. Fassungslos sah Sirka auf die Fotos. Sie alle zeigten Jonas und eine dunkelhaarige Frau in sehr vertrauten Situationen. Auf einem

Foto küsste sie ihn auf die Wange, auf einem anderen Foto umarmte sie ihn gerade.

»Was soll das?«, stieß Jonas hervor. »Woher kommen diese Fotos?«

Diesmal erhielt er eine Antwort von seinem Schwiegervater. Håkan lächelte ihn hochmütig an. »Ich habe einen Detektiv bemüht.«

»Ich kann das erklären«, sagte Jonas, und es klang selbst in Sirkas Ohren falsch und unaufrichtig. Sie konnte den Blick nicht von den Fotos wenden, und es tat weh. Gewiss, es hatte nichts mit ihr zu tun, wenn Jonas ihre Schwester tatsächlich betrogen hatte, aber für sie bedeutete das, dass sie ihm nicht vertrauen konnte. Dass er nicht der Mann war, den sie in den letzten Tagen in ihm gesehen hatte.

»Da gibt es nichts zu erklären«, sagte Håkan unerbittlich. »Ich will, dass du sofort mein Haus verlässt. Geh mir aus den Augen.«

Jonas suchte Sirkas Blick, doch sie wich ihm aus. Im Augenblick konnte sie nicht ohne Bedenken zu ihm stehen. Sie wusste einfach nicht mehr, was falsch oder richtig war.

»Gut«, hörte sie Jonas resignierend sagen. Er wandte sich um und hielt mitten in der Bewegung inne. Sirka folgte seinem Blick und bemerkte entsetzt, dass Lilli in der Tür stand. Ihr Gesichtsausdruck verriet, dass sie jedes Wort mitbekommen hatte. Ihre Lippen zuckten, ihr Blick war angstvoll auf Jonas gerichtet.

Jonas setzte sich wieder in Bewegung, griff nach der Hand seiner Tochter und zog sie mit sich.

Sirka starrte den beiden nach und war unfähig, sich zu rühren, selbst als die beiden längst durch die Tür verschwunden waren.

»Ich will doch nur, dass du nicht unglücklich wirst«, sagte ihr Vater. »Du bist alles, was ich noch habe. Ich würde alles für dich tun.«

Sie spürte seine Hand auf ihrer Schulter, hörte seine Worte, aber sie erreichten sie nicht.

Lilli war völlig verstört, und Jonas blieb keine Zeit für Erklärungen. Er zog Lilli in ihr Zimmer in der Villa Petterson und stopfte in aller Hast ihre Sachen in ihren Koffer.

Lilli saß unterdessen regungslos auf dem Bett. Jonas spürte ihre fragenden Blicke, aber erst als sie im Wagen saßen, brach Jonas das Schweigen.

»Ich weiß, dass du deinen Opa sehr lieb hast«, begann er vorsichtig, »aber du darfst ihm nicht glauben, was er gesagt hat.«

»Du wolltest Mama und mich nicht verlassen, oder?«

Jonas schaute kurz zu seiner Tochter auf dem Beifahrersitz. Sie wirkte so klein und hilflos und vor allem so verletzlich. In diesem Augenblick spürte er eine riesige Wut auf Håkan. Wie sehr musste sein Schwiegervater ihm schon früher misstraut haben, dass er sogar einen Privatdetektiv auf ihn ansetzte. Aber selbst damit hätte Jonas sich abfinden können. Auch wenn Håkan nichts dafür konnte, dass Lilli das Gespräch belauscht hatte, so machte es Jonas doch rasend, dass sein Kind jetzt so verstört war. Und das alles nur wegen dieser haltlosen Vorwürfe seines Schwiegervaters.

»Natürlich wollte ich euch nicht verlassen«, versicherte Jonas.

»Aber warum sagt Opa dann so etwas? Warum hasst er dich so?«

Jonas wählte seine Worte mit Bedacht. Nicht, um Håkan zu schützen, sondern weil er seine Tochter nicht noch mehr verwirren wollte. »Der Opa ist ein trauriger, alter Mann. Er hat erst seine Tochter und dann seine Frau verloren. Manche Menschen werden in solchen Situationen ungerecht.«

»Und dann noch die Probleme in der Firma«, seufzte Lilli.

Wieder warf Jonas einen schnellen Blick auf seine Tochter. »Welche Probleme?«

»Ich weiß auch nicht«, sagte Lilli. »Er ist so nervös, telefoniert dauernd und schreit ins Telefon. Für mich hatte er gar keine Zeit mehr.«

Jonas spürte, dass seine Tochter traurig und enttäuscht war, und hatte mit einem Mal ein schlechtes Gewissen. Er war so erfüllt gewesen von seinen Gefühlen für Sirka, dass er Lilli womöglich ein bisschen vernachlässigt hatte. Sie wollte ja bei ihrem Großvater bleiben, aber vielleicht hätte er doch stärker darauf bestehen sollen, mehr mit ihr zu unternehmen.

Jonas nahm sich fest vor, das Versäumte in den nächsten Tagen nachzuholen. Was immer auch zwischen ihm und Håkan und möglicherweise jetzt auch zwischen ihm und Sirka stand, Lilli durfte nicht darunter leiden.

Vielleicht hätte sie bei ihrem Vater bleiben müssen, aber Sirka hatte es in der Villa nicht mehr ausgehalten. Die ganze Zeit hatte sie diese Fotos vor Augen. Jonas mit dieser anderen Frau. Er hatte es nicht einmal abgestritten, nur behauptet, er könne es erklären. War das nicht der Standardsatz der Männer, die ihre Frauen betrogen und dabei erwischt wurden?

Wer war Jonas Nyvell? Wer war dieser Mann, in den sie sich so sehr verliebt hatte, dass es jetzt beinahe unerträglich weh tat.

Sirka stand am Fenster ihres Bootshauses und starrte auf das Wasser, ohne wirklich etwas zu sehen. Als ihr Handy klingelte, wusste sie, wer sie anrief, noch bevor sie auf das Display schaute. Sie überlegte einen Moment, ob sie einfach nicht rangehen sollte, aber dann nahm sie das Gespräch doch an.

»Ja«, meldete sie sich knapp.

»Ich muss dich sehen«, vernahm sie Jonas drängende Stimme.

Sirka zögerte. Bereits seine Stimme erfüllte sie mit brennender Sehnsucht, und gleichzeitig hatte sie Angst, dass ihre Befürchtungen zur Gewissheit wurden. Dass Jonas doch nicht der Mann war, den sie in ihm sehen wollte, und ihr Vater mit all seinen Vorwürfen Recht hatte. Sie wusste nicht mehr, wem sie glauben konnte. »Ich weiß aber nicht, ob ich dich sehen will«, sagte sie schließlich.

−309−

»Glaub doch bitte nicht, was dein Vater gesagt hat«, sagte Jonas beschwörend.

»Ich weiß nicht, was ich noch glauben soll. Vielleicht habe ich mir ja nur etwas vorgemacht, soweit es dich und mich betrifft. Jedenfalls muss ich erst mal herausfinden, was ich empfinde. Dafür brauche ich Zeit, und deshalb werde ich morgen nach Venedig fliegen. Je schneller ich weg bin, desto besser.« Es tat weh, als sie es aussprach.

Sekundenlang war es still am anderen Ende der Leitung. »Ich liebe dich«, sagte Jonas. Seine Stimme klang bedrückt. »Bitte, Sirka, ich muss dich sehen.«

»Nicht jetzt, Jonas.« Sirka brach das Gespräch ab. Sie hatte einfach nicht die Kraft, sich noch länger darauf einzulassen.

Die Dämmerung zog übers Land, hüllte alles ein. Ein rötlicher Streifen am Himmel, ein letzter Gruß der untergehenden Sonne, spiegelte sich im bleigrauen Wasser wieder.

Håkan stand am Strand. Da war nichts mehr in ihm. Kein Hass, keine Wut, kein Schmerz, nicht einmal Trauer. Alles in ihm war leer, tot.

Sirka war morgen weit weg von hier. Sie würde von alledem, was jetzt noch bevorstand, nichts mehr mitbekommen.

Jonas war schon weg, leider auch Lilli. Andererseits war das vielleicht gut so, weil es ihm die ständigen Konfrontationen mit Jonas ersparte.

Der Ruin seiner Firma war nicht mehr zu aufzuhalten. Sirka würde schrecklich enttäuscht sein, wenn sie davon erfuhr, aber das konnte er nicht mehr verhindern. Jetzt wollte er wenigstens dafür sorgen, dass sie ein völlig neues Leben anfangen konnte.

Jonas hatte schlecht geschlafen in der Nacht. Er hatte gehofft, dass Sirka es sich noch einmal anders überlegte, aber sie hatte sich nicht mehr gemeldet. Damit gab es für ihn keinen Grund, noch länger in Vickerby zu bleiben.

Jonas weckte seine Tochter, die diese Nacht neben ihm im Hotelbett geschlafen hatte. »Aufstehen, Prinzessin, wir müssen gleich los.«

»Morgen, Papa«. Lilli gähnte und streckte sich. »Willst du fahren, ohne Sirka noch mal zu sehen?« Ihr Gesicht wirkte traurig. Zweifellos wirkte der vergangene Abend noch in ihr nach. »Ich mag Sirka, auch wenn sie ganz anders ist als Mama«, sagte sie leise.

Jonas wusste nicht, was er dazu sagen sollte. Er wusste, dass Lilli ihm gleich Fragen stellen würde, die er möglicherweise nicht beantworten konnte. Zudem hatte er selbst noch mit dem zu kämpfen, was gestern passiert war.

»Hast du dich wirklich in Sirka verliebt?«, fragte Lilli plötzlich.

»Würde dich das stören?«, erkundigte sich Jonas vorsichtig.

»Gar nicht.« Lilli schüttelte den Kopf, und zum ersten Mal war der Anflug eines Lächelns auf ihrem Gesicht zu sehen. »Vielleicht kommt ihr ja doch noch zusammen, und dann können wir für immer hier bleiben.«

Jonas setzte sich zu seiner Tochter aufs Bett. »Spatz, das ist alles nicht so einfach. Sirka und ich wir werden uns so bald nicht mehr sehen.«

»Schade«, seufzte Lilli bedauernd. »Manchmal verstehe ich euch Erwachsene nicht. Ihr macht einfach zu viele blöde Sachen.«

Da hatte Lilli wahrscheinlich nicht ganz unrecht, aber das Leben war nun einmal kompliziert.

Lilli sprang aus dem Bett und ging ins angrenzende Bad, um sich die Zähne zu putzen. »Also, ich werde Opa auf jeden Fall noch einmal besuchen«, rief sie durch die geöffnete Tür. »Er war gestern so komisch. So kenne ich ihn gar nicht.«

Jonas lag die Bemerkung auf der Zunge, dass er seinen

Schwiegervater eigentlich nur so kannte, schluckte sie aber noch rechtzeitig hinunter. Er würde Lilli den Kontakt zu Håkan weder untersagen, noch würde er schlecht über seinen Schwiegervater reden. Selbst jetzt nicht ...

Håkan hatte alle Mitarbeiter nach Hause geschickt. Die Maschinen standen ohnehin still, weil kein Material mehr geliefert wurde. Löhne konnte er auch nicht mehr bezahlen. Er wusste, dass er eigentlich längst zur Polizei hätte gehen müssen. Gestern schon hätte er Anzeige gegen Berit erstatten müssen, aber er sah darin einfach keinen Sinn mehr. Selbst wenn sie Berit fassten, hatte er damit nicht zwangsläufig sein Geld zurück. Ermittlungen, ein Gerichtsverfahren, das alles würde sich hinziehen, und dann war es für die Glasmanufaktur längst zu spät. So hatte er sich für die einzige Möglichkeit entschieden, die ihm seiner Meinung nach jetzt noch blieb.

Es war so still überall, und das an einem ganz normalen Wochentag. Nur seine Schritte auf dem betonierten Fußboden waren zu hören, als er durch die Halle ging. Ganz am Ende, da standen die Kanister mit der hochexplosiven und feuergefährlichen Substanz. Ein winziger Funke würde genügen ...

Die See war so grau wie der Himmel darüber. Das kleine Motorboot hüpfte wie ein Korken auf den Wellen auf und ab. Olof stand am Steuer und hielt Kurs. Berit saß im Heck des Bootes. Mit der einen Hand klammerte sie sich an der Reling fest, die andere hielt die Tasche fest umklammert. Sie wunderte sich darüber, dass sie so weit gekommen war. Gestern hatte sie das Geld gestohlen, und jetzt befand sie sich tatsächlich auf der Flucht. In den letzten Stunden hatte sie ständig damit gerechnet, dass die Polizei auf der Suche nach ihr zu Olofs Hof kam. Wie lange wollte Håkan denn noch warten, bis er sie anzeigte?

–312–

»Ist es richtig, was ich tue«, sagte sie mehr zu sich als zu ihrem Bruder. »Ich habe meinen Job geliebt, und die Firma war mir wichtig. Fast so, als wäre es meine eigene.«

Olof wandte kurz den Kopf zu ihr. »Deshalb verstehe ich auch nicht, weshalb du weggehen willst.«

»*Petterson Glas* wird es bald nicht mehr geben«, stieß Berit hervor.

Olof fuhr erneut herum. Er hielt das Steuer immer noch fest umklammert, starrte aber seine Schwester an. »Was hast du gesagt?«

Berits linke Hand löste sich von der Reling. Sie hielt die Tasche jetzt mit beiden Händen umklammert. Tränen liefen über ihre Wangen. »Ich wollte Håkan so wehtun, wie er es mit mir gemacht hat.«

Olof stellte den Motor des Bootes ab und ging vor seiner Schwester in die Hocke. »Was hast du gemacht, Berit? Sag mir sofort, was du gemacht hast.«

Berit sagte kein Wort, presste die Tasche unverwandt fest an sich. Sie war so prall gefüllt, dass sie an den Seiten ausbeulte.

Olof schien mit einem Mal zu ahnen, dass damit etwas nicht stimmte. Mit einem Ruck riss er ihr die Tasche aus der Hand und öffnete sie. Fassungslos starrte er auf die Geldbündel. Dann schaute er seine Schwester an. »Mein Gott, Berit, bist du wahnsinnig? Du musst das sofort zurückbringen.«

Berit schluchzte laut auf, streckte abwehrend die Hände aus. Plötzlich ließ sie die Arme fallen, ihre Schultern sanken herunter. Sie hatte sich bisher keine Gedanken gemacht über die Folgen ihrer Kurzschlusshandlung, aber jetzt wurde ihr klar, dass sie damit nicht leben konnte. Sie wollte doch auch gar nicht weg, sonst wäre sie doch gestern sofort nach dem Diebstahl verschwunden. Sie hatte Håkans Firma den Todesstoß versetzen wollen, um ihn persönlich zu treffen, aber ihre Rache erfüllte sie auf einmal nicht mehr mit der Genugtuung, die sie sich davon versprochen hatte. Es war nur im ersten Moment befriedigend gewesen, während ihr jetzt klar wurde, dass sie nicht nur Håkan damit traf. Sie nahm den Menschen den Arbeitsplatz, die sie als Kollegen schätzen gelernt hatte. Sie traf damit aber nicht nur ihre Kollegen, sondern deren Familien. So viele Menschen in Vickerby waren von Petterson-Glas abhängig.

Mit einem Mal wurde ihr klar, dass sie ihr Vorhaben nicht zu Ende bringen konnte. Tief in ihr war dieses Wissen bereits gestern schon gewesen, deshalb hatte sie ihre Flucht herausgezögert.

Alles in ihr war leer und tot, aber sie wusste jetzt, dass sie sich ihrer Verantwortung stellen würde. Als ihr Bruder sie noch einmal nachdrücklich aufforderte, das Geld sofort zurückzubringen, nickte sie.

Kaum dass Jonas vor der Villa angehalten hatte, sprang Lilli aus dem Auto. »Ich geh mich schnell von Opa verabschieden«, rief sie und war schon im Haus verschwunden. In diesem Moment kam Sirka durch die Tür nach draußen.

Jonas stieg aus und ging auf sie zu. Sirka wappnete sich innerlich, wehrte sich gegen dieses Gefühl für ihn, das unverändert stark war.

»Gut, dass du noch da bist.«

»Ich bin so gut wie weg«, erwiderte Sirka spröde. Dabei klopfte ihr Herz wie verrückt, ihr Puls raste, und diese schreckliche Sehnsucht danach, sich einfach in seine Arme zu schmiegen und alles zu vergessen, was gestern war, machte sie wütend auf sich selbst.

»Ich muss dir unbedingt noch etwas sagen, bevor du gehst.« In seiner Stimme schwang die Bitte mit, ihn anzuhören. Sirka konnte dem nicht widerstehen, aber ihre Antwort war schnippisch.

»Ach ja? Willst du mir erzählen, wer die Frau auf dem Foto war?«

»Das war Hanna, eine Studienkollegin von mir und die Frau meines besten Freundes.«

Sirka rief sich die Fotos in Erinnerung. Die Frau und Jonas hatten sich darauf in verschiedenen Situationen innig umarmt und auf einem Bild sogar auf die Wange geküsst. Ähnlich so, wie sie und Olof sich verhielten, wenn sie sich zufällig trafen.

Ich würde dir so gerne glauben, dachte Sirka.

»Es geht gar nicht um die Fotos«, sagte Jonas ernst. Er seufzte schwer und setzte sich auf die Treppe, die zum Haus führte. »Es geht um Laura. Nicht ich war es, der aus der Ehe ausgebrochen ist, sondern Laura. Sie kannte diesen Typen schon ein paar Jahre und hat mir immer wieder versprochen, die Sache zu beenden. An diesem Abend, als der Unfall passierte, hat sie mir gesagt, dass sie diesen anderen Mann liebt. Sie hatte ihren Koffer bereits dabei und war fest entschlossen, zu ihm zu ziehen. Sie war es, die Lilli und mich verlassen wollte.«

Sirka war tief erschüttert. Sie setzte sich zu ihm auf die Treppe. »Warum hast du meinem Vater nicht längst davon erzählt?«

»Laura hatte sich bei deinen Eltern vorher schon mehrfach bitter über mich beschwert. Wahrscheinlich wollte sie damit später rechtfertigen, dass sie mich verließ. Auf dem Weg zu diesem anderen Mann ist sie dann verunglückt.« Jonas bedeckte das Gesicht mit beiden Händen. »Ich werde nie die Gesichter deiner Eltern vergessen, als ich ihnen sagen musste, dass Laura tot ist. Ich konnte ihnen da doch nicht auch noch sagen, dass sie gestorben ist, als sie ihre kleine Familie verlassen wollte. Natürlich wollte ich auch unter keinen Umständen, dass Lilli davon etwas mitkriegt. Sie hat ihre Mutter geliebt, und es würde ihr das Herz brechen, wenn sie wüsste, dass Laura sie verlassen wollte.«

»Ja, das verstehe ich«, nickte Sirka.

Jonas schaute sie von der Seite her an. Sein Blick war offen und ehrlich, und in diesem Moment wusste Sirka, dass er die Wahrheit sprach und dass sie ihm vertrauen konnte.

»Ich hätte nie etwas davon erzählt«, sagte er, »aber ich will dich nicht verlieren.«

Sirka griff nach seiner Hand, schmiegte ihren Kopf an seine Schulter. In diesem Moment kam Lilli aus dem Haus gestürmt.

»Papa, Sirka, Opa ist nicht da, und das habe ich auf seinem Schreibtisch gefunden.«

Jonas nahm Lilli die Papiere aus der Hand. Es waren Policen über eine Feuerversicherung. Die Summe, mit der das Fabrikgebäude versichert war, hatte jemand mit einem Stift eingekreist.

Jonas und Sirka sprangen gleichzeitig auf und rannten zum Wagen. Lilli sprang auf den Rücksitz und weigerte sich standhaft, wieder auszusteigen. Die Angst um ihren Großvater stand ihr deutlich ins Gesicht geschrieben. Eine Angst, die Sirka teilte.

Håkan hatte die Kanister geöffnet und goss die leicht entflammbare Flüssigkeit in langen Bahnen durch die Halle. Der Geruch war so durchdringend, dass ihm davon übel wurde.

Als er zwei Kanister geleert hatte, füllte er zwei leere Kisten mit Packpapier aus dem Lager und platzierte einen Kerzenstummel zwischen den Kisten. Nachdem er ein Feuerzeug aus der Tasche gezogen hatte, zögerte er kurz, noch konnte er zurück.

Was dann? Es würde nichts mehr so sein wie vorher. Er würde alles verlieren. Seine Firma, sein Haus ... Er war zu alt, zu müde, um noch einmal von vorn anzufangen.

Entschlossen entzündete Håkan das Feuerzeug und hielt die Flamme an den Docht der Kerze. Sie würde schnell herunterbrennen, und sobald die Flamme das Papier erreichte, würde sich das Feuer durch die Flüssigkeit rasend schnell ausbreiten und die anderen, noch vollen Kanister, zur Explosion bringen.

Sein Werk war vollbracht. Håkan trat einen Schritt zurück, übersah eine Holzpalette und stolperte darüber. Er ruderte mit den Armen, versuchte sich abzufangen, aber da war nichts, was ihm Halt gab. Schwer schlug er mit dem Kopf auf. Um ihn herum versank alles in tiefer Dunkelheit ...

Natürlich wollte Lilli mit aussteigen, als sie *Petterson Glas* erreichten, aber diesmal blieb Jonas unerbittlich. »Du bleibst im Auto«, sagte er so streng, dass Lilli keinen Widerspruch wagte.

Zusammen mit Sirka lief er ins Gebäude. Kein Mensch war zu sehen. Auf dem sonst so geschäftigen Betriebsgelände regte sich nichts. Auch in dem Gebäude war es still, ein merkwürdiger Geruch zog durch die Gänge.

Sirka wurde schlecht. Nicht nur wegen des Gestanks, sondern vor allem wegen der Angst, die sie um ihren Vater hatte. Zusammen erreichten sie die Fertigungshalle. Hier war der Geruch unerträglich.

»Papa!«, rief Sirka laut, eine Antwort erhielt sie nicht.

Jonas sah Håkan zuerst. Er lag bewegungslos auf dem Boden. Unter seinem Kopf hatte sich eine Blutlache gebildet.

»Verdammt, Håkan!« Er kniete neben ihm, tastete nach seiner Halsschlagader, um den Puls zu fühlen. In diesem Augenblick öffnete Håkan stöhnend die Augen. Mühsam versuchte er, sich aufzurichten.

Sirka kniete neben ihn, hielt seinen Kopf. Håkan versuchte etwas zu sagen, aber kein Wort kam über seine Lippen. Sein Blick ging starr in eine Richtung.

Jonas schaute sich um, sprang plötzlich hoch, und erst jetzt sah auch Sirka die brennende Kerze. Jonas löschte die Flamme mit der flachen Hand.

Sie war wieder ganz klar und bereit, die Konsequenzen für ihr Handeln zu tragen. Berit ließ sich von ihrem Bruder aus dem Boot helfen. »Danke, dass du mich wieder zur Vernunft gebracht hast«, sagte sie.

Olof schloss sie in die Arme. Sie wussten beide, dass kein leichter Weg vor Berit lag. Sie hatte sich von einer falschen Annahme, von ihren Gefühlen leiten lassen und innerhalb weniger Stunden alles zerstört, was sie sich in den vergangenen Jahren aufgebaut hatte. Aus dem einzigen Grund, weil sie selbst zerstören wollte. Aus dem Gefühl, das sie einmal für Liebe gehalten hatte, war zum Schluss purer Egoismus geworden, als sie erkannte, dass ihre Liebe nicht erwidert wurde.

Berit versuchte zu begreifen, was da mit ihr geschehen war, und konnte es nicht. Wahrscheinlich musste sie erst die Konsequenzen aus ihrem Handeln tragen, um wieder zu sich selbst zu finden. Sie war nur froh, dass Olof offensichtlich bereit war, zu ihr zu stehen.

Jonas und Sirka hatten Håkan nach draußen gebracht. An der frischen Luft kam er schnell wieder zu sich. Der herbeigerufene Notarzt versorgte lediglich die Wunde an Håkans Kopf. Schlimmeres war zum Glück nicht passiert. Jetzt saß Håkan auf einem Stapel Paletten.

Jonas hatte es den Sanitätern als Unfall geschildert. Niemand musste wissen, was sich hier wirklich abgespielt hatte. Jetzt stand er bei Lilli an seinem Wagen, während Sirka allein mit ihrem Vater redete.

Mit wenigen Worten erzählte Håkan, was in den letzten Tagen passiert war.

Sirka legte eine Hand auf die Schulter ihres Vaters. »Warum hast du nicht mit mir geredet, Papa?«, fragte sie zärtlich.

Håkan ließ den Kopf sinken. »Ja, das hätte ich tun sollen, aber ich wollte dich damit nicht belasten. Wenn es geklappt hätte, hättest du mit der Versicherungssumme in Italien ein neues Leben anfangen können.«

Sirka schüttelte den Kopf. »Ich will nicht in Italien leben, und das hat nicht nur etwas mit Jonas zu tun. Ich habe schon lange das Gefühl, dass ich es dort vor Heimweh nicht aushalte.«

Håkan schaute zu Jonas hinüber, der einen Arm um Lillis Schulter gelegt hatte und beruhigend auf seine Tochter einredete.

»Er ist ein guter Vater«, sagte er schließlich zögerlich.

»Du hast ihm Unrecht getan, Papa«, sagte Sirka ernst. »Ich kenne jetzt die ganze Geschichte, und ich weiß, dass Jonas seine Tochter niemals verlassen hätte und Laura wohl auch nicht, obwohl sie ihn schon lange nicht mehr liebte. In einem Punkt allerdings hattest du recht. Sie hätten niemals heiraten dürfen. Nicht, weil er der Falsche für sie war, sondern weil sie die Falsche für ihn war.«

»Du liebst ihn wirklich«, stellte Håkan fest.

Sirka lächelte. Das erste Mal, seit sie ihren Vater aus dem Gebäude geholt hatten. »Ja, ich liebe ihn«, sagte sie.

Beide schauten auf, als ein Taxi vorfuhr. Berit stieg aus, starrte erschrocken auf den Notarztwagen, der gerade das Firmengelände verließ, und dann auf Håkan. Zögernd kam sie näher.

»Um Himmels willen, was ist passiert?«

Håkan blickte sie ernst an. Berit war der letzte Mensch, den er jetzt hier erwartet hatte. Dass sie es überhaupt wagte, ihm noch einmal unter die Augen zu treten.

»Wie konntest du das tun, Berit?«

Berit schüttelte den Kopf. »Es tut mir so leid. Ich weiß einfach nicht, was in mich gefahren ist. Ich werde alles wiedergutmachen. Hier ist das Geld.« Sie drückte Håkan die Tasche in die Arme. »Natürlich stelle ich mich der Polizei.«

Håkans Miene blieb unverändert, als er erwiderte: »Ich habe keine Anzeige erstattet. Es reicht mir, wenn du mir deine Kündigung zuschickst«, sagte er kalt.

Berit nickte und ging zurück zu dem Taxi, das auf sie wartete, um für immer aus Håkans Leben zu verschwinden.

Sie hätte wissen müssen, dass Papa sich nie wieder in eine

andere Frau verlieben kann, dachte Sirka. Dazu hatte er ihre Mutter viel zu sehr geliebt, und jetzt wusste sie selbst, wie es war, so sehr zu lieben. Ihr Blick flog zu Jonas und Lilli hinüber. Die beiden, das war ihre Zukunft, ihr Leben.

Lilli klebte förmlich an der Seite ihres Großvaters. Keine Sekunde ließ sie ihn aus den Augen, und wenn Håkan auch noch ziemlich mitgenommen war von den Ereignissen des Tages, so tat die Gesellschaft seiner Enkelin ihm doch gut.

»Am besten wäre es, wenn wir hierher ziehen«, sagte Lilli. »Dann hättest du deine Enkeltochter und Papa seine Sirka, und wir könnten uns so oft sehen, wie wir wollen. Sag mal, brauchst du nicht jemanden in der Firma, der mit Geld umgehen kann? Papa kann das echt spitze, und immerhin hat er dir ja auch das Leben gerettet«, verband sie gleich das eine mit dem anderen.

Håkan musste lachen, schüttelte aber den Kopf. »Ich habe mir fest vorgenommen, mich nicht mehr in das Leben meiner Töchter einzumischen, und schon gar nicht in das Leben meines Schwiegersohns.«

Auf der Heimfahrt hatte Sirka ihm gesagt, was zwischen Jonas und Laura vorgefallen war und um wen es sich bei der Frau auf den Fotos handelte. Håkan schämte sich für all das, was er Jonas an den Kopf geworfen hatte. Er hatte seinen Schmerz über den Tod seiner Tochter betäubt, indem er seinen Schwiegersohn dafür verantwortlich gemacht hatte. Aber selbst in seinen eigenen Augen war das keine Entschuldigung.

Lilli war mit der Antwort ihres Großvaters überhaupt nicht einverstanden. »Nur deswegen willst du den beiden nicht helfen?«

»Ich weiß ja nicht einmal, ob sie meine Hilfe brauchen oder sie überhaupt annehmen wollen«, sagte er.

Lilli schmiegte ihren Kopf an Håkans Schulter. »Ach, Opa, du musst einfach was machen. Ich will hier nicht mehr weg und Papa bestimmt auch nicht. Bitte, mach doch was.«

Sirka war traurig. »Gut, dann fahr eben zurück nach Stockholm. Ich vermisse dich jetzt schon.« Sie schmiegte sich an ihn, erwiderte seinen Kuss.

Jonas ließ Sirka sofort los, als Lilli zusammen mit Håkan aus dem Haus kam. Die Distanz zwischen ihm und seinem Schwiegervater war immer noch zu spüren.

»Los, ins Auto«, forderte Jonas seine Tochter auf. »Wir müssen jetzt wirklich los.«

Håkan trat auf Jonas zu. »Einen Moment noch«, sagte er und wirkte plötzlich sehr unsicher. »Ich möchte dir gerne einen Vorschlag machen. Nicht, dass du ihn annehmen musst. Ich will dir keine Vorschriften machen.«

Lilli zupfte an Håkans Ärmel. »Jetzt sag schon, Opa«, drängte sie.

»Könntest du dir vorstellen, in meiner Firma zu arbeiten?«, kam Håkan zur Sache. »Ich brauche jemanden, der in finanziellen Angelegenheiten firm ist. Ich würde dir gerne die Stelle als Geschäftsführer anbieten.«

Allen war klar, dass Håkan in diesem Augenblick über seinen Schatten gesprungen war. Mit diesem Angebot reichte er seinem Schwiegersohn die Hand zur Versöhnung.

Sirka war begeistert. »Das ist ja die beste Idee überhaupt. Ich meine, das ist ja für alle das Beste. Jonas . . .«, ängstlich schaute sie ihn an. Es lag nur noch an ihm, Håkans ausgestreckte Hand zu ergreifen, und niemand, nicht einmal sie selbst, könnte es ihm verübeln, wenn er sie ausschlug.

»Bitte, Jonas, sag etwas«, bat sie, »sag einfach ja.«

Jonas war offensichtlich noch nicht bereit dazu. Er schaute Håkan ins Gesicht. »Warum?«, war alles, was er sagte.

»Wegen Lilli, wegen Sirka, wegen meiner Firma, die einen

guten Mann an der Spitze braucht.« Håkan sah Jonas offen ins Gesicht. »Und weil ich weiß, dass ich etwas gut machen muss.«

Alle Augen waren jetzt auf Jonas gerichtet. »Bitte, Papa«, bat Lilli, »sag, dass du annimmst.«

Jonas lächelte plötzlich. »Also, wenn ihr alle so davon überzeugt seid, dass das richtig ist, werde ich das Angebot natürlich annehmen.«

Håkan streckte ihm die Hand entgegen. Jonas zögerte keinen Augenblick, sondern ergriff sie.

»Willkommen in meiner Firma, Jonas«, sagte Håkan. »Willkommen in meiner Familie.«

Es war ein aufregender, turbulenter Tag gewesen. Es dämmerte bereits, als Jonas und Sirka noch einmal zusammen zum Bootshaus gingen.

Die Sonne ging bereits unter, tauchte den Himmel in ein goldrotes Licht, dass sich auf dem Wasser spiegelte. Die Bäume am Ufer warfen lange Schatten. Tiefe Ruhe überkam Sirka. Sie war da, wo sie hingehörte, und in ihrer Nähe waren die Menschen, die sie liebte.

»Glaubst du, ihr werdet euch hier wohlfühlen?«, fragte sie Jonas.

Jonas nickte ihr lächelnd zu. »Vickerby ist genau der Ort, an den wir gehören.« Er nahm sie ganz fest in die Arme, um sie zärtlich zu küssen. Beide spürten sie die besondere Magie dieses Ortes, an dem sich für sie Vergangenheit, Gegenwart und jetzt auch die Zukunft miteinander verknüpften.

Småländsk Ostkaka
SMÅLÄNDISCHER KÄSEKUCHEN

ZUTATEN:

400 g Hüttenkäse
4 Eier
50 g Zucker
50 g Mehl
100 g gemahlene Mandeln
300 g Schlagsahne
Butter
Kompott nach Geschmack
Schlagsahne

ZUBEREITUNG:

Die Eier schlagen, den Zucker dazugeben und so lange rühren, bis
eine cremige Masse entstanden ist. Nach und nach die gemahlenen
Mandeln, das Mehl und den Hüttenkäse einrühren. Die Sahne steif
schlagen und unter den Teig heben. Eine Springform (26 cm) mit
Butter einfetten. Den Teig hineingießen.
Den Ostkaka auf der mittleren Schiene im vorgeheizten Ofen bei
175° C ca. eine Stunde backen, bis die Oberfläche angebräunt ist.
Serviert wird er warm mit Kompott und geschlagener Sahne.

Elsas Äppelkaka
ELSAS APFELKUCHEN

ZUTATEN:

200 g Butter
3 dl Zucker
2 Eier
4 dl Mehl
2 TL Backpulver
2–3 säuerliche Äpfel

Vanilleeis oder Schlagsahne

ZUBEREITUNG:

Butter und Zucker in einen Topf geben und unter ständigem Rühren aufkochen. Anschließend abkühlen lassen. Die Eier hinzufügen und sorgfältig verrühren. Mehl und Backpulver gut vermischen und mit der Butter-Zucker-Eier-Mischung verrühren. Eine runde Kuchenform mit Butter einfetten und mit Paniermehl ausstreuen. Den Teig hineingeben. Die Äpfel schälen und in dünne Scheiben schneiden. Die Scheiben in einem ansprechenden Muster auf dem Kuchen anordnen. Den Kuchen im vorgeheizten Ofen bei 175° C ca 20–30 Minuten backen.
Der Kuchen schmeckt noch besser, wenn er lauwarm mit Vanilleeis oder Schlagsahne serviert wird.

Sjötunga med mandel
SEEZUNGE MIT MANDELN

ZUTATEN:

4 Seezungenfilets
Salz
Pfeffer
Zucker
1 Ei
1 EL Mehl
2–3 EL Mandelblättchen
2 EL Öl

ZUBEREITUNG:

Fisch waschen, trocken tupfen, salzen und pfeffern. Das Ei in einem
Teller verquirlen. Mehl und Mandelblättchen auf je einen Teller ge-
ben. Öl in einer beschichteten Pfanne erhitzen.
Die Seezungenfilets zunächst in Ei, anschließend in Mehl und
schließlich in Mandeln wenden. Die Filets im heißen Öl bei mittlerer
Hitze rundherum ca. 8 Minuten braten.

Sommarsallad
SCHWEDISCHER SOMMERSALAT

ZUTATEN:

1 Kopfsalat
Zitronensaft
2 EL Öl
½ TL Senf
Salz, Pfeffer
½ Zwiebel
frische Kräuter
1 hart gekochtes Ei

ZUBEREITUNG:

Aus Zitronensaft, Öl, Senf, Pfeffer, Salz und der halben Zwiebel die
Marinade zubereiten. Das hart gekochte Ei pellen und würfeln.
Den Kopfsalat putzen, waschen und in mundgerechte Stücke tei-
len, trocken schleudern oder gut trocken tupfen.
Salat kurz vor dem Verzehr marinieren und die Eiwürfel untermi-
schen.

Fruktglass med grädde
SELBSTGEMACHTES FRUCHTEIS MIT SAHNE

ZUTATEN:

150 g Obst (Himbeeren, Erdbeeren, Heidelbeeren
oder Johannisbeeren)
70 g feiner Zucker
125 ml Vollmilch
50 ml süße Sahne
2 EL Zitronensaft

ZUBEREITUNG:

Das Obst waschen und mit Zucker, Zitronensaft und Milch pürie-
ren. Die Sahne nicht ganz steif schlagen und unter die Mischung
heben. Portionsweise abfüllen und im Gefrierschrank gefrieren.

KROPPKAKOR
SCHWEDISCHE KARTOFFELKLÖSSE

ZUTATEN:

1 kg Kartoffeln
120 g Mehl
1 Eigelb
1 Röhrchen Kapern
Salz
Weißer Pfeffer
150 g durchwachsener Speck
2 Zwiebeln
20 g Butter
1 Löffelspitze Piment
4 EL Preiselbeerkompott

ZUBEREITUNG:

Die Kartoffeln abwaschen, in gesalzenem Wasser 30 Minuten kochen und anschließend abschrecken und abziehen. Durch eine Presse in eine Schüssel geben und abkühlen lassen. Mehl, Eier und abgetropfte Kapern darüber geben. Gründlich durchkneten, mit Pfeffer und Salz würzen. Salzwasser in einem großen Topf aufkochen.
In der Zwischenzeit den Speck für die Füllung würfeln. Zwiebeln schälen und sehr fein hacken. Butter in einer Pfanne erhitzen. Speck und Zwiebeln darin bei mittlerer Hitze braten und mit Piment würzen.
Aus dem Kartoffelteig mit bemehlten Händen Klöße von etwa 4 cm Durchmesser formen. In die Mitte ein Loch drücken, etwas von der Füllung hineingeben und den Kloß wieder schließen. Die Klöße

–328–

im Salzwasser 15 Minuten ziehen lassen, anschließend herausnehmen und abtropfen lassen. Mit Preiselbeerkompott garniert servieren. Dazu passt besonders gut Kasseler.

Janssons frestelse
SCHWEDISCHER KARTOFFELAUFLAUF

ZUTATEN:

8 Ansjovisfilets aus der Dose
1 kg Kartoffeln
2 Zwiebeln
Öl zum Einfetten
300 ml Sahne
Butterflöckchen
Salz
Pfeffer

ZUBEREITUNG:

Die Ansjovis abtropfen, die Flüssigkeit in einem Gefäß auffangen
und mit der Sahne vermischen.
Die rohen Kartoffeln schälen und in sehr dünne Scheiben schnei-
den. Zwiebeln ebenfalls schälen und in dünne Scheiben schneiden.
Eine feuerfeste Form mit Öl auspinseln.
Die Form mit der Hälfte der Kartoffelscheiben auslegen, pfeffern
und salzen. Darauf die Ansjovisfilets und Zwiebeln verteilen.
Mit den restlichen Kartoffeln abdecken, salzen und pfeffern.
Die Sahnemischung darübergießen und mit der Hälfte der Butter-
flocken belegen.
Im vorgeheizten Backofen bei 200 Grad ca. 75 Min backen. Bei
Bedarf während des Backvorgangs Flüssigkeit (Sahne oder Milch)
zugeben.
Auflauf in der Form heiß servieren.

Purjolöksoppa
LAUCHSUPPPE

ZUTATEN:

4 große Lauchstangen (500–600 g)
2 gelbe Zwiebeln
Margarine zum Anbraten
1 Liter Gemüsebrühe
Salz, Pfeffer
250 g Schmelzkäse
2 dl Sahne
3 Scheiben Kochschinken
2 dl geriebener Käse

ZUBEREITUNG:

Die Lauchstangen in Stücke und die Zwiebeln in dünne Ringe
schneiden. Alles in Margarine weich und glasig dünsten (nicht bräu-
nen!). Die Gemüsebrühe hinzugießen, salzen und pfeffern. Ca. 20
Minuten köcheln lassen. In der Zwischenzeit den Schinken in dünne
Streifen schneiden. Kurz vor dem Servieren den Schmelzkäse und die
Sahne unterrühren und abschließend die Schinkenstreifen und den
geriebenen Käse auf die Suppe geben.

Plommonspäckad Fläskkarré
SCHWEDISCHER SCHWEINERÜCKEN

ZUTATEN:

600 g Schweinerücken
150 g Trockenpflaumen
2 EL Crème fraîche
125 ml Weißwein
¼ TL Salz
Pfeffer
Olivenöl
2 EL Preiselbeermarmelade

ZUBEREITUNG:

Den Schweinerücken mit einem Messer der Länge nach aufschneiden, sodass eine Tasche entsteht. Die Trockenpflaumen hineinfüllen und andrücken, damit sich das Fleisch nicht zu hoch wölbt. Mit Salz und Pfeffer würzen, mit Olivenöl beträufeln und im Ofen bei 220° C ca. 35 Minuten garen. Den Bratfond mit Weißwein ablöschen, umfüllen und mit Preiselbeeren und der Crème fraîche verkochen. Ebenfalls mit Salz und Pfeffer würzen.

Pastej med fisk och fläsk
SCHWEDISCHE PASTETE

ZUTATEN:

250 g Weizenmehl
200 g Roggenmehl
200 g Butter
Salz
Wasser
800 g Fischfilet
200 g Schweinebauch

ZUBEREITUNG:

Das Mehl mit Wasser, 100 g Butter und etwas Salz zu einem festen
Teig verarbeiten. Den Teig zu einem Laib formen, zugedeckt 1 Stunde ruhen lassen. Danach dünn ausrollen.
Das Fischfilet waschen, abtrocknen und in Stücke schneiden. Den
Schweinebauch in dünne Scheiben schneiden.
Auf die eine Hälfte des ausgerollten Teiges das Fischfleisch schichten,
salzen, mit Butterflöckchen belegen, mit Schweinebauchscheiben
bedecken, diese ebenfalls salzen und dann die zweite Teighälfte über
die Füllung schlagen.
Die Teigränder fest zusammendrücken. Die Pastete mit einer Gabel
einige Male einstechen und in gut vorgeheiztem Backofen zuerst
einige Minuten bei starker Hitze backen, danach hei mäßiger Tem-
peratur ca. 4 Stunden weiterbacken.
Die Pastete während des Backens von Zeit zu Zeit mit zerlassener
Butter bestreichen.

TUNNBRÖD
HAUCHDÜNNES KNUSPERBROT

ZUTATEN:

125 ml Wasser
50 g geschmolzene Butter
200 g Weizenmehl
Salz

ZUBEREITUNG:

Alle Zutaten vermischen, den Teig kneten und zu einer Rolle formen. Den abgekühlten Teig in Scheiben schneiden und jede Scheibe ganz dünn ausrollen.

Eine Bratpfanne bei mittlerer Hitze vorwärmen und die dünnen Teigscheiben darin ohne Öl backen. Wenn die dabei entstehenden Blasen zu groß werden, wendet man sie oder sticht die Blasen auf, sobald auf der Unterseite dunkle Flecken erscheinen. Auf beiden Seiten knusprig backen. Die fertigen Brote schmecken gut zu geräuchertem Fisch oder würzigem Käse.

Körsbärskaka
SCHWEDISCHER KIRSCHKUCHEN

ZUTATEN:

1 Glas Kirschen
4 Eier
175 g Zucker
80 g Butter
175 g Mehl
½ Päckchen Backpulver
Puderzucker zum Bestäuben

ZUBEREITUNG:

Den Backofen auf 200 Grad vorheizen.
Die Eier trennen, die Eigelbe mit der Hälfte der Butter und des
Zuckers schaumig rühren. Mehl und Backpulver unterrühren.
Danach das Eiweiß mit dem restlichen Zucker steif schlagen und
unter den Teig rühren. Eine Springform ausfetten, mit Mehl aus-
stäuben. Den Teig in die Form füllen, die Kirschen auf der Oberfläche verteilen und leicht andrücken. Ca. 50–60 Minuten backen,
danach abkühlen lassen und mit Puderzucker bestäuben.

Werden Sie Teil der Bastei Lübbe Familie

- Lernen Sie Autoren, Verlagsmitarbeiter und andere Leser/innen kennen
- Lesen, hören und rezensieren Sie Bücher und Hörbücher noch vor Erscheinen
- Nehmen Sie an exklusiven Verlosungen teil und gewinnen Sie Buchpakete, signierte Exemplare oder ein Meet & Greet mit unseren Autoren

Willkommen in unserer Welt:

 www.luebbe.de

 www.facebook.com/BasteiLuebbe

 www.twitter.com/bastei_luebbe

 www.youtube.com/BasteiLuebbe